MAGIE NOIRE

John Case

MAGIE NOIRE

Roman

Traduit de l'anglais (Etats-Unis)
par Jacques Martinache

PRESSES DE LA CITÉ

Titre original : *The Murder Artist*

ISBN 2-258-06723-5

A Sam Johnson,

étoile filante,
ta lumière nous manque

1

Cinq heures de sommeil. Je me frotte les yeux, ouvre la porte de devant et me penche pour extraire mon *Washington Post* de dessous un buisson d'azalées. Je ne sais jamais où je vais trouver ce fichu truc, le livreur n'a pas dû beaucoup jouer au base-ball depuis la maternelle.

– Bonjour ! Quel temps splendide !

Celle qui s'extasie ainsi est Yasmine Siegel, ma voisine de quatre-vingts ans et des poussières, qui vit de l'autre côté de la rue avec son labrador noir, Cookie.

– On dirait bien...

Je fais glisser le journal hors de sa protection en plastique transparent.

– Sérieusement, Alex, une journée pareille à Washington... reprend-elle en secouant la tête d'incrédulité. Un don du ciel. Fin mai, on peut encore avoir un temps pourri. Profitez-en, vous et les garçons, m'enjoint-elle en braquant un doigt vers moi.

– J'espérais plutôt de la pluie, dis-je en contemplant le ciel bleu sans nuages.

– D'accord, fait Yasmine avec un petit rire. Je vois. Viens, Cookie.

Elle m'adresse un salut désinvolte de la main en se dirigeant vers le parc.

J'espérais vraiment de la pluie et je jette à tout hasard un coup d'œil à la carte météo imprimée en dernière page de la section « Métropole ». Non. Pas le moindre front se déplaçant rapidement, pas le début d'un orage descendant du Canada ou des Outer Banks vers Washington.

Une journée magnifique.

De retour dans la maison, je mets la cafetière en marche et pendant qu'elle fait son boulot je prépare des bols et des cuillères pour les garçons, je remplis deux verres de jus d'orange, je détache deux bananes et les jette sur la table, prends la boîte géante de Cheerios dans l'un des éléments.

Le problème avec ce temps magnifique, c'est que j'ai du travail, des coupes de dernière minute à faire sur un reportage qui doit être diffusé ce soir. Mais, coupes ou pas, j'ai promis aux garçons – mes jumeaux de six ans – que tous les samedis ils pourraient choisir une sortie. Et ils se sont mis dans la tête d'aller à cette Fête médiévale qui, naturellement, se déroule à des kilomètres, bien après Annapolis. A lui seul, le trajet prendra plus d'une heure, à l'aller comme au retour. De quoi fusiller la journée.

Comme c'est la première visite des garçons depuis Noël – et la seconde seulement depuis que Liz et moi sommes séparés –, nous n'en sommes qu'à la première de ces sorties du samedi. Pas question que je me défile.

Rien à faire, me dis-je. Mets-toi au boulot. Débrouille-toi pour avoir fini les coupes à temps, de façon à déposer la disquette au siège de la chaîne en quittant la ville.

Jusqu'ici, ça se passe formidablement bien avec les garçons, même si, au bout de six jours seulement, je suis parfaitement lessivé et à la bourre dans mon travail. Ça devrait réjouir Liz, le manque de sommeil et la course-poursuite pour tenter de rattraper mon retard. Elle m'a piégé en établissant les conditions de visite des gosses. Je ne dois pas les emmener en voyage, par exemple, même une partie du mois. « Comment veux-tu que je rivalise si chaque fois qu'ils sont avec toi, ce sont des vacances ? » (Je les ai emmenés skier dans l'Utah pendant les quatre jours qu'ils ont passés avec moi à Noël.)

Ce que veut Liz, c'est un mois de « vie normale », comme elle dit. Elle travaille à plein temps au musée des Enfants de Portland et souhaite que je fasse l'expérience, vingt-quatre heures sur vingt-quatre, sept jours sur sept, de mener de front l'éducation des enfants et mon activité professionnelle, que je voie d'un peu plus près ce que ça fait de les conduire à l'école, les mettre au lit, subir leurs caprices alimentaires, faire la lessive, me taper les copains, les parents des copains. Etre un père célibataire pendant un mois me contraindra à faire passer la famille d'abord.

Au lieu du boulot. Dans l'organigramme officieux de la chaîne, je suis le type qui « couvre les histoires les plus dures dans les endroits les plus terribles ». Cela m'a valu quelques prix, mais on dirait que cela pourrait bien me coûter mon couple. Et ma famille. J'étais à Moscou quand les jumeaux ont fait leurs premiers pas, au Kosovo quand Kev s'est cassé le bras, à Mazar-e Charif lorsqu'ils sont entrés en maternelle.

« Tu les verras probablement plus pendant ce mois que tu ne les as vus ces deux dernières années, a prédit Liz. Et peut-être même que tu finiras par aimer ça. »

Le café est prêt. Je l'arrose d'un peu de lait et je laisse la bouteille sur la table pour les enfants quand je me souviens tout à coup que Kev refuse d'avaler une goutte de lait s'il est un tant soit peu tiède. Je remets la bouteille dans le frigo.

Le fait est que j'aime ça, les avoir avec moi, malgré la course continuelle que cela implique. Liz avait raison. C'était simplement plus facile de lui laisser l'essentiel du « métier de parent », ou quel que soit le nom qu'on donne à la chose. Il m'apparaît que c'est à travers cette routine qu'on connaît vraiment ses gosses. J'avais oublié leur drôlerie, leurs éclairs de perspicacité, la concentration qu'ils apportent à certaines tâches. J'avais oublié à quel point ils me manquaient.

N'empêche, cette Fête médiévale, je l'aurais volontiers zappée. Je suis prêt à parier qu'après une bonne heure d'embouteillages on aura droit à une visite bidon et hors de prix d'un parc d'attractions moyenâgeux en carton-pâte. Chevaliers et gentes dames en costume. Tournois à la lance et combats à l'épée. Ce n'est pas mon truc. Ce n'est pas du tout mon truc.

Je propose successivement un jeu de société, un tour au zoo, un film et une pizza, mais les garçons demeurent inflexibles. Ils n'ont pas arrêté de parler de cette fête depuis qu'ils ont vu la pub à la télé.

Je le sais parce qu'ils l'ont enregistrée et m'ont forcé à la regarder. Un chevalier en armure étincelante galope au premier plan. Derrière, le vent agite des oriflammes festonnant une façade à colombages. Longue lance à la main, il tire sur la bride de son destrier, relève son heaume et, dans un anglais élisabéthain, invite « seigneurs et damoiselles à venir à la Fête médiévale du Maryland » !

Ça m'a paru plutôt ringard et j'ai commis l'erreur d'en faire part à Liz au téléphone : j'avais en tête un petit échange de ronchonnements bon enfant sur la dure condition de parent…

En fait, j'ai eu droit à un sermon réfrigérant : je n'avais donc pas compris que ce qui fait plaisir aux parents, c'est le plaisir de leurs enfants ? Qu'est-ce que j'imaginais ? Qu'elle raffolait de Barney ? Des Teletubbies ? Du *Retour des clones* ? « Et moi qui allais te féliciter d'avoir trouvé une sortie collant si bien avec leur programme d'enrichissement extrascolaire ! m'a-t-elle assené. J'aurais dû m'en douter. »

Je n'avais aucune idée du contenu de ce « programme d'enrichissement extrascolaire » et Liz s'est empressée de me mettre au parfum : les garçons étaient plongés jusqu'aux oreilles dans le folklore arthurien.

Cela m'avait totalement échappé, mais là, tandis qu'elle en parlait, il me revenait qu'ils passaient leur temps à discuter de la Table ronde et de Merlin. Et des heures entières dans le jardin à se battre en duel avec des épées en plastique. La première chose qu'ils avaient sortie de leurs bagages en arrivant.

Bon, d'accord, j'ai fait preuve d'un manque total de curiosité pour ces épées, mais c'est si grave que ça ? Ou alors Liz a raison, je suis le plus égocentrique des pères de la planète. A la différence de leur mère, toujours à l'écoute depuis le Maine.

Le Maine ! me dis-je en me laissant tomber dans le fauteuil de mon bureau, devant mon iMac. Elle aurait pu déménager plus loin sans s'expatrier ? La réponse est oui, bien sûr. Elle aurait pu aller vivre en Alaska. A Hawaii. A L.A. Elle aurait pu s'installer dans des tas d'endroits…

J'appuie sur une touche, j'attends que l'écran sorte du mode veille et s'éclaire. Mon sujet – « Un mariage afghan » – était fin prêt quand on m'a annoncé hier, à neuf heures du soir, que de nouveaux spots publicitaires m'obligeaient à le raccourcir de deux minutes. J'ai fait les coupures les plus évidentes dans la foulée, mais il me reste encore quarante-quatre secondes à supprimer. Comme le segment ne fait plus maintenant que sept minutes, cela devient délicat. A ce stade, je dois tailler dans ce que j'aurais absolument voulu garder.

A l'origine, « Un mariage afghan » devait faire partie d'un reportage spécial d'une heure sur l'Afghanistan tournant autour d'une visite de Donald Rumsfeld dans ce pays accablé, destinée à montrer au monde que nous ne l'oublions surtout pas. J'avais une bonne interview du secrétaire à la Défense sur les progrès de la reconstruction après la guerre. J'avais aussi interviewé Karzaï. On avait un excellent reportage sur la remise en état de la route Kandahar-Kaboul. Et puis un pastiche de film optimiste sur la vie dans Kaboul et Kandahar libérées. Des petites filles en route pour l'école. L'ouverture d'un centre de santé pour femmes. Des Afghans ravis d'écouter de la musique. De danser. Le tout se terminant par le mariage : deux jeunes Afghans célèbrent des noces longtemps reportées.

Le mariage devait avoir lieu dans un village proche de Kandahar. Dans une zone sûre, nous avait-on dit. L'équipe et moi y étions arrivés sans problème avec le matériel, et malgré les caméras le mariage avait commencé à l'heure prévue. Puis le jour de fête avait viré au cauchemar quand l'équipage d'un F-16 égaré cherchant une bande de talibans avait mal interprété la scène se déroulant au sol.

Quatre morts, quinze blessés.

Le sujet avait été retiré du reportage d'une heure sur les progrès de l'Afghanistan après la guerre et devait maintenant faire partie d'une émission ambitieuse sur les dommages collatéraux : guerre du Golfe I (Saddam et les Kurdes), Mostar (le pont), Gaza et Jérusalem (civils tués dans les deux camps), Afghanistan (mon « mariage afghan »), Liberia (mains et pieds coupés), guerre du Golfe II (pertes dues à des tirs amis). L'émission – le Grand Dave, mon producteur, visait un Emmy – se conclurait par un segment sur la mère de tous les dommages collatéraux : le 11 septembre.

Je fais apparaître mon sujet sur l'iMac. Sur l'écran, le cauchemar n'a pas encore commencé. La caméra passe entre les visages épanouis du marié et de la mariée, prend en gros plan les petits drapeaux américains épinglés à leurs habits de noce.

– Papa, on peut manger dans le salon en regardant des dessins animés ?

Je sursaute. Liz est partie depuis plus de six mois avec les enfants, cela fait une semaine que je les ai chez moi et je ne suis pas encore habitué à la façon dont ils se matérialisent subitement.

– Je devrais vous mettre des clochettes, les gars.

Kevin pouffe, Sean insiste :

– On peut ?

– Quoi ?

– Manger dans le salon ? S'il te plaît.

Je hausse les épaules.

– Pourquoi pas ?

– Mortel ! Viens, Kev.

Kevin ne bouge pas. Il a autre chose en tête :

– Quand est-ce qu'on va à la Fête médiévale ?

Je tente de gagner un peu de temps :

– Eh bien... vers midi.

– Ah non, se lamente Kevin. On va tout rater !

– Kevin, ça commence même pas avant onze heures, lui rappelle Sean. Et ça dure jusqu'à sept heures !

Comme il vient d'apprendre à lire l'heure, il précise :

– Dix-neuf heures.

Kevin jette à son frère un regard noir.

– C'est ça, dix-neuf heures...

Puis il se tourne vers moi.

– Midi ? Tu promets ?

Je fais semblant de réfléchir.

– Nooon, je peux rien promettre.

Sean a un petit rire et ils gémissent en chœur tous les deux :

– Papaaaa...

Au moins, ils ont appris en une semaine à savoir quand je plaisante. Les deux premiers jours, ils échangeaient des coups d'œil inquiets. Dire qu'ils avaient oublié mon sens de l'humour serait un euphémisme : ils avaient oublié qui je suis, rappel déprimant que six mois ont suffi à faire de moi un étranger.

Après leur départ, je fais apparaître les endroits du reportage que j'ai repérés hier soir comme étant susceptibles de finir dans la corbeille. Je baisse le son, me penche vers l'écran. J'essaie de voir en quoi les coupes affecteront les transitions. Et je décide que la séquence de l'homme brun peut sauter. Elle fait trente-huit secondes et si je peux m'en passer, je suis quasiment tiré d'affaire.

Un dernier regard...

L'homme brun est un des frères de la mariée. La cérémonie est finie et il brandit son arme (un AK) au bout de son bras tendu. Avec un sourire un peu dingue, il tire quelques rafales par pure jubilation. J'aime l'ironie de ces coups de feu en signe de joie dans un pays où les bruits de la guerre semblent ne jamais cesser. Au moment précis où la caméra se braque sur le visage radieux de l'homme, tout l'écran tressaute.

Ce saut d'image est dû en fait à l'impact de la première bombe du F-16.

Le sourire de l'homme brun se fige en une expression stupéfaite, bouche bée, puis on le voit jeter un regard effaré sur son arme, comme si elle pouvait être responsable de ce qui vient de se passer. L'homme est encore en train de relier les points du dessin invisible quand la seconde bombe explose, si proche que l'écran est instantanément envahi de poussière et de débris. Visible en silhouette, l'homme brun décolle, projeté en l'air. Puis on le voit adossé à un rocher, saupoudré de poussière, les yeux vitreux, du sang coulant d'une oreille.

La caméra se porte sur moi. Couvert de poussière moi aussi, je me tiens devant un affleurement rocheux et je parle dans un micro. On voit ensuite un groupe de femmes qui poussent de longues plaintes en montrant le ciel. Moi, de nouveau. Puis la mariée abasourdie fixant le visage du garçon d'honneur mortellement blessé.

Je reviens en arrière, jette un coup d'œil au compteur d'images. La séquence est bonne mais pas indispensable. Je tape sur quelques touches et… plus de séquence.

Je bricole une coupe que j'ai faite hier soir pour supprimer les dernières secondes dont j'ai besoin puis je repasse le tout. Je m'arrête quand je retombe sur l'homme brun : quelques images qui ont survécu à mon caviardage. Je les supprime et repars, simplement pour m'assurer que les transitions sont bonnes. Je boucle le segment au moment où les enfants entrent dans le bureau – pour la dixième fois, sûrement – et me rappellent qu'il est l'heure de partir.

– Plus que l'heure, ajoute Kev. Presque midi et demi.

– On y vaaa !

– Mettons-nous en chemin, fait Kevin d'une drôle de voix guindée.

Je me rends compte que c'est une voix de chevalier.

– Oui ! vos fidèles serviteurs, Sean et Kevin, vous en conjurent !

Je suis soudain submergé par leur double assaut : lord Kevin aux cheveux d'étoupe et son image spéculaire sir Sean me tirent par les manches en se dandinant d'un pied sur l'autre comme s'ils avaient envie de faire pipi.

– Attendez que je...

– S'il te plaaaaît !

Avec un soupir, je tends la main vers la souris.

– D'accord.

– Qui c'est ? demande Sean en désignant le moniteur.

Je m'étais arrêté sur une image montrant le visage du garçon d'honneur, ses yeux fous, son visage masqué par un écheveau de sang.

– Juste un type...

– Qu'est-ce qu'il a ? interroge Kevin au moment où le visage meurtri et hanté de l'homme blessé disparaît de l'écran.

Ce que les garçons n'ont pas pu voir, c'est qu'il avait les jambes arrachées. Ce qu'ils ont vu, c'est l'expression de terreur de sa figure.

Je clique pour fermer l'application et j'éjecte la disquette avant de répondre :

– Il avait peur.

– Pourquoi ?

– Parce qu'il s'est retrouvé dans une guerre et qu'il a été blessé et que... ça fait peur.

– Je veux voir, insiste Sean.

– Non.

– Pourquoi non ?

– Parce que nous devons partir, dis-je en écartant mon fauteuil du bureau.

Sean se rue vers la porte mais Kevin reste là où il est, ses grands yeux bleus rivés sur moi.

– Il va mourir ?

J'hésite et finalement j'acquiesce. Je passe un bras autour de ses épaules et tente de le pousser vers la porte mais il ne bouge toujours pas.

– Papa ?

– Quoi ?

– Tu étais… avec lui ?

– Oui.

– T'as pas pu l'aider ?

Je prends ma respiration.

– Non. Personne n'a pu.

Si cette réponse est exacte – l'homme est mort moins de trois minutes après la fin du tournage –, la question de Kev me met quand même mal à l'aise. Personne n'aurait pu sauver le garçon d'honneur et j'ai pu venir au secours de quelques autres. Mais… nous avons continué à filmer.

Kevin hoche la tête, reprend au bout d'un moment :

– Papa ?

– Oui ?

– Je crois pas qu'il avait envie qu'on le prenne en photo.

Je m'accroupis pour être au niveau de mon fils.

– Quelquefois, quand on montre une chose terrible – comme la guerre –, les gens dans le monde entier voient que c'est une chose horrible et ça peut contribuer à ce que ça s'arrête. Je crois que cet homme…

– Alors, qu'est-ce que vous fabriquez ?

Sean se précipite dans la pièce, l'air impatient, puis ressort aussitôt en criant :

– Venez !

– Ouais, dit Kevin en se lançant dans le sillage de son jumeau. On y va !

Je suis content de cette interruption et pas du tout sûr de croire à mon propre boniment. De belles phrases, c'est certain. Ne manquait plus que le petit laïus sur le reportage objectif et implacable. Concernant l'exploitation qu'on en fait, là, j'aurais peut-être un peu ramé…

A Kandahar, l'équipe technique a paniqué, j'ai été le seul à poursuivre le filmage. Ça me ronge encore. Parfois, je ne peux m'empêcher de me sentir coupable : je gagne ma vie en montrant la souffrance et la mort, ce qui me vaut même de remporter des prix…

– Papaaaa ! crient les garçons de la porte d'entrée tandis que je glisse la disquette dans une pochette en plastique. On y va !

« Les larmes, c'est bien, disait Jerry Tumolo, le premier producteur pour lequel j'ai travaillé. Les larmes, c'est bien… mais le sang, c'est mieux. Un peu de sang retient vraiment l'attention. »

2

Kevin et Sean se conduisent comme des enfants modèles au siège de la chaîne, où je remets mon sujet à Kathy Straight, de l'équipe technique.

De retour dans la voiture, ils se désignent les monuments tandis que nous sortons de la ville. Au moment où nous quittons le boulevard bordé d'arbres, ils s'écrient « Lincoln Memorial ! » et, quelques minutes plus tard, « La grande frite ! ». Ce mot d'enfant remonte au jour où Sean, faisant montre d'un sens de l'observation aigu pour un bambin de deux ans, avait remarqué la similitude entre la denrée de base du fast-food et le Washington Monument. Son rappel ne manque jamais de provoquer une cascade de gloussements.

Puis vient celui dont le nom leur échappe jusqu'à ce que je le leur souffle. « Jefferson, Jefferson, Jefferson », scandent-ils lorsque la Jeep passe devant le bassin de marée.

– On pourra en faire un jour ? m'interroge Kevin en tendant le bras vers la flottille de pédalos bleu et blanc.

– Pourquoi pas maintenant ? On peut laisser tomber la fête…

– Papaaaa…

Mon manque d'ardeur ne les dérange pas. Avant, je faisais semblant et affichais un enthousiasme feint les rares fois où Liz me culpabilisait suffisamment pour me convaincre de participer à une sortie pour mômes. Ça ne marchait pas, et c'est un soulagement de constater qu'en définitive ils se fichent totalement que leur père s'amuse ou pas. Ce sont des gosses, le monde tourne autour d'eux.

Notre passage au siège nous oblige à faire tout le tour pour sortir de la ville et nous suivons le fleuve avant de quitter l'autoroute sud-ouest pour New York Avenue. Nous longeons les parties de volley-ball du Mall, l'hôtel de la Monnaie, et cinq minutes plus tard nous roulons vers l'est à travers un paysage de maisons de ville délabrées et de magasins ravagés par le feu.

– C'est le quartier des bandes ? interroge Sean.

– Ouais.

– Cool !

C'est nettement la zone, par ici. Entrepôts abandonnés aux carreaux explosés, fast-foods et foyers d'accueil aux rideaux tirés. Sean est fasciné. Kevin, lui, s'en fiche complètement.

– On est bientôt arrivés ? demande-t-il dans un éclat de rire. Je plaisante : on vient à peine de partir !

Une heure et demie plus tard, on arrive pour de bon. Je gare la Jeep parmi des milliers d'autres voitures rôtissant au soleil dans un champ de la toute petite ville de Cromwell, Maryland. Excités, les garçons courent vers une paire de tours crénelées – n'y regardez pas de trop près, elles sont en contreplaqué... Des bannières flottent sur les remparts de chaque côté d'un pont-levis abaissé sur des douves qui semblent avoir été récemment élargies. Une houe boueuse est appuyée à l'extérieur d'une boutique où on peut louer des costumes pour la journée.

– Doucement, dis-je aux garçons tandis que nous nous joignons à un flot de familles prêtes à traverser le pont pour pénétrer dans un autre monde.

– Un seigneur, deux écuyers, c'est ça ? s'enquiert la femme costumée de l'entrée en prenant ma carte de crédit. Sur la Visa de Sa Majesté.

Nous voici dans la place. Le temps a soudain reculé de six cents ans. Des allées serpentent dans un bourg médiéval d'échoppes et d'étals de nourriture, d'amphithéâtres à ciel ouvert et de jeux d'échecs vivants. La ligne de démarcation entre imaginaire et réalité est au mieux très brouillée car de nombreux visiteurs sont en costume, certains simples et faits à la maison, d'autres aussi élaborés que ceux des animateurs et probablement loués à la boutique de l'entrée. C'est comme l'une de ces reconstitutions de la guerre de Sécession et je me dis que cela pourrait être intéressant de faire un film sur les gens qui se passionnent pour une autre époque.

Pendant ce temps, les jumeaux courent de droite et de gauche, dessinant dans l'air une sorte d'étoile à cinq branches qui relie un fauconnier à un marchand d'armures, un magicien faisant des tours de cartes à un jongleur, un groupe chantant des madrigaux à un fabricant de bougies. Et tous, même les marchands de frites et les vendeurs des boutiques sont en costume et s'expriment dans une parodie d'anglais moyenâgeux, avec force « oui-da ».

L'excitation des garçons est contagieuse et avant longtemps je me rends compte que je passe vraiment un bon moment. L'endroit est intéressant et impressionnant, moitié parc d'attractions, moitié machine à remonter le temps. Educatif aussi ; Liz donnerait son approbation. Elle a raison : c'est formidable d'être avec les gosses, quand ils s'éclatent comme ça.

Liz, douce Liz. Elle devrait être là, ça lui plairait. Un moment, mon envie d'elle me travaille. Elle n'est partie qu'après une série d'engagements non tenus de ma part – j'allais changer, je ne serais plus un drogué du boulot –, et je ne suis pas encore remis de son départ. Je savais qu'elle avait raison, bien sûr, mais je n'arrivais pas à faire les changements promis. L'info vous bouffe. Vous pouvez toujours faire plus, monter un sujet un peu mieux, écrire de meilleurs commentaires, vérifier une source de plus... mais vous devez le faire dans l'instant, parce qu'il y a toujours un horaire à respecter.

Oui, Liz avait raison, je l'avoue. Je suis un accro du travail. J'ai négligé ma famille, je l'ai reconnu devant le conseiller conjugal. Je pensais que nous avions le temps, que nous faisions des progrès. Je n'ai jamais cru que Liz partirait vraiment. Et puis elle a quitté la maison avec les enfants, laissant dans ma vie un trou aussi profond que le Grand Canyon.

Ma campagne pour les récupérer n'a pas fonctionné au mieux, et cet été est une sorte de dernière chance. En attendant, j'ai peur qu'elle ne rencontre quelqu'un d'autre, un type à la nouvelle mode. Attentif, sensible, un de ces mecs qui portent un tee-shirt proclamant *Je suis le papa*. Un de ces gars qui trimballent leur bébé dans une espèce de poche marsupiale. Cette pensée – Liz et un autre homme avec leur bébé – me révulse et je la chasse de mon esprit.

– On mange quelque chose ? je propose.

– Ouais !

Nous faisons la queue à une baraque de hot dogs.

– Les jeunes écuyers voudront-ils un tantinet de moutarde du roi sur mes mâtins brûlants ?

Les jumeaux ont l'air sidérés puis s'écroulent de rire. « T'as compris ? Mâtins ? Chiens ! Chiens chauds ? Hot dogs ! »

Je suis étonné qu'ils connaissent un mot comme « mâtin ».

Nous passons l'après-midi à déambuler de surprise en ravissement. Kevin et Sean restent bouche bée devant l'avaleur de sabre, un bel homme en gilet de cuir, couvert de sueur, qui se renverse en arrière pour engloutir la lame d'un cimeterre outrageusement large. Comme les autres gosses, ils hésitent entre admiration et dégoût. Un magicien de rue déchire une carte tirée par un visiteur puis la récupère, miraculeusement intacte, dans la chevelure d'une femme. Kevin tourne vers Sean un regard abasourdi, genre : « Comment il a fait ça ? » Les yeux écarquillés, ils regardent des catcheurs s'empoigner dans la boue ou fixent la bulle transparente qui s'enfle au bout du tube d'un souffleur de verre.

Nous nous arrêtons devant l'échelle de Jacob que petits et grands essaient de gravir. Personne n'arrive à monter plus de deux barreaux de ce truc boiteux avant que le manque d'équilibre ne le fasse brusquement pivoter. Les candidats tombent sur un gros tas de paille et partent pour la plupart d'un rire étonné. Certains font deux ou trois tentatives avant de s'éloigner. C'est un dollar le coup et bien que les jumeaux soient costauds et sportifs pour leur âge, ils n'ont pas une chance. Ils veulent quand même essayer et je capitule. Dégringoler fait manifestement partie du plaisir.

Ils parviennent tous deux au troisième barreau avant de perdre l'équilibre et ils me supplient de les laisser recommencer. Je réfléchis : à un dollar les trente secondes, c'est une distraction plutôt chère…

– Une dernière fois, dis-je.

Ils se remettent dans la queue. Kevin tombe presque tout de suite, mais Sean réussit à gravir les barreaux branlants et parvient au sommet. La foule, qui a jusqu'ici assisté aux échecs de tous les candidats, pousse un rugissement. Kevin est un peu jaloux mais content pour son frère, et fier aussi. Le type qui tient l'attraction remet théâtralement son prix à Sean, une grosse « médaille d'argent » frappée d'une fleur de lis. Je raccourcis la lanière en cuir pour que la médaille repose sur la poitrine de Sean. Son succès encourage les spectateurs à tenter leur chance et plusieurs d'entre eux vont grossir la queue. Nous les regardons un moment puis nous passons à autre chose.

Nous nous essayons tous les trois au jonglage et au tir à l'arc – sans grand succès – et nous faisons de piètres décalquages de chevaliers en cottes de mailles. Les garçons sont excités. Se lassent. S'enthousiasment de nouveau. Ils sont morts de rire quand un type en haillons se présentant comme le Flagorneur se jette à mes pieds et implore « milord » de lui « bailler quelque argent ». Saisissant ma cheville, l'acteur provoque chez les garçons un délire d'hilarité quand il lèche véritablement une de mes baskets poussiéreuses puis claque des lèvres comme s'il en appréciait la saveur.

Trop géniale, cette sortie, donc, jusqu'au moment où je tends la main vers mon portefeuille pour payer des cornets de glace et découvre qu'il a disparu. Mon humeur dégringole en chute libre lorsque les conséquences surgissent dans mon esprit. Je vais devoir refaire mes papiers d'identité, mes cartes de crédit, mon permis de conduire. Est-ce qu'il reste assez d'essence dans le réservoir de la voiture pour rentrer ? D'ordinaire, je garde un billet de vingt dans la boîte à gants pour les cas d'urgence mais je l'ai dépensé il y a deux jours dans une pizzeria qui ne prenait pas les cartes de crédit. Je n'ai plus de monnaie sur moi, j'ai tout donné au Flagorneur.

Nous revenons sur nos pas et Kev, qui marche derrière moi, retrouve mon portefeuille :

– Il est dans ta poche, papa, dit-il.

Quand je tends la main pour m'en assurer, il ajoute :

– Non, dans l'autre.

Il a raison, le portefeuille est bien là.

– Ça, alors, fais-je. Dans ma poche… Pourquoi j'y ai pas pensé ?

Les garçons ont un rire nerveux et je secoue la tête.

– Je le mets toujours là, normalement, dis-je en tapotant la poche gauche.

– Pas ce coup-ci, fait remarquer Sean.

– Non, on dirait.

Cette entorse à une habitude de toute une vie me paraît étrange, si étrange que j'ouvre le portefeuille pour vérifier.

– Tout y est, apparemment, dis-je aux jumeaux. Et vous savez quoi ? Je préfère de loin me sentir idiot que de l'avoir vraiment perdu.

– Alors, on y vaaaa ! s'exclame Sean.

– Au tournoi, noble seigneur ! ajoute Kevin.

Et nous nous dirigeons vers le plat de résistance de l'après-midi. Les garçons me le rappellent avec énergie depuis une heure, Kevin regardant sa montre toutes les dix minutes. Le tournoi commence à seize heures trente. Nous descendons une allée et, au moment où nous pénétrons dans l'amphithéâtre, je constate que nous avons bien fait de ne pas tarder : il y a déjà une foule nombreuse et nous sommes obligés de nous asseoir assez loin du centre de l'action. Les sièges sont faits de balles de paille disposées en rangées concentriques autour de la lice.

Le tournoi oppose quatre chevaliers en armure. Tandis qu'ils caracolent autour de l'arène sur leurs chevaux, des animateurs costumés en écuyers incitent le public à soutenir les concurrents. Chaque partie de l'arène est décorée de bannières et d'oriflammes reprenant les couleurs – rouge, vert, blanc, noir – que portent les chevaliers et leurs montures respectives.

Nous sommes assis dans la zone verte. Chaque écuyer chauffe le public de son secteur en l'invitant à applaudir son champion et à se moquer des autres. « Le Chevalier Noir est un lourdaud. Tous ensemble, maintenant ! » Pour contribuer à faire monter la température, les écuyers demandent à de jeunes supporters de chaque chevalier de descendre jusqu'à la barrière qui entoure l'arène.

Les jumeaux réclament en piaillant de se joindre à la « Machine Verte », une bande d'enfants rassemblés pour acclamer le Chevalier Vert. J'hésite.

Liz ne les y autoriserait jamais. Elle sait qu'elle est trop protectrice, elle s'en inquiète, même. « Cela pourrait les rendre peu sûrs d'eux, reconnaît-elle. Je les amène à penser que le monde fourmille de dangers. » Mais c'est plus fort qu'elle. Moi-même, j'ai fait l'objet de ce genre d'inquiétude. J'aimais faire de la varappe mais Liz détestait ça. Après la naissance des garçons, elle m'a supplié d'y renoncer et je n'ai pas opposé une très vive résistance. D'abord, parce que je comprenais son point de vue, ensuite parce que j'étais tellement pris par mon travail que je n'avais plus vraiment le temps pour l'escalade.

Pour les enfants, c'est pire. Liz supporte à peine de les laisser monter dans la voiture d'une autre mère inscrite au covoiturage, et en tout cas pas sans avoir vérifié les ceintures de sécurité, les sièges eux-mêmes, l'état général de la voiture, jusqu'aux aptitudes apparentes de la conductrice.

– P'paaa, s'il te plaît !

En bas, l'écuyer vert distribue des ballons de baudruche et des drapeaux émeraude que les enfants de la Machine Verte agitent en sautillant sur place. Je me dis que c'est exactement le genre de chose qu'on devrait leur autoriser. Je suis là, après tout, je les vois. Que peut-il leur arriver ?

Je cède tout en prenant plaisir à leur joie exubérante.

– Ouais ! On y va !

– C'est parti !

Je regarde leurs têtes blondes descendre l'allée tandis qu'ils se dirigent vers la barrière pour rejoindre la troupe braillarde des enfants. L'écuyer leur remet à chacun un drapeau vert. Puis le tournoi commence et, à mon grand étonnement, les chevaux sont aussi fougueux qu'ils sont volumineux. On sent leur puissance. Le sol paraît trembler lorsque les chevaliers Rouge et Blanc chargent, penchés au-dessus de leur lance, chacun les yeux rivés sur le cœur de l'autre. Le choc est bruyant, violent. Un grondement monte de l'autre côté de l'arène quand le Chevalier Rouge vide les étriers et vient mordre la poussière, les bras en croix. Le Chevalier Blanc embrasse sa lance et la dresse en l'air ; c'est le délire chez les supporters blancs. Je cherche les jumeaux du regard et les repère dans la partie droite de la Machine Verte. Avec d'autres enfants, ils caressent un petit chien qui lui aussi est costumé, avec une fraise autour du cou.

Tous les regards se tournent de nouveau vers la lice, où un héraut annonce le duel suivant. Le Vert et le Noir se ruent l'un vers l'autre. Après une violente collision, le Chevalier Noir se retrouve au tapis. Je dois reconnaître que c'est plutôt captivant. Ce sont de vraies joutes et je serais étonné si les combattants ne tenaient pas le compte des victoires et des défaites. Quand le Chevalier Noir se relève et quitte l'arène furtivement en se massant le dos, impossible de ne pas applaudir.

C'est super, me dis-je en pivotant pour voir si cela plaît aux garçons. Mon regard se porte vers la barrière derrière laquelle la Machine Verte est rassemblée, mais je n'arrive pas à trouver Kev et Sean. Pas tout de suite, du moins.

Au bout d'un moment, je ne les ai toujours pas repérés.

Je me mets debout, je tends le cou pour mieux voir. Derrière moi, des spectateurs commencent à protester :

– Assis, devant !

Je les ignore et continue à scruter le groupe, mais les jumeaux… Ils n'y sont pas. Une pointe de panique me transperce le cœur. Je me redresse.

Dans l'arène, les chevaliers victorieux se préparent pour la joute finale. A chaque extrémité du terrain, leurs chevaux frappent le sol du sabot et secouent leur tête massive. L'écuyer vert dirige le chœur des enfants :

– Vert ! Vert ! Vert ! Vert !

– Kev ?

Je me dis qu'ils doivent être là, quelque part en face de moi, cachés derrière des gamins plus âgés, plus grands…

– Sean !

L'écuyer scande une nouvelle acclamation, « Allez, le Vert ! », tandis que je me faufile parmi la foule pour m'approcher de la barrière.

– Kevin ?

Je hausse la voix pour me faire entendre par-dessus les encouragements des supporters. Parvenu à la barrière alors que le Chevalier Vert galope vers son adversaire, je me rends compte que je suis plus terrifié que je ne l'ai jamais été dans une zone de guerre.

– Sean ?

Je crie maintenant de toutes mes forces, je jette des regards affolés autour de moi. Et je vois d'autres gosses, des tas d'autres gosses. Dans mon dos le Chevalier Vert est désarçonné, une vague de plaintes déçues parcourt le secteur tandis qu'un rugissement monte de l'autre côté de l'arène. A la demande des écuyers, lâcher de ballons en masse. Je fouille fébrilement le groupe des yeux à la recherche d'une tête blonde, d'un tee-shirt jaune. Rien. Les enfants commencent à s'égailler pour rejoindre leurs parents.

Je retourne à l'endroit approximatif où nous étions assis. Je rive mon regard à la foule qui se disperse comme pour la contraindre à s'ouvrir devant mes fils mais quelques minutes plus tard, exception faite d'une femme qui, trois rangées plus bas, console son bambin en pleurs, je me retrouve seul.

Il est dix-sept heures vingt-deux, les jumeaux ont disparu. Disparu. Je reste assis sur ma balle de paille dans l'espoir que les garçons sont allés aux toilettes et qu'ils reviendront bientôt, mais j'ai un terrible pressentiment. Je sais qu'ils ne sont pas allés aux toilettes. Pas sans me le dire. Pas en pleine joute.

Alors, où sont-ils ?

Pendant quelques minutes, je n'arrive pas à me décider à quitter le secteur de l'arène. C'est là que je les ai vus en dernier, là qu'ils devraient revenir... s'ils se sont simplement égarés. Je repousse cette phrase de mon esprit, cette expression que j'associe aux infos sur des gosses portés disparus et qu'on ne revoit jamais, dont le visage finit imprimé sur les briques de lait.

Je demeure sur la balle de paille plus longtemps que je ne devrais parce que – je finis par en prendre conscience – quitter l'arène reviendra à admettre que mes fils ont vraiment disparu, qu'il leur est arrivé quelque chose de terrible, quelque chose qui nécessite l'intervention de la police. Plusieurs minutes s'écoulent encore, pendant lesquelles je reste comme paralysé.

Ce qui parvient enfin à me tirer de mon inertie, c'est une poussée de pure terreur. En quelques secondes, je me lève, sors de l'amphithéâtre et me mets à courir en tous sens, au point que la foule sinueuse et lente s'écarte devant moi, effrayée, et que des voix s'élèvent, plaintives et irritées :

– Qu'est-ce qu'il a, celui-là ?

– Hé !

– Y a des enfants, ici !

– Attention, quoi !

Il me faut un moment avant de trouver un membre des services de sécurité de la fête.

– Que cherchez-vous, étranger...

– Je ne retrouve plus mes gosses.

La tension de ma voix dissout les siècles et ramène le vigile en 2003.

– Ça arrive tout le temps, me déclare-t-il. Les gens sont distraits par le numéro d'un jongleur de rue, on en a une douzaine, vous savez. Alors, c'est facile de se perdre...

– On ne s'est pas perdus. Nous regardions le tournoi...

Tout le monde fait preuve de sympathie. Une voix dans les haut-parleurs informe « le prince Kevin et lord Sean » que leur père s'est égaré. Auraient-ils l'amabilité de signaler leur présence au guichet d'une des attractions ?

J'attends en me disant que les jumeaux seront là d'une minute à l'autre, mais au fond de moi je n'y crois pas vraiment.

3

Solitaire, perdu, je suis assis sur un banc à l'extérieur du petit bâtiment rustique où se trouve le quartier général de Sa Majesté. L'intérieur n'a rien de médiéval : une demi-douzaine de personnes travaillant dans un espace moderne. La partie consacrée à la sécurité est bourrée de bureaux et d'ordinateurs composant un système de communications des plus sophistiqués. Le bâtiment abrite aussi les services des premiers secours et des objets trouvés.

Un homme aux cheveux gris passe la tête par la porte.

– Vous voulez une boisson ? Un café ? Un soda ?

Je secoue la tête sans quitter la foule des yeux. Les garçons vont surgir dans l'allée d'un instant à l'autre, me dis-je.

L'homme aux cheveux gris, Gary Prebble, est le chef de la sécurité du parc. Il porte un uniforme bleu clair simple, avec une bande dorée le long des jambes du pantalon, un badge sur la poche de poitrine et, accrochés à la ceinture, une matraque, une bombe lacrymogène et un talkie-walkie. Autrement dit, un flic de formation qui bosse tous les week-ends à la Fête.

Son vocabulaire l'identifie comme un homme qui a passé sa vie dans une profession où dominent des termes spécifiques peu utilisés par les gens ordinaires : « boisson, véhicule, arme à feu ».

Quand je suis arrivé et que je lui ai dit que je ne retrouvais pas mes enfants, il a envoyé une femme corpulente aux cheveux nattés lire une annonce dans les haut-parleurs puis il a noté méthodiquement les détails de ma déclaration sur ce qu'il a appelé un « formulaire d'incident ».

« Lorsqu'un gosse disparaît, ce qui arrive tout le temps, en gros nous faisons un appel et nous attendons qu'il réapparaisse, m'a-t-il expliqué. Ils réapparaissent toujours, tôt ou tard. »

Il m'a conseillé de garder mon calme.

« Ça fait un moment que je fais ce boulot, a-t-il poursuivi en posant une main sur mon épaule. Quand des gens se perdent, le mieux, c'est que l'un d'eux reste dans un endroit précis, vous voyez ? »

Dix minutes se sont écoulées. Prebble me rejoint sur le banc, un gobelet de café à la main. Je n'arrive pas à prononcer un mot, j'ai la bouche sèche comme de l'étoupe. Prebble est un bavard.

– Mon arme me manque, dit-il en tapotant son ceinturon. J'ai passé trente ans dans la police du comté de Prince William, en Virginie. Ça fait cinq ans que je suis à la retraite. Je suis venu ici pour être près de mes petits-enfants.

Il m'adresse un sourire encourageant.

– Vous en faites pas pour vos gosses. Ils reviendront, je vous le garantis.

Il y a de la chaleur dans ses yeux, une expression rassurante forgée par des années passées à voir des gens en détresse se tourner vers lui. Je me sens réconforté par sa confiance, mais jusqu'à un certain point seulement.

Où les garçons peuvent-ils être ?

Des gens entrent et sortent du bâtiment. Un couple y conduit un gamin au genou écorché ; deux adolescents inquiets escortent une fille sautillante qui s'est fait piquer par une guêpe ; un homme las explique qu'il a perdu ses clés de voiture ; une femme se plaint qu'on ne lui a pas rendu toute sa monnaie à l'un des stands.

Je m'efforce de me convaincre que la disparition des enfants n'est qu'un autre de ces événements anodins, que d'une seconde à l'autre un adulte serviable va me ramener

Kev et Sean, mais au bout d'un moment je ne tiens plus en place.

– Ecoutez, Prebble, s'ils viennent ici...

– Ils viendront, monsieur Callahan. Vous voulez les chercher ? Allez-y. Quand ils arriveront, nous vous préviendrons par la sono et nous les garderons ici, je vous le promets.

Je me sens soulagé de bouger. Faire quelque chose, n'importe quoi, tout plutôt que rester à attendre. Je me dirige vers la Jeep en me disant que les enfants ont peut-être eu l'idée d'y retourner. Ça me paraît logique, mais j'ai passé si peu de temps avec eux ces six derniers mois que je ne suis pas sûr de leurs réactions. De toute façon, je récupérerai mon téléphone portable dans la voiture. Ils connaissent le numéro. Avant qu'ils partent pour le Maine, Liz leur a fait apprendre par cœur tous mes numéros. Ils ont peut-être appelé et...

– Grande est ta hâte, me dit une femme lourdement maquillée d'un ton flirteur. Demeure encore un peu, je te prie...

Je ne suis pas assez grossier pour passer simplement sans lui répondre.

– Je cherche mes gosses.

Elle laisse tomber son numéro moyenâgeux :

– Attendez, je vais vous tamponner la main. Sinon, on vous fera repayer quand vous reviendrez, même si c'est pour dix minutes seulement.

Avant que je puisse répondre, elle imprime une rose fluorescente sur le dos de ma main.

Je marche à grands pas parmi des kilomètres de voitures étincelantes, séparées à présent par quelques emplacements libres près de l'entrée. Le vaste parking est entouré d'une forêt épaisse d'où me parvient le chahut fervent des cigales, une stridulation qui s'enfle et retombe et me fait un instant tourner la tête. Un John Deere Gator vert vif passe en grondant, chargé de gilets fluo et de ces bâtons orange qui servent à diriger la circulation. Les employés se préparent pour le retour en masse.

Il me faut un moment pour retrouver la Jeep et quand je finis par la repérer, je constate que les enfants n'y sont pas. Je ne m'attendais pas à ce qu'ils y soient, pas vraiment, mais je suis quand même déçu. Je presse le bouton de ma clé pour ouvrir la portière et je saisis mon portable, avec une brève bouffée d'espoir à l'idée d'y trouver un message.

Rien. Je glisse l'appareil dans ma poche, le ressors aussitôt et interroge le répondeur, à la maison. Rien non plus, seulement un message de la chaîne, Kathy a une question sur le plan d'ouverture de mon sujet.

Je retourne en courant vers la grille, je montre ma rose fluorescente à l'employé qui me fait passer par un tourniquet. Je prends un plan du parc et, le tenant à la main, j'entame mes recherches.

Je prévois d'être méthodique, d'inspecter toutes les baraques et toutes les attractions, petites ou grandes, toutes les boutiques, la rangée de toilettes mobiles... En marchant, je crie les noms des garçons. Je fais tout ce que je peux pour ne pas céder à la panique mais, parfois, je perds le contrôle de ma voix et mon ton désespéré saisit les gens qui m'entourent. Je le vois dans leurs yeux, méfiants et alarmés.

– Kevin ! Sean !

Au bout d'un moment, j'arrête des visiteurs au hasard : « Je cherche des jumeaux », « Vous n'auriez pas vu des jumeaux ? Des garçons, blonds, six ans »...

Le parc a un tracé complexe, à la manière de ces grands magasins où l'on vous encourage à flâner sans but. A plusieurs reprises, je me rends compte que je suis en terrain familier, que je parcours de nouveau un secteur déjà visité. Régulièrement, je reviens à l'arène du tournoi, au cas où les garçons y seraient retournés. Puis je vérifie auprès de Gary Prebble, au cas où quelqu'un les aurait ramenés au QG de la Fête.

Trois quarts d'heure plus tard, j'ai couvert à peu près tout le parc. Quelques personnes se rappellent avoir croisé les jumeaux, mais quand je les presse de questions, il s'avère qu'ils les ont vus beaucoup plus tôt dans la journée ou que leurs souvenirs sont trop vagues pour m'être utiles. D'autres semblent répondre positivement pour me faire plaisir : j'ai l'air si désespéré qu'ils voudraient m'aider. « J'ai l'impression d'avoir vu des jumeaux au spectacle de fauconnerie… »

Les haut-parleurs informent la foule que le parc ferme dans trente minutes, que les visiteurs doivent faire leurs derniers achats et se présenter assez tôt pour rendre les costumes loués. Presque immédiatement, les gens commencent à se diriger vers la sortie. Je retourne au QG et demande à Gary Prebble de boucler les issues.

– Nous ne pouvons pas faire ça, répond-il.

– Pourquoi ?

– Vous imaginez l'affolement si nous essayons d'enfermer tous ces gens ? Je ne peux pas faire ça. D'ailleurs, le parc est fermé, sauf pour le personnel. Tout le monde entre et sort par le même endroit. C'est comme ça qu'on s'assure que tout le monde paie en entrant, vous comprenez ? Si vous voulez, on peut aller se poster à la sortie, vous et moi. Vos gosses auront peut-être l'idée de retourner à la voiture…

– J'ai déjà vérifié.

– Mais le parc ferme, maintenant. Ils ont dû entendre l'annonce. Tous les visiteurs retournent aux voitures.

Prebble disparaît un moment dans son bureau et je l'entends appeler son assistant :

– Jack, tu contactes toute l'équipe, tu leur dis que personne ne rentre à la maison, d'accord ?

Nous nous tenons tous les deux sur le pont qui enjambe les douves et nous inspectons la foule qui sort.

– Une seule entrée, une seule sortie, me dit Prebble. En entrant, tout le monde paie ; en sortant, les visiteurs sont canalisés vers le parking pour qu'ils ne dérangent pas les artistes et les artisans qui vivent sur les lieux.

– Ils vivent ici ?

– Certains, oui. Là-bas, derrière la fosse de boue des catcheurs. Ils ont des caravanes ou des camping-cars. Des parcs comme celui-là, il y en a dans tout le pays, dans le monde entier, en fait. Les gars passent de l'un à l'autre, c'est leur vie. Comme les gens du cirque, vous voyez.

Je me concentre sur la foule et mon cœur bat plus fort chaque fois que je repère deux enfants blonds, ou même un seul. Mais chaque fois mon espoir ne dure que quelques secondes et meurt quand les enfants s'approchent et que leurs traits deviennent plus clairs.

Des visiteurs s'arrêtent à la boutique de costumes, troquent leurs habits médiévaux contre des jeans et des tee-shirts, des débardeurs et des shorts. Des parents fatigués guident des gamins épuisés aux joues peintes d'arcs-en-ciel. Un petit pleure pour qu'on le porte. Deux adolescents au maquillage gothique passent en ricanant avec une petite fille aux cheveux ornés d'une guirlande de fleurs.

Le flot est nettement plus mince au moment où le talkie-walkie de Prebble crépite. Il s'écarte de quelques pas et un torrent d'espoir me submerge. Cela ne dure pas. Je vois à son visage que l'appel ne concerne pas les garçons.

– Avant qu'on quitte le QG, me dit-il avec une expression un peu affligée, j'ai demandé à Mike d'appeler la police du comté pour prévenir que nous avons un problème. Ils arrivent.

Cinq minutes plus tard, l'exode s'est réduit à quelques attardés. A l'intérieur du parc, les équipes de nettoyage commencent à ramasser les détritus, soulèvent les couvercles des poubelles crénelées et en extraient de grands sacs en plastique transparents. Un jeune type dégingandé coiffé d'un bonnet de bouffon passe avec un John Deere Gator à grosses roues et jette les sacs sur son plateau. Dans les boutiques proches de la sortie, le personnel range la marchandise pour la nuit : chopes en étain, bougies, gravures sur bois encadrées. A la boutique de costumes, une femme calcule la recette. Derrière moi, un homme fait glisser un panneau de contreplaqué sur la devanture de son échoppe de bougies.

Prebble appelle le service de sécurité avec son talkie-walkie, mais personne n'a vu les enfants.

– Ils se sont peut-être endormis quelque part, dit-il. Le parc est plein de coins et de recoins.

Sa voix n'est plus du tout rassurante.

Sur le parking, des centaines de moteur grondent et montent en régime, couvrant les plaintes d'enfants exténués. Des employés en gilets orange fluo agitent des drapeaux de même couleur pour diriger la circulation.

Une voiture radio marron et beige, rampe lumineuse bleu et rouge allumée, remonte le flot des véhicules qui sortent et s'arrête devant la grille d'entrée.

L'inspecteur Schoffler est un costaud au visage rougeaud surmonté de cheveux blond sale. La cinquantaine, ou un peu plus, et vingt kilos de trop. Malgré son pantalon kaki froissé un blazer bleu qui a connu des jours meilleurs, il donne une impression immédiate d'autorité. Enveloppé ou pas, il a une démarche de sportif.

L'agent Christiansen, un maigrelet avec une coupe à la tondeuse, des dents de lapin et une voix aiguë, porte un uniforme marron à peu près de la couleur de la voiture.

La main droite de Schoffler est puissante, rugueuse, et au lieu de lâcher immédiatement la mienne il la recouvre de son autre main.

– Monsieur Callahan, dit-il en me fixant d'un regard si perçant que j'ai la sensation d'être examiné par un appareil biométrique.

Il finit par libérer ma main pour pointer un index accusateur sur Prebble.

– Gary, t'aurais dû me prévenir plus tôt. Tu le sais, bon Dieu, lui reproche-t-il en secouant la tête.

Prebble hausse les épaules.

– J'ai pensé que…

– Depuis combien de temps ces gosses ont disparu ? Plus de deux heures, maintenant ? Bon, soupire l'inspecteur, t'as quoi comme équipe, aujourd'hui ?

– Moi plus quatre autres, répond l'ancien flic.

Quand il apparaît que Schoffler veut plus de détails, il ajoute, en désignant l'homme au teint pâle assis derrière le bureau :

– En plus de Jack, là, il y a Gomez, Arrington et… ah oui, Abigail Dixon.

Schoffler grimace.

– Fais-les venir ici.

Prebble hoche la tête, écarte le téléphone de son oreille comme pour dire quelque chose, mais Schoffler l'arrête en levant la main, tel un agent de la circulation.

– Je fais venir la brigade canine, annonce-t-il en décrochant un portable de sa ceinture. (Il se tourne vers Christiansen.) En attendant, on boucle le périmètre.

4

On pourrait croire que cette débauche d'activité résolue me fait me sentir mieux mais je suis paralysé de trouille. Même si je ne croyais pas trop aux mimiques confiantes de Gary Prebble, les manières sérieuses et appliquées de Schoffler sont infiniment pires. Je pense aux enfants Ramirez, des jumeaux californiens assassinés quelques années plus tôt. Je pense à Etan Patz et à Adam Walsh, à Polly Klaas, à Samantha Runnion, à tous les autres enfants disparus, connus ou moins connus, dont les visages, apposés sur les cartons de lait et les murs des bureaux de poste, hantent notre univers.

La peur doit se voir sur ma figure car Schoffler me presse l'avant-bras d'une de ses grosses mains.

– Les gamins, ça se cache… commence-t-il, décidé maintenant à se montrer rassurant. Ils se perdent, ils prennent peur, et généralement ils se cachent. Ils imaginent peut-être même que vous serez en colère contre eux, vous savez. Alors, on va les chercher, on va regarder dans tous les coins de ce parc. Les chiens pourraient nous aider, c'est pour ça que je fais venir la brigade canine. D'accord ?

– D'accord. Je comprends.

Il fronce les sourcils et reprend :

– Votre tête me dit quelque chose. Vous êtes avocat ?

– Reporter. Pour la Fox.

– Oui, dit-il d'un ton machinal, avant de se souvenir : Ah oui.

Il tire de la poche de son blazer un carnet à spirale, l'ouvre.

– Vos garçons, ils ont quoi ? Six ans, m'a dit Gary...

– Oui. Kevin et Sean Callahan.

– Date de naissance ?

– Le 4 janvier 1997.

– Décrivez-les.

– Ils sont, je sais pas, grands comme ça, dis-je en indiquant de la main leur taille approximative. Yeux bleus, cheveux blonds...

– Blonds comment ? veut savoir l'inspecteur. Blonds comme vous ou plus platine ?

– Presque blanc.

– Des signes particuliers ? Des cicatrices, des choses comme ça ?

– Ils ont les dents de devant à moitié sorties seulement.

– Bien, dit Schoffler, qui hoche la tête en écrivant, comme si l'état de leur denture était une information réellement utile.

– Ce sont des jumeaux.

Mes nerfs ont fait monter le volume de ma voix et ma phrase est trop forte. J'ai crié, en fait. Je prends une inspiration et j'ajoute :

– Vous le savez déjà, non ? De vrais jumeaux.

Schoffler hausse les épaules.

– D'accord. Mais s'ils se sont séparés...

– Non. Je suis sûr qu'ils sont restés ensemble.

Je ne supporte pas l'idée que Kevin et Sean ne soient pas ensemble.

– Ils s'habillent pareil ?

– Non.

– Alors, dites-moi ce qu'ils portaient. D'abord Kevin.

– Un tee-shirt jaune avec une baleine devant, un jean, des Nike blanches.

– Et Sean ?

– Un pantalon cargo, un tee-shirt bleu, des baskets noires à bandes blanches.

Schoffler prend note et se tourne vers Prebble.

– Gar, je suppose que vous avez une liste des employés du parc, qui travaille où et à quelle heure ? J'en aurai besoin. Maintenant, voyons comment procéder pour ratisser le secteur au mieux.

Les deux hommes s'approchent d'un grand plan mural accroché derrière le bureau des objets trouvés, discutent du déploiement des hommes disponibles.

– Quand vous fouillerez la zone d'habitation, dit Schoffler, ce dont je veux que tu t'occupes personnellement, Gary, demande à regarder à l'intérieur des camping-cars et des caravanes. Mais n'insiste pas. Note simplement les noms de ceux qui rechignent, parce qu'on devra peut-être revenir plus tard avec des mandats.

J'interviens :

– Vous croyez ? Ça voudrait dire...

– Je ne crois rien, monsieur Callahan. Sincèrement. C'est juste... nous suivons la procédure habituelle, vous comprenez ?

Je hoche la tête mais je perds mentalement pied. Des mandats.

Schoffler revient à Prebble.

– Note tous les noms, que tu jettes un coup d'œil à l'intérieur ou pas. Interroge-les sur les gens qui travaillent pour eux et qui ne figurent peut-être pas sur la liste officielle des employés du parc. Si c'est un enlèvement, nous devons identifier les témoins potentiels.

Même si j'ai envisagé cette hypothèse, naturellement, je m'accroche à l'idée que les garçons sont perdus. Le mot « enlèvement » me transperce comme une balle dum-dum.

Une fois que Schoffler a envoyé l'équipe de recherches (le personnel de sécurité, Christiansen, la brigade canine, qui vient d'arriver, avec son berger allemand nerveux, Duchess), il s'assied dehors sur le banc, tapote la place à côté de lui.

– Maintenant, vous allez me raconter tout ce que vous avez fait dans le parc. Où vous êtes allé avec vos enfants, tout ce dont vous vous souvenez.

Il extirpe de sa poche un petit magnétophone et poursuit :

– Je suis plutôt pour les notes écrites, mais si ça ne vous dérange pas, je voudrais vous enregistrer aussi.

– Pourquoi ça me dérangerait ?

Il hausse les épaules, met l'appareil en marche et dit dans sa direction :

– Samedi 31 mai 2003… (un coup d'œil à sa montre), dix-neuf heures trente. Je suis l'inspecteur Ray Schoffler, j'enquête suite à un 242 signalé par M. Gary Prebble, responsable de la sécurité à la Fête médiévale de Cromwell. Je prends la déclaration d'Alexander Callahan, père des enfants disparus, Sean et Kevin Callahan, de vrais jumeaux âgés de six ans…

Il tient entre nous le petit magnétophone argenté, dont le voyant rouge est allumé.

– A propos, monsieur Callahan, où est votre femme ? A la maison ? Elle est au courant ?

Seigneur ! Liz.

– Elle est dans le Maine. Nous sommes séparés.

Il incline la tête sur le côté en plissant légèrement le front, comme si ce n'était pas ce qu'il voulait entendre.

– Mmm, fait-il.

– Les garçons sont avec moi pour cette partie des vacances d'été.

– Et vous habitez où ? Dans le coin ?

– A Washington.

– Votre adresse ?

Je la lui donne.

– Donc, vous vous êtes présenté au QG, voyons, à dix-sept heures trente-six… Bien, d'après vous, les garçons avaient disparu depuis combien de temps ?

– Vous ne croyez pas qu'il faudrait lancer une Alerte Amber ?

Quelqu'un de la chaîne a fait un reportage là-dessus il y a quelques mois. Je ne me souviens pas de tous les détails, mais le système, qui porte le nom d'un enfant assassiné, lance une alerte générale en déclenchant un réseau complexe pour informer la population : bulletins à la télévision et à la radio, incrustations en bas des écrans de toutes les grandes chaînes. Cela comprend même l'affichage d'informations sur les grands panneaux électroniques des autoroutes servant généralement à prévenir d'une nappe de brouillard ou d'un accident.

Je me sens brusquement coupable en me rappelant une discussion à la chaîne. J'étais opposé aux incrustations informatives qui, selon moi, détournaient l'attention du téléspectateur, et je mettais l'Alerte Amber dans le même sac.

– On ne peut pas déclencher une Amber, me répond Schoffler. Pas encore, en tout cas. Pour ça, il faut des informations spécifiques : le signalement d'un suspect, une marque et un modèle de véhicule, un numéro d'immatriculation...

Ses mains montent en l'air et retombent sur ses cuisses.

– Quelque chose de précis, continue-t-il. Amber, c'est strictement réservé aux enlèvements. Pour le moment, vos garçons sont simplement perdus.

– D'accord.

– Nous ne restons pas là à rien faire, monsieur Callahan. Dès que Gary m'a appelé – avant même que j'arrive ici – et que j'ai appris que ces enfants étaient disparus depuis près de deux heures, j'ai transmis un AR aux autorités voisines...

– Un AR ?

– Un avis de recherche.

Je hoche la tête mais je garde le silence. Schoffler fait claquer ses lèvres.

– Bon, commencez par l'endroit où vous étiez quand vous avez vu vos enfants pour la dernière fois, et de là on passera en revue toute la journée : ce que vous avez fait ce matin, quand vous êtes arrivés ici et tout ce que vous avez fait dans l'enceinte du parc. Allons-y, tant que c'est encore frais dans votre esprit.

– Nous étions au tournoi. Les garçons sont allés soutenir le Chevalier Vert...

Une fois que j'ai raconté ce moment, nous revenons au début et je m'efforce de reconstituer la journée. Le voyant rouge luit, je parle, Schoffler écoute.

Le parc est en grande partie désert maintenant, tous les stands sont fermés et cadenassés. Schoffler et moi nous dirigeons vers l'arène. Chaque fois que nous rencontrons quelqu'un, l'inspecteur s'arrête et note de son écriture soigneuse le nom et la position de l'employé, l'avertit qu'il devra passer voir Jack au QG avant de quitter le parc. Il demande à chacun s'il se souvient d'avoir vu des jumeaux. Non ? Et de m'avoir vu, moi ? Non plus.

Nous avons fait une dizaine de ces rencontres quand Schoffler incline la tête sur le côté et me regarde.

– Hum, fait-il avec une expression que je ne parviens pas à déchiffrer.

– Quoi ? dis-je.

– Je m'étonne que personne ne se souvienne d'eux, c'est tout. De vrais jumeaux...

Après que nous sommes arrivés à l'arène, il me suit entre les bottes de paille.

– A peu près ici, dis-je en m'arrêtant. Nous étions assis à peu près ici.

– Et vous étiez ici la dernière fois que vous les avez vus ?

– Approximativement.

– Eux, ils étaient où ?

J'indique la barrière, l'endroit où la Machine Verte poussait ses acclamations. Je relate – pour la quatrième ou cinquième fois maintenant – ce qui s'est passé exactement. Schoffler tourne en arrière les pages de son calepin, vérifie quelque chose.

– Donc, la dernière fois que vous les avez vus, ils étaient là en bas en train d'encourager le Chevalier Vert...

Je ferme les yeux, je me concentre.

– Non. Ce n'est pas exact.

– Non ?

– La dernière fois que je les ai vus, c'était avant la joute finale. Ils étaient dans un groupe d'autres gosses et caressaient un chien.

– Un chien ? Quel genre de chien ?

– Un chien tout mince... comment ça s'appelle ? Comme un lévrier mais plus petit...

– Un whippet ?

– C'est ça ! Il avait un truc autour du cou. Une sorte de collerette, blanche, plissée...

– Comme du temps de Shakespeare, vous voulez dire ? Une fraise ?

– Oui, une fraise.

L'image de la scène surgit dans ma tête et j'ajoute :

– Le gars aussi en portait une.

– Quel gars ?

– Il y avait un grand type avec le chien.

– Et ils étaient tous les deux costumés ?

– Oui.

– Mmm, fait Schoffler. Donc, vous avez quitté vos enfants des yeux pour suivre le tournoi, et quand vous avez regardé de nouveau, ils avaient disparu...

– Oui, dis-je, tout en éprouvant une sensation de chute dans la poitrine, comme si je me trouvais dans un avion qui vient de descendre brusquement de vingt mille pieds.

Lorsque nous nous approchons de la barrière, je vois quelqu'un dans l'arène : un homme décharné, en tee-shirt rouge délavé, affairé à ramasser le crottin de cheval. Il répond poliment aux questions de Schoffler.

– Allen Babcock, décline-t-il avec un accent anglais. A, deux L, E, N. Je suis valet d'écurie, je m'occupe des chevaux.

Je fais aussi ma part de corvées, dit-il en montrant le crottin. Je peux savoir ce qui se passe ?

– Deux gosses ont disparu. Des jumeaux.

Les yeux de Babcock se portent sur moi.

– Vos enfants ?

– Des garçons de six ans. Les cheveux blonds. Vous les avez vus ?

Il secoue la tête.

– Non, désolé. Y a plus personne, maintenant, et si vous parlez de plus tôt, je ne suis pas souvent devant. Quelques gamins réussissent à se glisser jusqu'aux couloirs d'entrée, mais pas tant que ça. Des jumeaux, je m'en souviendrais.

– Les couloirs d'entrée ? Vous étiez où exactement, pendant le tournoi ? demande Schoffler.

– Vous voulez jeter un coup d'œil ?

Nous traversons l'arène à la suite de Babcock et nous franchissons un portail menant derrière, en coulisses, pour ainsi dire. Deux couloirs constitués de tubes métalliques aboutissent à deux corrals en bois.

– Un pour entrer, un pour sortir, explique le palefrenier. Les chevaux peuvent être cabochards, ils aiment pas trop toute cette sellerie tape-à-l'œil qu'on leur colle sur le dos pour les joutes. Alors, je suis là derrière pour donner un coup de main, aider les chevaliers à monter et à descendre de leurs bêtes. Pas facile, avec une armure…

– Qu'est-ce qui se passe, ensuite ? Vous emmenez les chevaux quelque part jusqu'au lendemain ou jusqu'au week-end suivant ?

– Non, non. On reste ici.

– Où, exactement ?

Babcock nous conduit à une clôture d'enceinte haute de deux mètres.

– Elle fait tout le tour du parc ? interroge Schoffler.

– Oui.

Le valet d'écurie ouvre une grille et dès que nous l'avons franchie, dès que nous nous retrouvons à l'extérieur, je suis pris de panique. Tout un monde s'étend, là, dehors. Si Kevin et Sean ont quitté le parc, ils peuvent être n'importe où.

De la tête, Babcock indique une écurie en planches à clin blanches.

– Les chevaux et la sellerie là-dedans, les bonshommes dans la caravane. (Il nous montre une grande Winnebago.) Les chevaliers… c'est plutôt des acteurs, hein ?, en même temps que des cavaliers. Ils logent dans l'enceinte avec les autres artistes. Ici, y a juste moi et Jimmy, pour s'occuper des chevaux.

Au-delà de l'écurie, un pré entouré d'une barrière blanche s'étend vers un bois dense où les cigales stridulent. Près du bâtiment, un grand cheval noir est attaché aux deux côtés d'un travail. Un homme courtaud au teint basané tient d'une main l'un des sabots massifs de l'animal et le récure avec un racloir. Babcock nous le présente : Jimmy Gutierrez. Après avoir échangé quelques mots avec lui, Schoffler note son nom et son numéro de téléphone dans son carnet.

– Je peux jeter un coup d'œil dans l'écurie… et dans la caravane ? sollicite l'inspecteur.

– C'est un peu le bazar, dans la Winnie, répond Babcock. Mais allez-y.

Nous sommes de nouveau dans l'enceinte du parc et nous retournons à l'arène quand je vois la chose près d'un des couloirs métalliques : une petite chaussure Nike blanche, avec une virgule bleue.

Je me fige. Schoffler et Babcock ont franchi la porte et sont dans l'arène avant que le policier s'aperçoive que je ne les suis plus.

– Monsieur Callahan ?

Incapable de parler, je leur fais signe d'approcher. Je fixe la chaussure. Elle est là, posée sur le sol, bien droite, comme si un pied venait de s'en extraire. Sauf que, je le remarque, le lacet n'est pas dénoué.

– On dirait une des chaussures de Kevin…

– Quoi ?

– Là-bas. Cette chaussure, dis-je en montrant la basket blanche au lacet légèrement taché de boue. Mon fils Kevin a les mêmes.

Cela me rappelle toutes les fois, étonnamment nombreuses, où j'ai vu des chaussures séparées de leur propriétaire. Accrochées ensemble et pendant à un fil électrique. Echouées sur le bas-côté d'une route. Jetées dans une poubelle. Il y a dans ces chaussures abandonnées – même devant la porte d'une chambre d'hôtel, même étiquetées dans une cordonnerie – quelque chose qui m'a toujours paru triste, voire inquiétant.

Et cette basket – est-elle vraiment à Kevin ? – me semble être un signe terrible, un indice de hâte et de violence. Je me penche pour la ramasser, mais Schoffler m'en empêche en tendant le bras devant ma poitrine.

– N'y touchez pas, m'ordonne-t-il d'une voix soudain tranchante.

Dix minutes plus tard, Christiansen arrive et la chaussure se retrouve entourée de sa propre petite enceinte de cônes de signalisation et de ruban de plastique jaune. Le policier restera pour attendre la venue de l'équipe de lieu de crime. Ce dernier mot m'inquiète plus encore que la chaussure elle-même. Allen Babcock déclare qu'il n'avait pas remarqué cette « godasse », comme il l'appelle. Jimmy Gutierrez, non plus.

– Comment vous savez qu'elle est à Kevin plutôt qu'à Sean ? me demande Schoffler tandis que nous regagnons l'entrée du parc. Vos fils sont de vrais jumeaux, non ?

– Ils ne portent pas les mêmes vêtements.

– C'est vrai, j'oubliais.

– Reprenons depuis le début, décide-t-il au bout d'un moment. Depuis votre arrivée ici. Vers quelle heure, à peu près ? Et à quoi ressemblait l'employé ?

Je tire mon portefeuille de ma poche revolver en disant :

– Je dois avoir le ticket...

Mon geste me rappelle que j'ai cru avoir perdu mon portefeuille plus tôt dans la journée et le souvenir de cet incident me préoccupe l'espace d'un instant, mais je le chasse de mon esprit quand je retrouve le ticket.

– Quatorze heures dix-huit, dis-je en lisant l'heure imprimée.

Schoffler a de nouveau sorti son calepin et griffonne dedans.

– Et la personne qui vous l'a vendu ? demande-t-il sans lever les yeux.

Sa question m'agace. Mes enfants ont disparu et c'est moi qu'on interroge. Je réponds néanmoins :

– La trentaine, les sourcils presque totalement épilés.

J'entends dans ma tête la voix de l'employée : « Un seigneur, deux écuyers, c'est ça ? Sur la Visa de Sa Majesté. »

Deux écuyers...

Schoffler regarde mon portefeuille.

– Vous auriez une photo de vos enfants ?

– Oui.

Il se tapote un sourcil de l'index.

– Je pourrais renvoyer un de mes gars au poste avec cette photo. Pour gagner du temps. Nous préparer à la distribuer aux autorités voisines. Et aux médias.

Je m'attendais à ce que la police réclame une photo, mais pour une raison ou une autre cette demande officielle m'anéantit.

– Elle a presque un an, dis-je en tirant l'instantané de la pochette en plastique transparent.

Je la regarde un instant avant de la tendre à Schoffler. Sur la photo, mes fils portent des tee-shirts à rayures bleues identiques, ce qui n'est pas dans leurs habitudes. Liz doit avoir eu du mal à les convaincre, car ils n'aiment pas s'habiller de la même façon et ont peu de vêtements comme ces tee-shirts, cadeaux de la mère de Liz. Ma femme et moi avons toujours laissé les enfants choisir leur tenue – dans la limite du raisonnable – et ils n'optent presque jamais pour des habits qui les font paraître interchangeables. Excepté quand ils veulent faire une farce et s'adonner à ce qu'ils appellent « le jeu des jumeaux ». Ils n'arrivent pas à tromper leurs parents, mais tous les autres sont des proies faciles.

Malgré les vêtements identiques, l'identité des garçons ne fait aucun doute sur cette photo. Face à l'objectif, Sean est incapable de comprendre ce que signifie le mot « sourire » ou tout autre terme que les photographes utilisent. Liz a beau lui avoir expliqué mille fois que la façon dont il crispe son visage n'est pas sourire, il a beau en avoir eu mille fois la preuve sous les yeux, rien n'y fait. Toutes les photos où Sean pose depuis qu'il a trois ans montrent l'idée qu'il se fait d'un sourire : une grimace exagérée et sans joie, les lèvres étirées au maximum, comme un orang-outang découvrant ses dents.

La vue de cette photo est presque insupportable et j'ai l'impression d'avoir la poitrine pleine de verre brisé. Je l'ai donnée à Schoffler avec une étrange réticence, comme si, en la lui confiant, j'étais dépossédé de mes fils.

– Je croyais qu'ils ne s'habillaient jamais pareil, dit-il.

– Ils ne le font pas. La plupart du temps.

– Mmm.

Une demi-heure plus tard, après un tour complet du parc pour préciser les moindres détails de ma journée, Schoffler paraît satisfait. Il arrête une dernière fois le magnétophone, le glisse dans une de ses poches. Il prend son portable, s'éloigne de quelques pas et me tourne le dos. J'entends quand même ce qu'il dit : il demande à tout le monde de regagner le QG.

Je suis dans le brouillard, entre incrédulité et panique. Par moments, je n'arrive pas à croire à ce qui m'arrive puis je me rends compte que cela m'arrive bel et bien – Sean et Kevin ont disparu, disparu – en sentant le poing glacé qui me serre le cœur.

– Je pense qu'il vaut mieux étendre les recherches au bois pendant qu'il fait encore jour, dit Schoffler dans le téléphone.

5

Je ne remarque pas à quel moment précis le coucher de soleil rose et pêche s'écoule derrière l'horizon, mais soudain il fait nuit. Un croissant de lune étonnant de clarté est suspendu dans un ciel d'encre semé d'étoiles. J'ouvre mon portable et j'interroge mon répondeur à la maison. Pour la dixième fois.

Rien de nouveau, pas de messages.

Schoffler n'a pas voulu me laisser partir avec les premières équipes de recherche. Tout le monde me donne le même conseil : le mieux que je puisse faire, c'est attendre. Mes fils ont disparu et je suis censé rester là, spectateur de ma propre tragédie.

Il est cependant curieusement familier, ce sentiment de faire partie du public tandis que la machine bien huilée du désastre se met en mouvement. Entre les informations et les séries policières télévisées, les films-catastrophe et la téléréalité, nous sommes préparés à toutes sortes de cauchemars. Peu importe ce qui arrive, c'est déjà arrivé sous une forme quelconque à quelqu'un d'autre, filmé en détails crus et accompagné d'une bande-son donnant plus de punch. Je devrais le savoir.

De mon banc, j'entends la voix de Schoffler à l'intérieur du QG : « On commence à l'intersection de la 301 et de Shade Valley Road. Puis l'appareil partira du point 19, survolera en premier le parc... »

D'abord la phrase n'a pas de sens pour moi, puis les mots « appareil » et « survolera » tombent dans les cases linguistiques appropriées de mon cerveau et je comprends qu'il parle de recherches par hélicoptère.

– Si les gamins sont dans le bois, on ne les verra pas de l'hélico, objecte Christiansen.

Quand une autre voiture radio arrive avec un plein coffre de puissantes torches électriques et quatre agents en uniforme du comté de Carrell – d'autres sont en route –, Schoffler organise de nouvelles équipes.

On a apporté de la nourriture de je ne sais où : pizzas, sandwiches, canettes de Pepsi, grandes Thermos de café en aluminium, tours renversées de gobelets en plastique blanc. Quelqu'un a punaisé une carte topographique sur le mur et l'a quadrillée. La première équipe de recherches part dans un brouhaha de communications rauques par talkie-walkie, puis la deuxième se met en branle. Quand la troisième, composée de quatre hommes et deux femmes, se regroupe pour regarder Schoffler délimiter son secteur sur la carte, je me lève et j'annonce :

– Je vous accompagne.

Schoffler hésite.

– Si on les trouve, peut-être que…

Il s'interrompt mais je lis aisément dans ses pensées. *Peut-être qu'ils ne seront plus en vie.* Je hoche la tête pour lui montrer que j'ai compris. Il ouvre la bouche comme s'il allait se lancer dans son baratin fatigué – la meilleure façon d'aider, c'est de ne pas bouger… –, puis il change d'avis et exprime son accord d'un signe de tête.

– Après tout… bougonne-t-il.

Nous avançons en ligne dans un secteur fortement boisé, chacun séparé de son voisin par la distance prescrite de deux bras tendus, écart de deux mètres qui rapetisse ou augmente considérablement selon le terrain et les obstacles qui se présentent. Les lampes électriques fouissent l'obscurité, balaient le sol de cylindres de lumière nettement définis jusqu'à ce que leurs faisceaux s'effilochent à l'extrémité de leur portée et se dissolvent en une bruine incandescente. Elles furètent dans les recoins cachés des sous-bois épais, révèlent des enchevêtrements d'églantiers, les crevasses de gros rochers moussus, l'écorce rugueuse des arbres, des pans de ruisseaux miroitants, les yeux brillants d'animaux effrayés. Elles glissent follement dans le ciel quand les policiers escaladent des rochers ou enjambent des rondins. De temps en temps, la sonnerie guillerette d'un téléphone portable fait intrusion, prélude à une conversation embarrassée avec un conjoint ou un ami.

Le groupe, monstre segmenté, fait un raffut d'enfer en avançant, chaque homme ou femme appelant « Sean ! Kevin ! » à intervalles réguliers. L'hélicoptère contribue au vacarme avec le grondement de ses rotors quand il opère des passages méthodiques au-dessus du parc, si fort par moments que les voix parviennent à peine à le couvrir. Les voix qui appellent Sean et Kevin me paraissent faibles et pitoyables, semblables à des cris désespérés dans le désert.

Nous marchons péniblement, tâtonnons et grimpons sur un terrain qui est non seulement accidenté et creusé de ravines inattendues mais étouffé par des ronces et des plantes grimpantes souvent aussi hautes qu'un homme. Notre progression est très difficile, Schoffler nous avait prévenus, et toutes les deux ou trois minutes un cri de douleur ou un juron s'élève. Au bout d'un quart d'heure, j'ai les bras et les jambes lacérés par les épines et mon visage saigne.

Régulièrement, la voix métallique de Schoffler grésille dans le talkie-walkie du chef de notre groupe. Nous faisons halte jusqu'à ce qu'il soit clair que ce n'est une fois de plus qu'une information de routine et qu'elle n'apporte rien de nouveau sur les enfants. A chaque fois, mon cœur cogne contre ma cage thoracique et un flot d'adrénaline me parcourt. Je suis suspendu entre espoir et terreur.

Le groupe s'arrête aussi, toutes les trois ou quatre minutes, quand l'hélicoptère le survole, hésitant à projeter sous lui un cône de lumière si brillant qu'il transforme la nuit en jour. Puis quelqu'un dit « Allons-y », et nous repartons, nous faufilant dans les fourrés, criant à nous briser la voix.

Je sombre dans une sorte de transe, concentré uniquement sur mon faisceau de lumière, que je fais aller d'un côté à l'autre, méthodique comme un automate, veillant à couvrir chaque pouce de ma portion de terrain. Souvent, la lumière tombe sur une branche ou un tas de feuilles mortes et me fait brièvement croire que j'ai aperçu une jambe de pantalon, un bras, une chaussure, l'incurvation d'une tête.

Ils sont si petits, à vrai dire. Quand je vais les voir, endormis dans leurs lits, silencieux et inertes, je suis parfois sidéré qu'ils soient aussi petits, compte tenu de la place qu'ils occupent dans ma vie. S'ils sont recouverts de feuilles, on pourrait facilement passer à côté d'eux sans les remarquer.

Je cligne des yeux, j'accrois ma concentration et ferme mon esprit à ces mots : « recouverts de feuilles ». Mais je ne parviens pas à chasser de mon esprit les terribles idées qui s'y insinuent. Je ne peux m'empêcher de penser à cette chaussure, par exemple, la basket de Kevin, abandonnée près des barrières métalliques du couloir, attendant, dans son enclos de ruban de plastique jaune, les techniciens de lieu de crime.

Ce sont des termes dont je ne veux pas dans mon vocabulaire : lieu de crime, brigade canine, quadrillage...

Lorsque Schoffler ordonne à l'équipe de rentrer à la « base », pas un seul de ses membres n'a envie de le faire. Tous ronchonnent, demandent à continuer.

– On veut pas arrêter, Schoff ! braille dans son talkie-walkie un nommé Rusty, le chef du groupe. On est lancés, là.

Rusty finit cependant par céder à l'insistance de l'inspecteur : la relève attend, la fatigue fait commettre des erreurs, des hommes frais y verront mieux.

– En plus, ajoute Schoffler, la voix noyée de friture, je dois discuter avec M. Callahan.

La pièce est en désordre, transformée en une sorte de cantine déjà encombrée de gobelets, de boîtes de beignets et de pizzas, de bouteilles d'eau. Des tas de vêtements et de chaussures couvrent le comptoir des objets trouvés. Le sol disparaît presque sous des piles de cônes de signalisation orange, des gilets barrés de bandes réflectives, une petite montagne de couvertures polaires vert olive encore emballées dans des sacs en plastique.

J'attends la discussion annoncée, si exténué que pendant un moment je n'ai même pas la force d'imaginer de quoi il retourne. Il ne s'agit pas des garçons qu'on aurait retrouvés – sinon, nos remplaçants ne s'éloigneraient pas dans le noir –, et c'est bien le seul sujet qui m'intéresse.

Schoffler passe un bras charnu autour de mes épaules et me dit qu'il est temps de rentrer. Je bredouille une objection mais il me rappelle doucement deux faits :

– On n'a aucune preuve qu'ils ont été enlevés. D'accord, il y a la chaussure, mais vous n'avez pas pu l'identifier avec certitude.

– Je suis sûr qu'elle est à Kevin.

– Vous en êtes sûr parce qu'il porte les mêmes et qu'il a disparu.

– Et qu'il était là-bas, dans l'arène.

Il secoue la tête.

– Vous savez combien de gosses défilent dans cet endroit chaque week-end ? Qui sait depuis combien de temps cette chaussure est là ? C'est un modèle très courant.

Il fait passer son poids d'une jambe sur l'autre et poursuit :

– S'il y a eu rapt et si les ravisseurs vous appellent, ils ne laisseront pas de message sur votre répondeur, ils voudront vous parler.

Je hoche la tête.

– Je veux faire mettre votre téléphone sur écoute et ce sera beaucoup plus rapide si vous êtes sur place. Sinon, il faudra une autorisation écrite, les clés de chez vous, tout un cirque... Avec vous, ce sera réglé en deux heures.

– Entendu.

Il plisse les lèvres, penche la tête sur le côté.

– Deuxièmement, on peut pas avoir tous ces gars qui cherchent, un hélicoptère en l'air, argue-t-il avec un geste circulaire de la main, et garder le secret. Ce sera dans les premiers bulletins d'informations, puis dans les journaux du matin. Vous êtes bien placé pour le savoir.

Il a raison. J'aurais dû y penser. Les parents de tout le pays sont déjà sensibilisés à ce genre de nouvelles après une récente série de kidnappings et de disparitions d'enfants très médiatisée. Un procès se déroule actuellement en Californie, pour le meurtre après enlèvement d'une fillette de cinq ans. Dans un tel climat, toute nouvelle affaire d'enfant disparu fait aussitôt la une.

Du point de vue des médias, la disparition de Kevin et de Sean, c'est de l'or : des jumeaux photogéniques se volatilisent parmi des chevaliers en armure et des dames en costume médiéval. Ce n'est plus une info, c'est du sensationnel à l'état pur.

– Et tant mieux, tant mieux, continue Schoffler. Nous avons besoin de l'aide de la population. Les médias vous la donneront, ils feront un sacré battage...

Il s'arrête de parler, attend ma réaction. Je devine que je suis censé parvenir à une conclusion mais je ne vois pas où il veut en venir.

– Parmi les gens que vous connaissez, finit-il par reprendre d'un ton patient, il y en a sûrement dont il vaudrait mieux qu'ils n'apprennent pas la nouvelle à la télé, ou par le coup de fil d'un journaliste.

Mon Dieu ! Liz ! Je dois prévenir Liz.

– Je crois que vous devriez rentrer, conclut-il, voyant que j'ai enfin compris.

Je fixe mes pieds. Liz.

– Chris vous accompagnera, ajoute Schoffler en indiquant Christiansen.

– Je me débrouillerai, dis-je.

Il pense manifestement qu'il vaut mieux ne pas me laisser seul, mais la compagnie de Christiansen est la dernière chose que je souhaite. Sans tenir compte de ma réponse, Schoffler hoche la tête en direction du policier et nous suit jusqu'à la porte.

– Ton portable est chargé ? demande-t-il à Christiansen, qui sort l'appareil de son étui et l'ouvre.

– Paré.

Dehors, tout est tranquille. A peine un murmure de circulation, la stridulation montante et descendante des criquets. L'hélicoptère est rentré faire le plein. Un moment, j'entends les appels lointains de la nouvelle équipe de recherches, puis le vent agite les feuilles des arbres et couvre les voix.

Nous nous faufilons entre les voitures radio garées près de la sortie.

– Nous ferons de notre mieux ici, assure Schoffler en réprimant un bâillement.

Il me tend la main, je la serre, puis il donne à Christiansen une petite tape dans le dos et retourne dans le parc.

Devant nous s'étend l'espace désert du parking avec, seule au milieu, la forme rectangulaire de la Jeep. Christiansen marche à mes côtés en parlant en petites phrases nerveuses d'un kidnapping sur lequel il a travaillé, deux ans plus tôt.

– On a retrouvé la gosse en Floride, dit-il. Dans le jardin du petit ami.

Tandis que nous nous dirigeons vers la voiture, l'idée que Schoffler m'a fait accompagner pour ne pas laisser le père affligé seul avec sa détresse fait place à une vérité plus sombre. Je m'en rends compte au moment où je tire mes clés de ma poche et presse le bouton d'ouverture à distance. Les serrures cliquettent, les phares creusent un tunnel dans l'obscurité.

– C'est comme on dit, vous savez, continue Christiansen. Neuf fois sur dix, c'est un parent ou une connaissance.

La voilà, la vérité : Christiansen n'est pas là pour m'assister. Je suis suspect.

La main sur la poignée, je n'arrive pas à monter dans la voiture. Rentrer sans les garçons, c'est… *mal.* C'est comme un signe de défaite et de reddition, comme si je les abandonnais.

– Hé, vous voulez qu'j'conduise ? demande Christiansen.

Une effervescence d'espoir bouillonne tout à coup dans mon cerveau et j'ouvre brusquement la portière.

– Ça veut dire non, j'suppose, grommelle le policier en s'asseyant sur le siège du passager. Comme vous voudrez.

Le temps que je quitte l'herbe du parking pour l'allée de gravier, tout un scénario s'est échafaudé dans ma tête. Perdus, les jumeaux ont essayé de revenir à leur botte de paille et se sont trompés de chemin. A la fin du tournoi, tout le monde partait, c'était la pagaille.

Je m'engage sur la route en poursuivant mon hypothèse. Incapables de me retrouver, ils ont peut-être rencontré quelqu'un, quelqu'un de notre quartier, quelqu'un qu'ils n'avaient pas vu depuis que Liz les a emmenés dans le Maine. Et cette personne les a ramenés *à la maison.*

Ou peut-être Liz… Elle les a suivis du Maine, elle voulait prouver quelque chose. Elle a attendu que je sois séparé des enfants et… Ou peut-être pas Liz mais quelqu'un qu'elle a engagé…

Je suis plein de « peut-être », plein de peur et d'espoir. A un certain niveau, je sais que ces suppositions ne tiendront pas si je leur accorde un instant de réflexion. Mais maintenant que je suis sur la route, j'éprouve un besoin irrationnel de rentrer. Comme si cela allait tout arranger. Je me suis mis en tête l'idée étrange que les enfants sont là-bas, qu'ils m'attendent.

– Feriez mieux de lever le pied, gémit Christiansen.

Je regarde le compteur, je roule à cent trente.

– Faites gaffe, c'te route…

Sa voix bourdonne comme un moustique.

Je ralentis un peu et soudain mon portable sonne, j'enfonce la pédale de frein, la voiture dérape sur le bas-côté en soulevant une gerbe de gravillons.

– Bon Dieu ! couine Christiansen tandis que je cherche mon téléphone.

Je presse l'appareil contre mon oreille.

– Allô ? Allô ?

– C'est qui ? demande le policier.

Je l'entends à peine et je continue de crier : « Allô ? *Allô !* » Ce n'est pas que la liaison soit mauvaise, elle est excellente, mais il n'y a personne, rien que le silence.

– C'est qui, m'sieur ? bêle Christiansen.

Je tends la main vers lui pour le faire taire car je viens de me rendre compte que je perçois quelque chose dans l'appareil. Une respiration.

– Qui est-ce ? dis-je, m'efforçant de contrôler ma voix. Qui est-ce ?

Pas de réponse.

Puis une chandelle romaine de soulagement explose dans ma poitrine quand la voix de Kevin résonne à mon oreille, tremblante et incertaine :

– Papa ?

6

J'entends un clic et la chandelle s'éteint, aussi soudainement qu'elle s'est embrasée.

– Kevin ? Kevin ?

J'allume le plafonnier de la Jeep et scrute le petit rectangle de l'écran LCD de mon portable. Comme la plupart des appareils, il affiche le numéro des appels mais uniquement, je m'en souviens à l'instant, si on appuie sur une touche. « Appel en cours : 18 secondes », m'indique l'écran.

– M'sieur, c'était qui ? me demande Christiansen.

– Une minute…

Je fais défiler les choix du menu jusqu'à ce que j'arrive à « Appels reçus ». J'appuie sur « Reçu 1 » et je lis : *202-555-0199*.

Impossible, c'est le numéro de la maison, mon propre numéro de téléphone. Est-ce que cela signifie – mon cœur fait un tonneau dans ma poitrine – que les garçons sont à la maison ?

Je ne vois pas comment ils auraient pu rentrer sans que quelqu'un – eux ou la personne qui les a ramenés – ait pris la peine de m'appeler sur mon portable pendant les onze heures écoulées depuis leur disparition.

Ça ne tient pas debout, mais je suis quand même submergé de bonheur.

La liaison s'est interrompue quand la Jeep est entrée dans une zone morte, ça arrive tout le temps. Pourtant l'indice de réception est bon, maintenant, et je presse la touche 2, qui appelle automatiquement la maison. Je suis impatient d'entendre la voix de mon fils, et une explication.

Au bout de quatre sonneries, ma propre voix annonce : « Vous êtes bien chez Alex Callahan, je ne peux pas vous répondre pour le moment mais... »

Je coupe la communication. Mon téléphone a un système de mise en attente : si vous êtes en ligne et que vous ne passez pas au nouvel appel, le répondeur prend le relais. Nos appels ont dû se bloquer mutuellement. J'attends, j'essaie de nouveau, j'obtiens encore le répondeur. Je recommence en expliquant à Christiansen ce qui se passe et ce que je fais.

A la quatrième tentative, je renonce. Je suis peut-être allé trop vite, il faut peut-être une minute ou deux pour que les communications soient affichées. Je retourne à « Appels reçus » mais le numéro pour « Reçu 1 » est toujours le même, celui de mon téléphone fixe. Je presse une touche pour connaître l'heure de l'appel et l'écran affiche *4 h 42*. Un coup d'œil au tableau de bord m'informe qu'il est quatre heures quarante-huit. Ce qui signifie que l'appel de Kevin provenait bien de la maison de Cleveland Park.

En ce cas, pourquoi personne ne répond ?

– Monsieur Callahan, fait Christiansen, z'êtes sûr que c'était un de vos gamins ?

– Oui, j'en suis sûr, dis-je, la voix chevrotant d'émotion. C'était Kevin.

– Comment vous pouvez le savoir, vu qu'ils sont jumeaux et tout ?

– Parce que ça ressemblait à la voix de Kevin, répliqué-je sèchement.

Je ne prends pas la peine de lui expliquer que la plupart du temps Kevin m'appelle « papa » alors que Sean se contente de « p'pa », et qu'il s'y tient fermement.

– Sans déconner, murmure le policier d'une voix dubitative.

Soudain, je ne suis plus si sûr. C'était peut-être Sean. Ce manque de certitude me contrarie.

– Alors, qu'est-ce qu'il a dit ? demande Christiansen. Il leur est arrivé quoi ? Ils sont où ?

Je repars sur la chaussée, me glisse dans la circulation et accélère. Je ne réponds pas à la question du policier mais je me la pose : Qu'est-ce qu'il a dit ? Il a dit « Papa ». Je ne peux chasser de ma tête la voix de Kevin, le plus doux des élixirs, le son espéré.

Papa.

Je rappelle la maison et j'attends impatiemment la fin du message et le bip.

– S'il y a quelqu'un avec les enfants, qui que vous soyez, décrochez, je vous en prie. Je vous en prie.

Peu après la naissance des jumeaux, Liz et moi étions tellement débordés que nous avions pris l'habitude de laisser le répondeur prendre les communications la plupart du temps pour savoir qui appelait et de décrocher si nous pouvions... ou si nous voulions. Les amis et la famille le savaient, ainsi qu'une demi-douzaine de personnes à la Fox. Aussi, les messages commençaient-ils souvent par : « Alex, si tu es là, décroche... » ou par : « Liz, c'est maman. Pas la peine de répondre, c'est juste pour te dire que... »

Il y a plusieurs téléphones dans la maison, mais je me concentre sur celui de la cuisine. Posé sur la petite table rouge que Liz a achetée dans une brocante, c'est un modèle ancien, beige, au long cordon noir spiralé et souvent emmêlé. A côté, le répondeur blanc, aux angles droits, dont le voyant rouge clignote pour indiquer la présence de messages. C'est par la grille du haut-parleur de l'appareil que, j'imagine, sort ma voix amplifiée :

« Kev ? Sean ? Si vous êtes là et si vous êtes seuls, décrochez. C'est papa. Décrochez, les garçons. »

Rien.

Je visualise, accroché au-dessus de la table, le tableau d'affichage, dont le cadre en bois est marqué à l'encre verte dans un coin, là où Sean l'a colorié quand il était tout petit. En l'absence de Liz, le rectangle de liège est devenu la résidence permanente d'un ramassis hétéroclite de tickets de blanchisserie, de coupures de presse, de menus de plats livrés à domicile, de Post-it sur lesquels sont griffonnés des noms et des numéros, de photos, de dessins d'enfant, de vieux billets de loterie.

– Décrochez, allez !...

Le répondeur se déclenche et j'entends de nouveau ma voix enregistrée : « Vous êtes bien chez... »

J'essaie de me représenter Kevin ou Sean avec la même minutie que le tableau d'affichage, mais, pour une raison ou une autre, je n'y parviens pas.

– Qu'est-ce que vous faites ? m'interroge Christiansen.

Je l'ignore, compose le 411. Je demande le numéro de Yasmine Siegel puis change d'avis et appelle plutôt mon voisin d'à côté, Fred Billingsley. Yasmine a plus de quatre-vingts ans, elle mettrait trop de temps à sortir de chez elle. Fred, dont la femme Nancy est morte il y a deux ans, vit avec sa fille adulte. C'est un type efficace et sûr.

– M'sieur, faut qu'j'informe l'inspecteur Schoffler, plaide Christiansen. Vous pourriez...

Je lui fais signe de se taire. Fred est plus qu'étonné d'entendre ma voix à une heure pareille :

– Alex ? Quelle heure est-il ? dit-il d'un ton inquiet. Il y a un problème ?

– Vous pouvez me rendre un grand service ?

J'expose la situation, j'explique à Fred où trouver la clé de la porte d'entrée. Il promet d'y aller tout de suite, de me rappeler sur mon portable dans les cinq minutes.

Christiansen se penche en avant, jette un coup d'œil au compteur.

– M'sieur ! M'sieur ! Faut ralentir ! Roulez pas si vite !

Je suis sur le périphérique quand Fred me rappelle.

– Il n'y a personne, m'annonce-t-il. Je ne vois rien d'inhabituel ou de bizarre. Vous êtes sûr qu'ils ont téléphoné d'ici ?

Je réponds que mon portable a attribué l'appel à la ligne de mon domicile mais qu'il s'agit peut être d'une erreur.

– Vos garçons ont vraiment… disparu ? Seigneur, je peux faire autre chose pour vous ?

J'ai en tête que les enfants sont bien à la maison mais qu'ils se cachent de Fred. Sans raison particulière, hormis la raideur du personnage, ils ont toujours eu peur de « Mister B. »…

– Merci, Fred. Je vous suis infiniment reconnaissant. Je ne crois pas que vous puissiez faire autre chose, je serai là dans une demi-heure. Retournez vous coucher, je suis désolé de vous avoir tiré du lit.

– Pas du tout, répond-il d'une voix lointaine. Heureux d'avoir pu vous aider.

Christiansen réussit enfin à joindre Schoffler juste avant que je quitte Connecticut Avenue pour Ordway Street. Ils sont encore en grande conversation quand je gare la voiture dans l'allée. Je descends, je me rue vers la maison.

J'ouvre précipitamment la porte-moustiquaire, je défais le verrou, j'entre, je passe d'une pièce à l'autre en criant les noms des enfants, ouvre les portes, allume la lumière, regarde dans les pièces. Je termine par leur chambre. L'optimiste irraisonné qui s'est glissé en moi continue à espérer que, pour une raison quelconque, je les trouverai endormis dans leurs lits.

Leur chambre est vide. Déserte.

Christiansen en remorque, j'inspecte le grenier et la cave puis je fais à nouveau le tour de toutes les pièces, cette fois en ouvrant les placards, en regardant sous les lits, derrière les meubles, partout, dans tout endroit pouvant cacher un petit garçon. Je finis de nouveau par leur chambre et m'approche de la fenêtre de devant.

Yasmine n'est pas seulement un oiseau de nuit – elle prétend ne pas fermer l'œil plus de deux ou trois heures –, elle fait aussi partie de ces femmes qui semblent être au courant de tout ce qui se passe dans le quartier. Elle a peut-être vu quelque chose : une voiture, les enfants, la personne qui les a ramenés. Elle ne dort pas : je vois la lueur bleuâtre d'un téléviseur éclairer les fenêtres de son salon.

Je sors de la chambre et me dirige vers mon bureau pour appeler Yasmine quand quelque chose que je n'ai pas remarqué jusque-là accroche mon regard.

Quelque chose qui ressemble à un petit lapin perché sur la commode double, un meuble bas à nombreux tiroirs que Liz a acheté chez Ikea. Elle se trouve du côté Sean de la pièce, lequel, à la différence de la moitié appartenant à Kevin, n'est presque pas en désordre, sinon je n'y aurais pas prêté attention. De près, je découvre que c'est un pliage fait selon la technique de l'origami, un petit personnage d'une dizaine de centimètres de haut, en papier marron. Je ne connais rien à l'origami, mais ce truc n'est pas la représentation simplifiée d'un animal à la manière des dessins animés. Plutôt une sculpture lisse, complexe, en miniature. Et lorsque je le soulève, son contact est étrange. Il n'est pas en papier mais fait avec la peau d'un animal. Ce qui me flanque la trouille, curieusement.

A-t-il toujours été là ? Je ne crois pas, je l'aurais remarqué.

Peut-être que non, me dis-je en reposant le petit personnage sur la commode. Après tout, m'étais-je rendu compte de la passion des jumeaux pour les chevaliers ? Non. Et Liz les emmenait toujours dans toutes sortes d'ateliers. Quoiqu'il soit impossible que Kevin ou Sean aient fait ce pliage. Leur mère, peut-être.

La pensée de Liz me frappe comme un marteau piqueur.

Oh, mon Dieu ! Il faut que je l'appelle.

7

Elle arrive tard le lendemain matin, sort d'un pas chancelant de la zone de sécurité de National Airport, son joli visage ravagé par les larmes. Après une brève étreinte, je la prends par le coude et la fais pivoter vers la gauche, la présente à Christiansen.

Il est là pour rendre service, pour « aider à conduire Mme Callahan chez vous », *dixit* Schoffler. Quand l'inspecteur a fait son offre, j'ai d'abord décliné mais il a fini par me convaincre qu'un policier en tenue nous aiderait à traverser la foule des médias : « Un type en uniforme a le droit de se montrer boulot-boulot, ou même carrément grossier avec les journalistes : il ne fait que son travail. »

– Oh, murmure Liz, qui écarquille les yeux en découvrant Christiansen.

Elle me lance un regard affolé et je sais ce qu'elle pense, même si c'est absurde, même si c'est moi qui aurais à le faire : elle pense que ce flic est là à titre officiel, pour lui délivrer une mauvaise nouvelle.

– M'dame, marmonne-t-il, s'inclinant en une sorte de révérence.

Elle attend, paralysée, et quand il devient clair qu'il n'a rien à ajouter elle s'effondre dans mes bras, le visage brûlant et mouillé contre mon épaule.

– Oh, Alex ! Alex !

Je la soutiens tandis que le flot des passagers s'écoule autour de nous. Nous restons sans bouger, Liz sanglote contre ma poitrine. Je ne sais pas trop quoi faire mais elle s'écarte, lève une main pour essuyer ses larmes et se dirige vers la zone des bagages, d'un pas si rapide que je dois presque courir pour rester à sa hauteur. Ensemble, nous regardons les sacs et les valises descendre le toboggan en direction du tapis roulant.

J'ouvre la bouche mais je la referme aussitôt. Que pourrais-je dire ? « Le voyage a été agréable ? » « Désolé d'avoir perdu tes fils ? »

Le coup de téléphone pour lui apprendre ce qui s'est passé a été un cauchemar mais ça, c'est encore pire. Au lieu des retrouvailles que j'avais imaginées, avec les garçons sautillants, tout excités, et moi arborant le sourire radieux du père « Reviens-j'ai-changé », l'amour de ma vie réintègre mon existence de cette façon. Liz se tient à moins de trente centimètres de moi, prise dans un champ de forces de chagrin et de colère. Bien sûr, elle s'est montrée compréhensive au téléphone pendant que je m'efforçais de lui expliquer ce qui était arrivé. Elle m'a assuré que ce n'était pas ma faute, que je ne devais pas me culpabiliser, qu'elle ne me reprochait rien, bien sûr que non.

Et bien sûr aussi, c'est un mensonge. Comment pourrait-elle ne pas me tenir pour responsable ?

– Qu'est-ce que tu t'es fait au visage ? demande-t-elle d'une voix neutre.

Je hausse les épaules.

– Les recherches. Dans les bois.

– C'est la mienne ! dit-elle d'une petite voix serrée.

Son bras s'est levé brusquement et se tend vers une valise verte dans un geste mécanique de jouet à ressort.

Je ne reconnais pas la valise – elle est en toile vert vif, avec des coins en cuir – et cela me rend triste à plusieurs niveaux. C'est un objet de plus acquis depuis notre séparation – comme la blouse qu'elle porte, les nouveaux sacs à dos des enfants, d'autres choses encore –, et cette accumulation semble souligner les parcours divergents de nos vies. Et puis il y a le style tendance du bagage, qui parle d'une autre réalité, d'une Liz en balade dans un endroit chic.

Au lieu d'être ici avec moi, dans ce cauchemar.

– Elle a des roulettes, dit-elle quand je suis parvenu à me faufiler dans la cohue pour subtiliser la valise au tapis roulant.

Je la porte quand même, et si soulever son poids n'est pas précisément un plaisir, cela contribue – comme venir à l'aéroport – à alléger brièvement mon sentiment d'inutilité.

Alors que la machine du désastre accélère, il est clair que je suis de plus en plus rejeté à la périphérie de l'action. J'ai fait une demi-douzaine de fois la relation de ce qui s'est passé, j'ai retrouvé de bonnes photos récentes des jumeaux et donné mon consentement à leur reproduction et distribution. J'ai fourni une description détaillée des vêtements qu'ils portaient. J'ai appelé tous les voisins pour savoir si quelqu'un avait vu quelque chose : une voiture, les enfants, de la lumière, n'importe quoi. (Yasmine Siegel a avoué qu'elle s'était endormie en regardant *Les Soprano*.) J'ai donné l'autorisation de mettre ma ligne sur écoute, de consulter mes factures de téléphone, d'examiner mon ordinateur, de fouiller la maison.

En fait, je suis irrité qu'on ne l'ait pas encore fait. Je ne comprends pas pourquoi cela traîne en longueur, comme je m'en suis plaint à Schoffler au téléphone juste avant de partir pour l'aéroport : « Kevin était à la maison, il a appelé de ce téléphone. Il n'est pas arrivé ici tout seul, c'est certain. Ce qui signifie que le kidnappeur était là aussi. Vos hommes devraient être en train de fouiner partout. »

Schoffler m'a répondu de me calmer. Lorsqu'il y a des problèmes de juridiction – il doit collaborer avec la police de Washington –, il faut un moment pour mettre les choses en branle.

J'ai remis mon portable à une experte en communications envoyée par Schoffler, une nommée Natalie. Ensemble, nous avons passé en revue la liste des appels pour que j'identifie les numéros, à la fois les appels donnés et les appels reçus. Je les ai tous reconnus. Krista, mon assistante à la Fox. Liz. Cass Carter, dont le fils est dans le même groupe de covoiturage que Kevin et Sean pour le centre aéré de Saint-Albans. Dave Whitestone, mon producteur. Mes parents. D'autres encore. Natalie m'a donné un reçu en échange de mon Nokia et m'a aussi fourni un clone – un appareil ayant le même numéro – au cas où je recevrais un autre appel de Kevin ou de Sean. Ou de quelqu'un demandant une rançon.

J'ai également parlé à une femme aimable prénommée Shelley, du centre pour les enfants disparus et exploités, j'ai scanné une photo des garçons dans l'ordinateur pour que son organisation puisse lancer sa campagne nationale d'affichage. Une autre femme – la supérieure de Shelley – doit m'appeler plus tard pour discuter d'autres choix à faire et me prodiguer des conseils.

J'en suis maintenant réduit à attendre. Je voudrais parcourir toute la planète pour chercher Kevin et Sean, mais je suis à l'arrêt.

Nous glissons sur le trottoir roulant en direction du parking. Derrière moi, Christiansen fait tinter les clés de la voiture dans sa poche. Liz se tient devant moi, raidie par l'effort qu'elle fait pour dominer sa terreur.

Lorsque Christiansen tourne dans Ordway, Liz a un hoquet de stupeur. Le petit groupe de reporters rassemblés ce matin devant la maison s'est transformé en foule. Deux camionnettes embouteillent la rue, une troisième est garée dans l'allée des Hokinson, tout contre leur Explorer rouge. Des câbles serpentent sur les pelouses entre les équipes de cadreurs et de preneurs de son. Deux journalistes élégamment vêtus se tiennent à l'écart dans de petites zones délimitées et procèdent à des essais de lumière et de son pour le reportage qu'ils feront tout à l'heure. Du pas de leur porte, des voisins contemplent, bouche bée, cette invasion soudain du pâté de maisons. Quand la foule identifie notre voiture, c'est la ruée.

– Et merde, maugrée Christiansen. Oh, pardon, m'dame.

Petit gémissement de Liz.

J'éprouve un curieux sentiment de frayeur, de vulnérabilité. Je me suis trouvé des centaines de fois dans ce genre de situation, reporter parmi d'autres dans la cohue d'une conférence de presse, dans une meute prête à bondir sur les personnages clés d'une affaire. Avec le câble et le satellite, l'augmentation du nombre de chaînes d'information, la taille de ces meutes médiatiques est devenue incontrôlable. Il y a deux ans, j'étais dans l'équipe qui couvrait pour la chaîne l'affaire du tireur fou de Washington, et à cette occasion je faisais partie des neuf cents reporters autorisés à assister aux conférences de presse données par le chef de la police.

Je songe – tardivement – que j'aurais dû prévenir Liz. Et cela va sans doute empirer. Cette histoire fera la une de la presse écrite, l'ouverture des journaux télévisés. Le fait que je sois du métier, que j'apparaisse à la télé, que mon visage soit familier pour certains, que je sois – comme Liz et moi avions coutume de le dire en plaisantant – une « célébrité de troisième ordre », tout cela ne fera qu'alimenter le brasier médiatique.

Liz se blottit contre moi quand la foule encercle la voiture. Ce serait une erreur, je le sais, car toute personne qui se cache d'une caméra est automatiquement coupable de quelque chose, mais je dois faire un gros effort pour ne pas couvrir son visage de ma veste afin de la protéger. Elle pleure contre moi, en plein désarroi.

Je lui murmure « Ça va aller » et elle prend de longues inspirations tremblantes pour tenter de se ressaisir. Ça ne marche pas. Les poings fermés, elle presse ses yeux de ses jointures.

– Faites-nous entrer, dis-je à Christiansen.

– Et comment je fais ? réplique-t-il, les pointes des oreilles rouge vif.

– Marchez vite, ne regardez personne, ne parlez à personne. Dites simplement « Excusez-moi ». Rien d'autre.

C'est parti. Je suis Christiansen comme s'il était un bloqueur chargé de me dégager le passage jusqu'à l'en-but adverse, tirant Liz à gauche puis à droite dans les brèches momentanées que le policier ouvre devant nous. Nous parvenons tant bien que mal à traverser le blizzard de flashs, le cliquetis des objectifs, la cacophonie de questions et de commentaires.

– Excusez-moi.

– Pouvez-vous nous dire…

– Excusez-moi.

– Voici la mère, elle semble…

– Excusez-moi.

– … s'il y a des suspects.

– Monsieur et madame Callahan, avez-vous… ?

– … parents des jumeaux sont séparés…

– Excusez-moi.

– … possible qu'il s'agisse d'une fugue ?

– Putain !

Ça, c'est Christiansen, une fois que nous sommes à l'intérieur.

Haletant, il a les oreilles en feu.

Avoir réussi à entrer dans la maison et à fermer la porte au nez et à la barbe de ces gens en furie nous semble une victoire, mais la sensation de triomphe ne dure que quelques secondes. Liz lève vers moi des yeux mouillés et troubles.

– Alex… commence-t-elle.

Elle se tait, oscille sur place.

– Liz…

– Alex ! crie-t-elle soudain, martelant ma poitrine de ses poings. Où sont-ils ? Tu dois les retrouver !

8

Nous sommes assis dans la cuisine.

– Pas de nouvelles, alors, dit Liz, qui laisse sa phrase en suspens.

– J'appelle Schoffler, l'inspecteur. J'avais convenu de le faire après notre retour de l'aéroport.

Je me dirige vers le téléphone, elle ne me quitte pas des yeux.

Schoffler est en réunion. Je laisse un message puis fais du thé pour Liz. Elle est affalée sur sa chaise comme une poupée de chiffon, les bras ballants. Je me demande si je ne devrais pas faire venir un médecin.

– Tu as prévenu tes parents ? demande-t-elle d'un ton apathique.

– Ils sont en route.

– Ma mère… elle a craqué. Elle est à l'hôpital.

– Oh, Liz.

– Non, ça va. Elle est sous calmants.

– Je suis désolé.

– J'ai supplié mon père de rester auprès d'elle, mais il vient. Je n'ai pas pu l'en empêcher.

Elle prend une inspiration, remue si longtemps son thé que je finis par poser ma main sur la sienne.

– Oh, fait-elle d'une voix sans inflexion.

Malgré la foule massée dehors, la maison est tellement silencieuse que j'entends le bruit de fond des appareils électriques : le bourdonnement du réfrigérateur, la plainte du climatiseur. J'ai presque l'impression que nous nous cachons.

Liz pose les coudes sur la table et se tient la tête à deux mains.

Je m'entends dire :

– Nous les retrouverons.

Elle pousse un soupir, lève les yeux vers moi.

– Je te le promets, fais-je avec ferveur. Nous les retrouverons.

Elle scrute mon visage et ce qu'elle voit ne semble pas la rassurer. Sa figure se contracte en un nœud rouge de souffrance. Elle baisse la tête vers la table, l'appuie sur ses bras croisés et se met à sangloter.

Liz est sous la douche quand Claire Carosella téléphone.

– Je suis du centre pour les enfants disparus et exploités, se présente-t-elle d'un ton efficace. Ma collègue a dû...

– Oui. Elle a dit que vous appelleriez.

– Au centre, nous avons conscience que les parents ne savent pas quoi faire quand ce genre de chose arrive et... nous appelons en général pour donner des conseils.

– D'accord.

Je ne vois absolument pas où cette femme veut en venir. Des conseils ?

– Commençons par le commencement, reprend-elle. Les médias. Je suis sûre qu'ils campent déjà devant votre porte.

– Oui.

– Les journalistes vont certainement vous rendre dingues, mais ce sont en fait vos meilleurs alliés. Dès que possible, votre femme et vous devrez faire une déclaration télévisée pour implorer les ravisseurs de vous rendre les enfants.

– Ma femme ? Elle est complètement...

– Anéantie, je m'en doute. Croyez-moi, je connais.

Après une pause, elle poursuit :

– Il faut absolument que vous fassiez cette déclaration. Elle vous humanise en tant que victimes, à la fois aux yeux du public et du ravisseur. Souvent, ces types regardent, vous savez. Ils participent même quelquefois aux recherches.

– Polly Klaas, dis-je, prononçant le nom d'une petite fille enlevée dans sa chambre en Californie et retrouvée plus tard. Assassinée.

La police avait découvert qu'un des membres les plus actifs des équipes de recherches, un homme qui avait imprimé et distribué des milliers de circulaires et que le père reconnaissant avait désigné pour diriger une association se consacrant à la recherche de l'enfant, était un délinquant sexuel fiché ayant agressé des mineures.

– Oui, c'est un exemple, répond Claire Carosella, mais en l'occurrence…

Je la coupe :

– Je sais, ce n'était pas lui. Le coupable était un autre type.

– Vous avez fait vos devoirs, je vois.

Mes devoirs. En deux heures sur Internet, j'en ai appris plus sur les enfants enlevés que je n'ai jamais voulu en savoir. Y compris ce fait statistique incontournable : la plupart d'entre eux – plus de la moitié – sont morts moins de trois heures après leur disparition.

– Est-ce qu'il n'arrive pas que ces types prennent leur pied devant les parents affligés et tout le battage médiatique ?

– Oui, soupire-t-elle. C'est un des côtés négatifs. Mais au total, Alex, passer à l'antenne présente bien plus de côtés positifs que de côtés négatifs. Croyez-moi, les témoignages spontanés, les coups de téléphone à la ligne ouverte, les bénévoles… tout cela démarre vraiment après la déclaration des parents.

– Hmm.

– Une déclaration peut vraiment aider l'enquête. Et parfois, les ravisseurs ne résistent pas à l'envie d'appeler. Auquel cas, il leur arrive de dire quelque chose qui fournit une piste aux policiers. Ils sont comme ces pyromanes qui viennent assister à l'incendie. Ils veulent participer.

– D'accord. Nous le ferons.

– Parlez simplement avec votre cœur. N'essayez pas de rédiger un texte et de le lire. Il vaut mieux que... plus il y aura d'émotion, mieux ça vaudra.

– D'accord.

– Certains parents choisissent de faire leur déclaration dans les studios d'une chaîne, mais cela implique de lui accorder une exclusivité. A vous de décider. Ça peut être moins intimidant, et l'éclairage est meilleur mais... naturellement, les autres journalistes sont mécontents.

– Je vois...

– Et ça peut donner une impression de trop... maîtrisé. Je crois que ce qui fonctionne le mieux, c'est devant la maison. A propos, appelez vos enfants par leurs prénoms, c'est important. Kevin et Sean. Pas « mes fils » ou « les jumeaux ».

– D'accord.

Sa dernière recommandation est troublante :

– Enfin, je crois que je pourrais être taxée de négligence si je n'abordais pas un dernier point...

Elle hésite à poursuivre.

– Oui ? l'encouragé-je.

– Certaines familles engagent des conseillers en relations publiques. C'est devenu très courant dans les associations de victimes : personnes contaminées, parents de victimes d'accidents d'avion, ce genre de choses...

– Vous voulez dire...

– Je sais que cela peut paraître curieux, mais avoir quelqu'un qui assure l'interface avec les médias peut constituer un avantage énorme, et je vous parle de cabinets spécialisés, Alex, pas d'un ami. Ces gens peuvent aussi tirer le maximum de l'attention médiatique que vous susciterez. Au cas où l'affaire durerait, ils peuvent veiller à ce qu'elle reste au cœur de l'actualité.

– Je ne pense pas...

– Je ne vous en parle que parce que c'est un choix à envisager. La famille Smart a réussi à maintenir l'affaire Elizabeth à la une pendant longtemps par ce moyen. Alors que tout le monde la croyait morte. Quoi qu'il en soit, si vous décidez d'aller dans ce sens, je peux vous transmettre une liste de cabinets.

Je la remercie, mais en raccrochant j'ai l'impression d'avoir basculé de l'autre côté du miroir. Mes enfants ont disparu et on veut que je passe à la télé, que j'engage un conseiller en relations publiques ?

Schoffler appelle pour nous informer qu'il n'y a rien de nouveau du côté des équipes mais que le standard est inondé d'offres de bénévoles. Il projette d'élargir les recherches.

– Formidable, dis-je, c'est formidable.

Si ma voix manque d'enthousiasme, c'est parce que je ne parviens pas à me souvenir d'un seul cas où les immenses efforts déployés aient réellement abouti.

– Nous interrogeons les gens qui travaillent dans le parc pour savoir si quelqu'un aurait vu vos garçons hier. Jusqu'ici, nous n'avançons pas beaucoup.

– Oh ? fait la voix de Liz, qui suit la conversation sur le téléphone du salon. C'est bizarre, d'habitude tout le monde les remarque.

Elle a raison. Les vrais jumeaux exercent une fascination universelle. Depuis qu'ils savent lire l'heure, les garçons parient sur le temps qu'ils passeront en public sans que quelqu'un leur pose l'inévitable question : « Vous êtes jumeaux ? » L'année dernière, Sean a traversé une période où il se plaisait à répondre non. Il trouvait ce démenti distillé sur un ton impassible des plus désopilants, mais cela irritait les gens. Nous avons tous été contents lorsqu'il s'est lassé de ce jeu.

– On n'a sûrement pas encore parlé aux bonnes personnes, répond Schoffler. En tout cas, on a appris quelque chose…

Il hésite à poursuivre juste assez longtemps pour m'inquiéter et je sens dans ma poitrine un pincement d'angoisse.

– Quoi ? demande Liz avec une pointe de panique dans la voix. Qu'est-ce que vous avez appris ?

– Nous avons entré les noms des employés du parc dans nos bases de données et obtenu un résultat, même si je vous dis tout de suite que je ne crois pas que ça nous mènera quelque part...

– Quoi ? répète Liz d'une petite voix tendue.

– Il y a un gars qui tient une boutique de maquillage, bougies, baguettes magiques, ce genre de trucs. L'ordinateur nous a révélé une condamnation pour pédophilie.

– Qui est-ce ? dis-je. Comment il s'appelle ?

– Attendez, ce n'est pas parce qu'il a des antécédents qu'il est coupable. Nous sommes en train de vérifier son emploi du temps, et jusqu'ici ses déclarations tiennent le coup.

– Il est en garde à vue ? Il sait où sont les enfants ? Nous pouvons lui parler ? débite Liz précipitamment.

– On aura une certitude très bientôt, promet Schoffler. Mais je vous l'ai dit, madame Callahan, je ne pense pas qu'il soit impliqué. Simplement, je n'ai pas voulu que vous en entendiez parler par la presse. J'ai préféré vous prévenir.

Je sais par les reniflements que j'entends que Liz s'est remise à pleurer.

– Je passerai dans la journée, conclut Schoffler.

– Bon Dieu, une vraie bande de vautours ! s'exclame le père de Liz en franchissant la porte d'entrée. Où est ma fille ?

Liz sort de la cuisine, elle pousse un petit cri et il la prend maladroitement dans ses bras, lui tapote le dos.

– Ça va aller, dit-il. Tu verras.

Au bout d'une minute, elle s'écarte de lui et il me tend la main.

– Bonjour, Alex. Terrible, cette histoire.

– Merci d'être venu, Jack.

Je dois faire un effort pour appeler mon beau-père par son prénom. Ce qui me viendrait plus naturellement aux lèvres, c'est « monsieur Taggart », ce que cet homme aux manières raides et aux postures militaires préférerait sans doute. Jack est proviseur de lycée, il attend marques de déférence de toute personne plus jeune que lui.

Liz, qui ne mesure pas l'attachement profond de son père à l'étiquette, a souhaité des signes de familiarité. S'il ne tenait qu'à eux, les garçons appelleraient Jack « grand-père » et l'accueilleraient par une poignée de main, mais alors qu'ils étaient encore bambins, Liz a décrété qu'ils devaient lui donner du « papy ». Elle insiste sur ce point et réclame aussi des étreintes chaleureuses. Pour lui faire plaisir, tout le monde s'exécute... mais uniquement quand elle est présente. Elle regarde maintenant, le front plissé, son père et son mari unis dans ce qu'on pourrait qualifier – si ce n'était aussi bref – d'embrassade.

– Marguerite n'a pas supporté le choc, déclare mon beau-père en mettant fin à notre accolade statutaire.

Il secoue la tête avec une expression de déception manifeste sur ses traits énergiques.

– Trop nerveuse, marmonne-t-il. Mais elle s'en remettra, conclut-il en claquant des mains.

Marguerite Taggart est une femme douce et affectueuse, l'exact opposé de Jack. Elle est sous sédatifs au centre hospitalier de Rockland, dans le Maine.

Liz désirait peut-être que son père demeure au chevet de sa mère, mais je vois bien que la présence de Jack la revigore. Il fait partie de ces hommes absolument sûrs d'eux qui se croient capables de tous les exploits. Cela inclut à l'évidence de retrouver ses petits-enfants. Il pense sincèrement qu'une fois la situation entre ses mains expertes, il pourra nous promettre une heureuse issue. C'est irrationnel d'avoir foi en cette attitude volontariste, mais Liz n'est pas la seule à puiser un réconfort dans la présence de Jack. Moi aussi.

Mes parents doivent arriver dans l'heure qui vient. J'aimerais aller les prendre à l'aéroport, mais Schoffler doit passer avec les responsables des recherches et je ne veux pas laisser Liz discuter seule avec eux. Pourtant, mes parents n'ont pas l'autorité de Jack, qui a traversé la foule sans le moindre problème, et ils risquent de se faire dévorer vivants.

Quand mon père téléphone de la zone des bagages, je lui suggère de demander au chauffeur de taxi de passer par-derrière. Tous ces vieux pâtés de maisons de Cleveland Park ont des ruelles de service parallèles à la rue.

– J'ouvrirai la grille, dis-je.

– D'ac, répond-il. Hé, je vois les valises, on sera là en moins de deux.

Le plan ne fonctionne pas au mieux. L'arrivée de mes parents est saluée par une cavalcade du devant de la maison jusqu'à la ruelle de derrière et dans notre jardin. De l'intérieur, nous entendons un martèlement de pieds, un brouhaha de questions. Jack et moi sortons par la porte de derrière, découvrons ma mère – une femme que ses bonnes manières empêchent de raccrocher au nez des téléprospecteurs – cernée par des reporters et des micros. Une blonde au sourire de prédatrice l'a saisie par le bras et brandit son micro comme une arme. Avec une expression de biche prise dans un faisceau de phares, ma mère fait de son mieux pour répondre aux questions. A un mètre de la grille, mon père, grimaçant, les lèvres serrées, s'efforce de traverser la foule avec ses valises.

– Des nouvelles des enfants ?

– Les garçons ont-ils souffert de la séparation de leurs parents ?

– Et le suspect ?

– La séparation a donné lieu à des querelles entre les époux ?

Dès qu'ils m'ont repéré, les journalistes abandonnent mes parents et foncent vers moi, m'entourent rapidement en tentant de me couper toute voie de retraite, comme une meute de chiens. Nous évitons de justesse d'être pris au piège.

– Seigneur Dieu ! fait ma mère une fois que nous nous sommes réfugiés tous les quatre dans la maison.

Elle émet un étrange gloussement. Je remarque en la prenant dans mes bras que ses yeux sont légèrement troubles : elle plane, elle est tellement bourrée de Xanax que je la sens toute molle contre moi. Mon père m'assène une énergique claque dans le dos, mais il a une tête épouvantable.

– On les retrouvera, assure-t-il d'une voix métallique et grêle.

– Absolument, dis-je. On les retrouvera.

En entendant ma voix forcée mais pleine de conviction, je me rends compte que je tombe dans une sorte de conduite magique, du genre si je donne à ma voix le ton adéquat, si – comme Jack – je parle avec une assurance inébranlable, ce que je dis deviendra vrai.

Plus tard dans l'après-midi, nous nous tenons devant la porte d'entrée, quelques marches au-dessus de la foule des journalistes et des cadreurs qui se bousculent. Le brouhaha de voix monte et descend, accompagné par le cliquetis des appareils photo. Les flashs crépitent à leur propre rythme dément.

A côté de moi, Liz tressaille quand je commence :

– Je suis Alex Callahan...

J'implore la personne qui a enlevé Kevin et Sean de nous les rendre, j'implore les gens d'être nos yeux et nos oreilles, d'appeler le numéro d'urgence s'ils ont la moindre information.

Je m'aperçois trop tard que j'aurais dû insister pour que Liz assure l'essentiel de notre déclaration. Même à mes oreilles, ma voix semble posée et maîtrisée : une voix de professionnel à l'antenne. Je tente de faire passer mon désespoir sincère de simple être humain, mais ça ne marche pas et je reste avec une impression que je ne connais que trop. Il est difficile de prévoir ce que donnera une interview télévisée, qui passera bien, qui n'accrochera pas. Aujourd'hui, je me range dans la seconde catégorie. J'ai le sentiment d'avoir fait un numéro d'acteur, et pas particulièrement bon, qui plus est.

Liz compense largement. Quasiment incapable de parler sans s'interrompre au milieu d'une phrase, elle continue cependant, marche forcée si courageuse et émouvante que je vois des larmes briller dans les yeux de plusieurs journalistes femmes. Finalement, elle s'adresse directement aux enfants :

– Kevin, Sean, si vous nous regardez... tenez bon. Nous vous aimons. Papa et moi... nous vous aimons... tellement. Et nous vous retrouverons ! Où que vous soyez. Je vous le promets ! Tenez bon.

C'est fini, elle s'effondre, elle ne peut aller plus loin. Elle se tourne brusquement vers moi, presse son visage contre ma poitrine et croise les bras sur le dessus de sa tête, comme si elle s'attendait à recevoir des coups. Elle s'abandonne contre moi et je prends conscience au bout d'un moment que je la soutiens. Les reporters continuent à lancer des questions et les flashs des appareils photo poursuivent leur tir de barrage désorientant tandis que je porte quasiment ma femme à l'intérieur de la maison.

Une maison qui ne me semble plus être un sanctuaire.

Heureusement, Liz est endormie quand les policiers de la brigade canine se présentent chez nous. Ils sont venus prendre des vêtements sales que Kevin et Sean ont portés, ainsi que les draps de leurs lits. Duchess, le corps pris dans un harnais de cuir complexe, s'assied aux pieds des agents et respire bruyamment tandis qu'ils répartissent les habits dans deux sacs en plastique.

– Pourquoi vous faites ça ? leur demande Jack. Il y a un sac pour les affaires de Kevin et un autre pour celles de Sean ? En ce cas, vous vous trompez.

– Ce n'est pas ça, dit la policière.

– Quoi, alors ?

Elle caresse Duchess et répond, murmurant presque :

– Nous avons un autre chien, Corky.

– Pardon ? fait Jack. Vous pourriez parler un peu plus fort, ma fille ?

Elle se tourne vers son collègue, qui prend le relais :

– Duchess est un vrai chien traqueur, explique-t-il. Elle suit les pistes à l'odeur. J'imagine que vous avez vu des limiers au cinéma ?

Mon beau-père confirme.

– Eh bien, nous avons aussi à la brigade canine un autre type de bêtes qu'on utilise dans ce genre de situation, des chiens spécialement dressés à détecter… les restes humains. Ils les retrouvent, même dans les mares et les rivières. Sous l'eau. C'est impressionnant.

Les yeux de Jack se ferment et un instant, j'ai peur qu'il ne craque.

– Mon Dieu, soupire-t-il en se tournant vers moi. Pas un mot là-dessus à Lizzie.

– Des chiens de cadavres, murmure la policière. C'est comme ça qu'on les appelle.

9

Nous parvenons tant bien que mal au terme de la journée, maelström d'émotions entrecoupé de centaines de coups de téléphone, me semble-t-il. Je parle à Schoffler une demi-douzaine de fois, mais il ne m'annonce rien de nouveau à part son changement de programme : au lieu de passer « plus tard dans la journée », il passera « dans la soirée ».

Sur le conseil de plusieurs amis, je prends contact avec une agence de détectives privés et je tombe sur un type que j'ai interviewé un jour pour un article sur la mafia russe de Brighton Beach. Avant que j'en vienne à la raison de mon appel, il additionne deux et deux :

– Les jumeaux disparus... Bon Dieu, c'est vous. Je ne pensais pas...

Il me donne le nom du meilleur détective de l'agence pour les disparitions, une nommée Mary McCafferty. Nous fixons un rendez-vous pour le lendemain et, après m'avoir fourni la liste des informations qu'elle souhaite, elle m'annonce :

– Nous vous ferons une réduction. La moitié du tarif normal.

Ce ne sera quand même pas bon marché. Soixante-quinze dollars l'heure au lieu de cent cinquante. Plus les frais.

Je téléphone une fois de plus à Krista, qui m'informe d'une voix haletante que la chaîne a promis une récompense de dix mille dollars. La photo des enfants, l'annonce de la récompense et le numéro de la ligne d'urgence seront diffusés toutes les heures.

Je m'entretiens aussi avec une femme du centre pour enfants disparus. Ils ont lancé une recherche par e-mails qui, à travers un réseau d'adresses électroniques, peut toucher – avec en pièce jointe la photo des garçons, leur signalement et le numéro d'urgence – trois millions de personnes.

Des amis et des connaissances appellent par dizaines.

A dix-sept heures, je me rends compte que les enfants ont disparu depuis vingt-quatre heures. Je n'en fais la remarque à personne.

A dix-huit heures trente, un jeune Latino ahuri livre les plats que Liz a commandés au Sala Thaï. Mon père considère le sien d'un œil méfiant. Jack mange avec appétit et encourage sa fille à faire de même :

– C'est important de garder des forces, ma chérie.

Ma mère avale une bouchée de nouilles thaïes et dit à mon père :

– Franchement, Bob, c'est comme des *linguini.*

Il est dix-neuf heures, puis vingt heures, puis vingt et une heures…

Dispositions pour la nuit. Je suis resté si longtemps debout que je frôle l'état de conscience altéré, même si je me sens incapable de m'endormir vraiment. Liz s'affaire d'une pièce à l'autre, prépare le canapé-lit du bureau pour son père, change les draps de la grande chambre, qu'elle a attribuée à mes parents. Je la suis, portant serviettes et draps. Elle a l'intention de dormir dans la chambre des enfants mais se fige sur le pas de la porte.

– Je ne peux pas… Je ne peux pas dormir là. Oh, mon Dieu, Alex.

Elle fond en sanglots, passe un bras autour de mon épaule mais se raidit quand je la touche, s'écarte, se ressaisit.

– Je prendrai le futon du salon et toi, le canapé de la salle de séjour, décide-t-elle.

Elle se dirige vers la salle de bains et je marche dans son sillage avec ma pile de serviettes. Devant la vasque, elle jette un coup d'œil dans le miroir puis son regard descend. Je vois un instant l'expression étonnée du reflet de son visage avant qu'elle ne se retourne.

– Qu'est-ce qu'elles font là, ces pièces ?

La vasque est entourée d'un plateau de faux marbre, avec un rebord perpendiculaire. Sur ce rebord il y a, parfaitement centrée entre les robinets, une rangée de *dimes* frappées de la tête de la Liberté. Sept pièces de dix *cents*, alignées avec soin.

– Je ne sais pas, dis-je.

– Elles sont aux garçons ? Ils ont commencé une collection ?

– Je ne crois pas...

Je n'ai jamais vu ces pièces et je les aurais remarquées. J'ai pour habitude de regarder Sean et Kevin se laver les dents afin d'être sûr qu'ils y passent plus de deux secondes, qu'ils rincent leurs brosses et font couler l'eau sur leurs crachats mêlés de pâte dentifrice. Ce n'est pas que je sois tellement attaché à l'hygiène dentaire. Ma vigilance est surtout due à Liz. Je sais qu'elle me demandera des comptes sur tout manquement évident. Alors, il est impossible que je n'aie pas vu une rangée de pièces au-dessus du lavabo. Et les découvrir maintenant m'effraie. On dirait une sorte de signe ou de message dément.

– Quelqu'un les y a mises, dis-je à Liz.

– Quoi ? Qui ?

– Le kidnappeur.

– Oh, mon Dieu. Alex...

– Viens voir.

Je l'entraîne vers la chambre des garçons, lui montre le petit lapin origami posé sur la commode.

– Ce truc appartient à Kevin ou à Sean ? Parce que je ne l'avais jamais remarqué avant.

– Non, répond-elle. Je ne l'ai jamais vu, moi non plus.

Elle me regarde en plissant légèrement le front.

– Alex... ce lapin, les pièces. Qu'est-ce que cela veut dire ?

– Je ne sais pas.

Des larmes sourdent de ses yeux mais elle me repousse quand je veux la réconforter. Je retourne avec elle dans la salle de bains, où elle se mouche, asperge son visage d'eau froide, l'enfouit dans une serviette.

Lorsque j'entends des coups frappés à la porte, je suis à quatre pattes dans le salon où j'essaie depuis un moment de déplier le cadre branlant du futon. Jack et mon père se sont relayés pour monter la garde à la porte d'entrée et j'entends la voix rauque de mon père puis une autre voix en contrepoint. Je suis encore en train de m'extraire de derrière le futon quand mon père et Schoffler entrent dans la pièce.

– Vous tenez le coup ? s'enquiert l'inspecteur.

Je trouve la force de hausser les épaules. Schoffler lui-même a l'air épuisé. Il est vêtu d'une veste en lin froissée dont un bouton ne tient plus que par un fil, d'un pantalon kaki élimé que son ventre rebondi le contraint à porter bas sur les hanches. Ses yeux las indiquent clairement qu'il manque de sommeil. Un somme dans la voiture pendant le trajet expliquerait parfaitement les épis qui hérissent le côté droit de sa tête.

– Si la presse vous cause trop d'ennuis, je peux demander à la police de Washington de poster un agent devant chez vous.

– Je vous le ferai savoir.

– C'est le genre de truc que vous faites ? interroge-t-il en montrant la porte.

– Je l'ai fait. C'est leur boulot.

– Bob, c'est bien ça ? dit Schoffler en regardant mon père.

Il passe un doigt sous sa ceinture et remonte son pantalon.

– C'est bien ça, confirme mon père. Robert J. Callahan.

Il émet une sorte de rire façon hennissement, signe de nervosité pour ceux d'entre nous qui le connaissent bien.

– Vous pourriez demander aux autres de venir ? sollicite l'inspecteur.

Une gerbe de peur s'ouvre dans ma poitrine.

– Vous avez quelque chose ? Vous avez... du nouveau ?

Il secoue la tête et se penche pour m'aider, tire sur l'un des pieds du futon récalcitrant. Le cadre se déplie avec un grincement.

– Voilà, marmonne-t-il.

A nous deux, nous réussissons à mettre le meuble malcommode en position.

– Mon fils avait un de ces machins quand il était à l'université de l'Arkansas, se rappelle Schoffler. J'ai dormi dessus une nuit, c'est plutôt confortable.

Une fois que Liz et les autres nous ont rejoints et se sont installés, il entreprend de faire le point. Les recherches dans le bois jouxtant le parc se poursuivent avec une « flopée » de bénévoles, nous dit-il. La ligne d'urgence est submergée d'appels, mais il faudra un moment pour faire le tri, à l'en croire.

– L'interrogatoire des employés du parc prend du temps mais ça avance. Comme je l'ai déjà fait remarquer à Alex, nous avons du mal à trouver des témoins fiables qui se souviennent d'avoir vu les garçons.

L'image de Kevin et Sean riant devant un clown jongleur surgit dans mon esprit. Je secoue la tête comme si ce mouvement pouvait la faire disparaître. A mesure que les heures s'écoulent, je ne peux songer aux enfants sans éprouver un sentiment de perte. Comme si je tombais d'une falaise, encore et encore.

Seul élément vraiment nouveau du compte rendu de Schoffler, le vendeur de bougies pédophile n'est plus suspect.

– Le parc l'a quand même obligé à fermer boutique, bien sûr. Il ne vendra plus de baguettes magiques à des gosses avant un bon bout de temps. Mais en ce qui concerne la disparition de vos garçons, il peut justifier de son emploi du temps pour chaque minute en question.

– C'est un soulagement, déclare Liz en pressant les mains sur ses cuisses.

– Je pensais qu'un alibi trop bon était suspect… hasarde Jack.

Schoffler pousse un soupir. Il ne rejette pas l'argument de Jack mais répond patiemment, comme il l'a fait à toutes les questions posées. En dix minutes, il est parvenu à séduire et rassurer Liz et ma mère, à impressionner Jack et mon père. Il a une qualité d'écoute qui ferait honte à beaucoup de reporters.

– Un alibi trop bon ? Ça n'existe pas, Jack. Je vois ce que vous voulez dire, mais en l'occurrence nous avons une palanquée de témoins pour confirmer son emploi du temps.

– Et qu'est-ce qu'il faisait, si je peux me permettre ? demande mon père.

Schoffler tapote les cheveux hérissés sur un côté de sa tête, nous adresse un sourire las.

– Il n'a pas passé toute la journée au parc. Dans l'après-midi, de une heure à six heures, au… (il ouvre son calepin, le feuillette) au Bayside Motel d'Annapolis, il a participé à un stage de conduite automobile. Après quoi… (nouveau coup d'œil au carnet) il a pris part à un dîner organisé par un groupe de soutien pour les personnes qui ont récemment perdu un parent : sa mère est morte il y a trois semaines. Egalement à Annapolis, à l'église épiscopale de la Trinité, conclut-il en refermant son carnet.

– Donc, il est hors de cause ? demande Jack.

– Oui.

– Tant mieux, estime Liz en me jetant un coup d'œil. N'est-ce pas ?

– Absolument, approuve Schoffler. Cela élimine une possibilité et c'est toujours bon à prendre. Nous pourrons concentrer nos efforts sur autre chose. Bon… D'autres questions ?

– Il n'y a pas eu de demande de rançon, fait observer mon père en me coulant un regard inquiet. Est-ce que ça n'est pas… enfin… Qu'est-ce que vous en pensez ?

– Il est encore trop tôt pour se prononcer, lui répond Schoffler, mais je ne crois pas qu'il y en aura une.

– Pas de demande ? dit Jack. Mais... mais pourquoi ?

Schoffler fait la grimace, soupire.

– D'abord, si c'est de l'argent que vous voulez, pourquoi kidnapper deux gamins ? C'est pas une vente promotionnelle, si vous voyez ce que je veux dire...

– Non, pas très bien, répond Jack.

– Deux gosses enlevés, c'est deux fois plus d'ennuis qu'un seul mais ça ne rapporte pas le double. A mon avis, des parents désespérés seront prêts à verser autant pour un enfant que pour deux. Et puis...

Il hésite, décide finalement de ne pas tourner autour du pot :

– Les riches, ça ne manque pas. Quelqu'un qui est motivé par l'argent choisira des parents ayant, euh... plus de ressources qu'Alex et Liz. A moins que... (il fait aller son regard de Jack à mon père et à ma mère) à moins que les grands-parents...

– Je suis proviseur de lycée, dit Jack.

Il fait suivre sa déclaration d'un rire nerveux qui n'est pas dans ses habitudes. Son manque relatif de moyens est la seule chose qui le mette sur la défensive.

– Bob est peut-être un de ces millionnaires cachés, poursuit-il en riant de nouveau.

– Non, fait mon père. Je ne dis pas (regard à ma mère) qu'on ne parviendrait pas à une bonne somme en vendant tout. Ce que nous ferions, naturellement, mais...

Il secoue la tête pour reconnaître la validité de l'argument de Schoffler.

– Bon, vous voyez ce que je veux dire, reprend l'inspecteur.

– Et une autre raison que l'argent ? suggère mon père.

– Quoi, par exemple ? demande Schoffler, le front plissé.

– Avec le genre de reportages que mon fils réalise, il se fait des ennemis.

Le policier hausse les sourcils, me regarde.

– Vraiment ?

Je n'y avais pas pensé et cette idée me rend malade. Effectivement, j'ai tendance à choisir des sujets sensibles. Viols collectifs, blanchiment d'argent, trafic d'armes… Ce genre de choses. Alors peut être que…

– Mon père a raison, dis-je à Schoffler.

– Bon, si vous voyez quelqu'un qui pourrait vous en vouloir à ce point…

– Mais pourquoi s'en prendre aux enfants plutôt qu'à moi ?

– Passez vos dossiers en revue, faites-moi une liste. On ne sait jamais.

Je promets de m'en occuper, puis Schoffler nous regarde l'un après l'autre. Apparemment, personne n'a quoi que ce soit à ajouter. Jack réprime un bâillement, s'excuse et se lève.

– Bien, merci, dit Schoffler.

– Vous voulez un thé glacé ? propose ma mère en se levant elle aussi. Ou un café ?

– Je sais qu'il est tard, mais en fait, nous aimerions faire la perquisition maintenant, annonce-t-il.

– La perquisition ? s'étonne Liz. Quelle perquisition ?

– De votre maison, répond-il en me lançant un coup d'œil. Votre mari et moi en avons parlé. Il pense que le ravisseur est venu ici. Dans cette maison. Que nous trouverons peut-être quelque chose. De toute façon, c'est la routine.

Je corrige les propos de l'inspecteur :

– Je ne pense pas qu'il est venu. Il est venu.

– Tu lui as parlé des pièces ? me demande Liz. Et du lapin ?

Je lui relate nos découvertes, Schoffler secoue la tête, ouvre son calepin, me fait répéter, prend des notes et déclare :

– Nous les retiendrons comme indices.

– Je ne comprends pas, dis-je. Il ne fait aucun doute que Kevin était ici. Il m'a appelé de cette ligne. Vous le savez, je vous ai remis mon téléphone…

Schoffler a un hochement de tête neutre, remonte son pantalon.

– Oui. Et nous avons réclamé les relevés sur Verizon.

– Comment ça ?

– Pour confirmer les informations fournies par votre portable. Nous assurer que le coup de téléphone de Kevin n'était pas un transfert d'appel d'une autre ligne.

– Mais…

Schoffler ne m'écoute plus.

– Il se fait tard, je voudrais qu'on s'y mette. On en a pour deux heures environ. Alors, je vous suggère d'aller tous faire un tour…

– Un tour ? répète ma mère d'un ton incrédule, comme s'il nous avait proposé une baignade ou une virée chez la manucure.

– Y a des gens qui ne supportent pas de voir des inconnus fouiller partout dans leur maison, lui explique-t-il patiemment. Dans leurs affaires. (Il hausse les épaules.) Si vous décidez de rester, vous ne pourrez pas sortir de cette pièce avant qu'on ait fouillé les autres. Et nous terminerons par celle-ci.

Il a un claquement de langue qui me paraît anormalement bruyant.

– Je n'ai aucune envie de faire un tour, déclare ma mère.

– Je crois que nous allons rester, dis-je.

– Bon, fait Schoffler. Dans ce cas, profitons-en pour nous débarrasser d'une autre corvée. Je vais faire prendre les empreintes digitales de tout le monde.

– Quoi ? s'exclame Jack.

– Simple routine, monsieur Taggart. Il nous faut les empreintes de toutes les personnes qui sont dans cette maison pour pouvoir les éliminer. On prendra aussi celles de toutes les personnes qui y sont passées, baby-sitter, femme de ménage, etc., pour la même raison.

– Ça ne peut pas attendre demain ? plaide Jack en passant un bras autour des épaules de Liz. Ma fille est épuisée.

Schoffler secoue la tête.

– Je sais. Il est très tard. Croyez-moi, je m'en rends compte. Mais vous comprenez, j'en suis sûr, que s'il y a ici un indice, quoi que ce soit qui pourrait nous fournir une piste, nous voulons le savoir tout de suite. Non seulement ça nous permettra de réagir plus vite, mais plus nous attendrons, plus cet endroit sera « contaminé ». Et l'équipe est déjà là, dehors, prête à s'y mettre…

– Ils sont déjà là ? m'entends-je dire.

Je ne sais pas pourquoi, cela me tracasse. Schoffler regarde sa montre.

– Vous voyez un inconvénient à ce qu'on commence ?

10

Il s'écoule un moment de gêne pendant lequel nous ne savons pas quoi dire puis Jack saisit la télécommande et allume le téléviseur. Ça me paraît dingue. Quel programme pourrait être approprié ? L'air renfrogné, il passe d'une chaîne à une autre. C'est sans espoir : un match de base-ball, des séries policières, des sitcoms, une émission de Frontline sur l'industrie de la mode pour adolescents...

– Papa, intervient Liz.

Il éteint le poste mais quand l'écran s'obscurcit dans un grésillement électronique, nous entendons les policiers procéder à leur perquisition dans la salle de séjour. On dirait qu'ils retournent tout dans la pièce. Les bribes de conversation, le bruit des portes et des tiroirs qu'on ouvre, les preuves audibles de la perquisition : tout cela me trouble. Même si je l'ai réclamée, j'ai le sentiment d'une invasion dans ma vie privée.

Le mot « invasion », dont l'emploi paraît toujours exagéré dans ce genre de situation, me semble soudain tout à fait pertinent. En écoutant ces inconnus tripoter ce qui appartient à la famille, j'ai l'impression qu'ils m'agressent, qu'ils violent mon territoire. Je ne supporte pas le bruit de leurs pas, leurs murmures, leurs rires occasionnels. Cela me perturbe tellement que je prends la télécommande sur la table basse et que je rallume le poste.

Erreur. Je suis tombé sur le début des informations de vingt-deux heures et nous prenons une inspiration collective quand la photo des garçons apparaît sur l'écran et que le journaliste commente : « Rien de nouveau dans l'affaire des jumeaux disparus… »

– Oh, mon Dieu, fait Liz au moment où j'éteins le téléviseur.

C'est presque un soulagement quand une rousse nerveuse affligée d'une vilaine peau vient prendre nos empreintes. Nous subissons tous son humeur revêche quand, l'un après l'autre, elle nous fait asseoir à côté d'elle. Utilisant la table basse comme plan de travail, elle presse l'extrémité de nos doigts sur un tampon encreur puis les fait rouler sur une carte. Tandis qu'elle s'occupe de mon auriculaire gauche, je ne peux m'empêcher de penser qu'il y a là quelque chose de sordide. La carte ne comporte que le strict nécessaire pour m'identifier, à quoi viennent s'ajouter les taches oblongues laissées par mes doigts, chacune avec son dessin complexe de sillons et de lignes.

La policière me donne une lingette humide pour me nettoyer les mains pendant que ma mère me succède. Peut-être parce que le Xanax ne fait plus effet, peut-être à cause de la demi-douzaine de cafés qu'elle a bus depuis son arrivée, elle n'arrive pas à laisser la technicienne manipuler ses doigts. Elle les tord, elle les bouge elle-même. Elle s'excuse et la femme flic pousse un soupir exagéré en déchirant la carte et en la jetant dans la corbeille.

– Détendez-vous, enjoint-elle à ma mère pour la dixième fois, probablement. Laissez aller votre doigt. Non, vous le roulez. Vous voyez : c'est tout trouble.

Le ton de sa voix va de l'accusateur au condescendant.

– Laissez-moi faire, ne le roulez pas…

– Je ne le roule pas, répond ma mère.

– Je vous dis que si.

J'interviens :

– Arrêtez de la brutaliser. Rien ne l'oblige à faire ça, d'accord ?

Ma mère m'adresse un regard reconnaissant, mais elle commence à renifler.

– On essaie encore une fois, fait cette garce de technicienne, qui entreprend de remplir une nouvelle carte sans oublier de pousser un autre soupir exagéré.

Tout va bien pendant une minute ou deux, puis ma mère tourne de nouveau le doigt.

– Ça y est, vous recommencez !

Ma mère craque, se met à pleurer.

– Laissez-la tranquille, ordonne mon père en se levant.

La technicienne s'extrait de son siège et se dirige vers la porte.

– Excusez-moi mais je suis pas assez payée pour me prendre la tête avec ça.

– Désolé, maman, dis-je d'un ton mécanique.

– Tu veux de l'eau, Glenna ? demande mon père d'une voix anxieuse. Alex, tu crois qu'on peut avoir de l'eau ?

– Bien sûr.

Je me lève du canapé, m'adresse au policier posté dans le couloir. Je me rends compte – et cette pensée m'emplit d'un sentiment de culpabilité – que mes parents me fatiguent, que j'aurais préféré qu'ils restent chez eux. Et Jack aussi. Je sais qu'ils sont venus pour nous soutenir et j'aurais sans doute été blessé s'ils ne l'avaient pas fait. Mais c'est un peu comme si Liz et moi devions prendre soin d'eux.

Peu après que le policier nous a apporté de l'eau, Schoffler apparaît sur le seuil de la pièce et tapote des jointures le chambranle de la porte.

– Je peux vous voir un instant, Alex ? Vous et Mme Callahan ?

Quelque chose dans son expression me glace le cœur. En outre, les gants en caoutchouc qu'il porte – qu'ils portent tous – ajoutent à la scène une note clinique. Je me lève aussitôt, comme si j'avais une corde attachée au sommet de la tête et qu'on avait tiré dessus.

– Qu'y a-t-il ?

– Vous pouvez parler, nous sommes en famille, fait valoir mon père avec un petit geste circulaire de la main.

Schoffler lui montre sa paume à la manière d'un flic arrêtant la circulation.

– Rien que les parents, décrète-t-il avec ce qui ressemble plus à une grimace qu'à un sourire.

Liz est blême. Nous suivons Schoffler en haut dans mon bureau, où un policier en uniforme, les mains gantées lui aussi, est assis sur le bord de ma table de travail. L'inspecteur me le présente :

– Officier de police David Erbinger...

Il explique que depuis l'affaire O.J. Simpson il est de règle qu'un seul policier manipule les preuves, de l'étiquetage et de la mise sous scellés jusqu'à la présentation au tribunal.

– On doit établir une continuité de bonne garde, dit-il d'un ton détaché. Au cas où ça déboucherait sur un procès.

Liz et moi hochons la tête. Nous comprenons. Schoffler referme alors la porte et déclare :

– On a trouvé quelque chose.

Je suis incapable de prononcer un mot.

Sur mon bureau est posée une caisse en carton brun de la taille d'une boîte à chaussures, approximativement. Les rabats, ouverts, sont repliés sur les côtés et l'un d'eux porte une étiquette blanche avec une inscription. Schoffler adresse un signe de tête à Erbinger et, en s'aidant du bout muni d'une gomme d'un crayon, extirpe de la boîte un vêtement chiffonné et taché. Lorsqu'il l'a totalement sorti du carton, je constate que c'est un tee-shirt jaune. La tache est d'un marron rougeâtre et je sais aussitôt que c'est du sang.

Liz gémit. Je passe un bras autour d'elle et elle se penche vers moi, tourne son visage vers ma poitrine. Elle n'arrive pas à regarder ; moi, je ne peux m'en empêcher. Schoffler agite son crayon pour déplier le tee-shirt mais il a dû sécher dans cet état et il est maintenant si raide que les efforts de l'inspecteur ne donnent pas grand-chose. Pour une raison ou une autre, j'ai peur que le vêtement ne glisse et tombe sur le bureau, et je le fixe comme si cela pouvait prévenir sa chute. Finalement, les plis du tissu se décollent d'un côté, et c'est comme un poing qui s'ouvre. Je découvre tout à coup ce que ces plis cachaient, une partie plate pas plus large qu'une main.

Je n'ai pas besoin d'en voir davantage.

Ce qui est visible, c'est le dessin schématique d'une queue, une queue dont je sais qu'elle appartient à une baleine, à l'intérieur de laquelle est imprimé le nom *NANTUCKET*.

– C'est à Kevin, dis-je, comme si je parlais malgré moi. Sean en a un vert.

Je n'arrive pas à détacher mes yeux du vêtement. J'essaie de me concentrer sur le tissu, de chasser l'image de mon fils dans ce tee-shirt. Un curieux goût métallique emplit ma bouche. Liz frissonne dans mes bras. Je m'entends demander :

– Où l'avez-vous trouvé ?

– Pouvez-vous confirmer, madame Callahan, que ce vêtement est bien à votre fils ?

Elle écarte la tête de ma poitrine, se retourne, regarde. Pousse un terrible petit cri. Sa main se porte à sa bouche et elle parvient à aligner quelques hochements de tête avec raideur. Schoffier insiste :

– Ce tee-shirt appartenait bien à votre fils Kevin ?

– Oui.

Je répète ma question, « Où l'avez-vous trouvé ? », mais l'inspecteur ne répond toujours pas. Il remet le vêtement dans le carton, referme les rabats avec le crayon. Erbinger le scelle méticuleusement.

– Une dernière chose, reprend Schoffler. Vous voulez bien me suivre ?

Schoffler ouvre la marche, Erbinger est dans notre sillage. Je tente de ne pas m'interroger sur la nouvelle horreur qu'il va nous montrer et me concentre sur la nuque de Liz, le léger balancement de sa queue-de-cheval. Nous entrons dans la chambre des jumeaux. J'arrive à peine à respirer.

– Nous avons décidé de laisser la chose sur place pour le moment, dit Schoffler en se servant à nouveau de son crayon pour ouvrir la porte du placard. Vous pouvez m'expliquer ce que c'est ?

De la pointe du crayon, il indique l'étagère du haut puis s'écarte pour nous permettre de regarder à l'intérieur du placard. Entre deux jeux de société, un bol en verre contenant un liquide clair est posé, prêt à tomber, au bord de la planche.

– Qu'est-ce que c'est ? demande Liz. De l'eau ?

– Nous ne savons pas encore. Si vous pouviez nous dire ce qu'il fait là, ça nous aiderait.

Liz se tourne vers moi mais je ne peux que hausser les épaules. Je n'ai aucune idée de ce que ce saladier fait sur l'étagère du haut du placard des enfants.

– Ils ont un animal de compagnie ? s'enquiert Schoffler. Une grenouille, quelque chose comme ça ? Un poisson ?

– Je ne crois pas, dis-je.

– Mmm, vous ne croyez pas, grogne-t-il. Et vous, madame Callahan ?

Liz secoue la tête et me lance un drôle de regard.

– Nous allons prélever un peu de ce liquide et étiqueter ce saladier, reprend l'inspecteur. Il est à vous, à propos ?

– Je ne sais pas, dis-je. Je crois que oui.

– Je ne le reconnais pas, répond Liz.

– Mmm, fait de nouveau Schoffler. Bon, Dave s'en occupe. Pendant ce temps, l'équipe va fouiller le salon. Vous avez le reste de la maison pour vous, maintenant.

Il ôte ses gants.

– Inspecteur…

– Ça ne devrait pas être long. Ensuite, nous vous laisserons tranquilles. Je suppose que tout le monde est crevé, surtout les grands-parents.

– Le tee-shirt, est-ce que… commence Liz d'une voix étranglée.

– Désolé, ce vêtement est une preuve, répond Schoffler, se retranchant derrière la procédure. Les questions à ce sujet devront attendre. Toute supposition serait prématurée. Je serai mieux à même d'en discuter après l'avoir envoyé au labo.

– Mais...

Il passe devant Liz et moi pour gagner la porte et nous ne pouvons que le suivre dans le couloir. En retournant au salon, nous nous arrêtons pour faire place aux deux policiers qui sortent de mon bureau. Chacun d'eux porte une grande caisse en carton fermée par des scellés.

– Qu'est-ce que c'est ? Qu'est-ce que vous emportez ?

– Je crois que c'est votre ordinateur.

– Mon ordinateur ? !

– Du calme, Alex. Simple routine. Le ravisseur est venu ici, non ? C'est normal qu'on emmène certains trucs pour les examiner. L'inspecteur Erbinger vous donnera la liste quand on aura fini, vous pourrez vérifier. En ce qui concerne l'ordinateur, vos enfants ont peut-être été en contact avec quelqu'un par Internet. Nous devons envisager cette possibilité.

Liz se tourne de nouveau vers moi.

– Tu avais installé un système de contrôle parental, n'est-ce pas, Alex ?

– Ils ne s'en servaient jamais.

– Alex !

– Ils n'y touchaient pas ! Je pense même qu'ils ne savaient pas comment l'allumer.

C'est probablement vrai. Les ingénieurs d'Apple ont si bien caché le bouton marche/arrêt de l'iMac qu'après l'avoir acheté j'ai dû téléphoner au magasin pour demander où il était.

– Tu m'avais promis !

– Liz...

– Alex, intervient Schoffler, vous seriez prêt à passer au détecteur de mensonge ?

– Quoi ? fais-je.

J'ai pourtant parfaitement entendu la question et je sais ce qu'elle signifie. Le meurtre – y compris le meurtre d'enfants – est souvent une affaire de famille. Quand un gosse disparaît, les parents sont automatiquement suspects. J'entends la voix de Christiansen pendant que nous retournions à la Jeep, dans ce champ désert devant l'entrée du parc d'attractions : « Neuf fois sur dix, c'est un parent. »

Qui pourrait oublier l'affaire Susan Smith ? Les visages souriants de ses fils ont occupé la une pendant des jours tandis qu'elle implorait leur retour. Le retour de garçons qu'elle avait elle-même précipités dans l'eau froide d'un lac, attachés aux sièges de la voiture. Comment a-t-elle pu ? me suis-je demandé, s'est demandé tout le monde. A-t-elle regardé l'eau monter ? A-t-elle regardé ses enfants se noyer ? Je me souviens aussi d'un couple de Floride qui lançait des appels éplorés pour le retour de son adorable petite fille, dont le corps mutilé fut plus tard retrouvé enterré dans le jardin.

« Vous seriez prêt à passer au détecteur de mensonge ? » C'est dans cette catégorie – celle de Susan Smith, du couple infanticide larmoyant de Floride – qu'on me range.

Donc, je sais. Me demander de subir ce test signifie que le tee-shirt ensanglanté... Ou alors, ils ont trouvé autre chose dans la maison qui les conduit à penser que je suis mêlé à la disparition des enfants. Naturellement, je sais aussi qu'ils se trompent.

Avant que j'aie pu répondre à Schoffler, il a de nouveau ce geste d'agent de la circulation.

– Vous n'êtes pas obligé, c'est sur une base strictement volontaire, explique-t-il. Vous comprenez ?

– Quoi ? fait Liz. Quoi ?

Je reste sans bouger, bouillonnant de colère.

– Je le passerai, ce test, mais c'est une perte de temps. Je ne comprends pas : il doit y avoir des centaines de gens qui m'ont vu dans le parc avec mes fils. Et Kevin m'a téléphoné, il m'a téléphoné d'ici. Votre gars, là, Christiansen, il était avec moi dans la voiture, à ce moment-là.

Schoffler grimace, fixe le plafond comme s'il en attendait une réponse puis hoche la tête.

– Pour ce coup de fil, vous dites que c'était votre fils mais personne ne peut le confirmer. Ç'aurait pu être n'importe qui. Même si l'appel venait bien d'ici.

Il paraît sur le point d'ajouter quelque chose, se ravise, secoue la tête. Je sais cependant ce qu'il pense et les mots explosent dans mon esprit comme un pétard : un complice.

– Même chose pour cette chaussure que vous avez repérée près de la barrière, poursuit-il finalement. Je ne sous-entends rien du tout, mais qui l'a repérée, cette chaussure ?

– Quelle chaussure ? demande Liz d'une voix affolée. Il y a une chaussure ?

– On a retrouvé une chaussure d'enfant dans le parc d'attractions. D'après votre mari, elle appartient à l'un de vos garçons.

– A Kevin, dis-je. C'est une des Nike de Kevin.

– Vous devez comprendre pourquoi nous aimerions que vous passiez au détecteur de mensonge, argue Schoffler d'une voix qu'il veut apaisante. Parce que tout ce qu'on a...

Il s'interrompt, hausse les épaules. J'ai saisi le message : j'aurais pu mettre cette chaussure près de la barrière de l'arène du tournoi et la montrer ensuite à Schoffler. Un complice aurait pu m'appeler sur mon portable de la maison. Il n'y a pas eu de lettre réclamant une rançon, pas de coup de téléphone. Schoffler lui-même l'a souligné : il n'y a aucun intérêt à kidnapper deux gamins, ce n'est pas une opération promotionnelle. Personne n'a corroboré mes déclarations. Tout commence et finit avec moi.

– Quelqu'un a bien dû nous voir là-bas, dis-je. Enfin, c'est insensé. Nous avons croisé des milliers de gens...

– En ce qui concerne les visiteurs du parc, je suis sûr que vous avez raison, admet Schoffler d'un ton conciliant. On a plein de témoins qui déclarent spontanément qu'ils se souviennent de vous.

Après un claquement de langue plein de regrets, il ajoute :

– Mais la télé n'a pas arrêté de parler de l'affaire. La plupart de ces gens n'étaient même pas dans le parc pendant l'intervalle de temps concerné. Je suis certain qu'on finira par trouver des tas de témoins fiables qui vous ont vus, vous et vos fils, à une heure qui correspond à votre présence.

Il lève les mains en un geste d'impuissance.

– En attendant, je vous conseille de passer le test.

– Je le passerai, bien sûr.

– A la bonne heure. Je vais arranger ça.

Mes parents et Jack viennent d'apparaître dans le couloir derrière l'inspecteur.

– Ils nous ont dit d'aller dans la cuisine, explique ma mère.

– Qu'est-ce que c'est que cette histoire de test ? demande Jack.

– Ils veulent faire passer Alex au détecteur de mensonge, lâche Liz d'une voix hachée.

– Qu'est-ce que ça signifie ? lance mon père à Schoffler.

L'inspecteur lui refait le coup du flic de la circulation.

– Simple routine. Pour exclure des possibilités.

– Comme les empreintes ? dit ma mère.

Il confirme d'un signe de tête. Mon père carre les épaules.

– Inspecteur, soyez franc avec moi : Alex a besoin d'un avocat ?

– Il n'est pas obligé de le passer, se défend Schoffler. Si votre fils souhaite la présence…

– Non, m'écrié-je, interrompant le policier. Papa, pour l'amour du ciel ! Pas d'avocat. Je n'ai pas besoin d'un avocat.

– Ce n'est pas… commence mon père. Je ne veux pas dire…

Il secoue la tête. Je vois qu'il tient la main de ma mère, doigts entrecroisés, jointures blanches.

– Je n'aime pas ça, Alex, c'est tout. Je n'aime pas la tournure que ça prend.

– J'arrange ça pour demain matin, dit Schoffler.

Un moment, l'énormité de la chose m'indigne : m'accuser d'un tel crime ! J'imagine les commentaires, le ton haletant mais grave :

« Du nouveau dans l'affaire des jumeaux disparus : la police a trouvé un tee-shirt taché de sang dans la maison… »

« La police a demandé au père de se soumettre au détecteur de mensonge… »

Mais mon indignation, ma flambée de colère et de tristesse ne durent que quelques secondes, balayées par le désespoir qui m'accable depuis que Schoffler nous a montré le tee-shirt de Kevin. La seule lueur d'espoir provient d'une pensée en elle-même si hideuse que je répugne à la reconnaître : il n'y avait qu'un tee-shirt, pas deux. Deux enfants posaient peut-être effectivement trop de problèmes. Et la chaussure aussi était à Kevin. Alors peut-être que Sean…

Je coule.

Au niveau conscient, je ne crois pas vraiment que Schoffler et les autorités traqueront le ravisseur de mes fils, retrouveront Kevin et Sean et les ramèneront à la maison. A un autre niveau cependant, j'ai plus investi dans cette idée que je ne le pensais. J'ai foi dans le professionnalisme et l'énergie de la police, dans ses ressources humaines et matérielles, dans ses hélicoptères, ses quadrillages de recherche, ses brigades canines, ses techniciens de lieux de crime et ses bases de données.

Mais si la demande de test de détecteur de mensonge signifie – et que pourrait-elle signifier d'autre ? – que les policiers pensent que j'ai joué un rôle quelconque dans la disparition de mes fils, il n'y a plus aucun espoir. Les autorités sont tellement loin de la vraie piste que je peux tout aussi bien placer mes espoirs dans les rubans jaunes[1] que les voisins ont commencé à attacher autour des arbres d'Ordway Street.

---

1. Aux Etats-Unis, en signe de soutien à un ami ou à un parent traversant des moments difficiles, on attache un ruban jaune à un arbre de sa maison ou dans la rue. *(Toutes les notes sont du traducteur.)*

11

Le test est prévu pour ce matin à onze heures.

Malgré mon innocence, je m'inquiète. Comment un appareil mesurant une réaction galvanique – je n'ai qu'une vague notion de ce que c'est au juste – peut-il distinguer diverses sortes de stress ? Faire la différence entre l'angoisse de mentir délibérément et l'angoisse de passer le test, d'être accusé à tort ? Sans parler de l'angoisse générée par la disparition de mes enfants.

Pour l'essentiel, cependant, il constitue un moyen – bienvenu – de détourner mon esprit de l'horreur du tee-shirt. Et bien que je ne sois pas impatient d'aller à la voiture – d'autant que Schoffler n'a pas su empêcher une fuite sur « le tee-shirt d'enfant ensanglanté » –, il me tarde de sortir de la maison. Au fil des heures, l'atmosphère y devient de plus en plus irrespirable.

Chaque fois que le téléphone sonne, ce qui se produit toutes les cinq minutes au moins, nous attendons, partagés entre espoir et peur.

Surtout la peur. Nous sommes soulagés quand l'appel ne fournit aucune information sur les garçons, quand ce n'est qu'un journaliste ou un policier, un ami ou un inconnu proposant son aide. Le cliché se révèle vrai : pas de nouvelles, bonnes nouvelles. L'absence de nouvelles nous semble être un sursis.

Si mes parents et Liz sont indignés par les accusations portées contre moi, on peut dire qu'avec Jack le jury doute. Il n'a pas de certitude. D'une certaine façon, c'est plus facile à supporter que la litanie de lamentations offensées de ma mère.

Mon père voudrait m'accompagner au poste de police, et même Liz me l'a proposé, mais je ne leur infligerai pas ça.

A la conférence de presse de ce matin, que nous avons tous regardée depuis le salon, Schoffler a refusé de répondre aux questions sur le tee-shirt et a mis en garde contre toute « conclusion hâtive ».

Je sais néanmoins à quoi je dois m'attendre quand je franchirai la porte.

A l'heure convenue, Christiansen arrive avec un autre policier pour m'escorter jusqu'à la voiture radio. Bien que je ne sois pas menotté, le mot « escorter » rend fort mal la façon dont on me pousse en bas des marches, dont on me propulse à travers la foule braillarde, marbrée par une lumière stroboscopique.

Je ne suis pas encore en état d'arrestation, mais le langage corporel des flics qui m'encadrent est clair : ils emmènent un suspect. Je lutte contre une inclination naturelle à éviter un contact oculaire. Ce n'est pas facile. Par simple réflexe, j'ai envie de détourner le regard pour épargner à mes yeux les explosions incessantes des flashs. Je m'efforce de garder la tête levée et lorsque nous parvenons à la voiture je suis momentanément aveuglé.

Christiansen me pousse à l'intérieur et on me conduit au poste de Park Street. La police de Washington est maintenant impliquée parce qu'il y a des questions de juridiction à résoudre, « selon le lieu et la nature du crime ». C'est ce que Schoffler a expliqué ce matin à la conférence de presse pour laquelle, me dit Christiansen, on a distribué trois cent dix-huit badges à des représentants des médias.

Malgré l'insistance de la presse, Schoffler n'a pas fourni d'explications sur ses propos. Je les ai compris, cependant, ainsi que les millions d'Américains qui ont entendu divers « experts » décortiquer les déclarations de l'inspecteur. On pourrait résumer ça ainsi :

Scénario 1 : j'ai assassiné mes enfants chez moi, je me suis débarrassé de leurs corps et je me suis ensuite rendu à Cromwell, Maryland. J'ai parcouru le parc d'attractions pendant quelques heures pour établir mon alibi avant de signaler la disparition de mes enfants. Juridiction : Washington.

Scénario 2 : j'ai assassiné mes fils dans le Maryland, quelque part à proximité du parc médiéval. Juridiction : comté d'Anne Arundel.

Scénario 3 : les garçons ont été kidnappés dans le parc (c'est ce qu'un journaliste au moins appelle « la version du père »). Juridiction : comté d'Anne Arundel, en collaboration avec le FBI.

Il règne dans le poste de police un climat de lassitude qui, contre toute attente, m'apaise. C'est tellement différent de l'énergie imprégnée d'adrénaline déployée chez moi. Ça me rappelle le service des immatriculations et permis de conduire.

J'ai l'impression que tous ceux qui travaillent ici, du secrétaire à l'inspecteur, voient si régulièrement de tels actes de barbarie que leur réaction émotionnelle en est émoussée. Aussi impensable que semble un crime – y compris le meurtre d'enfants –, il y a toujours un précédent, un article qui s'y réfère dans le code pénal.

Tout est affaire de procédure. Il y a une marche à suivre pour s'occuper de tout type concevable de méfait, des règles qui ne laissent que peu de place à la ferveur et à l'indignation. Ici, sans être précisément courtois, tout le monde me traite au moins avec un dédain professionnel et ne songe qu'à respecter cette marche à suivre. Je suis venu pour subir un test de détecteur de mensonge, l'objectif est de se débarrasser de cette corvée et de passer à la suivante.

Mais comme pour la prise d'empreintes, la procédure a quelque chose de sordide. Je me sens pris au piège, enfermé dans une situation où il n'y a que des perdants. Le test du détecteur de mensonge n'est qu'une version pas si moderne que ça de l'épreuve infligée aux sorcières de Salem. D'après mes souvenirs (d'une émission spéciale de la chaîne Histoire), si l'accusée, lestée de pierres, parvenait à ne pas couler – ce qui, on s'en doute, n'était pas gagné d'avance –, elle était aussitôt déclarée coupable de sorcellerie et jetée au feu.

Le test, c'est la même chose. Le simple fait qu'on me demande de le passer joue contre moi. Je sais que je réussirai l'épreuve, mais en journaliste qui a couvert un bon nombre d'affaires criminelles je sais aussi que son résultat sera « non probant ».

Réussir ne m'avancera à rien, alors que refuser de me soumettre au test m'aurait porté tort. La réussite au test ne signifie rien parce que personne ne fait vraiment confiance aux résultats – lesquels, me rappelle le technicien qui m'invite à prendre un siège, ne sont pas « recevables au tribunal ». Il m'adresse un pâle sourire et je m'entends lui répondre :

– Alors, on se demande pourquoi ils prennent cette peine...

Il hausse les épaules.

– Les résultats peuvent être instructifs. Même s'ils ne constituent pas une preuve.

Nous savons tous deux pourquoi ils prennent cette peine. Un test de détecteur de mensonge peut être instructif à de nombreux égards. Il signifie une chose si on accepte de le passer, une autre si on engage son propre technicien, qui peut préparer une batterie de questions légèrement différentes ou les poser de manière plus amicale.

Gary Condit a passé le test, mais en faisant appel aux services de son propre technicien. Même chose pour les parents de Jon Benet Ramsey. Je me souviens, comme tout le monde, de ces écarts avec les normes reconnues d'un comportement d'innocent.

La plupart du temps, le test est une forme de pression pure et simple. Vous avez un suspect, vous lui mettez la pression, vous essayez de le rendre nerveux de toutes les façons possibles. On a tous vu ça un million de fois. C'est ce que Schoffler cherche à faire : me mettre la pression.

Le technicien enduit les capteurs de gel et les fixe sur ma peau. Le gel est très froid.

L'homme lui-même paraît froid, voire mécanique, tandis qu'il m'explique la procédure. Après une longue pause pour vérifier son matériel, il commence à me poser les questions qu'il a préparées. L'inflexion de sa voix ne varie pas, qu'il me pose des questions anodines (« Vous vous prénommez Alex ? » « Vous résidez dans le Dakota du Nord ? » « La chemise que vous portez est bleue ? ») ou des questions allant au cœur du problème (« Avez-vous tué Sean et Kevin Callahan ? » « Savez-vous où ils se trouvent ? »).

Il laisse s'écouler un long intervalle entre chaque question pour ajuster son appareil et prendre des notes. Je me surprends à retenir ma respiration quand je réponds et ne peux m'empêcher d'en faire la remarque.

– Aucune importance, dit-il d'un ton qui ne me rassure pas.

Et puis c'est terminé. On me donne une lingette emballée dans du papier d'aluminium pour nettoyer ce qui reste de gel sur ma peau et je redescends mes manches en m'attendant à ce qu'on me ramène chez moi.

Au lieu de quoi, Schoffler apparaît avec un jeune Afro-Américain qu'il me présente comme étant l'inspecteur Price. Nous passons tous les trois dans l'espace cloisonné du bureau de Price. Sur son moniteur, des poissons tropicaux nagent dans une végétation aquatique ondulante. Le tissu gris des cloisons est orné d'une douzaine de photos d'un petit garçon souriant.

– Alex, ça vous embêtait de raconter encore une fois votre histoire ? me demande Schoffler. J'aimerais que l'inspecteur Price l'entende, il a été affecté sur l'affaire pour nous aider.

Je hausse les épaules. Pourquoi pas ?

– D'accord.

– L'inspecteur Price a reçu une formation spéciale pour, euh... interroger les gens. Il sait vraiment comment titiller leur mémoire. J'espère que vous vous rappellerez quelque chose qui nous aidera à retrouver vos fils.

– Une sorte de piste, développe Price d'une voix de baryton pleine d'ardeur. C'est tout ce que nous voulons.

C'est du pipeau, et nous le savons tous les trois. Schoffler cherche à déceler des incohérences dans mon histoire. Ce qui signifie qu'il pense que ce n'est que cela : une histoire.

– Comme vous voudrez, dis-je.

Une femme corpulente portant d'immenses boucles d'oreilles rondes tapote sur l'une des cloisons.

– Messieurs... J'ai besoin de ta signature, Jason. Suis-moi dans mon boudoir, l'invite-t-elle en lui faisant signe d'un doigt à l'ongle vermillon.

Schoffler contemple les photos accrochées aux murs.

– Mignon, ce gamin, commente-t-il avant de lâcher un soupir chargé de gêne. Pardon, désolé...

– Et le ticket ? dis-je.

– Quoi ?

– Le ticket d'entrée pour le parc. Un adulte, deux enfants. Je vous l'ai montré. Je crois même que je vous l'ai donné, non ?

– Si.

– L'heure de notre arrivée est indiquée. Un adulte, deux enfants.

Il secoue la tête avec une expression m'invitant à redescendre sur terre.

– Alex, ce ticket ne prouve rien. Vous auriez pu demander un ticket pour un adulte et dix gosses, vous voyez ce que je veux dire ?

A ma grande surprise, c'est à mon tour de me sentir embarrassé.

Acoustique.

A Londres, Liz et moi avons visité la cathédrale Saint-Paul et nous sommes montés à la galerie des Murmures, à mi-hauteur du dôme. Notre guide signalait une curiosité acoustique : si l'on murmure quelque chose près du mur du dôme, et que rien ne fait obstacle à la circulation du son, une personne postée de l'autre côté l'entend. Liz a insisté pour que nous fassions l'expérience et nous avons pris position puis attendu qu'il n'y ait plus personne dans la galerie. Je me souviens encore du choc que j'ai ressenti lorsque j'ai entendu la voix de Liz dans mon oreille, intime et proche, alors que je ne voyais d'elle qu'une petite silhouette à une centaine de mètres de distance. « Retrouve-moi à l'hôtel et je te ferai passer un bon moment », avait-elle chuchoté.

Par un phénomène acoustique semblable, je capte la voix de l'inspecteur Price bien que je ne le voie même pas dans l'espace bondé et bruyant du poste de police :

« Non, c'est ce que je te dis. C'est pour ça qu'il faut y aller maintenant… Il n'a même pas d'avocat, tu te rends compte ? Enfin, pas encore. »

Il est assis en face de moi, à califourchon sur une chaise, ses mains formant une sorte de plate-forme sur laquelle il appuie sa belle tête.

— Vous devez en avoir marre, soupire-t-il avec une expression affligée.

Price est bon, je dois le reconnaître. Je m'attendais à… je ne sais pas, un truc pour me déstabiliser. Un numéro façon bon flic/méchant flic avec Schoffler. Des manières un peu rudes…

Rien de tout ça. Je suis seul dans la pièce avec Price, Schoffler a disparu, même si je me doute qu'il se trouve derrière le long miroir du mur d'en face.

J'autorise Price à faire usage d'un magnétophone.

Nous commençons par ma relation de la journée de samedi, une fois de plus, dans les moindres détails. Puis nous passons à l'état de mes finances.

– C'est dur, non, d'avoir deux foyers séparés avec plus ou moins les mêmes revenus ?

Je reconnais que c'est difficile, financièrement, mais j'ajoute que Liz et moi nous débrouillons.

– Je crois savoir que vous avez été deux fois en retard, pour la pension que vous versez à votre femme.

– C'est exact. Mais ce n'était pas une question d'argent. J'étais à l'étranger. En reportage. Vous pouvez vérifier auprès de la chaîne.

– A l'étranger, répète Price.

Il fait la grimace en prononçant le mot comme s'il venait de respirer une bouffée d'odeur déplaisante.

– A l'étranger, murmure-t-il une fois de plus. Je vois.

Il ne dit rien pendant une minute ou deux et je fixe mes pieds en résistant à l'envie de meubler le silence. Il se redresse, incline la tête sur le côté et me regarde.

– L'accord initial de séparation vous prend une bonne partie de votre salaire, n'est-ce pas ?

J'opine du chef.

– Votre maison... c'est un quartier chic, non ? Si vous n'arrangez pas les choses avec Liz, vous allez devoir la vendre.

Je hausse les épaules.

– C'est vrai, dis-je.

Et je ne peux m'empêcher d'ajouter :

– Je m'en fiche. Ça m'est égal.

J'hésite. Je n'aime pas la façon dont je tente de me justifier face à Price. Je n'aime pas la façon dont il appelle ma femme par son prénom. Il ne l'a même jamais vue.

– Vous perdrez donc la maison ?

La colère me gagne.

– Qu'est-ce que vous imaginez ? Vous pensez que j'ai tué mes gosses pour rester à Cleveland Park ? C'est ce que vous pensez ? Nom de Dieu !...

Il a un geste conciliant.

– D'accord, autre sujet. Les enfants sont assurés ? Si c'est le cas, il vaut mieux nous l'avouer tout de suite.

– Assurés ? Une assurance médicale, vous voulez dire ?

Price secoue la tête.

– Une assurance sur la vie.

– Une assurance sur la vie ? Ils ont six ans !

Puis je comprends et cela se reflète dans ma voix, rageuse et trop forte :

– Vous insinuez maintenant que j'ai tué mes enfants pour l'assurance ? Que d'ici quelques mois je vais toucher le pactole et partir pour le Brésil ? Vous êtes cinglé ?

– Non, répond Price d'un ton calme et raisonnable. Personne ne suggère quoi que ce soit de ce genre. Nous parlons simplement des pressions auxquelles vous êtes soumis, nous explorons la question. Personnellement, je trouve bien plus probable qu'un type comme vous ait perdu son sang-froid, comme vous venez de le faire, et que les choses soient allées un peu plus loin que vous ne le vouliez, vous voyez...

– Ecoutez, dis-je, la voix tremblante, je n'ai pas tué mes enfants !

– Monsieur Callahan, faisons une pause. Vous devriez peut-être consulter un avocat...

– Je n'ai pas besoin d'une pause ni d'un putain d'avocat !

– L'inspecteur Schoffler vous a dit que quelqu'un vous a vu ouvrir la portière de votre voiture au parking, et cela après que vous aviez signalé la disparition de vos fils ?

– Je vérifiais qu'ils n'étaient pas retournés à la Jeep parce qu'ils ne me retrouvaient pas. C'est le gars de la sécurité qui me l'avait suggéré.

L'interrogatoire se poursuit comme cela pendant une, deux, trois, quatre heures. Nous avons entamé la cinquième heure quand Price, après m'avoir demandé si j'ai envie d'aller aux toilettes, s'absente pour y aller lui-même. A son retour, il me donne un verre d'eau et propose que nous reprenions depuis le début.

Nous remettons ça.

– Rappelez-moi : l'idée d'aller à cette Fête médiévale, elle était de vous ?

– Non. Je vous l'ai dit. L'idée venait des gosses. Ce n'est pas trop mon truc.

– C'est quoi, votre truc ?

Et c'est reparti.

– Vous dites que vous avez entendu la voix de Kevin sur votre portable, rappelle Price quand nous en arrivons à ce stade. Il a prononcé un seul mot : « Papa ». Ce que je veux savoir c'est... comment vous pouviez être sûr que c'était lui. Ce sont de vrais jumeaux, non ?

– Ce sont mes gosses. Je sais les reconnaître.

– Vous « savez les reconnaître »... dit-il, dessinant des guillemets dans l'air.

– Absolument.

Il semble sur le point de mettre mon affirmation en doute puis il sourit.

– D'accord, je veux bien vous croire. Quand même, ça a dû être dur, poursuit-il avec une sollicitude qui semble sincère. Juste ce mot et puis plus rien, il n'a jamais rappelé.

– Non.

Price bifurque soudain :

– Si vous me parliez un peu de la veille au soir, mmm ?

– Je ne vois pas...

– Vous ne voulez pas en parler ?

Il plisse le front puis s'excuse, comme s'il avait touché par inadvertance un sujet douloureux.

– Non, ça ne me dérange pas d'en parler. Simplement...

– Ecoutez, on ne sait jamais, ça peut déboucher sur quelque chose qui nous aidera.

J'acquiesce d'un signe de tête.

– D'accord. Donc, la veille, vendredi soir, vous aviez du travail en retard, dites-vous. Parlez-moi du dîner. Vous avez fait à manger, vous avez mangé dehors ?

– Nous avons mangé dehors. Dans une pizzeria.

– Quelle pizzeria ? Où ça ?

– Une Two Amys. Sur Wisconsin.

– Quelqu'un vous a vus ?

– Bien sûr. Le serveur, d'autres clients.

– Vous avez payé avec une carte de crédit ou en liquide ?

– Probablement avec une carte de crédit.

– Vous ne vous rappelez pas.

– Je ne me rappelle pas.

Il a un geste pour signifier que c'est sans importance, me gratifie d'un sourire.

– Je ne me souviens pas toujours de ce genre de détails non plus.

Jason Price a un charme puissant qu'il utilise pour me convaincre qu'il souhaite être mon ami, sincèrement. Et pour nouer des liens avec mon nouvel ami, je dois lui dire ce qu'il a envie d'entendre. Et ce qu'il a envie d'entendre, c'est que je suis coupable. J'ai perdu les pédales, ça arrive à tout le monde. Personne n'est maître de soi à chaque instant. Et ainsi de suite.

Je donne peut-être l'impression que c'est un baratin absurde, facile à démonter, mais ce n'est pas le cas. C'est presque de nature religieuse, l'envie d'avouer, de se confesser. Si j'avoue, je serai purifié et je renaîtrai, je pourrai commencer une nouvelle vie.

A mesure que les heures passent, je sombre dans une dangereuse apathie. Je veux cesser de parler. Je veux dormir.

J'ai lu des articles sur des gens qui ont frôlé la mort et survécu. Il y a un moment où la volonté fléchit. Juste avant de mourir de froid, une personne en hypothermie a soudain chaud et sommeil, dit-on. Celle qui se noie se sent enveloppée d'une explosion de lumière. J'en conclus que l'oubli peut être séduisant, qu'il offre un répit bienvenu après des heures de lutte et de souffrance.

Nous refaisons une fois de plus le voyage à travers le parc quand on frappe à la porte. Price plisse le front, s'excuse, se lève, entrouvre la porte, entame une conversation avec quelqu'un. Bien qu'il murmure, je sens qu'il discute âprement. Puis il me laisse seul sans dire un mot.

J'attends dans une sorte de rêverie morose, regarde ma montre de temps à autre. Un quart d'heure s'écoule. Une demi-heure.

A son retour, Price lance l'interrogatoire dans une direction tout à fait nouvelle, qui me déconcerte :

– Quelle est votre religion, Alex ?

– Hein ?

– Vos convictions religieuses. Votre foi.

– Je ne suis pas très croyant...

– Athée, alors ?

– Non, pas exactement. Mais quel rapport ?

– Un peu de patience, d'accord ? Si vous deviez cocher une case, dans un questionnaire, ce serait « athée » ?

– Non. Je suis une sorte de catholique non pratiquant. Je... je ne sais pas. Je cocherais « chrétien », je suppose...

– Vous supposez.

Il m'interroge ensuite sur ce que je pense des sacrifices d'animaux, en relation avec un reportage que j'ai fait sur la *santeria* dans le sud de la Floride.

– Où voulez-vous en venir ? finis-je par lui demander.

– Vous n'aimez pas ce genre de questions ? fait-il avec une expression surprise.

– Je ne vois pas où elles mènent.

– Je ne les pose pas par simple curiosité, je vous assure.

A sa mine déçue, je finis par me rendre à l'évidence : aucune coopération de ma part, aussi grande soit-elle, ne me mettra hors de cause. Quel que soit le nombre de questions auxquelles je réponds correctement, Jason Price ne s'intéresse qu'aux réponses qui vont dans le sens de ma culpabilité.

Comme je ne suis pas coupable, je n'ai aucune raison de continuer à subir ce traitement.

Je lui déclare que je veux rentrer.

– Vous refusez de poursuivre l'interrogatoire ?

– Je n'en vois pas l'utilité.

– Vous refusez, c'est bien ça ?

Je secoue la tête et soupire :

– Vous ne renoncez jamais, hein ?

Jason Price m'adresse un mince sourire.

– Je dois prendre ça pour un « oui » ?

Après tout, quelle importance ?

– Oui, dis-je. Je refuse.

Price se lève et me laisse seul dans la pièce.

12

Des coups frappés à la porte me tirent brusquement d'un demi-sommeil. J'ignore combien de temps s'est écoulé mais c'est Schoffler, non Price, qui entre dans la pièce et m'annonce :

– On y va.

Je sais immédiatement qu'il est arrivé quelque chose. Son attitude envers moi a changé mais d'une façon que je ne parviens pas à déchiffrer. Il arrête le magnétophone et je le suis jusqu'à sa voiture, une grosse Ford blanche, une Crown Victoria. Il fait jour, c'est le matin. J'ai passé la nuit dans la salle d'interrogatoire.

Je prends peur quand Schoffler tient la portière pour moi. Pourquoi cette soudaine sollicitude ? Réponse : parce qu'il compatit à ce qui m'arrive.

Lorsqu'il s'installe au volant et boucle sa ceinture, je me prépare, raidi contre le ton grave attendu, la terrible nouvelle. Ce n'est qu'après que nous avons roulé deux ou trois cents mètres que je m'aperçois que je retiens ma respiration.

– On a reçu les résultats, dit-il en secouant la tête.

– Hein ? (Ce n'est pas ce à quoi je m'attendais et mon soulagement est profond, immédiat.) Le détecteur de mensonge ?

– Non, le tee-shirt. Les résultats de l'analyse du labo.

– Et... ?

— Du sang de poulet, répond-il en me lançant un bref coup d'œil. Le tissu était imprégné de sang de poulet.

— Du sang de poulet !

Je ne sais pas trop ce que cela signifie mais c'est une bonne nouvelle, ça, je le sais. Ce sang n'était pas celui de mon fils.

— Hmmm, fait l'inspecteur.

Je comprends maintenant où Jason Price voulait en venir, avec ses questions sur la religion et les sacrifices d'animaux. Mon exaltation retombe.

— On a aussi trouvé quelques témoins sûrs qui vous ont vu au parc d'attractions avec vos gosses.

— Ah.

— Notamment deux employés. Le gars qui tient l'échelle de Jacob se souvient très bien de vos garçons. Il a déclaré qu'un des deux avait grimpé à cette échelle comme un singe.

— Sean.

— Après lui, des tas d'enfants ont fait la queue pour essayer : des gamins plus âgés qui se disaient que si un petit y arrivait, ça devait être facile. A un dollar le coup, le gars qui s'occupait du stand avait une bonne raison de s'en souvenir.

— Il est sorti de nulle part, celui-là ?

— Il avait le dimanche et le lundi libres, on n'a mis la main dessus que ce matin. C'est un gars du coin, il ne se déplace pas avec la Fête. Et après l'avoir interrogé, on a pris le temps de vérifier ses déclarations.

Nouveau soupir.

— Pour être sûr qu'il ne vous connaissait pas, ni vous, ni Liz, ni les enfants, poursuit-il. En fait, on a retrouvé pas mal d'employés qui vous ont vu avec vos gamins. Le type qui tient le stand de tir à l'arc, par exemple, il se souvient parfaitement de vous. Et il y en a d'autres.

— Mmm.

— Après la découverte du tee-shirt, il fallait qu'on vérifie, vous comprenez ? Parce que si vous étiez allé au parc pour vous constituer un alibi…

— Je vois, oui.

– Ecoutez, fait l'inspecteur avec un geste irrité de la main, le sang de poulet, tous les gens qui vous ont vu... Ce n'est pas ça qui vous disculpe.

– Ah bon ?

– Réfléchissez. Même si vous étiez au parc avec vos enfants, rien ne prouve que vous ne les ayez pas emmenés ensuite ailleurs pour revenir dire à Prebble que vous ne les trouviez nulle part. Le sang de poulet ? Je ne sais pas. Vous avez peut-être une vie secrète...

Un 4 × 4 Mercedes bleu nous fait une queue de poisson et Schoffler réagit par un coup de Klaxon.

– Putain, l'abruti... Non, ce qui vous met hors de cause, c'est que, d'un témoin à l'autre, on a maintenant la reconstitution de toute votre après-midi, du moment où vous avez déposé la disquette à votre boulot, avec vos gosses, jusqu'au moment où vous avez signalé leur disparition au responsable de la sécurité du parc...

Il marque une pause et reprend :

– Alors... je crois que je vous dois des excuses, Alex.

Nous sommes arrêtés à un feu et mon euphorie ne dure que le temps qu'il passe au vert. Bien sûr, je me sens soulagé de ne plus être suspect, mais les enfants sont toujours portés disparus. Je vis toujours le même cauchemar.

Je garde le silence.

– Désolé pour le détecteur de mensonge, et tout ce cinéma avec Price, continue Schoffler. Je m'excuse. Sincèrement.

– Vous pensiez que c'était moi.

Il hausse les épaules.

Nous tournons dans Klingle Road et prenons la direction de Connecticut Avenue. Je regarde par la fenêtre, secoue la tête.

– Et pendant que j'étais en salle d'interrogatoire, le ravisseur a eu tout le temps de...

Je l'imagine avec mes enfants, dans ma maison. Je revois le lapin origami, les pièces de monnaie alignées, le tee-shirt taché de sang... Je donne libre cours à ma colère et Schoffler me laisse m'épancher jusqu'à ce qu'enfin je juge inutile de continuer. Dans la rue, deux petits garçons tenant des ballons en baudruche du zoo passent avec leur mère. Si seulement nous étions allés au zoo... Je m'efforce de ne pas m'abandonner à ces tentatives inutiles de refaire le passé, mais elles surgissent dans ma tête au moins cent fois par jour. Je ferme les yeux. Au bout d'un moment, Schoffler reprend :

– Le type au chien, au bord de l'arène, on a deux témoins qui déclarent l'avoir vu avec vos gosses...

Mon cœur se glace.

– Vous pensez que c'est lui ?

– Eh bien... on ne veut pas aller trop vite. Le grand type, le chien avec une fraise : c'était dans tous les journaux. Alors, on prend les déclarations avec des pincettes. N'empêche, quand on demande aux gens s'ils ont vu les jumeaux disparus avec cet homme, il y en a qui l'ont vu. Ou du moins qui pensent l'avoir vu.

– Je comprends.

– Par chance pour nous, les médias n'ont jamais précisé que le chien était un whippet. Ça nous sert de test pour faire le tri parmi les témoins. S'ils ont vu le type avec un berger allemand ou un teckel...

– D'accord.

– Vous avez eu le temps de le regarder, cet homme ? Vous vous souvenez de son visage ?

J'hésite. J'ai un souvenir clair de la scène dans ma mémoire, mais ce que je cherchais des yeux, c'étaient Kevin et Sean, pour m'assurer qu'ils étaient toujours là où ils devaient être. Dès que je les ai repérés dans le groupe d'enfants, je me suis détendu.

– Je ne sais pas, dis-je à Schoffler. Je n'ai pas vraiment fait attention. J'ai remarqué son costume et le chien. J'ai pensé qu'il travaillait pour le parc.

– J'aimerais que vous rencontriez un dessinateur de portraits-robots. Pour voir ce que ça donne. Je vais arranger ça.

Nous tournons dans Connecticut Avenue et Schoffler annonce :

– J'ai une conférence de presse à cinq heures. Vous voulez y participer ? Avec Liz ? Il s'agit de vous innocenter, après tout. Vous devriez peut-être être là pour répondre aux questions.

Je sais ce que Claire Carosella me conseillerait. Si cela peut rentabiliser au maximum le temps d'antenne, Liz et moi sommes prêts à affronter la foule des journalistes toute la nuit.

Je sais par expérience comment ça se passera. Ils se disputeront le droit de nous lancer des questions. Des questions purement rhétoriques (« Etes-vous soulagé de ne plus être suspect ? ») ou auxquelles il nous sera impossible de répondre, du genre : « Pensez-vous que la police progresse et va bientôt retrouver vos enfants ? »

– Nous viendrons, dis-je à Schoffler.

Les amis et les voisins font maintenant bloc autour de nous. Depuis que je ne suis plus suspect, les vannes sont de nouveau ouvertes. La maison est inondée de victuailles : cookies, salades, énormes paniers bourrés de toutes les denrées comestibles imaginables.

Ordway Street est festonnée de rubans jaunes et Connecticut Avenue aussi, sur des centaines de mètres dans les deux sens.

Un coursier apporte des cartes postales faites par les enfants du centre aéré de Saint-Albans : fleurs dessinées au feutre, mots de soutien soigneusement tracés, signatures enfantines maladroites...

Les ours en peluche et les fleurs déposés sur le trottoir me poignent. Cela me rappelle le bas-côté des routes, là où il y a eu un accident, les hommages posthumes à Oklahoma City, les témoignages d'affection après la mort de Lady Di, les commémorations devant Ground Zero. Offrandes funéraires.

La police a mis en place une ligne d'urgence et, bien qu'elle décourage l'établissement d'une seconde ligne, elle ne peut empêcher les voisins de le faire. Jack organise les bénévoles qui s'occupent de cette « ligne de secours », coordonne les équipes. A la différence de celle de la police, cette ligne promet une récompense et garantit l'anonymat.

Mon vieux copain Ezra Sidan, génie de l'informatique, sponsorise la création d'un site Web : *trouverkevinetsean.com*. Molly, une amie de Liz, recrute des bénévoles pour tenir le site. En deux jours, il fonctionne au rythme de près de quatre cents connexions par heure.

Comme j'ai été innocenté, la chaîne a rouvert la collecte de fonds pour une récompense, Krista elle-même apparaît à l'antenne pour lancer des appels. La Fox a ajouté cinq mille dollars à sa mise initiale. Le service comptabilité de la chaîne reçoit et totalise les contributions. En quelques jours, plus de quatre-vingt-dix mille dollars sont collectés.

Un trio de vieux copains de jogging de Liz organise l'impression et la distribution de milliers d'affichettes. La plupart du temps, nous sommes retenus à la maison, mais on nous rapporte que les visages des enfants sont sur toutes les devantures, abribus, poteaux téléphoniques, chaque affichette offrant une frange de bandes à détacher portant le numéro de la ligne d'urgence et l'adresse du site Web.

J'ai un entretien avec Mary McCafferty, la détective privée que j'ai engagée. Elle m'explique ce qu'elle a fait, essentiellement « la pêche aux indices » en interrogeant des dizaines de nos amis et connaissances, des nouveaux amis et relations de Liz et des garçons dans le Maine. Cela n'a rien donné jusqu'à présent. En ce moment, elle concentre ses efforts sur les plombiers, baby-sitters, réparateurs, installateurs de lave-vaisselle, peintres qui sont récemment passés dans la maison (je lui ai communiqué toutes mes factures).

– C'est étonnant le nombre de fois où c'est finalement quelqu'un comme ça, commente-t-elle.

– Mais pas là, en l'occurrence.

– Pas jusqu'ici, non.

Je travaille avec une dessinatrice de la police nommée Marijke Wilcke pour essayer d'exhumer de ma mémoire l'image de l'homme au chien. Comme je n'ai fait que l'entrevoir, je ne suis pas optimiste. Mais Schoffler assure que « Dutchie[1] », comme il l'appelle, a le chic pour soutirer des détails aux témoins visuels. A l'en croire, « elle est extraordinaire ».

Nous connaissons des problèmes tout de suite en tentant d'établir la forme du visage de l'inconnu. Le fait qu'il portait une fraise lui aussi complique la tâche, non seulement parce que cela m'empêche de déterminer la longueur de son visage mais aussi parce qu'elle cachait la jointure du cou et de l'épaule, le menton et même les oreilles. Le bouc et la moustache n'aident pas non plus. Malgré l'habileté de Marijke à transférer sur l'écran mes impressions confuses, le résultat est vague, trop général. L'homme nous fixe d'un regard sans expression sur l'image finale, cheveux bien coiffés, bouc et moustache bien taillés, exactement comme dans mon souvenir, mais le reste est flou.

Schoffler s'arrête pour jeter un coup d'œil.

– Qu'est-ce que tu en penses ? demande Marijke.

– On dirait qu'ils ont tous vu le même film.

– Pardon ? dis-je.

– Marijke et Larry – un autre dessinateur – ont bossé avec trois autres témoins qui ont vu ce type avec vos gosses, me répond l'inspecteur. Vas-y, dit-il à Dutchie, fais-lui faire la visite...

Elle me montre successivement cinq versions de l'homme au chien qui mettent toutes en avant le bouc et la moustache. Pour la forme de la tête et les autres traits, les dessins varient.

– Les barbes et les moustaches, surtout quand elles présentent des formes géométriques et des lignes nettes, c'est si spectaculaire que le reste s'estompe, soupire la dessinatrice. On ne se souvient que de la barbe et des moustaches. Et elles sont peut-être fausses, ajoute-t-elle dans son anglais au léger accent.

---

1. *Dutch* : hollandais.

Schoffler secoue la tête.

– Cette fraise autour de son cou, ça n'arrange rien.

Marijke revient au portrait fait selon mes indications et me demandc :

– Vous en êtes content ?

– Plus ou moins, dis-je en haussant les épaules.

Elle clique plusieurs fois avec la souris : les cheveux, le bouc et la moustache disparaissent. Ainsi rasé, l'homme pourrait être n'importe qui.

– Je fais un portrait composite avec tous les autres, explique-t-elle, puis j'en fais un avec barbe et moustaches, plus un rasé, d'accord ?

La position officielle a changé. Maintenant que les jumeaux sont présumés victimes d'un kidnapping, un agent du FBI est affecté à l'affaire. Schoffler m'avertit que Judy Jones est jeune mais très intelligente. « Nouvelle dans le service mais vraiment forte. »

Nous nous rassemblons dans le salon. Schoffler nous présente Jones et elle nous explique que la participation du Bureau aux affaires d'enlèvement est devenue la règle depuis le cas Lindbergh.

Assise à côté de moi, Liz me tient la main, mais ce geste n'a rien d'intime. Nous sommes comme deux étrangers devant le site d'une catastrophe, rapprochés par un besoin instinctif de chaleur humaine. Liz et moi présentons un front uni en public, et cela comprend les réunions comme celle-là. Mais excepté dans les moments où elle craque et a besoin – littéralement – d'une épaule sur laquelle pleurer, elle est raide et distante, clairement mal à l'aise devant nos retrouvailles forcées. Je ne l'ai pas encore aperçue en peignoir de bain, par exemple.

– L'implication du Bureau varie, déclare Judy Jones en établissant le contact visuel avec chacun de nous. Comme nous sommes satisfaits de la façon dont la police mène l'enquête, nous nous limiterons à un rôle de soutien.

J'y vois un plus, mais Jack ne partage pas cet avis. A la façon dont il souligne longuement que les garçons ont droit à ce qui se fait de mieux, il est clair qu'en dépit de la mémorable série de bourdes commises par le FBI ces dix dernières années (Ruby Ridge, Waco, l'espion Robert Hansen, l'escamotage de pistes dans l'attentat du 11 septembre, les erreurs consternantes des laboratoires du Bureau) Jack nourrit sur l'efficacité et l'excellence du FBI des illusions qui remontent à Eliot Ness.

Jones nous assure que ce rôle limité du Bureau n'est pas dû au fait qu'il serait « préoccupé par des problèmes de sécurité intérieure ».

– Nous sommes prêts à accorder à l'inspecteur Schoffler toute l'aide qu'il souhaite, précise-t-elle.

– Comment pouvez-vous être satisfaite du comportement de la police ? persiste Jack. Elle a cru Alex coupable et pendant qu'elle le cuisinait, le vrai coupable a pris le large ! s'exclame-t-il en levant les bras.

– Je comprends votre sentiment. Mais, je vous l'assure, rien dans la conduite de l'enquête n'est à critiquer. Dès qu'il a été informé, l'inspecteur Schoffler a pris des mesures pour préserver les lieux. Des lieux très difficiles à préserver, soit dit en passant. Il a immédiatement lancé des recherches et des investigations énergiques. Depuis la disparition des enfants, lui et son équipe ont interrogé un grand nombre de témoins, dont certains plusieurs fois. Il a maintenu la liaison avec la police de Washington. Il a mené cette enquête dans les règles et cela impliquait (là, Jones se tourne vers moi et m'adresse une petite grimace de sympathie) de soupçonner et d'interroger M. Callahan...

– Ça, alors ! s'insurge Jack, le visage cramoisi. Ils perdent leur temps avec Alex et boum, personne ne s'occupe plus de mes petits-fils ! Tout le monde les croit morts !

Jones examine ses doigts aux ongles rongés.

– Dans le domaine de la justice criminelle, nous sommes tous, dans une certaine mesure, des étudiants en histoire, repartit-elle. Nous devons nous appuyer sur des précédents. En soupçonnant M. Callahan, l'inspecteur Schoffler allait dans ce sens. La plupart des rapts et des meurtres d'enfants sont commis par les parents, c'est un fait. En particulier quand ces parents sont séparés.

Elle soulève le dossier de l'enquête et poursuit :

– En l'occurrence, ce ravisseur ne s'inscrit pas dans la norme. On ne voit pas beaucoup d'affaires – je n'en ai pas trouvé une seule, en fait – dans lesquelles l'enlèvement se produit à des kilomètres du domicile de la victime, et où cependant le kidnappeur se rend à ce domicile, contraint une des victimes à téléphoner à l'un des parents, et cela non pas pour demander une rançon. C'est un comportement très risqué, conclut-elle en secouant la tête.

– Et le tee-shirt ? dis-je. Vous avez une théorie là-dessus ?

Jones soupire, coule un regard à Schoffler.

– Nous n'avons rien dans nos fichiers, absolument rien. Peut-être une sorte de sacrifice animal. Nous cherchons dans cette direction.

– Moi, je pense que le tee-shirt était peut-être là uniquement pour nous lancer sur une fausse piste, avance l'inspecteur. Même si nous n'avons pas levé le pied pour d'autres suspects et possibilités. Quand on a deux gosses disparus, on cherche à fond dans toutes les directions. Mais avant d'avoir les résultats de l'analyse, c'était normal de concentrer certaines de nos ressources sur Alex. Je crois que le tee-shirt a été mis là délibérément et que ça a marché.

– Un leurre, littéralement, approuve Jones. Pour nous éloigner de la piste du ravisseur.

– Ce type est salement malin, commente mon père.

– L'inspecteur Schoffler m'a demandé de m'occuper de deux ou trois points de l'enquête, nous informe Jones. D'abord, le lapin. J'ai déjà fait des recherches.

– Vraiment ? dis-je. Qu'est-ce que vous avez trouvé ?

– Pas grand-chose. Nous l'avons soumis à un expert en origami. Il l'a estimé très habilement fait et d'un niveau technique élevé. C'est tout ce qu'il a pu nous dire. Un second expert l'examine en ce moment, mais je ne crois pas que cette piste puisse nous mener quelque part. Comme toutes les autres subcultures – le saut en chute libre, le jeu de quilles... –, l'origami a plus d'adeptes qu'on ne l'imagine.

– Et la matière ? demande Liz. Cette espèce de peau...

– Au toucher, on a effectivement l'impression que c'est de la peau et cela s'appelle d'ailleurs de la « peau d'éléphant »... Mais c'est en fait un papier spécial utilisé en origami.

– Ah ?

– Il supporte d'être plié mouillé, nous a expliqué l'expert. On en trouve facilement et il est souvent utilisé par les origamistes d'un certain niveau, surtout pour les formes animales. Chercher à retrouver sa provenance ne me semble pas très prometteur, je le crains. Rien que sur Internet, des dizaines de sites en proposent.

Liz paraît à deux doigts de fondre en larmes.

– L'autre piste que l'inspecteur Schoffler m'a chargée de suivre, ce sont les ennemis potentiels de M. Callahan, continue Jones. J'ai une copie de la liste que M. Callahan a fournie et quand nous en aurons terminé ici, j'aimerais en discuter avec lui.

Ma mère lève la main comme si elle était à l'école. Son visage est rouge brique.

– Et si on les avait enlevés parce qu'ils sont jumeaux ? suggère-t-elle. Je n'arrête pas de penser à ce docteur nazi... à ses expériences...

Elle porte une main à sa bouche et murmure en nous regardant, Liz et moi :

– Je suis désolée.

Mon père lui passe un bras autour des épaules.

– J'y ai pensé, moi aussi, avoue-t-il.

C'est une possibilité que je rejette de toutes mes forces. Je ne supporte pas l'idée qu'un Mengele d'aujourd'hui puisse être en train de faire souffrir les garçons. Il vaudrait mieux qu'ils soient morts. Et moi aussi.

– J'ai fait des recherches et je peux vous dire qu'au cours des vingt dernières années il y a eu très peu de cas de jumeaux kidnappés, répond Jones. Ou portés disparus. Aucun qui présente un rapport avec cette affaire.

– Et ces garçons de L.A. ? Les... Lopez ? Un nom hispanique dans ce genre...

La question émane de Jack.

– Les jumeaux Ramirez, dis-je.

Jones se tourne vers moi.

– Alors, vous devez savoir pourquoi ce cas semble sans rapport avec le vôtre, Alex.

– La police a pincé le ravisseur avec les cadavres des enfants. Et il s'est suicidé.

– C'est ce que nous avons trouvé de plus approchant dans nos fichiers, dit Jones. Vous voyez...

Marguerite, la mère de Liz, arrive en avion du Maine et il faut presque l'hospitaliser de nouveau après qu'elle s'est frayé un chemin entre les journalistes. Leur nombre commence toutefois déjà à diminuer, une semaine après l'enlèvement.

Des inconnus compatissants continuent à se porter volontaires pour les équipes de recherches, qui ratissent toujours le secteur entourant le parc quand le temps le permet. Lorsque nous le pouvons, nous nous joignons à eux : Liz, Jack, la mère de Liz, mon père et moi. Equipés de matériel de pointe fourni par Tenleytown Outdoor Sports (dont un ami d'un ami est propriétaire), nous faisons une heure et demie de voiture pour nous rendre à Cromwell puis nous nous séparons, conformément aux recommandations de la police, chacun de nous s'intégrant à une équipe de recherches différente.

La vue de ma mère ne lui permettant pas de crapahuter dans les ronces et les ravines, elle reste à Washington pour aider le groupe Pouvoir de la prière, lancé par une de ses amies et qui opère à travers un vaste réseau d'e-mails. A l'unique téléphone de mon bureau se sont ajoutés une demi-douzaine d'autres appareils, lignes de transfert installées par les autorités. « Si le ravisseur appelle, nous ne voulons pas qu'il ait du mal à nous joindre », a-t-elle expliqué à un membre de son groupe.

Le téléphone ne cesse de sonner. Lorsque nous sommes à la maison, nous nous relayons pour répondre, noter le nom, le numéro et le sujet de l'appel sur des formulaires imprimés.

Schoffler passe un après-midi, dix jours après la disparition des enfants. Comme tout le monde est occupé, nous parlons en tête à tête. Il m'annonce d'abord qu'il reçoit beaucoup d'informations concernant l'homme au chien.

– En gros, on nous dit que ce type avait tout le temps des gosses autour de lui. A cause du chien, d'accord ? Un chien tout mignon qui les attire. Un vrai aimant à gosses.

– C'est ce que j'ai vu : un groupe d'enfants caressant ce chien.

– Nous avons aussi la déclaration d'un vendeur de tickets. Il se rappelle avoir vu les garçons sortir avec un homme et un chien.

– Vraiment ? Et où il était passé, ce vendeur ?

– C'est un témoin réticent, il a un casier. Il ne s'est pas présenté spontanément, on est tombés sur lui à notre deuxième passage. On a revu tout le personnel du parc, et cette fois on a demandé si quelqu'un avait vu un grand type, un chien et deux enfants quitter le parc. Ce vendeur, c'est un jeune un peu trouillard. En gros, il respecte les lois mais il aime la fumette, et il est un tantinet parano. S'il se tait, est-ce que ce sera considéré comme une entrave à la justice ? Est-ce que ça constituera une violation des conditions de sa liberté conditionnelle ? Alors, il a fini par témoigner.

– Hum.

– Moi aussi, j'étais sceptique. Comment il pouvait se rappeler ce type ? Des milliers de gens entrent et sortent chaque jour, la moitié d'entre eux déguisés en frère Tuck ou en roi Arthur. Et ça remontait à plus d'une semaine.

– Dix jours, maintenant.

– Ouais. Bref, voilà ce qu'il nous a déclaré : il ne se souvient pas de jumeaux mais de deux gosses de la même taille à peu près, il ne les a pas vraiment regardés. Ce qu'il se rappelle, c'est que le groupe lui a paru bizarre.

– Le groupe ?

– Les deux gosses, l'homme, le chien. Je lui ai demandé ce qu'il voulait dire : il voit défiler des charretées de chevaliers et de princesses, des cargaisons de Goths, et ce petit groupe lui paraît bizarre. Pourquoi ? Il me répond que l'homme était costumé, le chien aussi mais pas les enfants. Ça lui a semblé curieux. D'habitude, c'est l'inverse.

– Hum.

– Ça sonnait juste, cette remarque. Ce n'était pas le genre de truc qu'on invente. En plus, il a identifié le chien.

– Il a parlé d'un whippet ?

Schoffler tire son calepin de sa poche, chausse ses lunettes. Il note tout dans ses carnets et il lui arrive de s'y reporter plusieurs fois pendant une conversation. Il en a des centaines. Un jour, il écrira ses mémoires, dit-il en plaisantant.

Il trouve la page qu'il cherche :

– Ouais, c'est là. Je lui demande quel genre de chien ce type avait et il me répond que c'était un de ces chiens très rapides. Comme un lévrier, mais moins grand.

– Dans le mille.

– Je lui demande ensuite comment l'homme était habillé. Il répond : « Je vous l'ai dit, il portait un déguisement. » J'insiste : « Quelle sorte de déguisement ? » Il m'explique qu'il a eu ce boulot par sa sœur, que le Moyen Age, c'est pas son truc. Puis il ajoute une remarque évidente : les gens ne viennent pas à une fête médiévale déguisés en cow-boys.

– Exact.

Schoffler paraît tout excité, mais je ne vois toujours pas où il veut en venir.

– Le gars en a visiblement marre de moi, mais je continue : est-ce qu'il ne pourrait pas être plus précis ? Ben, l'homme n'était pas en roi, ni en chevalier. Le vendeur ne sait pas en quoi il était au juste. Il avait un truc autour du cou, comme le chien : la fraise. Puis il se souvient que l'homme portait une sorte de collant et qu'il avait une flûte.

Schoffler me regarde par-dessus ses lunettes, poursuit :

– « Une flûte ? » je fais. Parce qu'un autre témoin m'a donné ce détail et que je n'y ai pas accordé d'importance. Le visage du jeunot s'illumine, comme s'il venait d'avoir une révélation : « Ouais, une flûte. Et il portait cette veste, vous savez, de quatre couleurs différentes. C'était ça, son déguisement : le Joueur de Flûte ! »

Schoffler referme son calepin. Il a l'air content de lui mais moi, je sens un frisson de peur sur ma nuque. Que se passe-t-il dans le conte ? Si je me souviens bien, le Joueur de Flûte débarrasse le village des rats, mais comme les habitants refusent de le payer, il joue de nouveau un air et tous les enfants le suivent. Et ils disparaissent, ou je me trompe ?

13

Je sais toujours depuis combien de temps les enfants ont disparu. Je n'ai pas à compter, j'ai le chiffre en tête. Aujourd'hui, alors que je conduis mes parents à l'aéroport, cela fait vingt et un jours, huit heures et des poussières.

J'ai suggéré qu'ils rentrent chez eux (comme Jack et Marguerite) et je n'ai pas eu de gros efforts à faire pour venir à bout d'une résistance symbolique.

Dans le terminal, ma mère m'embrasse longuement puis essuie ses larmes. Mon père me donne une accolade virile. Je m'attarde dans la zone de sécurité et regarde un type chauve aux épaules massives prendre ma mère à l'écart pour un examen supplémentaire. Débarrassée de son blazer en lin jaune vif, elle tend les bras pour qu'il puisse passer sa baguette autour d'elle. Il le fait lentement, méthodiquement, et les bras de ma mère commencent à trembler sous l'effort qu'elle fournit pour rester dans cette position.

Ma réaction donne une idée de la difficulté que j'éprouve maintenant à maîtriser mes émotions. J'observe le chauve qui harcèle ma mère et tout à coup je suis incandescent de rage. Je dois me contenir pour ne pas franchir la barrière de sécurité et me jeter sur ce type. Le faire tomber. Lui cogner la tête par terre. J'entends déjà le refrain : « Je ne fais que mon travail », mais je n'y crois pas. S'il cherche des terroristes potentiels, il fait perdre à tout le monde du temps et de l'argent en s'acharnant sur ma mère. Il ne fait pas simplement son travail, il est en plein trip mégalo.

Au fil des jours, le tapage médiatique poursuit sa décrue. Kevin et Sean sont relégués dans d'occasionnels retours sur l'actualité des dernières semaines. Les coups de téléphone et les courriels, les bénévoles et les dons sont eux aussi en diminution. La ligne d'urgence refroidit, les rubans jaunes se déchirent et perdent leur couleur, les affichettes des enfants disparaissent des vitrines des magasins, remplacées par l'annonce de spectacles musicaux, de chiens perdus, de marathons.

Pendant ce temps, la police fait tout ce qu'elle peut, c'est-à-dire pas grand-chose. Elle continue un certain temps à trouver de nouvelles pistes et chacune d'elles suscite en moi un bref espoir avant que Schoffler ne conclue à une nouvelle impasse.

Il débarque un soir avec des plats chinois à emporter, nous explique qu'ils ont bossé dur sur le milieu des fêtes médiévales, cherché partout l'homme au chien, diffusé toutes les informations disponibles : portrait-robot, signalement, tout le bazar.

– Vous n'imaginez pas le nombre de mordus du Moyen Age qu'il peut y avoir...

– Et combien de joueurs de flûte ? demande Liz.

Entre deux bouchées, l'inspecteur la met en garde :

– Il ne faut pas se le représenter comme ça. Ce costume servait peut-être à nous égarer. C'est comme avec les gens en uniforme. Prenez par exemple un cambriolage, ou un braquage de banque, ce que vous voulez. Un homme en tenue d'UPS, en combinaison de mécanicien, en bleu de travail : c'est tout ce que les témoins retiennent.

– Vous n'avez rien de solide ? dis-je.

– Pour le moment, rien de plus sérieux que les témoignages sur la réapparition d'Elvis, répond Schoffler avec une grimace.

Cromwell. Souvent, je prends la voiture pour rejoindre le noyau dur des volontaires, ceux qui continuent à se présenter tous les jours, même par une chaleur étouffante, pour poursuivre les recherches. J'effectue volontiers le long trajet : c'est un soulagement de quitter la maison et de faire quelque chose.

Un jour, pourtant, en m'escrimant dans les broussailles près du parc, je me rends compte que je participe aux recherches sans grand espoir de trouver une trace des garçons mais aussi sans peur de le faire. Je ne m'attends pas à découvrir une petite forme repliée sur elle-même, les vêtements intacts, la chair se fondant dans les feuilles et les branchages. Pour Liz, c'est différent. Quand elle m'accompagne, elle cherche avec une intensité accablée qui ne traduit que trop bien ce qu'elle craint de trouver.

Moi, je crois que les enfants sont avec le Joueur de Flûte, où qu'il puisse être, et bien qu'on m'ait souvent mis en garde, ces derniers temps, contre les dangers du « refus », bien que je sache que je m'abuse peut-être, je continue à penser que Kevin et Sean sont vivants. Ce qui fait de ma participation aux recherches à Cromwell avec les bénévoles une sorte de rituel, une marque d'attachement à la cause, comme réciter une prière ou faire un pèlerinage.

Quelques-uns de ces bénévoles m'inquiètent. Je m'interroge sur leur ardeur à la tâche, sur leur volonté de s'échiner encore sur un terrain envahi de sumacs vénéneux et infesté d'insectes. Je connais à présent pas mal d'entre eux. Si la plupart s'attellent aux recherches comme d'autres se consacrent à la collecte de fonds pour la lutte contre le cancer du sein ou militent pour un nouvel espace de jeu, il y a chez certains quelque chose de perturbant. La ferveur sombre que je décèle dans les yeux d'un des hommes me trouble, comme le dévouement quasi religieux d'une ou deux femmes.

Je me demande quelle vie ils mènent par ailleurs pour pouvoir se permettre un investissement en temps aussi grand. Parfois, je me surprends à penser que certains d'entre eux pourraient être mêlés à l'enlèvement : un complice faisant son rapport au Joueur de Flûte. Même si je me sens coupable d'abriter de telles pensées, j'ai dressé une liste de leurs noms et adresses, professions, situations de famille, manies et passe-temps, et je l'ai communiquée à Mary McCafferty, ma détective privée.

Mes rapports avec Liz continuent à se détériorer. Pendant les premiers jours après l'enlèvement des enfants, ce qui nous arrivait était si terrible que nous trouvions un réconfort dans la présence l'un de l'autre.

Ce sentiment a disparu depuis longtemps, remplacé d'abord chez Liz par une politesse guindée bien dans la manière de Jack, et qui a lentement évolué en quelque chose d'encore moins amical. A présent, lorsque nous nous retrouvons dans la même pièce, Liz est incapable de rester assise. Chaque fois que nos yeux se croisent, son regard fuit le mien.

Derrière cette attitude se cache le fait indéniable que, fondamentalement, elle me tient pour responsable. Cela se manifeste de plus en plus, sous la forme de « si seulement » fréquemment répétés.

Je me dis qu'il se produit la même chose après chaque catastrophe : une fois le choc surmonté, les parents des victimes imaginent comment la tragédie aurait pu être évitée. J'ai vu pendant de nombreux reportages les visages angoissés de personnes frappées par un drame évitable : l'incendie de la boîte de nuit de Rhode Island, le crash du Valujet en Floride, l'explosion de la navette spatiale... « C'est une tragédie parce cela n'aurait pas dû arriver. » Cela se traduit dans notre système judiciaire : on entame des poursuites avant que les flammes soient éteintes. Procès en responsabilités.

Dans mon cas, pas besoin d'enquête ni de reconstitution. Je suis l'incarnation même de « l'erreur humaine ». Et en tant qu'élément qui aurait pu empêcher la tragédie, j'en deviens lentement, dans le cœur et l'esprit de ma femme, la cause.

Nous participons à une collecte de fonds organisée par le centre pour les enfants enlevés et disparus. Il nous a paru impossible de refuser, mais c'est en soi difficile à supporter. Liz et moi sommes assis à la tribune avec d'autres célébrités du malheur. Quelques parents portent des photos plastifiées de leurs enfants épinglées comme un badge sur leur poitrine, galerie poignante de sourires charmeurs et de regards étincelants.

Des dizaines d'inconnus offrent leur aide et leur sympathie, mais il y a dans tout cela quelque chose qui me met à cran. J'ai l'impression que dans certains cas, c'est une étrange sorte de reconnaissance qu'ils cherchent en réalité.

La principale allocution est prononcée par une mère célibataire prénommée Melinda. Elle raconte, à la manière simple mais captivante d'une conteuse-née, l'histoire déchirante de l'enlèvement de sa fille de huit ans, avec des pauses aux bons endroits pour ménager ses effets. Huit ans après la disparition de la fillette, ses restes ont été découverts dans le jardin d'un voisin.

– Au total, une centaine d'enfants sont enlevés et assassinés chaque année par des inconnus, nous dit-elle. Malgré le battage médiatique dont ils sont l'objet, cette statistique en fait un crime très rare. Un enfant risque davantage d'être frappé par la foudre.

Après un temps d'arrêt, elle reprend :

– Plusieurs d'entre nous ont été ainsi frappés par la foudre.

Elle croise les mains sur son cœur, adresse un hochement de tête à quelques-uns de ceux qui sont à la tribune. L'une des femmes émet un sanglot.

– Lorsque cela arrive, poursuit Melinda, la voix rauque d'émotion, le coup est rapide. 74 % de ces enfants – ma fille Bonnie en fait partie – sont tués dans les trois heures qui suivent leur enlèvement. Sur la totalité des enfants kidnappés, une grande majorité, 76 %, sont des filles, avec un âge moyen d'onze ans. Dans 80 % des cas, ils ont été enlevés à moins de cinq cents mètres de chez eux. Alors, ne croyez pas que votre enfant est en sécurité quand il joue dans votre jardin de devant ou qu'il fait du vélo dans votre pâté de maisons. La plupart des accidents d'un autre type surviennent aussi chez vous. Nos foyers, mesdames et messieurs, sont peut-être nos châteaux mais ce ne sont pas des forteresses.

Pendant qu'elle marque une nouvelle pause, je pense que Kevin et Sean n'entrent pas dans ces statistiques : ce ne sont pas des filles, ils sont largement en dessous de l'âge moyen, ils ont disparu à une centaine de kilomètres de chez eux. Et ils étaient deux.

– Il nous faut donc les moyens d'agir vite, nous aussi, déclare Melinda, passant avec un timing parfait à l'appel aux dons.

Je ne suis pas surpris d'apprendre qu'elle mène une nouvelle carrière de conférencière et qu'elle a écrit un livre, *Maintenir nos enfants en sécurité,* regorgeant de conseils sur les moyens de protéger les enfants des prédateurs sans en même temps les abrutir de frayeur. L'ouvrage est disponible à la sortie de la salle et dix pour cent du produit de la vente vont au centre.

Une fois le public parti, les parents des disparus forment un cercle de prière. Assis sur des chaises pliantes, nous nous tenons par la main et mon voisin presse la mienne avec tant de vigueur que je ne sens plus mes doigts. Après une minute de silence, nous exposons chacun à notre tour les circonstances de nos tragédies personnelles.

Je décide de quitter la salle quand je comprends que la plupart des personnes qui composent le cercle sont en fait déjà en deuil. Elles sont venues pour apprendre à accepter ce qu'elles considèrent – mis à part l'allusion rituelle à un miracle improbable – comme la perte certaine et définitive de leur enfant. Tels les parents et les épouses des soldats américains portés disparus au combat pendant la guerre du Vietnam, elles ne cherchent plus leur « être cher » mais autre chose. Un « point final », comme on dit toujours. En d'autres termes, la dépouille. La preuve de la mort.

Je murmure à l'oreille de ma femme :

– Je ne peux pas rester ici. Ils pensent tous que leur enfant est mort.

Quand je me lève pour sortir, elle m'accompagne, mais manifestement contre son gré.

– Excusez-nous, excusez-nous, marmonne-t-elle tandis que je libère ma main de celle de mon voisin et me dirige vers la porte.

Dans la voiture, elle me regarde avec des yeux durs.

– Pour qui tu te prends, Alex ? Tu t'arroges le droit de juger la façon dont ils affrontent leur malheur ?

– Ils croient que leurs enfants sont morts. Moi pas.

Liz éclate en sanglots.

Ce soir-là, elle m'annonce sa décision :

– Je retourne dans le Maine

Elle examine ses ongles et se remet à pleurer.

Le lendemain, elle est partie.

Le travail. Bien qu'Al m'ait assuré, dès qu'il a su pour les garçons, que je pouvais oublier le boulot « aussi longtemps qu'il faudra », j'ai reçu la semaine dernière un courriel me priant de « préciser » mes intentions. Ou je reprends rapidement, au moins à temps partiel, ou je fais une demande officielle de congé, en indiquant sa durée et la date de mon retour. En petits caractères, le texte m'informe qu'étant donné les circonstances je continuerai à bénéficier des avantages accordés par la chaîne même si je choisis de rester en « congé pour raisons personnelles ». Les avantages, oui, mais puisque mon absence contraindra la chaîne à engager un remplaçant, pas de « rémunération ».

Presque tout le monde est d'avis que le mieux, c'est de reprendre. Cette opinion repose sur l'idée sommaire mais généralement admise que le travail distrait des soucis et a donc des vertus thérapeutiques. Cela se ramène à cette formule : si je suis trop occupé pour penser à mes fils disparus, je déprimerai moins.

J'en doute.

Se lever, s'habiller, se rendre au boulot : cela me paraît si étrange de reprendre cette routine. Et la Fox elle-même me fait l'impression d'une terre étrangère. Les chaînes de télévision sont des endroits déments, bruyants, frénétiques, où chacun met les bouchées doubles pour tenir un délai en se remettant du dernier. Moi ? Je me sens inerte et désœuvré dans cette ruche. J'évolue dans une bulle isolante créée par la courtoisie minutieuse de tout le monde. A mon passage, les gens baissent la voix, détournent les yeux ; personne ne sait ce qu'il faut me dire ni comment se comporter envers moi. Quand j'explique que rien de ce qu'ils peuvent dire ou faire ne peut aggraver mon état, ils se sentent rejetés.

Un soir, après le travail, Schoffler me rend visite avec un pack de six de Sierra Nevada et une grande pizza molle.

– Nourriture saine, assure-t-il avec son rire haché et haut perché. Faites comme moi et vous aussi, vous pourrez devenir un gros tas.

Je suis content de le voir. En fait, il n'y a personne d'autre que je préférerais voir franchir ma porte, excepté mes fils. Pour commencer, Schoffler est le seul au monde qui soit toujours prêt à parler de l'unique chose qui m'intéresse vraiment. De plus, il est cynique, drôle et, force m'a été de l'admettre, très intelligent. Nous finissons généralement par examiner une fois de plus les pistes qui n'ont rien donné pour vérifier que nous n'avons rien laissé passer : le lapin origami, le whippet, les témoins qui ont vu l'homme monter dans une camionnette noire, le sang de poulet, la liste des « ennemis » que je me serais faits au boulot. Schoffler feuillette ses calepins : il en est au troisième. Le dossier de l'affaire comporte sept gros classeurs, me dit-il. Chaque affaire commence par un dossier épais de trois pouces. Ces classeurs, qu'il m'a permis de consulter, contiennent tous les documents générés par l'enquête : rapports, déclarations des témoins, interrogatoires, photos du lieu de crime, analyses en laboratoire, mandats de perquisition, inventaires de perquisition, etc.

Nous mangeons la pizza et bavardons un moment avant qu'il n'en vienne à l'objet de sa visite.

– Je suis désolé de devoir vous annoncer ça, Alex... commence-t-il.

Il s'interrompt, mal à l'aise, tambourine des doigts sur le dessus de la boîte de pizza, remue les pieds. Devant mon expression, il lève une main.

– Non, non, il ne s'agit pas des garçons. Rien de neuf de ce côté. Il s'agit... de moi : on me retire l'affaire.

– Quoi ?

Schoffler est une sorte de bulldog qui ne lâche jamais rien, qui a sacrifié deux mariages au boulot, qui passe ses moments libres à bosser sur de vieilles histoires.

– Qu'est-ce que vous voulez dire ? Vous ne classez jamais un dossier, vous êtes connu pour ça. On vous retire l'affaire ? Pourquoi ?

Un long soupir.

– Voilà : il ne s'agit pas seulement de vous. Tous les dossiers sur lesquels je travaillais sont confiés à quelqu'un d'autre. Depuis le 11 septembre, il y avait un projet dans l'air et il se concrétise enfin : l'Unité antiterroriste de la zone métropolitaine.

Il ouvre les mains comme un livre.

– Avec des policiers de chaque juridiction, plus deux agents désignés par le FBI, des gars des douanes et des services de l'immigration. Moi, je représente le comté d'Anne Arundel. Désolé.

Je ne dis rien. C'est un vrai choc.

– Votre affaire a été confiée à une jeune inspectrice, Muriel Petrich. Ce n'est peut-être pas un bulldog, mais elle est intelligente. Et ambitieuse. Bonne combinaison.

– Ouais.

– Ecoutez... Je continuerai à participer à l'enquête, vous pouvez y compter. Et appelez-moi quand vous voulez, pour quoi que ce soit. Une idée, une piste : je ferai ce que je pourrai. Mais donnez sa chance à Petrich. C'est une tigresse.

– D'accord.

Je ne parviens pas à masquer l'amertume de mon ton. J'ai l'impression que Kevin et Sean sont abandonnés.

J'ai pris l'habitude de dormir dans le salon. La moitié du temps, je m'effondre sur le futon et m'endors tout habillé pour me réveiller à deux ou trois heures du matin, le téléviseur et les lampes allumés. Ce soir, après le départ de Schofler, je débarrasse les bouteilles de bière et le reste de pizza, je mets les assiettes sales dans le lave-vaisselle et j'essuie toutes les surfaces de la cuisine. Puis je fais le tour de la maison, j'éteins les lumières et je verrouille les portes, je me déshabille et je me mets au lit.

C'est le lit en fer pour lequel Liz a économisé pendant des mois. Il devrait être chez elle, dans le Maine. Je souffre de ne pas pouvoir me représenter l'endroit où elle vit, les choses qui l'entourent, de me retrouver au milieu d'objets qu'elle a accumulés avec amour. Ce lit... Je me souviens de nuits où l'un des enfants – parfois les deux –, réveillé par un mauvais rêve, ou malade, se tenait au pied du lit et disait « Maman ». Jamais « Papa », je ne peux pas me la raconter, là-dessus. C'était vers Liz qu'ils se tournaient toujours, parce qu'elle était toujours là. Je me souviens de matins de week-end où les garçons venaient nous réveiller en se jetant dans le lit et où nous entamions tous les quatre ensemble une journée toute neuve.

Je suis étendu dans l'obscurité. De temps en temps, une voiture tourne dans Ordway, des phares glissent sur le mur, traversent le plafond. Je suis étendu dans l'obscurité et, soudain, je prends une décision. Retourner travailler, avancer en titubant, heure après heure, dans un brouillard d'inquiétude, je n'en suis plus capable.

Je vais retrouver mes fils.

14

Lorsque je donne ma démission, tous les collègues tentent de me convaincre de ne pas partir : je devrais réfléchir un peu plus, prendre un peu de recul, etc. Ils doivent penser que je m'effondrerai totalement sans le soutien structurant du travail.

Le Grand Dave secoue sa grosse tête et retourne ma lettre de démission, la repose à l'envers sur son bureau.

– Je prends ça pour une demande de congé, décide-t-il. Disons trois mois.

– Je ne peux rien te promettre, je réponds. Je ne sais pas combien de temps ça va prendre.

Quand Dave doit dire quelque chose qu'il n'a pas envie de dire, il baisse la tête, plisse le front et vous regarde par en dessous, comme une tortue géante. Je me prépare à une remarque désagréable en voyant sa tête s'incliner, mais il me demande :

– Comment tu comptes faire, pour le fric ?

Il connaît suffisamment ma situation financière pour se rendre compte que cela posera problème. Nous sommes proches et il a été plusieurs fois invité aux dîners soigneusement concoctés par Liz. Il sait que nous ne roulons pas sur l'or et que notre séparation a compliqué les choses.

– Ecoute, si tu te retrouves à sec, appelle-moi.

Le ton sur lequel il m'adresse cette proposition me fait sentir qu'elle lui coûte. Je le remercie et le rassure :

– J'ai un peu d'argent de côté.

En fait, je ne sais pas trop comment je vais me débrouiller. Il n'est pas question que je demande à Liz l'autorisation de faire un emprunt sur la maison. En principe, selon les termes de notre accord de séparation, je n'ai même pas le droit de solliciter un congé car cela diminuerait mes capacités à l'aider financièrement. Je dois trouver un moyen de chercher les enfants tout en continuant à payer la pension de Liz. Je ne peux pas la laisser tomber.

Je devrai taper mon père, même si, comme tout le monde, il estimera que je commets une erreur en quittant mon travail. J'ai aussi deux amis, Michael et Scott, dont je dois pouvoir obtenir quelques milliers de dollars.

C'est ce que je vais faire. Emprunter. Quémander. Ce qu'il faudra.

– Je pense quand même que tu fais une boulette, déclare Dave en me serrant la main.

Je devine que, derrière son embarras, il est soulagé de ne plus m'avoir sur les bras.

Ça a commencé avec Dave mais ça ne s'arrête pas là. Tout le monde me répète que j'ai pris la mauvaise décision. Qu'est-ce que je peux faire qui n'ait pas déjà été fait ? Ce que mes amis ne disent pas, et qu'ils pensent, pour la plupart, c'est que je poursuis des ombres, que mes enfants sont probablement morts et que je devrais affronter cette hypothèse… sans abandonner tout espoir, bien sûr.

Les miracles, ça existe. Elizabeth Smart revient beaucoup dans les conversations.

Schoffler lui-même tente de me dissuader.

– Alex, ne vous lancez pas là-dedans, me dit-il du ton d'un parent déçu. Je connais ce genre de réaction, ça n'apporte que de la peine. Vous allez vous détruire, sur le plan psychologique et financier.

– Et alors ?

J'en suis là : maintenant que j'ai décidé d'arrêter de travailler, je n'arrive pas à croire que j'aie attendu si longtemps pour le faire.

– Quand des affaires de ce genre sont résolues – et la plupart ne le sont jamais, désolé de devoir vous le dire –, c'est à cause d'un élément extérieur, vous comprenez ? argue Schoffler. Vous pouvez enquêter pendant des mois sans avancer. Et puis un taulard confie quelque chose à un codétenu, ou le coupable se fait coincer ailleurs pour un crime semblable, l'ordinateur opère le rapprochement et c'est parti.

– J'en suis conscient.

– Je sais ce que vous pensez : que vous y mettrez plus d'énergie et de concentration qu'un professionnel et que vous réussirez là où nous avons échoué. Que parce que leur sort vous tient plus à cœur, vous retrouverez vos enfants. Moi, je dis que...

Je le coupe :

– Je les retrouverai, oui. Ou je découvrirai ce qui leur est arrivé. Et si cela me détruit, peu importe.

Schoffler pousse un long soupir, garde un moment le silence. J'entends en bruit de fond des gens qui parlent, des téléphones qui sonnent.

– Bon, fait-il finalement d'une voix lasse, tenez-moi au courant.

Kevin et Sean. Sean et Kevin.

A de nombreux égards, je suis mieux équipé pour les rechercher que ne le seraient la plupart des parents. Je suis reporter : trouver des choses, c'est mon boulot.

Mais avant de commencer à poser des questions ou à demander conseil, je dois essayer de réfléchir au pourquoi. Non que je ne l'aie déjà fait un millier de fois mais...

Je reprends depuis le début.

En commençant par le Joueur de Flûte. Les flics ont fini par trouver plus d'une dizaine de témoins qui l'ont vu quitter le parc et se diriger vers le parking avec les enfants.

Le Joueur de Flûte. Je pense à lui en ces termes, malgré la mise en garde de Schoffler concernant son déguisement. Le problème, c'est qu'il n'a aucune réalité pour moi. C'est une idée, pas une personne.

Non, il est réel. Il vit quelque part, il fait ses courses, il conduit une voiture, il porte une sorte particulière de chaussettes… et il a kidnappé mes fils. Comme je ne sais pas assez de choses sur lui pour m'en faire une image précise, je dois me concentrer sur ce que je sais. Et sur ce qu'il a fait. Il a enlevé mes enfants et il avait une raison pour cela.

J'écris *MOBILE* en haut de mon bloc-notes et je réfléchis.

L'argent ? L'absence de demande de rançon semble exclure cette possibilité.

Des représailles ? Quelqu'un aurait enlevé mes enfants pour se venger d'un reportage que j'ai fait ? Certes, mon travail me met en contact avec de sales types, mais Schoffler a enquêté dans cette direction et l'a finalement écartée. Dans les affaires de vengeance, le coupable envoie presque toujours un signal pour mettre sa victime au courant. « Le facteur Suffisance, comme dit Schoffler. Ce gars est vraiment malin – le tee-shirt, le coup de fil et tout le reste –, mais il manque le facteur Suffisance. Si le type qui se venge ne vous informe pas qu'il a réglé les comptes, où est sa satisfaction ? » Nous avons travaillé là-dessus, Schoffler et moi, en tentant de relier un des indices laissés par le Joueur de Flûte avec l'un de mes reportages, mais il n'y a apparemment aucun rapport.

Un prédateur sexuel ? C'est l'hypothèse par défaut et je n'y crois pas vraiment. Pourquoi kidnapper deux enfants et rendre ainsi l'enlèvement plus difficile ? Et puis pourquoi les ramener à la maison, pourquoi m'appeler sur mon portable, pourquoi brouiller délibérément les pistes avec le tee-shirt taché de sang ? Les prédateurs sexuels sont impulsifs et opportunistes. Du moins, on le dit. Retourner à la maison, laisser des indices, ça fait prémédité. Ça ne correspond pas à un schéma classique.

Exploitation pornographique d'enfants ? De mignons jumeaux blonds... Ont-ils été enlevés par un réseau pour tourner un film ou revendus à quelqu'un qui aurait un faible pour les jumeaux ? Schoffler a aussi exploré cette possibilité – à fond – et n'a abouti à rien. Pour commencer, la plupart des enfants pris dans le monde fangeux du porno ne sont pas enlevés mais « achetés » à des membres de leur famille ou à des parents adoptifs. Un rapt qui ne pouvait que provoquer une tornade médiatique n'est sans doute pas envisageable dans un milieu qui préfère les recoins sombres...

Un dingue religieux ? Rien ne semble vraiment le suggérer.

Une expérience médicale ? Schoffler a rejeté l'hypothèse d'un nouveau Mengele en arguant qu'il n'y a quasiment pas de kidnappings de jumeaux dans les fichiers de la police. Oui, mais supposons que Kevin et Sean soient la paire initiale...

Je réfléchis longuement à d'autres possibilités. Dans ce monde de grossesses tardives et de couples stériles, on peut imaginer que les garçons ont été enlevés par quelqu'un désirant désespérément avoir des enfants. Quelqu'un qui rôde dans le parc d'attractions, voit une occasion et la saisit. Je rumine un moment cette conjecture d'une personne obsédée par un désir d'enfant.

Qui que cela puisse être, il ou elle devrait vivre en reclus, hors de la société, parce que personne n'a vu les jumeaux depuis leur enlèvement. Que deviennent alors le lapin origami et les pièces de monnaie ? Le coup de téléphone ? Le tee-shirt ? Comment les faire entrer dans ce scénario d'une personne en mal d'enfant ?

Un reclus. Il me vient une idée évidente mais qui ne m'était pas apparue jusqu'ici. A la différence de l'affaire Elizabeth Smart, il est impossible que quelqu'un se balade avec des jumeaux sans éveiller de soupçons. Donc, où qu'ils soient, qui que soit leur ravisseur, Kevin et Sean sont cachés aux regards, dans un endroit isolé.

Je considère ma liste de mobiles possibles : argent, représailles, prédateur sexuel, réseau de pornographie, dingue religieux, nouveau Mengele, désir obsessionnel d'enfant. Réduite à ces mots, la liste me glace. Les mobiles les moins terrifiants suggèrent une forme de folie insensible aux conséquences ; les plus alarmants relèvent du mal pur et simple.

Je prends une inspiration et, sous la liste des mobiles, j'écris un second titre : *INDICES*.

Lapin origami
Sang de poulet
Rangée de pièces de monnaie

Des traces délibérément laissées par le ravisseur.

Judy Jones a établi que le lapin était un pliage de papier standard, de niveau technique élevé, sans empreintes digitales. Et c'est tout.

Pourtant, le Joueur de Flûte l'a posé sur la commode, côté Sean. Pourquoi ?

Le sang de poulet. Il est possible que le tee-shirt ait été une ruse pour attirer les soupçons sur moi, mais ce n'est qu'une hypothèse. Le sang de poulet a peut-être un autre sens. Le laboratoire de la police a conclu que le sang provient d'une espèce de poulet courante en aviculture.

Les pièces de monnaie. Le labo y a cherché des empreintes et n'a rien trouvé. La police a également tenté de retrouver leur origine, mais s'il est avéré qu'il y a très peu de pièces de dix *cents* « Mercure » en circulation, il en existe quand même la bagatelle de quelques millions. Elles ont été émises pendant près de trente ans, de 1916 à 1945, date à laquelle la *dime* FDR a remplacé la pièce frappée de la tête de la Liberté. La police et le FBI ont examiné les marques de frappe et les dates d'émission des pièces laissées par le ravisseur mais n'ont pas trouvé de schéma apparent.

Ces pièces ont cependant été délibérément placées là, et le Joueur de Flûte a pris la peine de les aligner d'une certaine manière. Elles doivent avoir une signification.

Il y a d'autres indices. Le chien, par exemple. Le Joueur de Flûte s'est servi d'un joli petit chien pour attirer les enfants. Schoffler s'est renseigné sur les whippets et nous a dit que c'est une race de plus en plus demandée. Il y en aurait beaucoup. Mais combien, en réalité ? Je n'ai jamais vu quelqu'un promener un whippet...

Enfin, il y a le Joueur de Flûte lui-même, son costume. Etait-ce un simple déguisement ou sa tenue avait-elle un sens, elle aussi ? Il faut que je me rafraîchisse la mémoire concernant l'histoire du Joueur de Flûte. Et où peut-on se procurer un costume de Joueur de Flûte ? Je n'ai fait que l'entrevoir mais il m'a paru assez recherché. Et les fraises ? Une pour lui, une pour le chien. Où peut-on acheter une fraise ? Schoffler a-t-il enquêté aussi là-dessus ? S'il l'a fait, qu'est-ce qu'il a appris ?

Dans la rubrique INDICES, j'ajoute :

Whippet
Joueur de Flûte (le conte)
Costume
Fraise

Il faut que je consulte les dossiers de Schoffler. Sauf que ce sont les dossiers de Muriel Petrich, maintenant, je suppose.

Je décroche le téléphone, j'appelle l'inspectrice, mais elle est absente. Je laisse un message, j'essaie chez elle. Personne. Au lieu de l'enregistrement de la boîte vocale, j'entends la voix d'un enfant qui a du mal à prononcer les R.

« Bonjouw, vous êtes bien chez Petew, Muwiel et Bwittany. »

La voix de cette petite fille, charmante et vulnérable, si fière d'elle-même, est plus que je n'en peux supporter. C'est comme tomber d'une falaise. Tout ce que j'ai perdu... Je raccroche.

J'ai soudain envie de rappeler Petrich, de lui dire d'effacer cette voix d'enfant de sa messagerie vocale. Comme elle le sait, n'importe qui peut obtenir son adresse avec l'annuaire inversé. Est-ce qu'elle est folle ? Faire savoir au premier venu qui appelle qu'il y a un enfant dans la maison !

Je respire à fond pour résister à mon impulsion et à mon accès de vigilance pour autrui. Malgré son métier, Petrich vit encore dans un monde qui lui paraît amical. Elle ne sait pas, pas consciemment en tout cas, qu'il peut s'anéantir en un instant.

15

Cela n'aurait aucun sens de me lancer dans une recherche relative aux pièces de monnaie ou au lapin origami sans consulter d'abord les dossiers de la police pour voir ce qu'elle a obtenu. Alors, en attendant que Petrich me rappelle, je vais sur Internet.

Je descends de nouveau dans le monde des enfants disparus. J'ai déjà visité beaucoup de sites consacrés aux enfants enlevés, mais quelque chose m'a peut-être échappé, un angle d'attaque auquel je n'ai pas prêté attention.

Je suis de nouveau au pays des cartons de lait, accompagné par des annonces pour des détectives privés qui se prétendent capables de retrouver des enfants disparus. Je suis submergé par les visages des disparus, y compris ceux, souriants, de Kevin et Sean.

Je me corrige : personne ne disparaît. Ces gosses ont été kidnappés. L'homme qui est allé à la Fête médiévale déguisé en Joueur de Flûte est celui qui m'a arraché mes fils… et les a entraînés dans son monde. Je découvrirai qui il est et pourquoi il les a enlevés.

Je me rends sur le site Web de RJI, Reporters et journalistes d'investigation, qui, à première vue, ne me paraît pas intéressant. La plupart des données sur les kidnappings concernent le monde en ligne, les « dangers de l'Internet ». Je parcours des dizaines d'articles sur d'intrépides flics et agents du FBI qui enquêtent sur les forums de discussion. Rien à voir avec mes enfants. Certains gosses de six ans démontrent des talents étonnants pour l'informatique, pas Kevin et Sean, dont l'accès à l'ordinateur est strictement contrôlé par Liz. En plus, ils commencent à peine à apprendre à lire, ils ne savent ni écrire ni épeler. Il est impossible qu'ils se soient rendus dans un « bavardoir », sans parler de prendre rendez-vous avec un inconnu.

Quelques-uns des articles de RJI me font néanmoins flipper, notamment celui sur un couple pratiquant qui tenait dans la campagne de l'Illinois un « foyer d'accueil » d'où il vendait des enfants à des pédophiles. Ou encore l'histoire de ces tueurs débiles de l'Idaho qui avaient enlevé un enfant de dix ans dans l'intention de tourner un *snuff*, une vidéo se terminant par un meurtre réel. C'est une succession de cauchemars, chacun plus sombre que le précédent.

Un deuxième site me rappelle que les enlèvements par des inconnus n'atteignent pas le nombre de cent par an et que les cibles les plus courantes ne sont pas les jeunes enfants mais les adolescents. Les filles de plus de douze ans représentent plus de la moitié des cas. Je visite des dizaines de sites dont chacun est consacré à un enfant disparu. C'est déprimant de parcourir de clic en clic ce triste catalogue de visages, et les sites eux-mêmes semblent être de lointains postes avancés dans la vastitude du monde, comme les photos sur les briques de lait : *AVEZ-VOUS VU CETTE JEUNE FILLE ?*

Coups tirés dans le noir.

Les sites de certains enfants – *trouverkevinetsean.com* en fait partie, je le constate avec satisfaction – ne cessent de revenir tandis que je surfe. Des annonces payées pour des enfants disparus apparaissent aussi dans la partie droite de mon écran et je prends mentalement note de demander à Ezra, mon copain génie de l'informatique, combien coûte ce genre de chose. Maintenant que les garçons sont relégués dans d'occasionnels retours sur l'actualité des semaines passées, une annonce payée connectée à des mots clés comme « enfant enlevé » serait peut-être utile.

Il est sans doute temps aussi, finalement, d'engager un spécialiste en relations publiques, quelqu'un qui pourrait m'obtenir une émission spéciale de *20/20* ou de *Dateline*. Faire revenir les garçons dans l'actualité. Les Smart y sont parvenus plusieurs mois après l'enlèvement de leur fille : une émission d'une heure, émaillée de nombreuses photos de leur enfant disparue. Je l'ai regardée à la demande de Claire Carosella, du centre, et elle montrait clairement que la police avait concentré ses efforts sur un homme à tout faire, un repris de justice qui est mort quelques mois après l'enlèvement. C'était une hypothèse plausible, étayée par un indice concernant une voiture, bien que la femme du mort ait toujours soutenu qu'il était innocent.

Même après le décès du suspect, les Smart ont continué à essayer d'attirer l'attention sur l'affaire. Peut-être espéraient-ils seulement retrouver le cadavre de leur enfant, néanmoins il y a une leçon à tirer de leur conduite : ne vous accrochez jamais trop à une hypothèse.

Sur une impulsion, je tape *jumeaux* dans le champ de recherches, avec quelques-uns de mes autres mots clés : *rapt, disparu, enfant*.

Google me donne plus de cent mille sites.

Je précise : *jumeaux disparus*. Il reste encore trente-trois mille propositions. Je les fais défiler pendant une vingtaine de minutes pour constater que quasiment tous les articles concernent Kevin et Sean.

Je me branche sur Lexis/Nexis en utilisant mon mot de passe de la chaîne. Je tape les mots *jumeaux disparus* et je limite les recherches aux articles publiés avant l'enlèvement des garçons.

J'obtiens une liste de plus de mille articles mais, après un rapide examen, je me rends compte qu'elle se réduit en réalité à trois histoires de jumeaux enlevés.

Les jumeaux Ramirez. La presse a rappelé cette affaire quelques heures seulement après la disparition de Kevin et Sean parce qu'elle présentait des similarités frappantes. Julio et Wilson Ramirez ont été enlevés sur le terrain de jeu d'un centre aéré de West L.A. Non seulement c'étaient eux aussi de vrais jumeaux mais, au moment de leur enlèvement, ils avaient sept ans, à peu près l'âge de Kevin et Sean.

J'ai pensé à eux dès la première heure de ce cauchemar, assis sur le banc devant le QG du parc d'attractions.

L'affaire remonte à deux ans. Les enfants Ramirez ont disparu et la police a procédé à de vastes recherches, pas assez vastes cependant pour empêcher que d'aucuns fassent remarquer que les efforts auraient été beaucoup plus intenses si les jumeaux avaient appartenu à la majorité anglo-saxonne.

Trois mois après leur disparition, le tueur se fit prendre la main dans le sac, pour ainsi dire. Il fut appréhendé dans un chalet de montagne délabré, pas très loin de Big Sur, où l'on retrouva les cadavres des enfants, l'un dans le réfrigérateur, découpé et soigneusement emballé comme s'il s'était agi de quartiers de bœuf, l'autre suspendu dans un puits. Mis en état d'arrestation, l'assassin ne tarda pas à livrer son identité aux autorités. Charley Vermillion, psychopathe sexuel libéré d'une maison de dingues de Louisiane, un mois avant la disparition des enfants. On le menotta, on lui donna lecture de ses droits et on le poussa dans une voiture radio. Mais, avant que la voiture arrive à la prison locale, il mourut en croquant une capsule de cyanure qu'il avait dissimulée sous le col de sa chemise.

L'affaire Ramirez fut donc classée et, le coupable étant mort, on ne pouvait la relier à l'enlèvement de mes enfants. Dieu merci. Le FBI et Ray Schoffler ont tous deux envisagé l'hypothèse d'un crime de copieur, mais cela n'a abouti à rien.

La deuxième série de sites concerne l'affaire Gabler, mais il s'agit d'une fausse piste puisque les Gabler étaient des femmes, des girls de Las Vegas qui plus est. Leur histoire est apparue parce qu'un des mots clés de ma recherche était

« enfant » et que les journaux ont rapporté que les jumelles avaient dansé au Blue Parrot, dans une revue intitulée *Enfants de l'avenir*.

Un mois après leur disparition, on a retrouvé leurs cadavres en décomposition dans l'habituelle « zone rocailleuse », à une trentaine de kilomètres de Vegas. Les photos de presse montrent les jumelles vivantes, côte à côte dans leurs tenues déshabillées, longues jambes gainées de bas résille, visages souriants encadrés de coiffures futuristes. On voit mal quel rapport il pourrait y avoir avec mes garçons.

Ce qui ne laisse que les jumeaux Sandling : Chandler et Connor. Je connais aussi cette affaire, celle qui se termine par une fin heureuse. Si je me souviens bien, la mère aurait été mêlée à l'enlèvement mais n'a jamais été jugée. Il y avait aussi un concubin.

Du fait des soupçons pesant sur la mère, je ne me suis jamais vraiment intéressé à cette histoire, mais je suis disposé maintenant à la regarder de plus près parce qu'une idée me traverse soudain l'esprit : qui d'autre vient d'être soupçonné à tort de la disparition de ses enfants ?

Je parcours les sites et, dans un premier temps, ils correspondent à ce dont je me souviens. Contrairement à moi, Emma Sandling n'était pas un membre éminent de sa communauté mais une marginale pour qui l'expression « mode de vie non conformiste » constituerait un euphémisme. Héroïnomane ayant suivi de nombreuses cures de désintoxication, elle n'avait pas vraiment été une mère au top. Des amis ou des parents s'occupaient souvent de ses enfants, placés plus d'une fois dans des familles d'accueil.

Plusieurs articles mentionnent un incident lié à l'un des séjours de Connor et Chandler dans une de ces familles et le qualifient de « premier enlèvement ». En poursuivant ma lecture, je découvre cependant que l'appellation d'enlèvement est inexacte et injuste : en fait, Emma Sandling après une visite autorisée aurait simplement ramené les garçons avec deux jours de retard, à cause, prétendit-elle, de problèmes de voiture.

Il y a ensuite le « concubin », et le fait qu'au moment du kidnapping Sandling et ses deux fils vivaient sous une tente dans un parc proche de Corvallis, dans l'Oregon.

Le « concubin » — dont Sandling soutint qu'il était « juste un ami » — était un marginal lui aussi, nommé Dalt Trueblood. Sandling avait fait sa connaissance en désinto et quand elle était retombée sur lui, à la bibliothèque d'Eugene, elle l'avait invité à passer quelques semaines dans sa tente. Il apparut que Trueblood était un repris de justice en infraction avec les injonctions de sa liberté conditionnelle, mais Sandling affirma qu'elle l'ignorait.

Si les services de protection de l'enfance ne furent pas ravis de découvrir que le foyer des jumeaux et de leur mère était une tente, ils furent moins heureux encore d'apprendre qu'un délinquant recherché y vivait aussi. Lorsque les enfants disparurent, Trueblood fit de même et jusqu'à sa réapparition, quelques semaines plus tard (complètement ivre, réglant la circulation avec une cape rouge dans le centre de Portland), il n'était pas déraisonnable de penser que les garçons pouvaient être avec lui.

A cause de ses antécédents de droguée, de son mode de vie et du copain volatilisé, les soupçons se portèrent sur Sandling. On supposa qu'ils étaient de mèche, qu'ils avaient l'intention de lancer un appel à l'aide pour payer une rançon, mais rien de tel n'arriva. Quant à Trueblood, quand la police l'arrêta à Portland et l'interrogea, il déclara qu'il avait quitté Eugene parce que l'enlèvement lui avait « foutu les jetons ».

Les circonstances du rapt étaient simples : Sandling avait emmené ses enfants au McDonald's de Corvallis pour leur offrir un Happy Meal. Elle les avait laissés dans la piscine à boules le temps d'aller chercher la nourriture. Aucun autre enfant — ni aucun adulte — ne se trouvait dans l'aire de jeux. Neuf clients — dont six seniors participant à une réunion d'un groupe de lecture — étaient assis dans la salle principale du restaurant. Quand Sandling revint, les jumeaux avaient disparu.

Malheureusement pour elle, les clients et le personnel du McDo se rappelèrent l'avoir vue, mais aucun d'eux ne se souvenait des enfants. Certains articles comportaient un plan de l'établissement, avec l'emplacement des consommateurs et des salariés : à l'évidence, Sandling et ses enfants auraient dû traverser leur champ de vision pour accéder à l'aire de jeux. Outre les neuf clients, six employés se trouvaient derrière le comptoir et deux voitures dans l'allée du drive-in au moment de la disparition. Personne n'avait vu quoi que ce soit.

Ce qui n'aida pas Sandling, c'est qu'à l'époque de la disparition elle était connue pour laisser ses fils des heures à la bibliothèque pendant qu'elle faisait des ménages.

La suite était prévisible : une vague de récriminations à l'encontre des services de protection de l'enfance de l'Oregon et une enquête de police se concentrant sur Emma Sandling. Le juge qui, un an plus tôt, avait rendu les enfants à leur mère réhabilitée fut conspué de toutes parts. Des travailleurs sociaux qui avaient attesté de la confiance qu'on pouvait désormais faire à Emma Sandling furent invités en termes violents à revoir leur position. Et chacun de se demander, à cor et à cri, comment les jumeaux Chandler et Connor avaient pu tomber dans les failles – les « abysses », selon un journal de Portland – du système. On réclama une enquête et une réforme totale de la protection de l'enfance.

Si j'en crois mon expérience, Emma Sandling dut faire l'objet d'un interrogatoire serré, bien qu'elle ait eu la sagesse de demander un avocat. Elle ne fut pas inculpée mais retenue « pour interrogatoire » pendant trente-deux heures.

Les garçons réapparurent huit semaines plus tard dans un centre commercial proche d'Eureka, en Californie. Selon un article de fond du *Sacramento Bee*, ils avaient roulé « longtemps » dans un petit camping-car quand le chauffeur s'était arrêté pour faire le plein. C'était le genre de camping-car – à vrai dire un camion et une caravane – où la cabine du chauffeur est séparée de l'espace réservé aux passagers. Les garçons avaient attendu que le chauffeur les fasse sortir. Ils voulaient lui dire qu'ils avaient trop chaud à l'arrière, qu'ils avaient envie de faire pipi, de manger une glace. Mais le conducteur n'était jamais venu. Ils avaient frappé sur la cloison de la caravane, ils avaient crié, puis l'un d'eux s'était jeté contre la porte et, à leur étonnement, elle s'était ouverte.

Ils étaient descendus. L'un des garçons avait voulu aller dans la boutique jouxtant la station-service pour trouver le chauffeur et lui demander de l'argent afin d'acheter des glaces. Mais l'autre en était venu à douter de l'histoire que le ravisseur leur avait racontée. Il craignait que lui et son frère ne soient jamais libérés de l'endroit où on les gardait. Ce voyage en camping-car, c'était leur première sortie. Il voulait téléphoner à Phoebe, la meilleure amie de leur mère. Avec son frère, il avait donc couru vers le centre commercial et y avait cherché une cabine téléphonique. Tous deux savaient depuis longtemps comment appeler en PCV, mais l'appareil ne marchait pas. Ils étaient alors entrés dans une boutique de cadeaux et avaient demandé s'ils pouvaient utiliser le téléphone pour appeler en PCV. La vendeuse les avait reconnus et avait prévenu la police.

Lorsque la voiture radio était arrivée sur les lieux, le camping-car s'était envolé.

Les articles évoquant les retrouvailles de Sandling et de ses enfants furent circonspects. On se demanda avec cynisme comment la porte du camping-car s'était ouverte, on s'interrogea sur les efforts couronnés de succès de la mère (et d'un avocat serviable travaillant gratuitement) pour épargner aux jumeaux un interrogatoire insistant de la police. Dans une telle ambiance, il n'est pas surprenant qu'en dépit de nombreux témoignages de ses employeurs, des enseignants de l'école fréquentée par les garçons, et d'amis assurant que Sandling avait vraiment changé de vie, il ait fallu plusieurs mois et un procès pour qu'elle récupère la garde de ses fils.

J'élargis mes recherches et je lis tout ce que je peux trouver sur l'affaire. Deux heures plus tard, je suis convaincu que mon impression d'ensemble était influencée par une presse faisant d'Emma Sandling un bouc émissaire. Schoffler a dû lui aussi tomber dans le panneau, de même que Judy Jones, l'agent du FBI. En tout cas, ils n'ont jamais mentionné que l'affaire pouvait avoir un rapport avec la mienne malgré les ressemblances évidentes qu'elles présentent.

Ces ressemblances – des jumeaux de six ans enlevés dans un lieu public – sont si frappantes que je ne peux m'empêcher de continuer à lire les coupures de presse. Quelque chose m'a peut-être échappé quand je me suis laissé convaincre que l'histoire personnelle de Sandling impliquait qu'elle avait d'une manière ou d'une autre organisé le kidnapping de ses propres enfants. Une lecture attentive n'apporte cependant aucune preuve que les faits se soient déroulés autrement qu'elle ne l'a affirmé. Trueblood avait un alibi ; aucun autre complice n'est apparu ; Sandling n'a jamais modifié ses déclarations. Enfin, si la vendeuse de la boutique de souvenirs a touché une partie de la récompense promise, Sandling, elle, n'a jamais reçu le moindre argent.

Je passe les deux heures suivantes au téléphone avec des policiers de Corvallis et d'Eureka. D'abord, quand je me présente et annonce l'objet de mon intérêt (l'affaire Sandling), on me débite les salades habituelles. Lorsque j'insiste, la réaction est surprenante : je me heurte à un mur.

A partir des noms publiés dans la presse, je cherche les numéros de téléphone des employeurs d'Emma Sandling, des travailleurs sociaux qui se sont occupés d'elle, de son avocat et de toutes les personnes citées dans les articles. Je réussis à en joindre la moitié et j'obtiens chaque fois la même réponse : ils ne savent pas où elle est, ils ne peuvent pas m'aider.

Quand je me lève péniblement de mon fauteuil, je me rends compte qu'il fait nuit et que j'ai passé des heures penché au-dessus du clavier de l'ordinateur. J'ai l'intention de poursuivre mes recherches sur Emma Sandling, mais je dois d'abord manger quelque chose. Je perds régulièrement du poids depuis que Liz m'a quitté, les gens commencent à m'en faire la remarque.

Je passe dans la cuisine, même si je sais qu'il n'y reste pas grand-chose. Dans le frigo, je découvre deux morceaux de fromage séchés, un cantaloup moisi, un demi-litre de lait qui a viré à l'aigre. Le poulet acheté dans une rôtisserie que j'ai oublié d'envelopper ressemble maintenant à une momie. Le freezer ne contient que des glaçons et une pizza surgelée. Je cherche la date de péremption sur la boîte, la trouve sous une incrustation de cristaux de glace. Violets, à demi effacés, les chiffres me ramènent à l'année dernière.

Même cette vétille me déprime. Liz ou moi avons mis la pizza dans le freezer avant notre rupture, avant que ma vie ne se désintègre. Nous l'avions probablement achetée pour les garçons. Un moment, je l'élève au statut de talisman et hésite à la mettre à la poubelle. Je secoue la tête, verse le lait suri dans l'évier, jette tout le reste.

Je mange presque tout le temps dehors, il faut que j'arrête. Cela revient trop cher. Je me promets de faire des courses demain, d'acheter des plateaux-télé. Et de la nourriture saine. Pommes. Jus d'orange.

Pour la première fois depuis l'enlèvement des garçons, j'enfile mes chaussures de sport et je sors dans la nuit humide de Washington. J'ai complètement perdu la forme, mais courir est un soulagement. Je savoure la sensation de bouger, la sueur qui se forme sur moi, le rythme laborieux de ma respiration. J'aime la façon dont les voitures passent en grondant, phares voilés par la brume, et la manière dont mon esprit se concentre sur des points fondamentaux : où poser les pieds, comment diriger ma course pour éviter les piétons le plus efficacement possible, comment régler mon allure sur les feux pour ne pas avoir à rompre ma foulée.

Je cours une quinzaine de minutes et je fais demi-tour. Je m'arrête au Seven-Eleven au coin de Porter et Connecticut Avenue, haletant, ruisselant de sueur, tire un billet de cinq dollars de la poche à clés de mon short. Lui aussi est trempé de transpiration.

La caissière de service est celle que Jack a surnommée « Au Ralenti ». C'est une femme timide et mince, presque encore une jeune fille, avec des traits magnifiques. Elle fait tout avec une lenteur si exaspérante qu'il arrive aux clients qui la connaissent de rebrousser chemin s'il y a plus d'une personne dans la queue.

– Deux hamburgers jamaïcains, lui dis-je.

Ce sera mon dîner : des gâteries à la viande, goûteuses mais grasses.

Elle m'observe de ses immenses yeux marron, les baisse vers ses mains.

– Vous êtes l'homme que ses enfants sont plus là.

Je confirme.

– Mon oncle, il connaît ces choses de l'autre monde, reprend-elle en pressant un doigt sur son front. Il dit que vos garçons, ils ont rien.

– Votre oncle ? Quel autre monde ? Il sait où ils sont ?

– Non, non, répond-elle. (Ses doigts se tordent et elle regarde sur le côté.) C'est – comment déjà ? – monde des esprits. Mon oncle dit que vos enfants, ils sont pas là-bas, toujours dans ce monde. Je lui dis que vous vivez près du magasin, que vous venez beaucoup de jours. Mon oncle dit ça, que vos enfants vont bien. Je pense que ça vous fait plaisir de savoir.

Elle modèle son expression en un sourire timide qui équivaut aussi à un haussement d'épaules.

– Merci, dis-je.

Je le pense.

Je suis preneur de toutes les lueurs d'espoir que je peux trouver.

– Merci beaucoup.

– De rien… Epicés ou nature ?

Je laisse tomber la monnaie dans un grand bocal posé près de la caisse dans le cadre d'une collecte de fonds pour une enfant leucémique du nom de Belinda. Autre coup tiré dans le noir, comme les sites Web, comme les cartons de lait, comme tout le reste. Lorsqu'il s'agit d'enfants, on ne s'appuie plus sur des pourcentages ou des probabilités, on fait ce qu'on peut, tout ce qu'on peut.

– Merci de m'avoir dit ce que pense votre oncle.

Ma gratitude est sincère. C'est étonnant comme ces encouragements spontanés me réconfortent.

La madone de la caisse enregistreuse me récompense d'un sourire béat.

16

– Quittez pas, me prie Schoffler, on vient juste de terminer la réunion en petit comité.

J'entends des voix, un carillon d'ascenseur. Schoffler échange quelques mots d'au revoir avec quelqu'un puis revient en ligne :

– Oui, je vous écoute.

– Les jumeaux Sandling.

Si je ne le connaissais pas aussi bien, je ne remarquerais peut-être rien, mais son temps d'hésitation et la soudaine tension de sa voix ne m'échappent pas quand il réplique :

– Quoi, les jumeaux Sandling ?

– Plus je pousse mes recherches, plus ça ressemble à Kevin et Sean. Les similarités sont évidentes. Je ne comprends pas pourquoi vous et Judy avez jugé cette affaire sans rapport. Vous êtes complètement passés à côté.

– Nous avons vérifié, Alex, répond-il, toujours sur ses gardes. Nous l'avons fait. Ecoutez, ces gosses ont été enlevés à l'autre bout du pays. Comme ressemblances, vous avez leur âge et le fait qu'ils sont jumeaux. C'est tout.

– C'est tout ?

– A part ça, il n'y avait apparemment aucun lien.

Il s'éclaircit la voix et poursuit :

– La mère, c'était pas précisément le genre notable, vous savez.

– Ray, j'ai lu tout ce que j'ai pu trouver sur l'affaire. Autant que je puisse en juger, Emma Sandling n'était peut-être pas Mère Teresa, mais rien ne prouve qu'elle ait été mêlée à l'enlèvement de ses enfants.

– C'est votre opinion, mais il y a peut-être des choses que vous ne savez pas.

– Sûrement. Parce qu'on n'a pas vraiment fait le maximum pour retrouver le ravisseur, une fois que les enfants ont réapparu à Eureka.

– Vous vous trompez. Il y a eu une enquête. Une enquête poussée, même. Mais la mère n'a pas été d'une grande aide.

– Vous voulez dire...

– Elle s'est pas montrée très coopérative. C'était pour protéger ses enfants, à ce qu'elle disait, mais personne n'a avalé ça. Ecoutez, on retrouve les enfants, ils sont sains et saufs, tout se termine bien. Pendant quelques jours, c'est la grande nouvelle, un vrai miracle. Mais après ? Pas de coupable, pas d'inculpation, pas de procès. Tout ce qu'on a, c'est les garçons et une enquête qui ne débouche sur rien. Pourquoi ? Parce que pour une raison quelconque, qu'elle soit impliquée dans l'enlèvement d'une manière ou d'une autre ou qu'elle cherche vraiment à protéger ses gosses, môman refuse de parler et de laisser parler ses mômes...

– Pourtant, elle aurait pu se faire un peu de fric avec les médias, à tous les coups...

– Exact, et ça veut peut-être dire qu'elle est réglo, admet Schoffler. Ou qu'elle essaie de limiter les dégâts. Plus on examinait l'affaire, plus son rôle risquait d'être exposé à la lumière du jour.

– Si elle en a joué un.

– D'accord, si elle en a joué un. Mais de l'avis général, elle était mêlée à l'enlèvement. Une sorte d'arnaque qui aurait foiré. Et mère Sandling a préféré se faire rare.

– Je ne crois pas.

Schoffler garde un moment le silence puis demande :

– Pourquoi ?

– Parce que plus je considère cette affaire, plus j'ai l'impression que le type qui a enlevé les enfants Sandling est aussi celui qui a enlevé les miens. Les Sandling ont réussi à s'enfuir, alors il a pris mes gosses pour les remplacer.

– Une impression, hein ?

– Allons, Schoff, c'est le même schéma.

– Doit y avoir des quantités de jumeaux sur la côte Ouest. Pourquoi ce gars aurait traversé tout le pays ?

– Je n'en sais rien mais plus j'examine l'affaire Sandling, plus je trouve qu'elle ressemble à la disparition de mes enfants. J'aimerais pousser mes recherches mais je ne peux pas. Parce que, pour commencer, Emma Sandling s'est volatilisée.

– Vous avez essayé de la retrouver ? !

– Oui. Dénicher des gens, cela fait partie de mes capacités professionnelles. Un reporter doit avoir des sources, et ces sources, il doit les trouver, qu'elles le veuillent ou non. Mais je n'arrive pas à mettre la main sur Emma Sandling.

– Hum.

– Et tout en la cherchant, j'ai causé avec les flics de l'Oregon. Non, c'est inexact, je leur parlais et ils ne répondaient pas.

– Je ne vois pas ce...

– J'ai appelé les deux juridictions : Corvallis, où les garçons ont disparu, et Eureka, où ils sont comme tombés de cette caravane. A Eureka, les policiers m'ont dit ce qu'ils pouvaient, à savoir pas grand-chose. Mais à Corvallis, rien. Un mur, Ray. Les flics refusent carrément de me parler. Sous prétexte qu'il s'agit de « questions personnelles »...

– Alors, c'est pour ça que vous m'appelez, soupire Schoffler.

– Oui. J'ai pensé que vous pourriez leur parler. Les convaincre que je ne leur causerai pas d'ennuis.

Un long moment s'écoule avant que Schoffler ne réponde :

– Désolé, Alex, je ne peux pas vous aider. Je voudrais bien, mais j'ai les mains liées.

– Les mains liées ? Il s'agit de mes fils. Ray, vous ne pouvez pas…

Il a raccroché.

Deux heures plus tard, au crépuscule, je suis devant la maison de Schoffler, à Greenbelt, dans le Maryland. Je suis surpris, même si je ne sais pas trop à quoi je m'attendais. Je sais qu'il abat des semaines de soixante-quatorze heures, qu'il a foutu en l'air deux mariages. J'imaginais sans doute une piaule sordide, mais le pseudo-ranch que j'ai sous les yeux est propre et accueillant, avec une clôture de piquets et des massifs de fleurs bien entretenus. Il y a même une couronne de vigne accrochée sur la porte.

Je patiente d'abord sur la galerie mais une nuée de moucherons piqueurs m'oblige à battre en retraite jusqu'à ma voiture. J'écoute un match à la radio, je renouvelle régulièrement l'air quand il devient trop étouffant.

Je suis tiré de mon sommeil par un claquement métallique qui semble provenir de mon crâne. C'est en fait un coup frappé à ma portière, ce dont je me rends compte lorsque j'ouvre les yeux et découvre Schoffler de l'autre côté de la vitre.

Il ne paraît pas content de me voir. Penché en avant dans une posture quasi menaçante, il est à moitié dans l'ombre, éclairé en partie par la lumière d'un vert blafard du réverbère. Il a une tête épouvantable, l'air irrité mais en même temps si épuisé que je jette un coup d'œil au tableau de bord pour voir quelle heure il est : trois heures trente-deux.

Une pellicule humide recouvre ma peau. J'ai la bouche en coton, les lèvres sèches et craquelées. Ma chemise, collée au siège en cuir, fait un petit bruit de succion quand je me redresse et tends la main vers la poignée. Mais Schoffler plaque sa grosse patte sur la portière de la Jeep et me décoche un regard mauvais.

– Rentrez chez vous, Alex.

– Non.

– Rentrez, je vous dis.

– Il faut que je vous parle.

Il pivote sur ses talons, se dirige vers la porte et disparaît dans la maison avant que j'aie pu descendre de la voiture. Je presse le bouton de sa sonnette, qui émet un vrai ding-dong, une douzaine de fois au moins. Je n'y crois pas : je suis resté six heures dans l'allée. De retour à la Jeep, j'ai envie d'enfoncer le Klaxon, de faire du tapage, de forcer Schoffler à ressortir, mais je me rappelle l'expression de son visage et décide de m'abstenir.

J'ai passé beaucoup de temps avec lui ces dernières semaines et, à chaque instant, je l'ai écouté, observé, avec l'attention captivée d'un fan, guettant le moindre signe révélateur. A-t-il découvert quelque chose ? Est-ce qu'il a du nouveau ? J'ai appris à décrypter le langage du corps : les inflexions de voix, les gestes, les expressions du visage.

Je sais aussi que les flics et les militaires accordent beaucoup d'importance au respect. Si je réveille le quartier à coups de Klaxon, si je lui inflige cette humiliation en public, je n'arriverai à rien. Il me fera peut-être même arrêter. Je me gare deux rues plus loin et je règle le réveil de mon téléphone portable sur six heures. Schoffler ne me surprendra pas de nouveau en train de dormir.

Lorsqu'il franchit la porte, à sept heures quarante-quatre, il a l'air étonnamment frais et guilleret pour un homme qui n'a eu – au maximum – que quatre heures de sommeil. Puis il me voit quand je m'écarte de sa Crown Vic. Ses épaules s'affaissent, il secoue la tête.

– Bon Dieu, Alex.

Je ne bouge pas. Les portières de la Crown Vic s'ouvrent avec un bruit sec.

– Montez, m'ordonne-t-il.

– Quoi ?

– Montez.

Il fait déjà chaud et le soleil est une tache blanche derrière la brume du ciel. L'intérieur de la voiture empeste la nourriture à emporter et la fumée de cigarette froide relevée d'un déodorant aux senteurs de pin. Je fréquente Schoffler depuis assez longtemps maintenant pour savoir qu'il boit du café toute la journée, qu'il fume sans arrêt et qu'il prend la plupart de ses repas dans cette voiture.

Il descend l'allée en marche arrière, baisse toutes les vitres. Je pense d'abord que nous allons prendre un café, direction le Dunkin'Donuts ou le Seven-Eleven, mais nous nous retrouvons rapidement sur la route 50, le fracas du vent en bruit de fond. A côté de moi, l'inspecteur garde le silence. Au bout de quelques minutes, il tripote un bouton et toutes les vitres se ferment, à l'exception de la sienne. Il décoche un crochet dans le vide, allume une cigarette, aspire une longue bouffée avide. Par habitude, non par déférence envers moi, je suppose, il rejette la fumée par la fenêtre. Il est en rogne et son irritation émane de lui comme un champ de force.

– Où on va ?

– J'ai une réunion au Capitole, répond-il.

– Mais...

– Vous voulez parler ? C'est le seul moment que j'aie. Vous préférez rentrer chez vous ? A vous de voir.

– D'accord.

Je dois résister à une envie de m'excuser, ou du moins de dire quelque chose qui détendrait l'atmosphère. Il vaut mieux que nous restions tous les deux en colère, ça évitera les boniments inutiles.

Nous sommes maintenant sur la 95, Schoffler se faufile dans la circulation. Son style de conduite est si imprudent, si agressif, que je me retiens à chaque instant de plaquer les pieds sur le plancher. Il fume sa cigarette jusqu'au filtre, l'écrase dans le cendrier plein, rabat le couvercle.

Le mégot n'est pas vraiment éteint et, une minute plus tard, une mince volute de fumée – et l'odeur âcre des filtres en train de brûler – sort du cendrier. Au bout d'un moment,

Schoffler le rouvre, asperge de café froid le feu qui couve. Les filtres grésillent, émettent une nouvelle odeur épouvantable.

– Aromathérapie, lâche Schoffler.

Il referme le cendrier, pianote sur l'extérieur de sa portière.

– Je suis pas vraiment en pétard contre vous, annonce-t-il après un silence.

– Non ?

– Vous voulez savoir pourquoi ? Parce que vous avez raison.

Il expédie la grosse voiture dans une brèche momentanée sur la voie de gauche, ce qui lui vaut un long bip courroucé. Il passe la main par la vitre, majeur dressé.

– Ma fille me dit que je manque de maturité. Je lui réponds que pour moi, c'est de la maturité : maintenant, je fais un doigt d'honneur à ces abrutis au lieu de les arrêter.

Il roule des épaules, tapote sa poche de poitrine, en extirpe une autre cigarette, l'allume.

– Bon, mère Sandling…

– Ouais.

– C'est comme l'affaire du tireur fou. Tout le monde dit que le tireur est un Blanc solitaire : un Blanc, un Blanc, un Blanc. Un mec blanc dans une camionnette blanche. Vous le savez peut-être pas, mais pendant que l'enquête se déroule, certains gars de Washington – je parle d'officiers de police afro-américains – sont pas de cet avis. Ils pensent, eux, d'après les déclarations de témoins oculaires, l'enregistrement de la voix, que ce type est un frangin. Ils pensent aussi qu'il conduit une ancienne voiture de police, une Crown Vic ou une Chevy Caprice bleue. Certains couillons ont un faible pour les voitures de flic recyclées, soit pour l'ironie de la chose, soit parce que ces caisses assurent vraiment. Bref, est-ce que nous autres, on en entend parler ? Pourquoi personne, à aucun briefing, ne parle d'un Noir dans une berline bleue ?

Je secoue la tête.

Schoffler écrase sa cigarette dans le tas de mégots trempés et poursuit :

– Serait-ce parce que le comté de Montgomery est impliqué dans un procès pour profilage racial ?

– Vous plaisantez ?

– Dans l'affaire Sandling, on a aussi un procès, plusieurs même. Jones et moi, on a bien vu les similarités, vous savez. Du coup, elle téléphone à Corvallis et qu'est-ce qui se passe ? Ils se montrent serviables ? Ils se mettent à notre disposition ? Non. Ils nous envoient plus ou moins aux pelotes.

– Elle est du FBI et ils l'envoient balader ?

– Oh, ils sont polis, ils ne demandent qu'à nous rendre service, mais, oui, ils l'envoient balader.

– Pourquoi ?

– Procès. Voilà ce qui se passe : Emma Sandling n'est pas contente de la façon dont on a traité l'affaire. Elle poursuit la police locale pour la longueur de sa détention, pour la conduite de l'enquête, pour le suivi, pour tout. Elle accuse les flics de faute professionnelle, de profilage au mode de vie...

– C'est quoi, ça ?

– Sandling et son avocat déclarent que la protection égale garantie par la Constitution doit s'appliquer aux classes sociales et aux modes de vie comme elle s'applique aux races, religions, sexes et appartenances ethniques.

– Et c'est jouable, ça ?

– Ouais. Vous vous rendez compte ? Les flics de là-bas, ils ont pas confiance en Sandling, ils continuent à penser qu'elle cherche à sauver ses fesses, ils continuent à penser qu'elle était dans le coup. Alors pourquoi elle aurait envie de parler à qui que ce soit ayant des liens avec les autorités ? Un, les flics la croient coupable. Deux, on lui a pris ses gosses. Trois, elle a dû attendre des mois avant de les récupérer, et uniquement parce qu'un juge compatissant a estimé que laisser les gamins à la bibliothèque et vivre dans une tente ne constituait pas vraiment un mauvais traitement. Vu la réforme de l'aide sociale, le taux de chômage et le manque de solutions pour faire garder des enfants, qu'est-ce qu'elle pouvait faire ? De toute façon, quand Jones a appelé pour obtenir son numéro de téléphone, elle n'a abouti à rien.

– Sandling a refusé de lui parler.

– Ouais. Sandling refuse de parler, les flics refusent de parler, l'avocat refuse de parler.

– Elle est au courant, pour Kevin et Sean ?

Schoffler tourne sa grosse tête vers moi et me regarde.

– Il aurait fallu qu'elle vive sur Mars pour ne pas avoir entendu parler d'eux. Non, l'enlèvement de vos garçons lui a rappelé toute cette histoire. Ça l'a terrifiée.

– Qu'en savez-vous ?

– Nous avons eu une téléréunion : moi, Jones, Sandling et son avocat. Comme vous vous en doutez, il nous a beaucoup aidés, il n'a pas arrêté de lui dire qu'elle n'était pas obligée de nous parler, de répondre à telle ou telle question. Pourtant on l'a vraiment travaillée au corps, cette femme, on a tout fait pour qu'elle se sente coupable : deux gamins sont en danger, ses gosses détiennent peut-être des informations utiles pour l'enquête, en tant que mère elle devrait comprendre, bla-bla-bla...

– Et ?

– Rien. On n'a pas avancé d'un pouce. Personne ne sait où elle vit maintenant et elle veut que ça continue comme ça. Ce qui se comprend. Elle a peur qu'il y ait une fuite, que l'affaire de ses enfants refasse la une, qu'on les retrouve et qu'on les harcèle. Ou que le ravisseur s'en prenne de nouveau à eux. Ce à quoi Jones a répondu : « Pas si on le pince. » Mais Sandling ne s'est pas laissé convaincre. Et son avocat nous a fortement déconseillé de parler de l'affaire Sandling aux médias.

– Vous rigolez !

– Il a appelé le supérieur de Jones au Bureau, et mon chef aussi. Pour appuyer sa mise en garde.

Je suis submergé par une vague de peur, de colère et d'impuissance. J'en veux à Sandling, à son avocat, aux flics, à tout le monde. Pire, je suis complètement démoralisé et je prends quelques profondes inspirations pour lutter contre une sorte d'effondrement intérieur.

– Ça va ? s'enquiert Schoffler.

Je hausse les épaules.

– Je peux faire deux choses pour vous, dit-il. D'abord – mais je doute que ça vous aide beaucoup – je peux vous donner une photocopie du portrait-robot. Celui que les policiers de là-bas ont établi en interrogeant les gamins. Jones a réussi à l'avoir. Je n'étais pas censé en faire une photocopie mais je me suis pas gêné. De toute façon, les journaux l'avaient publié, à l'époque. Si on vous pose des questions, c'est comme ça que vous l'avez eu.

– Ça ressemble au Joueur de Flûte ?

Il hausse les épaules à son tour.

– Pas vraiment. Un peu plus de barbe que le nôtre, ça brouille les traits.

Après un soupir, il reprend :

– Deuxième chose – et vous l'auriez sûrement trouvé vous-même, je vous fais juste gagner du temps –, le nom de jeune fille de Sandling est Whalen.

– Vous pensez que c'est le nom qu'elle utilise maintenant ?

– J'en sais rien, repartit Schoffler en m'adressant un sourire. On m'a empêché de poursuivre l'enquête.

Il me dépose près de la Maison-Blanche et me donne ce conseil :

– Prenez le MARC à la gare d'Union Station. Descendez à New Carrolton. Vous ferez le reste en taxi, ça ne devrait pas vous coûter plus de dix dollars.

Lorsque je vais prendre le journal le lendemain matin, je découvre une enveloppe de papier bulle juste derrière la porte-moustiquaire. Je ne m'attends pas à grand-chose, mais je suis quand même déçu par le portrait-robot.

Le visage est inexpressif, comme un vrai visage ne l'est jamais. Cette absence d'expression prive les traits de cohérence et rend l'image ambiguë. Même les photos d'identité présentent une certaine animation provenant de la vie, je suppose. J'emporte le portrait-robot dans mon bureau et je le pose à côté de ceux réalisés par Marijke, l'un fondé sur ma brève vision du Joueur de Flûte, d'autres sur des séances de travail avec plusieurs témoins oculaires. Il y a quelque chose dans les yeux qu'on retrouve peut-être d'un dessin à l'autre. Hormis ce détail, ce sont des hommes différents, avec barbe et moustache. Les visages me scrutent, indéchiffrables, presque moqueurs : « Tu ne sais pas qui je suis. »

Mary McCafferty tapote son bureau d'un ongle rose et lève vers moi ses grands yeux noisette.

– La trouver ne devrait pas poser de problèmes, assure-t-elle. Si elle vit dans un camping, elle n'a pas d'adresse mais elle a une voiture, ce qui veut dire permis de conduire, assurance. Apparemment, elle avait une carte de bibliothèque et je parie qu'elle voyait un médecin pour ses enfants. Il y aura aussi des inscriptions à l'école, peut-être des contraventions, des cartes de fidélité de grande surface. Croyez-moi, à moins de prendre beaucoup de précautions, vous vous retrouvez dans au moins un millier de banques de données, aujourd'hui. Et il est peu probable qu'elle ait coupé tous les liens avec son passé.

– Vraiment ?

– Elle utilise peut-être un nom différent, mais d'après vous, cela pourrait être son nom de jeune fille, alors, il y a des chances pour qu'elle ait gardé ses références sociales. Auquel cas, ce sera facile. J'aurai peut-être quelque chose demain. Par e-mail, d'accord ? Ou je vous envoie un fax ?

– Par e-mail, très bien.

– Bon, c'est réglé, dit-elle en se levant. (Elle hésite, secoue la tête.) Mais j'ai la partie la plus simple. Vous, vous devrez la convaincre de vous parler.

– Je sais.

– J'ai l'impression que c'est le genre à appeler tout de suite la cavalerie. Ne vous faites pas embarquer.

17

McCafferty m'envoie le courriel promis : Emma Sandling, née Whalen, vit en Floride. Le lendemain à sept heures du matin, je prends un vol Delta pour Daytona Beach.

Le trajet de l'aéroport au centre de la ville passe par la gigantesque voie express internationale de Daytona. Je prends ensuite la A-1A, ruban blanchi par le soleil et flanqué des deux côtés par une interminable succession de fast-foods, de motels, de terrains de golf miniature et de bowlings. Tout est bitumé. Exception faite des oasis paysagées des minigolfs, la flore se limite à d'occasionnels palmiers agités par le vent. De temps à autre, entre les hôtels et les immeubles géants, côté océan, j'aperçois la raison de tout cet entassement : le sable blanc et le miroitement dur de l'Atlantique.

Au bout de quelques kilomètres, je localise le repère que je cherchais, l'énorme masse de l'hôtel Adam's Mark. Ma chambre au Drop Anchor Inn se trouve une rue plus bas, de l'autre côté, moins prisé, de la route. Son enseigne immense en forme d'ancre annonce des *PRIX SPÉCIAUX À LA SEMAINE POUR ÉTUDIANTS ET RETRAITÉS.*

Selon la chaîne météo, la différence de température et d'humidité entre Washington et Daytona Beach est faible, mais ce n'est pas l'impression que j'ai lorsque je descends de mon Hyundai Sonata de location. La chaleur irradie du trottoir, si forte que c'est comme une agression, et le vent de la mer ressemble moins à un zéphyr rafraîchissant qu'au souffle d'un sèche-cheveux géant.

La chambre est ce à quoi on peut s'attendre pour trente-deux dollars la nuit : des marques brunes de brûlures de cigarettes balafrent les surfaces, le téléviseur et les lampes sont vissés à leurs tables et je dois déposer vingt dollars de garantie pour le boîtier de télécommande. Une odeur de fumée froide imprègne tous les tissus derrière un brouillard olfactif de déodorant. Mais la chambre est spacieuse, munie d'un climatiseur qui semble à la hauteur de la tâche. Et comme elle a le téléphone, je peux brancher mon ordinateur portable.

Emma Sandling, à présent Susie Whalen, travaille près d'ici, sur la célèbre plage. Elle tient une buvette-location de matériel de plage appelée le « Beach Bunny », à deux cents mètres de l'Adam's Mark. Elle est également étudiante au centre universitaire de Daytona Beach, où elle suit des cours de « thérapie respiratoire ». Ses enfants fréquentent une école gratuite prodiguant une instruction religieuse pendant les vacances, sous le patronage de l'Eglise de la parole de Dieu à Ormond Beach. Whalen conduit un break Subaru 84 avec des plaques d'immatriculation où il est écrit : *Sauvons les lamantins.* Elle et ses enfants vivent dans un petit appartement de Port Orange pour lequel elle bénéficie d'une réduction de loyer en échange de quelques heures de travail : nettoyer les couloirs et l'escalier, entretenir la buanderie. Tout cela, je l'ai appris par le mail de McCafferty, qui m'a facturé deux heures seulement. « Les miracles de l'âge de l'informatique », a-t-elle commenté.

Je reste assis un moment sur le lit, je m'étire en contemplant le plafond tendu de jute. Depuis que j'ai reçu le courriel de McCafferty, j'essaie de trouver un moyen d'entrer en contact avec Emma Sandling.

Mon plan consiste à aller au Beach Bunny, à louer un transat et un parasol, à acheter un tube d'écran solaire et à la baratiner. Je suis doué pour ça, comme la plupart des reporters.

Je prends un ticket de stationnement pour la journée, je le pose derrière le pare-brise de la voiture et je prends la direction de la plage derrière un Explorer noir. Nous roulons à la vitesse limite de quinze kilomètres-heure indiquée par les panneaux. A ma droite, une file interminable de bâtiments et de voitures garées, le scintillement de piscines d'hôtel et de résidence. A ma gauche, la plage blanche, la forêt de parasols, les serviettes de bain et les gens, l'étendue de l'océan et du ciel.

Je repère le camion où Emma Sandling travaille, ce qui n'est pas très dur : il se trouve sous un grand lapin[1] en baudruche gonflé à l'hélium et affublé d'un bikini. La chose ballotte dans le vent et tire sur ses amarres. Une petite queue s'étire devant le comptoir : adolescents maigrichons en shorts de surfeur, retraités rondouillards. Une fille très bronzée s'éloigne avec une barquette de frites.

Je dépasse le camion, ma première vision d'Emma Sandling se réduisant à une silhouette qui rend la monnaie derrière le comptoir. Je sors près de l'Adam's Mark, je me faufile sur l'A-1A jusqu'à la rampe d'accès pour un second passage. Cette fois, Sandling est sortie du camion et, une tablette à la main, parle à deux garçons tenant des *boogie boards* vert citron. C'est une femme menue aux cheveux cuivrés coiffés en queue-de-cheval. Elle porte un short rose, un débardeur blanc et des tongs. Un bref sourire, une impression de taches de rousseur et je suis de nouveau passé.

Cette fois, le type de l'entrée me reconnaît et m'adresse un signe de la main. A une centaine de mètres du Beach Bunny, je gare la Sonata entre un pick-up blanc et une Blazer rouillée.

– Qu'est-ce que ce sera ?

Elle a un sourire engageant. Des fossettes.

---

1. *Bunny* : lapin.

– Juste une bouteille d'eau.

– D'accord. La petite ou celle d'un litre ?

– Un litre.

– C'est bien, approuve-t-elle en prenant une bouteille de Dasani dans la glacière qui se trouve derrière elle. Avec cette chaleur, il faut rester hydraté.

Elle pose la monnaie sur le comptoir, regarde par-dessus mon épaule le client qui me suit dans la queue, mais j'hésite, arrêté par sa décontraction et sa vulnérabilité.

– Autre chose, monsieur ? me demande-t-elle en plissant le front.

– Non, j'ai tout ce qu'il me faut.

Je m'éloigne, trouve sur la plage un endroit où étendre ma serviette et observe les vagues rouler, le flux et le reflux incessants. Des gamins jouent à chat avec le bord de l'eau, construisent des châteaux de sable, offrent des coquillages à leur mère. Des mouettes criaillent, des avions passent lentement dans le ciel, traînant de la publicité dans leur sillage. Des femmes résolues à bronzer gisent inertes sur leur serviette, tels des lions de mer paressant au soleil. Des adolescentes en bikini glapissent en trempant la pointe des pieds dans l'eau. Derrière moi, une file de voitures roule à la vitesse d'un convoi mortuaire.

Je reste un moment allongé, les yeux clos, le soleil sur le dos, l'image d'Emma Sandling dans mon esprit. Ma peau est brûlante, je sens un battement dans ma tête, comme une lourde porte se refermant, encore et encore. Lorsque je retourne à la voiture, le battement a disparu, remplacé par cette pensée déprimante : Ça ne marchera pas.

Je me suis fait des illusions : comment ai-je pu imaginer que ça marcherait ? Bien sûr, je peux m'approcher d'Emma Sandling, je peux même lier connaissance avec elle, mais que se passera-t-il quand j'aborderai le sujet qui m'intéresse ? Quand son nouvel ami se mettra à parler de l'enlèvement de ses fils, une tragédie qu'elle a tout fait pour enfouir dans le passé ?

L'intérieur de la voiture est si chaud que je dois étendre ma serviette pleine de sable sur le siège. Le volant me brûle les mains. De retour au motel, j'ouvre mon calepin, je relis les informations que McCafferty m'a communiquées sur l'emploi du temps d'Emma Sandling. Je note quelques questions que j'ai l'intention de lui poser, puis je fixe le plafond un bon moment en me demandant comment amener Sandling à me parler.

Finalement, j'enfile un short et un tee-shirt, je ressors et je cours sur le trottoir longeant l'A-1A dans une transe de chaleur et de mouvement. Courir fera peut-être germer une idée. Je tiens pendant une demi-heure aller, une demi-heure retour, puis je me traîne jusqu'à ma chambre glacée. Je prends une douche.

J'ai un moyen de pression sur Sandling. Elle se cache, et moi, je sais où elle est. Je pourrais la dénoncer. Ça, elle le comprendra. Elle s'est fait une vie ici, elle n'a sûrement pas envie de tout recommencer encore une fois.

Bon, ce moyen de pression, je ne me sens pas de l'utiliser. Vraiment pas. Je vais jouer cartes sur table, c'est elle qui décidera.

Grâce au courriel de McCafferty, je connais le programme d'Emma. Elle fermera le Beach Bunny à cinq heures, ira à Ormond Beach prendre ses enfants. Après quoi, un fast-food, je suppose, puis elle les confiera à la baby-sitter de Port Orange pour aller à son cours au centre universitaire de Daytona Beach, de dix-neuf heures à vingt et une heures trente. Elle récupérera ensuite les enfants et rentrera chez elle. Longue journée.

Je pourrais simplement frapper à la porte de son appartement, mais j'ai le sentiment que ça se passera mieux si je lui parle en l'absence des gosses. Elle se sentira moins menacée. Si j'avais plus de patience, j'attendrais le lendemain matin, je l'aborderais au Beach Bunny avant qu'elle ouvre, mais je suis pressé. Si j'arrive à trouver sa voiture sur le parking du centre, je la coincerai là-bas.

En attendant, je regarde mes e-mails. J'en ai un de Petrich accompagnant les dossiers de police sur les pièces de monnaie et le lapin. Je les lis attentivement, mais la seule information nouvelle qu'ils contiennent est l'avis d'un expert en origami :

Sans détruire le spécimen, je ne peux pas étudier la technique de pliage, mais après examen extérieur, je pense qu'il s'agit d'un lapin de Lang modifié, une pièce de difficulté moyenne adaptée d'un des nombreux lapins créés par le célèbre origamiste Joseph Lang.

J'essaie de regarder la télé mais ça n'arrange pas mon humeur : les pubs, les rires enregistrés, les infos, tout ça m'agace, comme des ongles sur un tableau noir. L'éteindre est encore pire : je reste seul avec ma peur shootée à l'adrénaline et le passage glacial du temps. Au bout d'un moment, je vais sur la plage et je marche, un peu apaisé par le grondement des vagues. Je regarde quand même ma montre toutes les cinq minutes.

A vingt et une heures, je prends la direction du Clyde Morris Boulevard, sous un ciel rayé de rose. J'emprunte la voie express internationale, je tourne à droite dans le vaste camping de l'université. Il est à moitié vide, maintenant, mais il devait être bondé quand Emma s'y est garée car je repère sa Subaru rouge loin des bâtiments. Je suis sûre que c'est la sienne à cause des plaques, mais je compare quand même le numéro avec celui que McCafferty m'a donné dans son e-mail. Ça baigne.

Il est neuf heures et quart. Je me gare à quelques emplacements de la Subaru, j'écoute un moment la radio mais, au bout de cinq minutes, je sors de la voiture. Je suis à cran. Comme je ne peux pas rester planté là, bien visible, je m'approche d'une petite bande de végétation qui sépare le parking d'une route de service. C'est là que j'attends, parmi les palmiers nains et les roseaux, marmonnant à voix basse tandis que le vent fait bruire et claquer le feuillage.

Je me rends compte que je suis en train de répéter. Comme pour un reportage avant que la caméra commence à tourner. Je sais que c'est stupide – il n'y a pas de bonne façon de dire ce que je vais dire –, mais j'essaie quand même différentes phrases, cela m'occupe l'esprit.

« Emma, je m'appelle Alex Callahan, nous avons une tragédie en commun… »

« Emma Sandling, j'ai besoin de votre aide… »

« Emma… »

Il fait totalement noir, maintenant. Les réverbères installés à intervalles réguliers projettent des cônes de lumière grouillants d'insectes sur orbite. Des voitures démarrent. Dans cette partie du parking, il n'en reste qu'une douzaine.

Une forme s'approche mais je m'aperçois rapidement que ce n'est pas Sandling. C'est un jeune, pantalon baggy et Walkman. Il se dirige en traînant les pieds vers sa Toyota cabossée et s'en va.

Cinq minutes plus tard, je la vois se hâter dans ma direction. L'idée me vient que j'ai peut-être l'air inquiétant, planté devant les buissons, et avant que Sandling ne soit trop près, je décide de retourner à ma voiture. J'envisage vaguement d'ouvrir le coffre pour justifier ma présence à l'extérieur. Au dernier moment, je change d'avis et je soulève le capot. Aussitôt, je sens que j'ai commis une erreur.

Sandling a ses clés à la main et me lance un regard méfiant avant d'ouvrir sa portière.

Je me sens paralysé.

Elle baisse sa vitre, manuellement, met le contact. Son moteur semble mal réglé, le ralenti est trop rapide. Le temps que je parvienne à bouger, Sandling attache sa ceinture. Je m'approche, le bras tendu.

– S'il vous plaît…

– Excusez-moi, je suis très pressée.

– Attendez, dis-je.

Et de ma voix de journaliste télé, je lâche dans la foulée :

– Nous avons une tragédie en commun.

Cette formule que j'ai pourtant répétée en long et en large me semble tout à coup des plus étranges. Sandling fronce les sourcils, comme si je m'étais adressé à elle dans une langue qu'elle ne connaîtrait pas.

– Je suis Alex Callahan, dis-je, parlant trop vite maintenant, avalant les mots. Mes fils Kevin et Sean ont été kidnappés, vous avez dû le voir aux informations. Emma, votre tragédie est terminée mais la mienne continue. J'ai besoin de votre aide. J'ai besoin...

C'est quand elle entend son nom que le déclic se fait, je crois. Ce nom qu'elle n'utilise plus. Je vois sur son visage qu'elle a enfin saisi, lueur de compréhension suivie, une nanoseconde après, par une grimace d'horreur. Elle démarre dans un crissement de gravier.

J'ai foiré.

Je ne cède cependant pas à la panique car je sais que Sandling ne peut pas m'échapper. Pas vraiment. Je sais où elle va. Mais pour le moment je suis incapable de bouger, de respirer, même. L'air m'oppresse, lourd et dense. Je suis toujours au même endroit quand elle revient.

Elle arrête sa voiture, ouvre la portière.

– Je suis désolée, dit-elle. Je suis la seule personne qui puisse réellement vous comprendre, mais au lieu de vous aider...

Elle laisse mourir sa phrase et reste un moment silencieuse. Le grondement de la circulation semble enfler.

– Quand j'ai vu vos garçons à la télévision... reprend-elle. Oh ! mon Dieu. J'ai su que c'était lui. Je l'ai su. Et j'ai pensé... j'ai vraiment pensé...

Sa voix se brise, elle se met à pleurer.

– J'ai pensé... C'est bien, il ne reviendra pas. Il a ce qu'il voulait. (Elle refoule un sanglot.) Je suis désolée.

– C'est normal. Je compr...

– Non, ce n'est pas normal, me coupe-t-elle. J'ai honte de moi.

Elle soupire, continue :

– Quand on a retrouvé les enfants, à Eureka, je m'attendais à ce que tout le monde soit content. Mais ça n'a duré que deux jours. Ensuite, on a recommencé à me poser des questions, on est revenu sur la tragédie. C'était terriblement dur. Et on m'a repris mes enfants.

Elle allume une cigarette.

– J'essaie d'arrêter. Je ne fume jamais quand les garçons sont là.

– C'est bien.

– Il faut que vous compreniez que j'ai peur qu'ils trouvent encore un moyen de me les reprendre.

– Je comprends.

– Ils ne croient toujours pas à mon innocence. Ils n'ont jamais cru que Dalt est tout simplement parti, qu'il a pris peur quand je lui ai téléphoné du poste de police pour le mettre au courant de ce qui s'était passé. Il a un passé chargé, il a fait de la prison. Ça, je le savais mais je ne savais pas qu'il était en conditionnelle. Quand ils n'ont pas réussi à lui mettre la main dessus, ils se sont accrochés à leur idée. Ils étaient persuadés qu'ils finiraient par retrouver les gosses enterrés quelque part. Ou que Dalt referait surface et avouerait qu'on les avait vendus lui et moi à des pédophiles.

– C'est incroyable.

– Incroyable, oui. Quand les enfants ont réapparu, on aurait dit qu'il fallait à tout prix qu'ils soient terriblement perturbés. Alors qu'ils allaient bien. Enfin, relativement bien. Et les policiers semblaient déçus. Ils ne les laissaient pas tranquilles, ils les harcelaient de questions…

– Ecoutez, je compatis à ce que vous avez subi mais si je vous ai cherchée, c'est parce que je suis désespéré. Je crois aussi que la personne qui a enlevé vos fils détient maintenant les miens.

Emma Sandling détourne la tête et lorsqu'elle ramène son regard sur moi, je vois qu'elle pleure de nouveau.

– Je sais, murmure-t-elle.

– Alors…

– Je ne crois pas pouvoir vous aider. C'est vrai que la police faisait une fixation sur Dalt et moi, mais elle n'avait aucune autre piste non plus. La caméra de surveillance de la station-service a filmé le camping-car, mais pas les plaques d'immatriculation. Beaucoup de gens ont vu le chauffeur mais il portait une tenue de travail, une combinaison et une casquette, comme un agent de maintenance. Il n'apparaît pas sur la vidéo.

– Vous accepteriez de me parler ? De me dire simplement ce qui s'est passé ?

Elle me regarde.

– Si je peux le faire sans que ça se transforme en article du *National Enquirer*, d'accord. Mais je ne vois pas comment je pourrais vous aider…

– Merci.

Sandling soupire, jette un coup d'œil à sa montre.

– La baby-sitter va s'inquiéter. Sans compter que je dois mettre les garçons au lit. Vous pourriez passer demain au Bunny, peut-être.

Je ne sais pas pourquoi, je feins l'étonnement :

– Le Bunny ?

– Vous y êtes venu. Vous m'avez acheté une bouteille d'eau.

Elle se tapote la tempe.

– Dommage que je n'aie pas vu l'homme qui a pris les enfants. Je n'oublie jamais un visage.

18

J'aide Emma quand elle est débordée par la clientèle : je lui passe les canettes de soda, je remplis la glacière, je tiens le comptoir pendant qu'elle loue une planche ou un parasol. Dans les moments calmes, nous parlons. Avec le bruit des vagues, le grondement du générateur, le bourdonnement des appareils de réfrigération et du climatiseur, nous sommes presque obligés de crier.

Vers le milieu de la matinée, chacun de nous a récité son histoire. Pour moi, il ne fait aucun doute que le ravisseur de ses fils est l'homme que j'appelle le « Joueur de Flûte ». Mais Schoffler a raison : les ressemblances sont de caractère général. Il n'y a aucun détail, sans parler de preuve, qui permette de relier les deux affaires.

Nous échangeons nos expériences de parents suspectés.

– Dans mon cas, c'était à prévoir, dit-elle. Une droguée. Enfin, une ex-droguée, clean depuis trois ans, maintenant, mais bon, on est toujours à ça de replonger.

Elle pince une mince bande d'air entre le pouce et l'index.

– Il faut transformer ça en… en béton. C'est ce que j'essaie de faire.

– Je vous admire.

Elle hausse les épaules.

– Les flics ont toujours pensé que l'enlèvement était une arnaque, que je voulais me faire du fric. Mais, pour vous, je ne comprends pas bien ce qui…

– Ma femme et moi sommes séparés. Et puis le Joueur de Flûte a influencé l'enquête en laissant ce tee-shirt taché de sang dans le placard. Pendant deux jours, les flics ont cru que j'avais tué mes enfants.

– C'est vrai, je me souviens, maintenant. Le sang de poulet.

– Et le bol d'eau. Je ne sais pas ce qu'ils ont pensé du bol. Que j'avais enfermé les garçons dans le placard ?

– Quel bol d'eau ?

– Il y avait un bol d'eau sur l'étagère du placard de la chambre des enfants. Tout en haut.

Ce n'est pas vraiment un hoquet, on dirait plutôt qu'elle a bloqué sa respiration, mais on ne peut se méprendre sur son expression alarmée.

– Quoi ? Qu'y a-t-il ?

– C'est bien lui, murmure-t-elle.

– Que voulez-vous dire ?

– Et des *dimes* ? Il y avait aussi des *dimes* ?

– Oui. Sur le rebord du lavabo. Comment...

Emma pose une main sur mon avant-bras.

– Il y avait une rangée de *dimes* sur le sac de couchage de Connor. J'ai pensé que c'était lui qui les avait posées là, mais Amalia, la femme qui vivait dans la tente d'à côté, elle a jeté un coup d'œil à ces pièces et elle est ressortie terrifiée. Elle était quasiment blanche. Pourtant, elle a la peau sombre. C'est elle aussi qui a remarqué l'eau : un bol, sur la petite étagère que j'avais fixée au côté de la tente.

– Pourquoi elle a eu si peur ?

– C'est ce que j'ai voulu savoir mais Amalia, elle était trop hystérique pour répondre. « Touche pas à l'eau, elle me criait, bouge pas les pièces ! » Et sérieusement. Comme si c'était une question de vie ou de mort. Et moi : « Qu'est-ce que tu racontes ? » Elle a essayé de m'expliquer, mais son anglais n'est pas très bon. Finalement, j'ai compris plus ou moins que c'était un truc vaudou et qu'en gros il ne fallait surtout pas que je m'en mêle. Je vous ai dit qu'elle est de Haïti ? Attendez...

Elle sert un groupe de jeunes, distribue des Coca et des chips, vend un flacon d'huile solaire, un tee-shirt. Une fille glousse et s'écrie :

– Arrête, Kevin ! Kevin !

Ce nom me pétrifie. Kevin. Sean. Où êtes-vous ?

Un sentiment d'inquiétude croît dans ma poitrine. La police a emporté le bol et les pièces, et après ce qu'Emma vient de me dire, je ne peux m'empêcher de penser que cela pourrait nuire aux enfants. Que cela leur a peut-être déjà nui.

Emma revient s'asseoir sur son tabouret, relève une mèche tombée sur son front. A l'intérieur du camion, la climatisation n'arrive pas à lutter avec la chaleur et nous sommes tous deux couverts d'une pellicule de transpiration.

– Cette Amalia, vous êtes toujours en contact avec elle ?

– Je ne l'ai jamais revue, répond-elle. Tout de suite après, les flics sont venus et ont entouré la tente de ruban de plastique jaune. Je voulais rester, je croyais encore que les garçons reviendraient, mais les policiers m'ont emmenée, ils ont interrogé tout le monde dans le camping, ils ont bloqué les sorties. Amalia et son copain Bertrand, c'étaient des clandestins. Elle travaillait au Comfort Inn ; il était couvreur. Il y a des tas de gens comme eux qui vivent sur des terrains de camping. Les travailleurs pauvres, vous savez. Camper, c'est moins cher que louer. Bref, Amalia et Bertie n'avaient aucune envie de parler à la police. Amalia n'a pas dit un mot : elle n'avait rien vu, rien entendu, elle ne savait rien. Quand la police est revenue, une semaine plus tard, l'interroger sur les pièces, parce que j'en avais parlé, Amalia et Bertie avaient filé depuis longtemps.

– Vous n'avez jamais su ce qu'elle avait voulu dire ?

– J'ai découvert que c'était une espèce de sort. Ce dont je me doutais déjà, à la façon dont elle avait réagi. Mais rien de plus.

– Elle vous avait dit de ne pas les bouger, de ne pas même y toucher ?

– Oui.

– Chez moi, la police a emporté le bol d'eau et les *dimes*. Comme preuves.

– Oh, chez moi aussi. En fait, les flics ont quasiment tout détruit – y compris la tente – pour faire des analyses. Vous auriez dû voir dans quel état ils m'ont finalement rendu mes affaires. Ils avaient dressé une liste, vous savez. Je crois qu'ils sont obligés.

– L'inventaire de perquisition.

– Oui, c'est ça. Il y a des choses que je n'ai pas récupérées. « Détruit pendant l'analyse », ils avaient marqué sur la liste. Les pièces, elles étaient dans un sachet. Je les ai jetées dans l'océan après le retour des enfants. Une par une.

Je m'occupe un moment du comptoir pendant qu'Emma loue deux parasols. Je vends deux glaces et une sucette.

– Je ne saisis pas très bien cette piste vaudoue, dis-je quand elle revient. L'homme qui a pris mes enfants est blanc.

– C'est aussi ce qu'ont dit mes garçons : il n'était pas noir. Moi non plus, je n'ai pas compris. Un des inspecteurs m'a confié qu'ils pensaient à un réseau d'enlèvement d'enfants.

– Emma...

– Essayez de m'appeler Susie, s'il vous plaît.

Assise sur son tabouret, les jambes croisées, elle balance une de ses tongs au bout de son pied. Je remarque que ses ongles d'orteil sont peints de cinq couleurs pastel différentes, comme des petites dragées.

– Susie, je peux parler à vos garçons ?

– Seigneur, gémit-elle, je savais qu'on en viendrait là...

– Ils savent peut-être quelque chose qui pourrait m'aider.

– Je ne veux pas revivre ça, vous comprenez. S'ils vous disent quelque chose et que vous en parlez à la police... Si la police les interroge de nouveau et que ça s'ébruite... Je ne veux pas être obligée de partir encore et de tout recommencer.

Elle renverse la tête en arrière et fixe le plafond. Dehors, une rafale de vent projette du sable contre le camion. Au-dessus de nous, le lapin en baudruche claque contre les cordes qui le retiennent. Lorsque Emma me regarde de nouveau, je vois des larmes briller dans ses yeux.

– Je n'aurais pas dû vous demander ça, dis-je.

– Vous ne pouvez pas faire autrement, je le sais.

Elle ferme les poings et s'essuie les yeux avec ses jointures, comme un enfant, puis elle prend sa respiration, gonfle les joues, telle une représentation humoristique du vent du nord, et relâche l'air d'un coup, avec une petite explosion. La commisération finit par prendre le pas sur son instinct de conservation.

– D'accord, capitule-t-elle en fermant les yeux, comme si elle ne voulait pas être témoin de son propre acquiescement.

Elle entreprend de fixer les règles et me fait jurer sur la tête de mes enfants que je les respecterai. J'appellerai ses garçons par leurs prénoms de Floride (Kai et Brandon). Je ne les harcèlerai pas s'ils ne veulent pas répondre. La séance ne durera qu'un quart d'heure et je devrai garder pour moi ce qu'ils me diront. Je suis étonné de constater qu'après ce qu'elle a traversé elle attache encore autant de valeur à la parole de quelqu'un.

Nous nous retrouvons le lendemain soir, et découvrir Kai et Brandon me coupe quasiment le souffle. Ce n'est pas qu'ils ressemblent à mes garçons, non, mais ils partagent avec eux les attitudes de la gémellité : la façon de se regarder, de rivaliser, de s'interrompre, de finir la phrase de l'autre, de chercher du regard son approbation tout en parlant.

Je me suis préparé à une histoire d'horreur, mais ce qu'ils me racontent est presque rassurant.

Je pose ma première question en les regardant tour à tour.

– Où étiez-vous ? Dans quel genre d'endroit ?

– C'était une grande maison, répond Brandon.

Il se tourne vers son frère, qui lui adresse un petit hochement de tête.

– Grande, grande.

– Avec une pelouse immense.

– Et plein d'arbres. Comme dans une forêt.

– Quel genre d'arbres ?

Kai regarde Brandon et hausse les épaules.

– Des pins, je crois.

– Ouais, approuve Brandon, qui se tourne vers sa mère. Comme au Grand Teton.

– On y a passé deux mois, explique Emma. Je travaillais à Jackson, dans un restaurant.

– Ils avaient des hamburgers de bison, dit Kai avec une grimace de dégoût. Vraiment beurk.

– Il y avait d'autres personnes, dans cette grande maison ? Pour tondre la pelouse, faire le ménage ? Ou rien que l'homme qui vous a pris dans sa voiture au McDo ?

– Juste lui. Enfin, y avait d'autres gens, des fois, mais on les voyait pas, on devait rester dans la grande salle. C'est Doc qui nous le disait.

Doc. Je n'aime pas entendre ça. Docteur Mengele. Papa Doc. Bébé Doc.

– Mais il fallait pas qu'on se tait ni rien.

– Qu'on se taise, corrige Emma.

– Qu'on se taise. On pouvait même jouer à la Nintendo.

– Pourquoi vous ne pouviez voir personne ?

– Parce qu'ils en auraient parlé et alors m'man… (coup d'œil vers Emma) elle aurait eu des ennuis et on l'aurait jamais revue.

– Quand l'homme les a abordés, au McDo, il leur a dit qu'il était un de mes amis, explique Emma, que je devais retourner en cure et que je n'avais pas le courage de le leur annoncer moi-même…

– Doc a dit qu'elle avait fait une rechute, intervient Brandon.

– Il a raconté aux garçons que ça me briserait le cœur de leur dire au revoir, reprend Emma. Que je resterais dans les toilettes jusqu'à ce qu'ils partent tous les trois. Et que je reviendrais les chercher dès que j'irais mieux. Mais que si quelqu'un apprenait qu'ils étaient avec lui, ils devraient retourner dans une famille d'accueil, parce qu'il n'avait pas l'autorisation de les garder, et qu'ils ne pourraient plus jamais vivre avec moi.

– Plus jamais, répète Kai d'un ton sérieux. C'est ce qu'il a dit.

– Maintenant, on a un code, enchaîne Brandon. Comme ça, on sait si ça vient vraiment de maman ou pas...

– Faut pas lui dire ! s'exclame Kai.

Brandon lance un regard furieux à son frère, se tourne vers moi avec un sourire d'excuse.

– On peut le dire à personne parce que sinon quelqu'un pourrait l'entendre et nous rouler.

– Bonne précaution, dis-je, conscient que mes quinze minutes s'écoulent. Qu'est-ce que vous faisiez, toute la journée ? Vous jouiez à la Nintendo ? Vous regardiez la télé ?

– Naan. Pas de télé. On jouait à la Nintendo. Et au ping-pong.

– Au Uno et au Yams, aussi.

– Et pis surtout, on s'entraînait.

– Vous vous entraîniez ? A quoi ?

– On faisait des exercices, répond Kai, qui entame une énumération d'une voix chantante en comptant sur ses doigts. Des pompes, des abdos, de l'étirement, de la gymnastique...

– Tous les deux ?

Le bon docteur Mengele resurgit dans ma tête, des termes spécialisés aussi : biopsie musculaire, développement cardiaque...

– Oui.

– Il vous a fait passer des tests ? Avec des appareils, des choses comme ça ?

– Naan.

– Des fois, on faisait des concours, quand même, dit Kai. Je gagnais souvent.

– Pas tout le temps, proteste Brandon.

– De la gym, on en faisait beaucoup, précise Kai. Des sauts périlleux, des trucs comme ça.

– Des sauts périlleux en arrière, même. Vous voulez voir ?

– Alex n'a pas le temps, prévient Emma. Apparemment, ils faisaient ça pendant des heures tous les jours. De la poutre, des barres parallèles. Je me suis demandé si ce Doc n'était pas un cinglé rêvant de devenir entraîneur olympique.

– On grimpait à des cordes, aussi, dit Kai avec animation. Jusqu'au plafond. Ça aussi, on le faisait souvent. C'était dur. C'était pour nous rendre forts.

– Quel genre de cordes ?

Les jumeaux échangent un regard, haussent les épaules en chœur.

– Des cordes normales, répond Kai. Elles étaient grosses et accrochées au plafond.

– Celles avec des nœuds, elles étaient plus faciles.

– Oui, les cordes lisses, on avait vraiment du mal, au début. Tu te rappelles, Bran ? On n'arrivait à monter qu'un petit peu.

– Mais on a fait des progrès.

– Ça se passait où ? Dans une salle de gymnastique ? Dans la grande maison.

– Ouais, au sous-sol. Une salle très, très grande. Géante.

– Oui. Comme au YMCA.

– Elles étaient hautes, ces cordes ?

Ils se regardent de nouveau.

– Oui, vraiment hautes.

– Comme ce plafond ou...

– Non, plus haut, me répond Brandon. Beaucoup, beaucoup plus haut.

– Hum. Et cet homme... il... il vous a fait quelque chose ?

– Comme quoi ?

Je ne sais pas comment reformuler ma question et Emma me prévient :

– Non. Pas de ça.

– Pas de quoi ? demande Kai.

Elle hésite. Je reprends :

– Vous m'avez dit qu'il ne vous a fait aucun mal.

– Aucun mal, confirme Brandon. Il nous aimait bien.

– Il vous aimait bien. D'accord. Il se montrait... amical ?

Emma me lance un regard, mais n'intervient pas cette fois. Les garçons secouent la tête, déjà gagnés par l'ennui.

– Naan, dit Kai. Il était juste… juste…

Des yeux, il appelle son frère à la rescousse mais Brandon hausse les épaules. Aucun d'eux ne semble capable de caractériser la conduite de leur ravisseur.

– Il était juste normal, déclare finalement Kai. Il nous laissait tranquilles, sauf quand on s'entraînait.

– Qu'est-ce qui vous a fait perdre confiance en lui ? Au centre commercial ? Qu'est-ce qui vous a décidés à appeler l'amie de votre maman au téléphone ?

– Je sais pas, répond Kai, le front plissé. Je… je sais pas.

– Kai est très intuitif et un peu méfiant, dit Emma avec un pâle sourire. Brandon est plus optimiste.

– Qu'est-ce que ça veut dire, m'man ? demande Brandon.

– Que tu espères toujours que tout se passera bien, chéri.

– Tuitif, c'est bien aussi ? s'enquiert Kai.

– Intuitif. Oui, cela veut dire que tu es malin et que tu fais attention non à ce que les gens racontent mais à ce que tu ressens.

Elle se tourne vers moi.

– Ils ont souvent été confiés aux services sociaux, et le système est une vraie connerie. Ça n'encourage pas précisément la confiance. Brandon est l'exception.

– Ooooh, fait l'enfant. Maman a dit « connerie »…

Apprendre que le ravisseur n'a pas abusé des enfants m'apporte un vif soulagement, mais je n'arrive pas me faire une idée claire de son comportement envers eux. Qu'est-ce qu'il cherchait en les kidnappant ? Une… famille ? Des fils ? Quelle sorte de rapports avait-il avec eux ?

– Ce Doc, il mangeait avec vous ?

– Naan. On avait des céréales le matin, et à midi on se faisait des sandwiches. Le soir, il préparait à manger : des trucs dans des boîtes en plastique qu'il réchauffait au micro-ondes.

– Ça allait, estime Kai. C'était de la nourriture saine. Pas des saletés.

– Et vous ne voyiez jamais personne ?

Brandon fait aller sa tête d'un côté à l'autre.

– Non.

Je cherche autre chose à demander quand Kai livre de lui-même un détail :

– Des fois, il faisait des tours pour nous. Tu te rappelles, Bran ? Au début.

– Des tours ? dit Emma, l'air intriguée. (Apparemment, elle l'ignorait.) Quel genre de tours ?

– Avec des cartes et tout, répond Brandon. Tu sais bien, des tours de magie...

– Avec des pièces, aussi.

Des pièces.

– Il... il les alignait ?

– Nooon. Il les faisait apparaître et disparaître.

– Comme ça, dit Kai en claquant des mains.

Emma tapote sa montre et ce rappel m'incite à poser le genre de question dont je fais rarement usage dans mon métier de reporter, une question ouverte et vaste à laquelle on répond presque toujours par un haussement d'épaules.

– Est-ce que vous voyez autre chose à dire ? Sur la maison ou sur cet homme... je ne sais pas... quelque chose qui serait arrivé pendant que vous étiez là-bas.

– On a tout dit à la police, maugrée Brandon, qui semble s'ennuyer vraiment, maintenant. Plein de fois.

– Je sais, mais si vous vous rappelez quelque chose qui pourrait m'aider à retrouver cet homme...

– Il a menti, dit Kai. Maman lui a jamais demandé de nous emmener. Elle faisait seulement la queue au comptoir.

– Je sais. Mais si tu te rappelles quelque chose...

L'enfant soupire.

– D'accord. On cherche, hein, Bran ?

Ils ferment les yeux, plissent leur visage en une expression de concentration exagérée.

Au bout de quelques secondes, Kai ouvre les yeux, hausse les épaules.

– Je crois que ça suffit, intervient Emma.

Brandon ouvre les yeux à son tour et regarde son frère.

– On a parlé des chiens ?

Kai hausse de nouveau les épaules.

– Les chiens ? fais-je.

– Des chiens tout maigres, on voyait leurs os, répond Brandon. Mais pas parce qu'ils avaient faim. Il disait que c'était normal pour eux, d'être comme ça.

A la porte, je remercie Emma avec tant d'effusion qu'elle est presque embarrassée. Elle se mordille la lèvre inférieure.

– Je ne pense pas que ça vous ait beaucoup aidé. Je ne sais pas, j'espère. J'espère que vous les retrouverez.

J'entends les enfants derrière nous dans le séjour et leurs voix font palpiter en moi un sentiment de perte. Je suis incapable de bouger. Dans le silence gêné qui suit, Emma s'éclaircit la gorge. Elle ne veut pas me claquer la porte au nez, mais elle doit mettre les garçons au lit.

– Eh bien, voilà... bredouille-t-elle.

– Ils ont de la chance de vous avoir, dis-je enfin. Ils ont de la chance de vous avoir pour mère.

Elle se gratte un sourcil du petit doigt, me fait un sourire désabusé.

– Merci, mais vous savez, quand ils sont nés, ils étaient accros à la dope. Alors, j'ai du retard à rattraper.

– Si vous voulez mon avis, vous ferez plus que rattraper votre retard.

Cette platitude la met apparemment mal à l'aise. Elle voudrait que je m'en aille. En fait, je n'arrive pas à partir parce que la perspective de retourner au Drop Anchor me déprime.

Je dois faire un effort pour lui adresser un petit salut de la main et m'éloigner. J'ai eu confirmation de mon hypothèse : le ravisseur des enfants Sandling est aussi l'homme qui a enlevé mes fils... Mais où cela me mène-t-il ?

19

De retour à Washington, je consulte mes notes et me lance sur les « pistes » dont je dispose maintenant, aussi minces soient-elles.

Les *dimes*. Si Amalia, l'amie d'Emma, ne se trompait pas en évoquant un lien avec le vaudou, je sais par où commencer. Scott, un des producteurs de la chaîne, a fait un sujet là-dessus l'année dernière. Il était descendu en Floride, où il y a une importante population d'Haïtiens.

– Hé, salut, Alex ! Tu nous manques, mec. Comment ça va ?

– Je tiens le coup.

– Je peux faire quelque chose pour toi ?

– Justement, c'est pour ça que j'appelle. Tu te souviens de ce reportage sur le vaudou ? J'ai une question à poser, et je pense que tu pourrais m'aider.

– Bien sûr. Si je ne peux pas te répondre moi-même, je te dirai à qui t'adresser.

– La personne qui a enlevé les enfants a laissé des souvenirs de son passage chez moi.

– Attends. Ils n'ont pas été kidnappés dans une sorte de parc d'attractions ?

– L'homme les a ramenés à la maison et a laissé des choses derrière lui. Je ne sais pas si la police en a parlé à la presse.

– Des trucs vaudous ?

– Certains, je crois.

– Putain. Des poupées ?

– Non. Des pièces de monnaie. Alignées. Et un bol d'eau, placé en hauteur.

– Ça me rappelle cette affaire dans une maison de retraite de Cocoa Beach. Le syndicat essayait d'organiser le personnel d'une série d'établissements de la région, et dans l'un d'eux la direction a répliqué en laissant des… des messages vaudous, en quelque sorte, dans tout le bâtiment. Les agents d'entretien étaient pour la plupart haïtiens et ces… avertissements, disons, avaient justement pris la forme de pièces de monnaie alignées et de bols d'eau dans des endroits bizarres… Finalement, la direction a été accusée de pratiques abusives ! Intimidation du personnel, carrément. Parce que ces pièces, c'étaient des malédictions. Et les bols d'eau, c'était pour donner à boire aux esprits, ce qui impliquait qu'il y avait des esprits dans le coin, tu comprends. Des esprits assoiffés…

– Sans blague.

– Les pièces, chez toi, c'étaient des *dimes* ?

– Oui.

– Des Liberté-Ailée ? Avec les ailes qui sortent de la tête de la Liberté ?

– Comment tu le sais ?

– Ces *dimes* sont les pièces utilisées dans le royaume du vaudou. Je n'ai pas eu assez de temps pour en parler dans l'émission, mais c'était fascinant. A cause de ces petites ailes, la plupart des gens les appellent des *dimes* « Mercure ». Il se peut que toutes ces superstitions reposent sur un malentendu. La tête qui figure sur ces pièces est censée être celle de la Liberté. Mercure était le dieu romain des carrefours, des messagers, des jeux de hasard et des tours de passe-passe. Le dieu de la magie. Ça colle parce que les Haïtiens croient que certains *hougans* ont des pouvoirs surnaturels. Qu'ils peuvent faire de la magie, autrement dit.

– Qu'est-ce que c'est, un *hougan* ?

– Un prêtre, un prêtre vaudou. Pour en revenir aux *dimes*, l'équivalent de Mercure dans le vaudou a pour nom Legba.

– L'équivalent ? Il y a un équivalent ?

– Le vaudou est une religion syncrétique qui fait des emprunts un peu partout. C'est probablement la raison pour laquelle il existe encore. Legba est aussi inspiré de saint Pierre, le gardien des portes du paradis. Ces personnages – Mercure, Legba, saint Pierre –, c'est avant tout une affaire d'accès, de seuils.

– Comment ces *dimes* peuvent-elles jeter un sort ?

– Ça, je n'en sais rien, mais les employés de cette maison de retraite n'entraient même pas dans certaines pièces tellement ils flippaient.

– Hmm.

– Je crois que la *dime* Mercure marche dans les deux sens, bonheur ou malheur, parce que, en Floride et en Louisiane, les Haïtiens en portent autour du cou. Elles sont censées attirer l'argent.

– Vraiment ?

– En plus, on s'en sert pour les sacs d'amulettes.

– Les sacs d'amulettes ?

– Je m'en suis fait faire un pendant le reportage, et c'est peut-être une coïncidence, mais depuis ça bouge dans ma vie. Pour faire un sac d'amulettes, il te faut une *dime* Mercure. Il te faut une ou deux racines. Lesquelles ? C'est le *hougan* qui choisit. Le mien avait une racine d'herbe de Saint-Jean. Je m'en souviens parce que le nom me plaisait.

– Hmm.

– Bref, les *hougans* connaissent les bonnes racines. Tu as donc la *dime* Mercure, les racines, du sucre ; tu les enveloppes d'un billet de deux dollars et tu mets le tout dans un sac de flanelle rouge. Tu fermes bien. Ensuite, pour que ton amulette marche, tu dois oindre le sac avec le sang menstruel ou l'urine de la femme que tu aimes. Bon, ce dernier point, ça a été un peu dur, avec Christine...

– Je m'en doute.

Nous continuons à bavarder un moment puis je le remercie et, au cas où j'aurais besoin d'en savoir plus sur le vaudou, il me communique le nom d'un professeur de l'université de Floride.

J'ai compilé une liste de fêtes médiévales, dont des sondages antérieurs m'ont appris qu'elles sont plus nombreuses qu'on ne l'imagine.

Heureusement pour moi, le premier site que m'a donné Google – un « Répertoire des festes » – s'est révélé très utile. En cliquant au centre de la couverture en cuir ouvragé du « livre » qui constitue la page d'accueil, j'ai obtenu l'accès à une longue liste de manifestations : festes, reconstitutions, cortèges, joutes, etc.

Classées par ordre alphabétique, les pages en faux parchemin du « livre » sont une mine de renseignements. Chaque fête ou festival comporte des liens fournissant des détails : l'année dans laquelle l'événement s'inscrit (1467, 1536, etc.), depuis combien de temps cette fête existe, le nombre de représentations, de stands, des cartes, des horaires, le prix de l'entrée ainsi que des numéros de téléphone et d'autres informations pour prendre contact avec la direction. Il y a même pour chaque fête un « règlement sur les armes » précisant si elles doivent être « pacifiées » ou non, quoi que cela puisse signifier.

Outre deux cent neuf « grandes manifestations », le répertoire dresse aussi la liste des artistes et des compagnies qui animent ces fêtes, catalogue époustouflant qui va des « spectacles d'oiseaux de proie » aux cracheurs de feu et aux comiques « paillards ».

Les artisans et les marchands ambulants ont leur « page », et parmi ceux qui sont cités, on relève des vendeurs de gobelets en cuir, de cottes de maille et de massues de jongleur.

Prenant le répertoire pour guide, je passe chaque jour quelques heures au téléphone avec les gens qui dirigent ces fêtes. Je perds pas mal de temps avec la plupart d'entre eux, à m'efforcer de les séduire, à les cajoler pour les détourner d'une réaction défensive ou d'un refus de coopérer initiaux.

Je réussis cependant à en convaincre un grand nombre d'accepter au moins d'afficher un avis de recherche dans les locaux réservés au personnel.

J'ai fait imprimer mon affiche chez Kinko's. Sous le classique bandeau *RECHERCHE*, elle aligne les différents portraits-robots du Joueur de Flûte, y compris celui réalisé par le dessinateur qui a travaillé avec les jumeaux Sandling. Sous les portraits, une brève relation de l'enlèvement de mes fils, la date et les circonstances, ce que l'on sait du signalement du Joueur de Flûte et du chien. Enfin, des informations sur le moyen de me joindre et une promesse de récompense.

J'expédie plusieurs paquets par jour, chacun comportant plusieurs exemplaires de l'affiche et une lettre d'accompagnement. Je passe par FedEx – même si c'est cher –, à cause du sentiment d'urgence qu'implique une livraison en vingt-quatre heures. J'entre les mailings dans mon ordinateur, où j'ai ouvert un fichier pour chaque fête de manière à pouvoir inscrire les coups de téléphone et les e-mails reçus, les initiatives prises. Des liens avec mon agenda me rappellent quand je dois assurer un suivi.

Je projette de m'attaquer à la liste des artistes et marchands dès que j'en aurai terminé avec toutes les « festes » du Répertoire. En attendant, pour me changer du monde médiéval, j'entame une campagne similaire dans le royaume canin : je parviendrai peut-être au Joueur de Flûte par son chien.

Je suis atterré quand ma première recherche sur Google – *whippet* – me donne accès à plus de trente-sept mille sites. Les doublons sont nombreux, naturellement, mais il y a plus d'éleveurs de whippets, de clubs de whippets et d'amateurs de whippets que je ne l'imaginais.

– Oh, oui, roucoule la directrice du Monde du whippet, ce sont de merveilleux animaux de compagnie, débordants d'énergie mais dociles et si... beaux à regarder, vous ne trouvez pas ? Je peux vous aider à adopter un chiot ? C'est pour cela que vous téléphonez ?

Mon explication, simple – je suis à la recherche d'un homme qu'on a vu avec un whippet –, la trouble et la contrarie.

– C'est tout ce que vous savez sur cet homme, donc ? Qu'il avait un chien ? Ce chien vous a attaqué ?

Je précise qui je suis et pourquoi je m'adresse à elle.

– Oh, fait-elle d'un ton d'où tout enthousiasme s'est envolé. Oh, mon Dieu. Eh bien… je ne sais pas. Si cet homme ne fait pas les concours, ce sera terriblement difficile de le trouver. S'il fait les concours, s'il en a fait au moins un, alors vous avez peut-être une chance. Mais s'il a simplement acheté un whippet dans un chenil ou à un éleveur, ou s'il en a adopté un… Je ne sais pas.

– Des concours d'exposition canine, vous voulez dire ?

– C'est une possibilité. Les whippets sont vraiment, vraiment en vogue ces temps-ci. En fait, nous avons de gros espoirs pour un de nos garçons au Westminster de cette année…

– Il y a beaucoup d'expositions canines ?

– Oh, mon cher, vous n'imaginez même pas ! Mais je crois que vous perdriez votre temps en cherchant dans cette direction. Je ne pense pas qu'un individu tel que celui que vous m'avez décrit rechercherait le feu des projecteurs en participant à des expositions canines, surtout s'il s'est servi de ce chien comme… quelle horrible idée !… comme appât.

– Alors…

– Cela vaudrait peut-être la peine de voir du côté d'autres types de compétition. Sans battage médiatique, celles-là. Beaucoup de propriétaires de whippets y prennent part : nous adorons la bataille, vous savez ! Et si votre homme y a participé, quelqu'un pourrait le reconnaître. Vous dites que vous avez un portrait-robot que vous pourriez distribuer ?

– Oui.

– Essayez donc d'en envoyer à quelques-unes de ces associations.

– De quoi vous parlez, au juste ? De courses autour d'une piste ?

Rire de gorge.

– Seigneur, cela ne se fait plus beaucoup ! Je ne dis pas qu'en cherchant vraiment vous ne trouverez pas une piste ovale à l'ancienne, mais la « courre » est bien plus populaire : c'est une forme de course où les chiens poursuivent un leurre. Ils chassent à vue, les whippets, vous savez. La courre comprend souvent des obstacles et un parcours sinueux. Nous utilisons comme leurres des sacs de plastique blanc. Les whippets sont aussi remarquables pour rattraper un Frisbee, ou une balle en cloche ou...

Je la laisse discourir et, finalement, elle promet de mettre en place un lien pour mon affiche sur son site Web et de m'envoyer une liste de clubs et d'éleveurs de whippets.

Le paquet arrive deux jours plus tard, par courrier prioritaire. L'inventaire qu'il contient fournit les noms de quatre cent trente-quatre associations et de plus de deux cents sites avec lesquels elle me suggère de prendre contact. Il y aura bien entendu des doubles, fait-elle remarquer sur un Post-it. Les propriétaires de whippets sont souvent membres de plusieurs clubs, ils adorent ça !

Je n'en suis qu'à la quarante-deuxième des fêtes médiévales de ma liste et il est clair qu'explorer la piste whippet exigera un autre énorme effort. Je suis submergé, découragé, déprimé. C'est de toute évidence le genre de recherches nécessitant un personnel nombreux que la police est seule à même de mener à son terme. Qu'elle aurait dû mener.

La collerette élisabéthaine connue sous le nom de fraise me fournit une autre voie de recherche. De mon répertoire de marchands, j'extrais ceux qui cousent et vendent des vêtements Renaissance : pourpoints, doublets, vertugadins... La liste de commerçants s'allonge chaque fois que je parle à l'un d'eux. Outre les fêtes historiques, le marché de la collerette s'étend aux compagnies théâtrales, aux ménestrels, aux troubadours, aux bouffons, aux chœurs et aux cirques (où les clowns et divers animaux portent des fraises). La fabrication de ces ornements vestimentaires est une industrie artisanale et on peut s'en procurer par correspondance, sur Internet ou aux fêtes mêmes.

– Désolée, mais nous faisons la majeure partie de nos ventes en liquide, me déclare une femme d'Atours Carpe Diem.

Je donne quelques coups de téléphone chaque jour, mais ce qui s'annonçait comme un champ de recherches limité et prometteur risque fort d'occuper des mois de mon temps.

Je me réveille en pleine nuit avec cette idée : équipement de gymnastique. Combien de gens accrochent des cordes à leur plafond ?

Quelle que soit la réponse, je découvre le lendemain qu'on peut acheter des cordes n'importe où. De plus, le modèle qu'on suspend au plafond pour faire des exercices est aussi celui qu'on utilise pour amarrer les bateaux, festonner les radeaux et les quais afin d'amortir les chocs, faire office de rampe pour passerelles, décorer les restaurants à thèmes nautiques. On peut l'acheter dans les magasins de fournitures marines, par Internet et par correspondance. On peut transformer une corde ordinaire en corde à grimper en ajoutant à l'une de ses extrémités une boucle qui permet de l'accrocher au plafond. Et les vieilles cordes à grimper meurent rarement. Elles passent des salles de luxe et des lycées huppés aux gymnases subventionnés par des organisations religieuses… et de là à toutes sortes de clubs de gym bidon.

Emma tient sa promesse. Son avocat m'envoie le dossier de la police de Corvallis, qui comprend notamment les rapports d'Eureka. Je les étudie pendant des heures et ils me fournissent quelques pistes : les noms d'autres résidents du camping où Emma et ses enfants vivaient dans leur tente, le casier de Dalt Trueblood, les noms des parents des amis de Connor et Chandler. Je suis ces pistes, je parle à ces gens mais je ne trouve rien de nouveau.

Comment dit Schoffler, déjà ? Je pourchasse de la fumée.

Je passe mon temps à m'échiner sur mes listes, à téléphoner, à préparer mes paquets pour FedEx. Je me branche sur le Net au moins quatre heures par jour et consulte les e-mails qui continuent à me parvenir par *trouverkevinetsean.com.*

Ces séances sur l'ordinateur m'épuisent. Les flambées d'espoir abondent mais elles se terminent toutes par ce que Schoffler appelle des « apparitions d'Elvis ». Je marche sur la corde raide : j'essaie de garder l'esprit ouvert et en alerte sans trop espérer. L'accumulation des déceptions me mine.

Les trois premières semaines, le site *trouverkevinetsean.com* était pour moi une formidable source d'énergie. Cela me dynamisait de savoir que tant de gens se démenaient pour nous. Un public vigilant désirait nous aider et nous recevions constamment de nouveaux soutiens et même des informations potentiellement utiles.

Je reçois encore chaque jour des témoignages de sympathie, parfois des demandes d'adresse où envoyer des dons. Les gens font des milliers de prières pour les garçons. Mais, mis à part ces e-mails et la visite quotidienne de quelques femmes qui se sont donné pour mission d'écumer les sites d'enfants disparus, *trouverkevinetsean.com* est devenu un piège à cinglés.

Les dingues bien intentionnés prédominent, médiums amateurs et professionnels pour la plupart, avec également des adeptes de formes de divination plus excentriques, tous impatients de proposer leurs services, pour de l'argent ou gratuitement. Il y a aussi les écrivains qui veulent pondre un livre sur les garçons, les exaltés qui ont reçu un message dans leurs rêves, les membres de diverses sectes religieuses qui nous offrent un havre spirituel, à Liz et à moi.

Il y a enfin ce que Liz appelle les « spams toxiques ». Mal orthographiés, tordus sur le plan syntaxique, ces courriels grouillent d'insinuations sombres et bizarres ou, pire, ils dévident des fantasmes maladifs dans lesquels les garçons sont les victimes de cruels psychodrames.

J'allais oublier les menaces de mort contre Liz et moi, ainsi que les offres cyniques de mettre sur le marché des objets appartenant à Kevin et Sean : vêtements, travaux d'école maternelle, dents de lait. Nous transmettions toujours au FBI les textes les plus ouvertement menaçants et je continue à le faire, mais consulter quotidiennement ces e-mails est devenu déprimant.

Les journées se suivent sans que je mette quasiment le nez dehors. Je passe quinze, seize heures par jour à travailler sur mes listes. Coups de téléphone, expédition des paquets, recherches sur le Net. Malgré mes intentions initiales de manger sainement et de garder la maison bien rangée, je me nourris de pizzas, de bagels et de bière. La maison est un capharnaüm. Je flotte dans mes vêtements et le visage que je découvre dans le miroir est hagard et gris. Je laisse ma barbe et mes cheveux pousser. Mes gencives saignent. Ma main droite – celle qui manie la souris – est prise de crampes persistantes. Le plus souvent, je travaille avec une sorte de détermination idiote mais, parfois, une humeur morose m'envahit et je dois m'avouer que tous ces efforts ne m'aideront probablement pas à retrouver Kevin et Sean.

Le jour vient où, l'espace d'un instant, je me laisse aller à me demander comment ce serait si... si je renonçais, tout simplement.

Et c'est pire, cet abîme de vide, bien pire que le sentiment d'exploiter des filons épuisés. Ce que je fais est peut-être inutile, mais je fais quelque chose. Alors, je m'obstine, avec l'énergie du désespoir d'un étudiant mal préparé bûchant l'examen de dernière année.

Parce que je ne parviens pas à chasser de mon esprit le sentiment qu'il ne reste plus beaucoup de temps.

20

– Vous avez une sale gueule.

Schoffler. Il est passé chez moi sans prévenir, un samedi soir. Mon cœur a fait un petit looping quand je l'ai vu – il a du nouveau ? –, mais je me calme quand il soulève un pack de six de Sierra Nevada.

– Je peux entrer ? J'ai même apporté votre bibine préférée de cadre qui s'encanaille.

– Salut, dis-je en tenant la porte ouverte.

Il plisse le front en découvrant le séjour et me suit dans la cuisine, qui amène sur son visage la même réaction. Il sort deux bouteilles du pack, fourre les autres dans le frigo et grommelle :

– Y a une créature en train d'évoluer, là-dedans, chef…

– Vous ne m'aviez pas dit que vous aviez été transféré à la brigade ménagère…

Cette piètre tentative d'humour suscite chez lui un petit rire poli. Il décapsule les bières, m'en tend une et s'assied lourdement à la table. Puis il lève sa bouteille, l'incline vers moi et me lance :

– Santé !

Je lui rends la pareille et m'enquiers :

– Alors, ce nouveau boulot ?

Il a une grimace dégoûtée.

– Ça soutient la comparaison avec la chirurgie esthétique.

– Qu'est-ce que vous voulez dire ?

– Je veux dire qu'en gros, ça se réduit à un exercice de contrôle des mouvements de foule.

Il me confie qu'en cas d'attentat terroriste à Washington, ma meilleure chance de m'en tirer serait de voler un canoë ou une barque.

– Et de filer à la rame par le Potomac, conclut-il.

– Vous appelez ça un plan d'évacuation ?

– Me lancez pas là-dessus, soupire-t-il avant d'avaler une longue gorgée. Et vous, quoi de neuf ?

– Pas grand-chose.

Ma réponse lui fait hausser les sourcils.

– Alors, pourquoi vous avez l'air si crevé ?

– Peut-être à cause de mon manque total de réussite.

– Et l'affaire Sandling ? Aucune piste dans le dossier ?

Nous nous sommes parlé plusieurs fois au téléphone depuis mon retour de Floride, il sait qu'Emma devait s'arranger pour me faire envoyer le dossier.

– Je suis sûr que c'était le même type… ou quelqu'un travaillant avec lui, mais à part ça, je n'ai rien trouvé d'utile. Du moins jusqu'ici.

– Rien ?

– Absolument rien.

– Hmm.

Il se lève, va au réfrigérateur et me propose :

– Une autre ?

– Pourquoi pas ?

– Si vous avez rien, qu'est-ce que vous foutez ?

– Suivez-moi au central, dis-je.

Nous migrons dans mon bureau et je lui montre rapidement mes listes, mes piles d'avis de recherche, mes investigations en ligne. Il opine du bonnet.

Nous retournons dans la cuisine, où Schoffler tape de nouveau dans le frigo.

– Et vous ?

– Non, j'ai tout ce qu'il me faut.

Il se rassied à la table, esquisse un geste en direction de mon bureau.

– Ce que vous êtes en train de faire, c'est comme creuser jusqu'en Chine avec une petite cuillère. Vous le savez ?

Je hausse les épaules.

– Vous perdez pas trop de temps à faire le ménage, à ce que je vois, poursuit-il. Ni à vous pomponner. Vous avez une tête épouvantable.

– Merci. C'est pour me dire ça que vous êtes venu ?

– Je devais passer, de toute façon. J'ai eu un coup de fil de votre voisine, Mme Machin, la dame au chien.

– Mme Siegel.

– Ouais. Je vous avais dit que ça vous boufferait et ça vous bouffe. Merde, regardez-moi ça ! s'exclame-t-il en désignant la pièce d'un geste. On se croirait à Bagdad. Et regardez-vous. C'est de la connerie, Alex.

– Merci de votre sollicitude.

– Ben, je me sens une dette envers vous. J'aurais jamais dû mordre à ce tee-shirt.

Une expression écœurée se peint sur son visage et il secoue tristement sa grosse tête.

– Il nous a couillonnés, le mec, marmonne-t-il.

– Vous êtes là pour quoi, alors ? Vous assurer que je ne fais pas de conneries ?

Je regrette ces mots dès qu'ils sortent de ma bouche. J'ai le ton d'un adolescent boudeur et complaisant avec lui-même qui débite des insolences à ses parents. Et c'est involontaire. J'aime bien Schoffler, je sais qu'il est venu par sympathie pour moi, et à vrai dire, l'avoir dans ma cuisine est un réconfort. Mes contacts personnels se sont réduits à de brefs échanges avec Damon, du Whatsa Bagel, et Consuelo, du Vace's Pizza.

Aussitôt vexé, Schoffler bondit de sa chaise.

– Vous savez quoi ? Allez vous faire mettre !

Il jette sa bouteille presque pleine dans la poubelle, se dirige à grands pas vers la porte.

Je le suis, incapable de trouver quelque chose à dire. Quand il arrive dans le hall et se retourne pour me faire face, je vois que son visage est écarlate. Je me sens minable.

– J'ai dérapé, Ray. Je suis désolé...

Il balaie mes excuses d'un geste.

– Je vous considère comme un ami, Alex. Je suis venu ici en ami. Et cette merde que vous vous tapez...

Il s'interrompt, secoue de nouveau la tête.

– Attention, comprenez-moi bien, c'est bien de le faire. On ne sait jamais, vous finirez peut-être par trouver quelque chose. Mais ce serait comme gagner à la loterie. Dans toute ma carrière, j'ai jamais vu ce genre de boulot payer. Jamais.

J'écarte les mains en signe de reddition.

– Je suis incapable de rester ici à ne rien faire.

– Vous prenez des notes ? me demande Schoffler. Dans des calepins ?

– Dans ce domaine, je suis votre disciple. J'en suis à mon cinquième. Mais je les ai lus et relus, je connais pratiquement par cœur ce que j'ai écrit. Je ne crois pas qu'il y ait une seule chose que je n'aie pas vérifiée.

– Je vais vous dire. Vous sortez acheter une pizza. Et quelques bières en plus feraient pas de mal. Pendant ce temps, je jette un coup d'œil à vos carnets...

Je hausse les épaules.

– D'accord.

A mon retour, nous devons débarrasser la table pour poser la pizza et je cherche des serviettes en papier. Cela fait si longtemps que je n'ai pas fait de courses qu'il n'y en a plus une seule dans la maison. Je finis par prendre deux serviettes en damas vert pâle dans l'armoire de la salle à manger où Liz rangeait notre linge de maison. Les voir, sentir le tissu sous mes doigts fait surgir une petite gerbe de souvenirs des occasions spéciales où nous les utilisions. Noël, Thanksgiving, les anniversaires des garçons.

Schoffler glisse l'extrémité d'une serviette sous son col, coupe une part de pizza et l'engloutit quasiment dans le même mouvement.

– Bon Dieu, grogne-t-il avant d'avaler une rasade de bière. Je me suis cramé le palais. Je fais ça à chaque fois. J'ai manqué la leçon sur la gratification différée.

– Kevin aussi se brûlait le...

Je m'interromps. Je saute toujours sur le poil de ceux qui parlent des garçons au passé... et je viens de le faire.

Schoffler hoche la tête, tapote le carnet numéro trois, qu'il a séparé des autres.

– Voilà ce que je suivrais, dit-il. Les Gabler.

– Les girls ?

– Les jumelles. Vous êtes allé aussi loin que vous pouviez avec les Sandling. A votre place, je m'occuperais maintenant de Carla et Clara.

– Mais ce sont des femmes ! Des adultes. Des danseuses de revue. Je ne vois pas comment...

– Sortez un peu de votre boîte quand vous réfléchissez. Je lis vos carnets, qu'est-ce que je vois ? Des jumelles qui ont disparu. Comme les enfants Sandling. Comme les vôtres.

– Sauf qu'elles ne sont pas revenues.

– D'accord, d'accord. Elles ont été tuées, alors vous ne voulez pas qu'il y ait un lien.

– Pas seulement tuées. Je ne me suis pas vraiment intéressé à cette histoire, mais je crois qu'elles ont été mutilées ou quelque chose comme ça.

– Quelque chose comme ça. Une raison de plus pour vous de refuser tout lien avec votre affaire. Moi, je dis qu'il y a une similarité et que vous devriez peut-être vérifier. Aller là-bas.

– A Vegas ? Pourquoi ?

– Parce qu'on peut flamber toute la nuit et que la bouffe est super, répond-il.

Il part d'un rire haut perché mais redevient aussitôt sérieux :

– Ecoutez, votre intuition vous poussant à suivre la piste des enfants Sandling était fondée, d'accord ? Des jumeaux...

– Mais ils avaient aussi le même âge que les miens...

– Là, vous vous lancez dans les suppositions. Vous avancez qu'il y a un lien parce que c'étaient aussi des gamins. Peut-être. Mais rien ne vous permet de l'affirmer. Et si le lien, c'était simplement la gémellité ? Ça m'a toujours paru bizarre, enlever deux gosses. Ça ne collait pas. Vous voulez récupérer vos mômes ? Gardez l'esprit ouvert. C'est peut-être une histoire de gosses, et c'est peut-être une histoire de jumeaux. Ou autre chose à quoi on pense même pas encore. Mais vos fils, qui sont des jumeaux, ont disparu, et les Gabler, qui sont des jumelles, ont également disparu.

– Je ne sais pas...

– Et alors ? Vous estimez que ce serait une perte de temps ? Vous avez mieux à faire ? Vous êtes sur une piste brûlante ?

Il a raison. Je n'ai rien d'autre à faire que rester enfermé ici avec mes e-mails et mes listes de numéros de téléphone.

– C'est une piste, argue Schoffler. Elle vous plaît peut-être pas, mais comme dit l'autre, si vous ne l'aviez pas, vous n'auriez pas de piste du tout. Combien d'autres cas de jumeaux disparus avez-vous dénichés dans vos recherches ? Un, les enfants Ramirez. Mais le gars qui les a tués s'est tué aussi. Rien à tirer de cette affaire. Deux, les filles Gabler. Trois, les Sandling. Enquêter sur les Gabler est peut-être une perte de temps. Mais peut-être pas.

– Je ne sais pas, répété-je.

Il prend mes carnets et les brandit comme il ferait d'une pièce à conviction au tribunal.

– Je les ai lus. Attentivement. La seule chose qui saute aux yeux – et c'est un avis de professionnel que je vous donne, après dix-huit ans de carrière –, la seule chose qui me semble *vraiment* intéressante là-dedans, c'est les Gabler. C'est la seule piste qui reste à explorer.

– Il s'agit d'une... d'une intuition ?

– Ne sous-estimez pas cette bonne vieille connerie.

– Si vous pensez que ça vaut la peine d'essayer... dis-je avec un haussement d'épaules.

J'en suis au stade de l'après-tout-pourquoi-pas, mais ce n'est pas si simple. J'accepte peut-être de faire le voyage à Vegas pour compenser ma grossièreté antérieure. Et Schoffler me fait peut-être l'article sur Vegas et les Gabler parce qu'il pense que cela me fera du bien de quitter la ville.

– En plus, c'est pour rien, là-bas, à cette période de l'année, ajoute-t-il. Et je suis branché avec la brigade criminelle du coin.

– Vous êtes branché partout, j'ai l'impression.

Il a une moue cynique mais je perçois derrière cette façade qu'il n'est pas mécontent de ma remarque.

– Ouais, je suis la compagnie du téléphone, marmonne-t-il. Pour l'utilité que ça a...

Il pousse un soupir, poursuit :

– Pas de plan d'évacuation, vous vous rendez compte ? On a une commission antiterroriste de haute volée et tout ce qu'elle a décidé jusqu'à maintenant, c'est le contraire d'une évacuation : la mise en place de barrières militaires autour de la ville. Pour empêcher les habitants d'en sortir.

– Les gens vont devenir dingues s'il y a une fuite.

– Oh, il y en aura. Je pourrais même rencarder le *Post* moi-même.

Il passe une main sur son front. Sous ce que, faute d'un meilleur terme, on peut qualifier de mèches, sa peau d'un blanc éclatant luit.

– J'ai un ami là-bas, reprend-il. A Vegas. Holly Goldstein. Il vous filera le dossier sur les sœurs Gabler.

– Holly ?

– Ha ! C'est le diminutif d'un surnom. Hollywood Mike Goldstein. Tout le monde l'appelle Holly. Je le préviens de votre arrivée.

21

Las Vegas. Je n'y avais encore jamais mis les pieds, ça ne s'était jamais présenté. Mais comme tout le monde, je pense, j'en avais une idée assez précise : moitié clinquante, moitié sordide. Il s'avère que ma Las Vegas imaginaire n'arrive pas à la cheville de la vraie.

Les premiers kilomètres au sortir du parking Avis de l'aéroport McCarran sont effectivement sordides, aussi délabrés que n'importe quelle portion mal famée de la Route 1. Motels fatigués et casinos pitoyables disputent l'espace à des chapelles de mariage miteuses et à des entreprises commerciales marginales. The Hearing Place. Leonard's Wide Shoes. The Laughing Jackalope. En fait, on ne parviendrait pas à inventer le Laughing Jackalope, il est trop minable. C'est un casino-motel tout droit sorti d'un film de série B. Son enseigne montre un lapin sinistre affublé d'un smoking vert se prélassant devant un éventail de cartes.

Je passe devant un panneau publicitaire géant proposant des *VASECTOMIES INVERSÉES PAR MICROCHIRURGIE*. (Il y a un marché pour ça ? En tout cas, le panneau donne quatre adresses.) Puis j'arrive au premier grand hôtel-casino, le Mandalay Bay, cuirassé d'or.

Il est immense, plus vaste que n'importe quel bâtiment de Washington, excepté peut-être le Pentagone. Et ce n'est que le premier d'une incroyable enfilade de mastodontes. Je demeure bouche bée en remontant le Strip dans ma Ford de location. Chaque hôtel est comme un parc à thème séparé, un décor de théâtre somptueux. Mandalay Bay, Luxor, New York New York, Paris, The Bellagio, Caesar's Palace... Un encadré sur le magazine de la compagnie aérienne de mon vol affirme que la lumière de la pyramide en obsidienne du Luxor est visible de l'espace. Les visages gigantesques de célébrités du cru trônent partout, sur des panneaux démesurés. David Copperfield, Lance Burton, Penn et Teller, Wayne Newton, le Cirque du Soleil, Céline Dion...

Lumières, enseignes, foules. Times Square shooté aux stéroïdes.

Je ne descends pas dans l'un de ces nouveaux palaces. J'ai obtenu par Priceline un prix cassé au Tropicana. Immense, lui aussi, mais, comparé aux établissements plus récents, il paraît presque petit. Je fais le tour pour me garer moi-même au parking et pénètre dans l'hôtel par le casino.

Qui est si bondé qu'on peut à peine avancer. Un plafond voûté composé de vitraux s'étire au-dessus de rangées interminables de machines à sous. Quatre femmes en robe à paillettes vert éclatant chantent et dansent sur une scène surélevée éclairée par des projecteurs. Des lumières s'allument, clignotent. Des musiquettes de Nintendo font entendre les bips et les *bong* incessants de mélodies en boîte, interrompues de temps à autre par la note d'agrément d'une cascade de pièces quand la machine paie. Tous les phénomènes populaires (films, sitcoms, célébrités, jouets en vogue, emblèmes ethniques, comptines) peuvent s'enorgueillir d'avoir leur machine à sous. Des chœurs de voix de fausset entonnent à intervalles réguliers des indicatifs : « Roue de la Fortune ! » « Starsky et Hutch ! »...

Le temps de parvenir à la réception, je suis prêt à mettre mes économies dans un caisson d'isolation sensorielle.

– Bienvenue dans la Grande Dépravée, me dit Holly Goldstein quand je le joins au téléphone. J'ai sorti les dossiers sur l'affaire Gabler. J'ai un moment de libre à trois heures, si vous n'êtes pas trop crevé par votre vol…

Je lui réponds que je peux venir.

– Alors, prenez un stylo. Les gens s'attendent à ce qu'on soit tout près du Strip ou dans la vieille Vegas, mais on est en dehors de la ville. En fait, sur le Strip, vous n'êtes même pas à Vegas. Vous êtes à Paradise.

– Tiens ?

– Ouais. Les promoteurs ont constitué le Strip en une juridiction séparée appelée « Paradise ».

– Vraiment ?

– Ouais. Du coup, on peut dire que la police de Las Vegas est loin du paradis. On nous a collés dans la banlieue, comme des dentistes. C'est à une demi-heure en voiture, selon la circulation.

Goldstein m'indique le chemin à suivre d'une voix sonore de présentateur de journal télévisé ou de commentateur de documentaire. Même son rire est melliflu, comme une sorte de gloussement liquide. D'après Schoffler, il était dans le show-biz, avant de se tourner vers les forces de l'ordre. Ce qui explique le « Hollywood ». Holly a joué dans une série policière, vingt ans plus tôt, et a entendu l'appel de sa véritable vocation.

A quatorze heures cinquante, après des kilomètres d'avenues commerçantes, je tourne dans ce qui ressemble à un complexe de bureaux. Les flics de Vegas n'ont même pas droit à un bâtiment à eux, ils partagent leur central avec la pédicurie *Au Bonheur des Pieds*, le salon de bronzage Bahamas et le pool de services nautiques. Finalement, je repère une grappe de camionnettes blanches portant l'inscription LIEU DE CRIME, des doubles portes barrées du mot CRIMINALISTIQUE et je me dis que je dois être au bon endroit. Un homme muni d'un souffleur de feuilles mortes arrête son engin pour m'écouter mais hausse les épaules quand je lui demande la criminelle. Son collègue, qui paille un buisson, tend le bras par-dessus son épaule.

– *Por aqui.*

A la réception, deux femmes tapent avec énergie sur le clavier de leur ordinateur. Derrière elles, le mur est orné d'une grande photo d'un lieu boisé, d'une guirlande à la mode champêtre, avec faux oiseaux et œufs, et de dessins d'enfants. L'une des employées s'enquiert de ce qui m'amène puis appelle Goldstein par l'Interphone et me prie d'attendre, avec un geste en direction d'une alcôve juste assez grande pour accueillir deux chaises. Je m'assieds face à une gravure encadrée d'un sentier de forêt. *YOU'LL NEVER WALK ALONE,* dit l'inscription en lettres dorées.

Goldstein est un grand type séduisant d'une cinquantaine d'années, chevelure argentée et sourcils d'un noir de jais. Nous nous serrons la main et il débite une sorte d'hommage à Ray Schoffler.

– Ses oreilles doivent siffler, conclut-il, mais je vous raconte pas d'histoires, ce mec, c'est quelque chose. La vieille école. Maintenant, on est bardés de technologie et c'est super. Nos dossiers sont dix fois plus épais qu'il y a dix ans, tellement on a de données. Et ça aide, surtout au tribunal. Mais pour résoudre une affaire ? Nan. Quelquefois, on se perd dans toute cette paperasse, ça joue contre nous. Prenez le 11 septembre, par exemple. L'information était là, mais perdue dans la masse. Un jour, Ray a résolu une affaire pour moi sur une simple intuition...

– C'est à cause d'une de ses intuitions que je suis ici.

– Ah, vous voyez, dit-il en inclinant la tête. Hé, Cindy ! crie-t-il à l'une des femmes. Sésame...

Je franchis derrière lui une porte métallique qui s'ouvre avec un bourdonnement électronique. Nous nous faufilons dans un dédale de petits bureaux, passons devant une équipe travaillant avec une énorme caméra et un micro sur perche. Apparemment, elle est en train de photographier un morceau de papier.

– Affaire non élucidée, m'informe Goldstein en désignant le cameraman. Ils sont en train de rassembler des documents.

On peut pas passer ces trucs au scanner, il faut préserver les originaux. Alors, on les photographie. Parce qu'on vient d'élire un nouveau shérif, lequel, dans sa campagne électorale, a promis de rouvrir les anciens dossiers…

– Comme l'affaire Gabler ?

– Toutes, en principe, répond-il avec un haussement d'épaules. Mais pour les Gabler, je sais pas trop. C'est une affaire orpheline, vous voyez.

– Qu'est-ce que vous voulez dire ?

Nous arrivons à une salle de réunion et Goldstein m'indique l'une des douze chaises disposées autour d'une table en bois.

– Je vous explique comment on travaille, ici. Premièrement, on a une région immense sous notre juridiction. Le comté de Clark et la ville de Las Vegas, un territoire plus grand que l'Etat du Massachusetts. Vingt-deux mille kilomètres carrés.

Il pointe l'index vers la grande photo par satellite de Las Vegas et des environs qui couvre tout un mur.

– Et elle grandit. C'est la ville qui a le taux de développement le plus élevé de tous les Etats-Unis. Ça représente un sacré boulot. On est censés s'occuper des affaires non élucidées dans les moments creux : une plaisanterie ici, les moments creux.

– Vous avez beaucoup de meurtres ?

– Moins que vous ne croyez. Environ cent cinquante homicides par an en moyenne. Et le Strip ne nous donne quasiment aucun travail. Les grands casinos ont investi dans la sécurité et ils sont très surveillés. Les touristes ne se font pas descendre, c'est vraiment rare. Et ils ne viennent pas non plus à Vegas pour se descendre entre eux. La plupart des affaires que nous avons sont les mêmes qu'ailleurs : maris et femmes, amants et maîtresses. Labos de speed, ventes de dope qui tournent au vinaigre…

– Mais les Gabler, pourquoi vous dites qu'elles sont orphelines ?

Il abat les mains l'une après l'autre sur les deux classeurs posés sur la table devant lui.

– Clara et Carla. Carla et Clara. Deux fois orphelines... ou il faut peut-être dire quatre fois ? Pour commencer, elles étaient vraiment orphelines, leurs parents sont morts dans un accident de voiture, du côté de Searchlight. Les filles avaient dix-sept ans.

– C'est terrible.

– Les accidents de voiture tuent beaucoup plus que les armes à feu. C'est même pas comparable ! Quarante mille victimes d'accidents par an aux Etats-Unis. L'équivalent de deux crashs de jumbo-jet par semaine. Bref, les Gabler étaient orphelines et leur affaire l'est aussi. Ici, chaque inspecteur est propriétaire de son dossier. Une fois qu'il a entamé une enquête, elle lui appartient. Le gars qui se chargeait des Gabler, c'était Jerry Olmstead. Il occupait le bureau voisin du mien, c'est pour ça que je sais autant de choses sur l'affaire. Jerry a tiré ses trente-cinq ans de service. Comme il faisait de l'hypertension et qu'il avait une femme nerveuse, il a pris sa retraite, il s'est installé à Lake Havasu. Un mois plus tard, jour pour jour, le palpitant qui lâche !

– Nom de Dieu.

– C'est comme ça que les Gabler sont devenues orphelines une seconde fois. C'est pas bon, quand une victime perd son enquêteur. On s'attache, vous savez. C'est votre affaire, votre bébé.

Goldstein se penche vers moi avec une expression pleine de ferveur.

– Je sais que ça a l'air d'une connerie mais nous, les inspecteurs, on a vraiment le sentiment de bosser pour les victimes. Alors... (il hausse les épaules) après le départ de Jerry, l'affaire Gabler n'avait plus personne pour la défendre. Comme c'est quand même une histoire à sensation, le collègue qui en a hérité la rouvrira peut-être, maintenant qu'on a un shérif qui bande pour les affaires non élucidées. Mais j'en doute. Sincèrement, j'en doute.

Je ne réponds pas. Je pense à la mutation de Schoffler à la commission antiterroriste.

– Pourquoi ce n'est pas vous qui avez hérité du dossier Gabler ?

– J'en voulais pas. Trop dur, comme affaire. Et j'étais débordé, de toute façon. A cause des Mongols.

– Des quoi ?

– Des Mongols. Une bande de motards. Ils faisaient la guerre aux Angels. Beaucoup de morts. Beaucoup de témoins à interroger. J'ai passé des mois au tribunal. Mais j'ai vérifié, c'est Pablo Moreno qui a le dossier, maintenant. Il est bon. Cette semaine, il témoigne à la barre, mais vous pouvez l'appeler sur son portable.

Holly me communique le numéro, que je note dans mon calepin.

– Donc, ce Moreno enquête sur l'affaire Gabler ?

– Non. Il la rouvrira peut-être, maintenant qu'on en reparle, mais je parierais pas là-dessus. Comme nous tous, il a des dizaines de cas non élucidés, et l'affaire Gabler part avec un handicap.

– Lequel ?

– Personne fait de ramdam. Quelquefois, vous avez un meurtre et, dix ans plus tard, le papa ou la maman vous appelle encore pour savoir où vous en êtes. Tous les jours, je veux dire. Mais pour les Gabler, personne fait de raffut. C'est plutôt le contraire.

– Comment ça ?

– L'affaire était si... macabre, vous voyez ? Et ces filles, elles bossaient sur le Strip. Enfin, deux rues derrière, mais pas loin, vous voyez ? Et le Strip, c'est ce qui nous fait vivre. Un crime horrible non résolu, c'est pas vraiment la publicité qu'on recherche.

Goldstein plisse le front et poursuit :

– A mon avis, le côté sensationnel des meurtres s'oppose à ce qu'on rouvre le dossier. Mauvais pour les affaires. Trop... viscéral, vous voyez ce que je veux dire ?

– Je crois, oui.

– Disons les choses comme ça : ici, à Vegas, on a des numéros avec des tigres mangeurs d'hommes, des voitures et des gens qui disparaissent, des grands huit qui vous flanquent une pétoche d'enfer. On a des girls à plus savoir qu'en faire. Tous les petits casinos – et même quelques restaurants – ont des serveuses canon qui tortillent des fesses et des nichons. Mais tout est... sous emballage. Les spectacles de magie, les attractions qui défient la mort : émotions sans commotions. Quant aux danseuses, elles sont aseptisées, elle aussi. Le sexe sans les fluides, comme a dit quelqu'un. Ce qui ne signifie pas qu'on n'a pas de call-girls ni de prostitution : c'est même légal, ici, bon Dieu ! Vous avez vu les distributeurs d'annonces de cul ?

– Ouais.

Holly fait référence aux boîtes métalliques installées à de nombreux coins de rue, à côté de celles qui proposent *USA Today* ou d'autres journaux, mais qui fournissent les coordonnées, avec photos, d'un grand nombre de prostituées de la cité.

Il secoue la tête et continue :

– Dans la plupart des villes, on trouve des journaux d'annonces immobilières dans ces distributeurs. Des maisons à vendre. Nous, on propose des putes à louer. Enfin bref, l'affaire Gabler, avec tout ce qu'elle avait pour rester à la une – des danseuses de revue assassinées ! –, elle est passée drôlement vite dans les pages intérieures...

– Mmm.

– Pas de famille, ça aide pas, je pense. En tout cas, l'affaire a disparu des médias.

– Donc, je peux consulter le dossier sans problème ? Moreno n'y verra pas d'inconvénients ?

Goldstein tend les bras et agite les mains en direction des classeurs.

– Ils sont à vous. Non qu'il y ait grand-chose dedans. Vous savez, pendant deux semaines, personne n'a signalé la disparition de ces filles.

– Bon Dieu.

– C'est Vegas, soupire-t-il. Des nouveaux qui débarquent tous les jours, d'autres qui s'en vont. (Il pose de nouveau les mains sur les classeurs.) Clara et Carla... Même quand leur coloc a commencé à se demander s'il leur était pas arrivé quelque chose, il s'est encore écoulé une semaine avant qu'on ait la preuve qu'il y avait eu crime. On ne les recherchait même pas. Les gens se disaient qu'elles étaient parties pour L.A. ou Maui, ou simplement rentrées chez elles. Elles n'avaient aucune famille, ça n'inquiétait vraiment personne qu'elles aient disparu. Pendant ce temps, la piste refroidissait. Deux semaines, c'est une éternité.

– Cette preuve... Vous parlez du randonneur qui les a trouvées ?

– Ouais. Le pauvre ! On a dû le ramener en hélicoptère et l'hospitaliser. Mais il les a pas trouvées, à vrai dire.

– Non ?

– Pas exactement. Pas toutes les deux. Il a juste découvert la moitié de Clara. La partie inférieure.

22

Goldstein a raison. Après avoir passé une heure le nez dans le dossier, je n'en sais pas beaucoup plus sur les meurtres que ce que j'avais appris par les médias.

La dernière fois qu'on les avait vues, les Gabler dansaient dans la revue topless du Blue Parrot. Le directeur du personnel de la boîte, un nommé Clay Riggins, avait laissé trois messages sur le répondeur des jumelles sur un ton de plus en plus irrité, puis il avait abandonné. Ces messages fournirent à la police une date probable de la disparition des filles. Et, non, Riggins n'avait pas appelé les autorités, il supposait qu'elles avaient quitté la ville ou dégoté un meilleur engagement ailleurs. Extrait de la déclaration de Riggins à Jerry Olmstead : « C'étaient de vraies jumelles, vous savez. Pas extra, mais elles apprenaient à se maquiller et elles commençaient à danser mieux. Elles offraient des possibilités… »

Tammy Yagoda, vingt-trois ans, girl au Sands, avait partagé l'appartement des Gabler. C'est elle qui avait signalé leur disparition. Elle ne les avait pas aperçues depuis deux semaines, ce qui coïncidait avec le premier jour où elles ne s'étaient pas présentées au Parrot. Tammy déclara à la police que la dernière fois qu'elle les avait vues, les jumelles allaient bien. Elles travaillaient au Parrot, elles prenaient des cours de danse et de diction. Comme Tammy avait plus ou moins emménagé avec son nouveau copain, Jaime, c'est seulement en allant à l'appartement prendre des vêtements qu'elle s'était rendu compte qu'il se passait quelque chose. La puanteur de la litière l'avait assaillie dès qu'elle avait ouvert la porte. Romulus et Rémus, les deux chats siamois des Gabler, mouraient de faim. D'après Tammy, les jumelles adoraient ces bêtes, jamais elles ne les auraient abandonnées comme ça. Elle avait aussitôt pensé qu'il leur était arrivé quelque chose.

Elle ne se trompait pas.

Red Rock Canyon est un site touristique très fréquenté, situé à une trentaine de kilomètres de Las Vegas. Une route panoramique bien indiquée conduit le visiteur à travers le désert du Mojave. Des formations rocheuses spectaculaires servent de toile de fond à la faune (mouflons, tortues du désert, onagres) et à la flore (cholla, manzanita, arbre de Josué) locales. La roche porte des pictogrammes et des pétroglyphes, œuvres d'Indiens paiutes vieilles d'au moins deux mille ans. Les touristes ne sont pas les seuls à aimer l'endroit, les gens du coin aussi. Il accueille quantité d'amateurs de randonnée, de VTT et de varappe venus de Las Vegas. Les brochures et les cartes encouragent cependant tout le monde à « ne pas laisser de traces ».

Josh Gromelski, crapahutant en solitaire dans une zone isolée derrière Icebox Canyon, tomba sur quelque chose qui était plus qu'une trace. Il avait escaladé les parois d'Icebox et pénétré dans la zone située derrière conduisant à un canyon beaucoup plus petit connu sous le nom de Conjure Canyon. Montant sans corde, il faillit dévisser quand, assurant sa prise et se hissant vers le haut, il se retrouva à un mètre des jambes et de la partie inférieure du torse d'un corps qui se révéla être celui de Clara Gabler. Gromelski avait un système GPS et un téléphone mobile dans son sac à dos. Il tint le coup assez longtemps pour signaler sa découverte macabre avant de se retrouver en état de choc.

Je vois parfaitement pourquoi. Les photos ont de quoi retourner l'estomac. Je me force à les regarder une seconde fois, bien que je ne sache pas pourquoi. Comme pour d'autres photos que j'ai vues – les piles de cadavres de juifs nus jetés dans des charniers, les corps boursouflés par les gaz à Jonestown, le soldat taliban gisant sur la route à la sortie de Tora Bora, le pantalon baissé, un pied-de-biche enfoncé dans le cul –, la première vision est ineffaçable. Comme pour d'autres scènes auxquelles j'ai assisté personnellement – le carnage au Kosovo, une femme enceinte décapitée –, certaines choses n'ont pas besoin d'un second regard.

La photo de la partie inférieure de Clara Gabler vient prendre sa place dans ce qui est devenu au fil des ans une galerie des horreurs installée dans ma tête, un endroit où de telles images – qu'on souhaiterait n'avoir jamais vues – sont gravées à jamais. Le tronc est sectionné au niveau de la taille, les jambes écartées, l'une d'elles légèrement repliée. La cavité supérieure forme une sorte de cuvette obscène dont les bords de peau et de graisse sous-cutanée enserrent une bouillie rouge montrant des marques de dents.

Malgré les dégâts faits par des prédateurs, la moitié inférieure de Clara Gabler ne s'est pas trop abîmée dans l'air sec du Mojave. Exception faite de la chair lacérée encore visible là ou le corps a été coupé en deux (des animaux sauvages ont prélevé les organes, selon le rapport des techniciens de scène de crime), les membres et l'amorce de torse font penser à une poupée brisée. Les jambes fuselées sont gainées de bas résille, les pieds – un peu tournés vers l'intérieur – sont encore chaussés de sandales en cuir à talons aiguilles. Une bande de tissu à paillettes dorées – comme le bas d'un maillot de bain deux-pièces mais déchiré et entortillé autour de la taille – couvre le début du torse.

L'identité du propriétaire de ces jambes et de ce torse ne fut établie que plus tard, même s'il ne fallut pas longtemps pour retrouver la partie supérieure de Clara Gabler, une fois que la police eut commencé ses recherches. Elle se trouvait vingt mètres plus loin, coincée dans une crevasse où, semblait-il, des coyotes l'avaient traînée. C'est la partie qui a un visage, avec des orbites aux bords mordillés à la place des yeux. La regarder est difficile : cette façon étrange dont le corps s'interrompt soudain, juste en dessous de la cage thoracique...

Carla fut retrouvée à cinquante mètres de distance, allongée sur le ventre dans une ravine. Selon les rapports de police, des oiseaux et d'autres animaux se sont nourris des deux corps pendant deux semaines environ avant que le randonneur ne les découvre.

Carla Gabler est morte d'une manière plus classique que sa sœur : une balle derrière l'oreille droite, comme dans une exécution. C'est presque un soulagement de passer aux photos de son dossier, et je dois faire un effort pour me rappeler qu'elle aussi a été assassinée de sang-froid. Le cliché la montre en costume de scène : bas résille, sandales à hauts talons, culotte à paillettes d'or, soutien-gorge incrusté de pierreries. Elle avait le visage contre un rocher quand on lui a tiré dans la tête. Entre la lividité, les prédateurs et l'orifice de sortie d'une balle de calibre 38, ce visage est méconnaissable.

Si les photos sont brutales, le texte n'offre aucun refuge. La prose sèche du rapport d'autopsie précise que Clara a été coupée en deux par une scie assez puissante pour briser la colonne vertébrale. La lame a pénétré dans les tissus mous de l'abdomen, un peu au-dessus du nombril, a sectionné l'intestin au niveau du duodénum, entre la deuxième et la troisième vertèbre lombaire.

Il y a pire, encore. Selon le médecin légiste, les blessures infligées au tronc ont précédé la mort, due à une exsanguination.

Le langage technique du compte rendu n'édulcore pas sa signification : Clara Gabler était vivante lorsqu'on l'a coupée en deux.

En d'autres termes, me dis-je, cette boucherie n'avait pas pour but de dépecer le corps afin de s'en débarrasser plus facilement. C'était un acte de sadisme.

Mais apparemment pas le résultat d'un crime sexuel. Aucune des deux femmes n'a été violée. En fait, selon le médecin légiste, il n'y avait aucune trace de rapports sexuels récents chez l'une ou l'autre. Divers documents des dossiers (interrogatoires de Yagoda, de Riggins, d'autres résidents des Palomar Appartments, où vivaient les Gabler, ainsi que de collègues du Parrot) explorent l'hypothèse selon laquelle les jumelles auraient un peu tapiné en extra.

– Hé, vous savez ce que c'est, me dit Goldstein. De vraies jumelles, des girls : une petite partie à trois pour aider à joindre les deux bouts, ça n'aurait étonné personne.

Mais, d'après Yagoda, ce n'était pas le genre des sœurs Gabler.

– Pas du tout, confirme Goldstein. Elles sortaient pas beaucoup, en fait. D'après Yagoda, ça les tracassait, même, cette drague parce qu'elles étaient jumelles. Elles avaient horreur que les gens fassent des plaisanteries sur une partie à trois. Ce qui arrivait, vous savez. Elles évitaient même les sorties à quatre.

Ce fut à Yagoda qu'on demanda d'identifier les corps. Elle déclara que lorsque les jumelles étaient en vie, elle les distinguait facilement l'une de l'autre, par leurs attitudes, leurs façons de parler. Mais là...

On parvint finalement à une identification formelle grâce aux dossiers dentaires. Les Gabler n'avaient pas de plombages mais Clara s'était ébréché une dent à l'âge de neuf ans et le dentiste lui avait fait un placage en porcelaine, ce qui permit aux enquêteurs de déterminer à qui appartenaient les corps.

En outre, les rapports l'établissaient clairement, même si les prédateurs avaient traîné les cadavres sur quelques mètres, les Gabler n'avaient pas été assassinées ailleurs puis jetées dans Conjure Canyon. Elles avaient été tuées non loin de l'endroit où on les avait trouvées.

Je parcours de nouveau les classeurs, d'abord Clara puis Carla, en prenant des notes. Je passe encore deux heures environ à examiner les photos atroces et les dessins, à lire tous les documents. Quand j'ai terminé, je me sens fourbu, j'ai la nausée. Et l'impression d'avoir perdu mon temps.

Je suis toujours à Las Vegas, et je sais qu'à mon retour Schoffler ne manquera pas de me demander à quoi j'ai passé mon temps. Je peux quasiment l'entendre me réciter la liste des démarches à entreprendre : interroger Tammy Yagoda, aller au Blue Parrot, puis sur le lieu du crime, découvrir d'où provenaient les costumes, etc.

Goldstein hoche la tête quand je lui en parle.

– Vous devriez voir aussi Chisworth. Barry Chisworth. Le médecin légiste qui s'est occupé de l'affaire. Un mec brillant. Il a probablement remarqué des trucs qu'il n'a pas mis par écrit.

– Quoi, par exemple ?

L'inspecteur hausse les épaules.

– Allez savoir. Une hypothèse sur l'arme utilisée, une intuition concernant le meurtrier. Mais rien qui soit étayé par des indices. Jouer aux devinettes, ça fait pas partie du boulot des légistes, et ils ne se lancent pas dans des suppositions dans leurs rapports. Pour une bonne raison : tout ce qu'ils mettent noir sur blanc a une bonne chance de finir au tribunal. Alors, ils font gaffe à se limiter à des remarques qu'ils peuvent soutenir par des faits. Mais ça les empêche pas d'avoir une opinion, bien sûr. Un bon médecin légiste comme Chisworth, il a d'ailleurs sûrement confié ses impressions à l'inspecteur chargé de l'enquête. En l'occurrence, feu Jerry Olmstead, malheureusement.

Je note le nom et le numéro de téléphone du légiste.

– Les costumes, vous pouvez les rayer, continue Goldstein. Je peux vous dire d'où ils viennent : du Parrot. Machin, là, Riggins, ça l'avait mis en rogne. Jerry n'en revenait pas. Un double assassinat parfaitement horrible… et ce mec pique une crise pour des costumes ! On a même cru qu'il allait demander à récupérer celui qui était intact…

– Et pourquoi elles portaient ces costumes ?

– Elles se rendaient probablement au boulot. Apparemment, elles préféraient s'habiller chez elles, se maquiller aussi. Elles aimaient pas trop les loges du Parrot.

La montre à affichage numérique de l'inspecteur émet une musiquette et il se lève en disant :

– Hé, faut que j'y aille.

Il me tend la main, je le remercie de son aide.

– De rien. Si vous avez besoin de quelque chose d'autre, passez-moi un coup de fil. Vous avez l'intention de vous rendre à Conjure Canyon ?

– Peut-être. Je ne vois pas trop ce que je pourrais y trouver.

Je ne lui dis pas ce que je pense, à savoir que je ne saisis pas l'intérêt de tout ça, que je ne vois aucun rapport entre l'affaire Gabler et mes fils, que Schoffler m'en a parlé uniquement pour me faire sortir de chez moi.

Je peux au moins le remercier pour ça. Maintenant que j'y ai mis fin, les longues journées et les longues nuits avec mes listes, les explorations obsessionnelles du cyberespace, tout ça m'apparaît comme de l'agitation dépourvue de sens. Un hamster faisant tourner sa roue.

– Dans l'évangile selon saint Ray, répond Goldstein, on se rend toujours sur le lieu du crime. On sait jamais comment il va vous parler.

Il récupère les dossiers, me regarde en plissant les yeux.

– Essayez pas de monter à Conjure Canyon avec vos godasses de ville. En fait, vous feriez bien d'engager un guide. Le terrain est accidenté, par là-bas. Et à cette période de l'année, vous avez intérêt à partir de bonne heure, sinon le soleil vous bouffera tout vif.

Holly n'avait pas tort, pour le soleil. Je dois laisser les portières de la voiture ouvertes et la ventilation à fond pendant cinq minutes avant de pouvoir toucher le volant. Je comprends pourquoi les gens du coin veillent à mettre des pare-soleil derrière leurs vitres. La chaleur est peut-être sèche, mais elle vous frappe comme un coup de poing. Je passe devant un thermomètre à affichage numérique : *40 °C*.

Retour au Tropicana, où un acrobate bulgare suscite quelques applaudissements en se tenant en équilibre d'une main sur une pile de briques. La plupart des clients, fascinés par les cliquetis des machines à sous, ne le regardent même pas.

Dans ma chambre, j'étoffe les notes que j'ai prises au poste de police et je dresse une liste de choses à faire :

1) le Blue Parrot : Riggins
2) Yagoda : la colocataire
3) le médecin légiste : Barry Chisworth
4) Conjure Canyon

Autant s'y coller dans l'ordre. Avec un peu de chance, je peux liquider les trois premiers points aujourd'hui et me rendre au canyon demain matin de bonne heure. Mais je ne suis pas optimiste. En tendant la main vers le téléphone, je dois reconnaître que la « seule piste qui reste à explorer », à en croire Schoffler, ne me paraît pas très différente de ma roue de hamster.

Deux jeunes femmes, de vraies jumelles, vêtues de tenues aguichantes. L'une coupée en deux, l'autre tuée d'une balle dans la tête. Schoffler est peut-être connu pour ses intuitions, mais cette fois il se trompe. Ça n'a rien à voir avec mes enfants. Impossible.

23

Le Blue Parrot n'est qu'à deux rues du Strip mais à plusieurs échelons, en termes de splendeur, des grands casinos. Même de l'extérieur, son côté miteux me saute aux yeux : quelques tubes fluorescents grillés de la gigantesque enseigne donnent au perroquet[1] de néon un air débraillé, comme s'il fondait, lentement mais sûrement.

Je confie les clés de la Ford au voiturier, un sexagénaire d'allure distinguée qui me remet en échange un ticket bleu vif accompagné d'une inclination austère du buste. L'idée me traverse que Las Vegas est l'ultime économie de services et qu'elle attire des quantités de types de ce genre, des retraités tirés à quatre épingles qui sembleraient plus à leur place dans un conseil d'administration.

A six heures du soir, seules quelques tables sont ouvertes, le rideau de scène est encore baissé et la salle presque déserte. Une poignée de courageux s'active sur les machines à sous mais, à cette heure-là, la plupart des clients sont venus pour le menu à trois dollars quatre-vingt-dix-neuf servi avant dix-neuf heures.

Une femme fatiguée en minirobe léopard soupire et me conduit au bureau du patron. Une boîte de trois mètres sur

1. *Parrot* en anglais.

trois, aux murs recouverts de fausses boiseries, avec une moquette magenta scrofuleuse et un bureau en aggloméré dont le placage commence à gondoler. Clay Riggins, cinquante ans, chauve, des yeux perpétuellement plissés de fumeur, a connu lui aussi des jours meilleurs, même si un gros clou en diamant à une oreille dénote une certaine aisance. Il est au téléphone, un Dr Pepper light à la main, lève la bouteille en guise de salut et continue sa conversation. Qui concerne l'entretien du bassin.

Je reste planté devant lui plus de cinq minutes en faisant le compte des canettes de Dr Pepper vides disséminées dans la pièce et en me demandant ce que Riggins pourrait bien m'apprendre. On ne sait jamais, me souffle Schoffler dans ma tête. Ce type, il vous dit quelque chose et, plus tard, vous faites le rapprochement avec autre chose.

Riggins finit par raccrocher.

– Désolé, s'excuse-t-il avec une petite grimace. Faut avoir l'œil à tout, maintenant. Bon, vous êtes là pour les sœurs Gabler ?

– Oui.

– Ça me dérange pas de vous parler mais je les connaissais à peine, ces filles.

– Elles ont travaillé pour vous pendant huit mois.

– Ouais, mais y a des tas de gens qui travaillent pour moi. Je ne les connaissais pas vraiment, ces deux-là, je ne savais même pas où elles habitaient.

Je ne sais pas trop quoi lui demander.

– Elles… elles étaient bonnes dans leur boulot ? Qu'est-ce qu'elles faisaient au juste, d'ailleurs ?

– On a un spectacle sur le thème des oiseaux. En gros, elles se baladaient dans leur costume, elles enlevaient le haut et elles secouaient leurs nénés avec une douzaine d'autres filles pendant que l'une des danseuses ou des chanteuses faisait son truc au milieu. Elles avaient pour elles d'être des jumelles et c'est à peu près tout.

– Mmm.

– En fait, elles étaient pas si girondes que ça, me déclare Riggins. J'arrêtais pas de leur dire qu'elles devaient travailler et arranger leur physique : un peu moins de nez, un peu plus de nichons. Après, je les mettrais un peu plus en valeur. Finalement…

Il a un geste de la main, lâche une bouffée d'air fataliste.

– Qu'est-ce que vous avez pensé quand elles ne sont pas venues travailler ?

– Ah ça, ça ne leur ressemblait pas, fait-il comme si l'idée lui traversait l'esprit pour la première fois. On pouvait compter sur elles, je dois le reconnaître. Elles avaient pas manqué un seul jour.

– Vous n'avez pas été surpris de ne pas les voir ? Vous n'avez pas pensé qu'il leur était peut-être arrivé quelque chose ?

Riggins fronce les sourcils, pousse l'air de ses mains comme pour me renvoyer aussi sec cette supposition.

– Non, on est à Vegas, mon gars.

– Alors qu'est-ce que vous avez pensé ?

– Vous voulez que je vous le dise ? J'ai pensé qu'elles étaient retournées dans leur patelin. Qu'elles avaient pris un boulot au Wal-Mart ou au Dairy Queen. J'ai pensé qu'elles étaient comme des tas d'autres filles ici, qu'elles espéraient rencontrer le prince charmant ou attirer l'attention d'un metteur en scène de Hollywood, le genre de trucs que ces nanas se mettent dans la tête. J'ai pensé qu'elles avaient peut-être fini par comprendre que ça n'arriverait pas et qu'elles avaient décidé de laisser tomber. Elles étaient un peu timides, elles n'avaient peut-être pas osé venir me l'annoncer. Voilà ce que j'ai pensé.

Il vide le reste de son Dr Pepper et hausse les épaules.

– Mais c'était peut-être pas ça.

– Qu'est-ce que vous voulez dire ?

– Tammy, leur coloc… c'est elle qui me les avait présentées. Une brave gosse, Tammy, elle travaille au Sands, maintenant. Bref, les jumelles lui avaient raconté qu'elles avaient décroché une audition, qu'elles avaient un autre boulot en vue.

Je me redresse : ça, c'est nouveau.

– Quelle audition ? Où ?

– Je crois pas que Tammy l'ait dit.

Tammy Yagoda vit avec son fiancé Jaime dans un immeuble neuf à une dizaine de kilomètres de la ville en direction du barrage Hoover. Leur salle de séjour n'est meublée que d'un grand téléviseur et d'un canapé rembourré.

– On vient d'emménager, s'excuse Tammy. Ça va être trop, hein, trésor ?

Elle adresse un sourire de plusieurs mégawatts à Jaime et lui demande de m'apporter un siège.

Il va chercher une vieille chaise branlante dans l'alcôve-salle à manger et se rassied à côté de Tammy. Ils sont quasiment collés l'un à l'autre sur le canapé pendant que nous parlons et essaient – vainement – de ne pas se tripoter.

– Tammy a repensé à tout ça un million de fois, me prévient Jaime. Elle ne voit pas ce qu'elle pourrait ajouter.

La danseuse lève vers lui des yeux enamourés – son champion ! – puis son visage s'assombrit.

– Je n'arrive toujours pas à y croire, me dit-elle. Elles étaient tellement gentilles. Des filles adorables.

Son joli visage se tord en une grimace quand elle murmure :

– C'est vraiment horrible.

Jaime la réconforte en la prenant dans ses bras et en la bécotant sur la joue.

– En quoi elles étaient gentilles ?

– En tout, répond Tammy. Toujours prêtes à rendre service. En plus... (coup d'œil au fiancé) elles étaient, comment, un peu... naïves.

– Elle veut dire qu'elles n'avaient pas d'expérience sur le plan sexuel, traduit-il.

– Jaime ! proteste-t-elle en lui donnant sur la cuisse une tape de petite fille.

– Hé, il t'a demandé, se justifie-t-il. Pourquoi ne pas dire ce que tu penses ? Moi, je ne connaissais pas ces filles, mais d'après ce que Tammy m'a raconté, elles étaient... un peu bizarres.

– Il a raison, approuve Tammy avec un soupir triste. Elles étaient tellement naïves. Par exemple, elles croyaient les types qui prétendaient ne pas être mariés.

– Elles ne savaient même pas ce que c'était qu'une turlutte, renchérit son fiancé. Tu as dû leur expliquer.

Nouvelle petite tape.

– Jaime !

– Enfin, elles vivaient sur quelle planète ? s'exclame-t-il.

– Donc, elles ne sortaient pas beaucoup.

– Oh non, répond Tammy. J'ai vécu avec elles près d'un an et elles ont peut-être eu deux rencards chacune. Attention, je ne dis pas qu'elles étaient vierges, mais pour elles il fallait être amoureuse pour faire l'amour avec quelqu'un, vous voyez. A Vegas, ça limite drôlement vos fréquentations. Elles avaient horreur des danses topless, elles étaient impatientes de s'en sortir...

– Pas d'anciens petits copains, pas d'admirateurs trop insistants ? Personne qui se serait entiché de l'une ou de l'autre ?

– J'ai fait la connaissance de Jaime une quinzaine de jours avant qu'elles disparaissent, répond Tammy et ça a été... (elle regarde son fiancé) le coup de foudre. Alors, elles ont peut-être rencontré quelqu'un pendant ces deux semaines, parce que j'étais très prise... (Là, gloussement de Jaime.) Mais d'après ce que je sais, il n'y avait personne.

Il lui caresse la cuisse et l'embrasse dans le cou. Je me sens dans la peau d'un voyeur.

– Des hommes les draguaient, reprend Tammy. Tout le temps. Mais elles ne ramenaient personne à l'appartement. Elles n'étaient pas comme ça. Et je leur avais appris à être prudentes. Pour rentrer du Parrot, vous avez un videur qui vous accompagne jusqu'au parking. Pour ça, ils assurent. Mais j'avais quand même dit à Clara et à Carla : « Ne montez jamais dans votre voiture sans avoir regardé la banquette arrière. » Toujours vérifier.

– Et un type avec un chien ? Un whippet ? Vous n'auriez pas vu quelqu'un comme ça ?

– Non. Clara avait peur des chiens. Elles aimaient les chats, toutes les deux.

Je demande si les Gabler étaient des mordues des fêtes médiévales.

– C'est quoi ?

– Des spectacles avec des chevaliers, explique Jaime. Genre Excalibur. Mon cousin Wilson m'a traîné dans un de ces trucs il y a deux ans. J'ai trouvé ça ringard, mais Wilson, il a adoré. Ouais, ça aurait pu leur plaire, aux jumelles.

– Non, je crois pas, le contredit Tammy. Elles n'étaient pas du style… historique. Quand même, elles sont allées voir *Harry Potter*…

J'interroge Tammy sur ce qui, selon elle, a pu arriver aux Gabler. Elle frissonne et se tourne vers Jaime.

– Je ne sais pas. Un cinglé, je pense. Je vois personne d'autre. Quelqu'un qui les a suivies du Parrot pour savoir où elles habitaient. Ça me fait peur, dit-elle en fermant les yeux.

Jaime partage ses craintes :

– Je ne l'ai pas laissée retourner à son appartement. Pas après qu'elle a trouvé les chats abandonnés comme ça. Même avant que les flics découvrent les corps, on se doutait qu'il était arrivé quelque chose aux filles.

– Pour les chats, c'est trop triste, se lamente Tammy. J'ai essayé de leur trouver un nouveau foyer, mais ils ont dû aller à la SPA.

Je ramène la conversation sur un autre point :

– Clay Riggins m'a parlé d'une audition. Vous étiez au courant ?

– Oui ! Et ça aussi, c'est trop triste ! Clara et Carla étaient tellement contentes. Elles se démenaient pour réussir : elles prenaient des cours de danse, des cours de diction, elles s'étaient fait blanchir les dents. Et au moment où ça allait payer...

– C'était une audition pour quoi ?

– Un spectacle de magie.

– Un spectacle de magie ? Vous n'en savez pas plus ?

Non, fait Tammy de la tête, avant de poursuivre :

– C'est arrivé deux jours après que j'ai rencontré Jaime. Clara m'en a parlé quand j'ai téléphoné pour leur dire où j'étais, parce que sinon, elles se seraient fait du souci. Elle pensait qu'elles tenaient enfin leur chance. Elle était tout excitée mais je l'appelais du boulot, sur mon portable, je n'ai pas eu de détails.

Ezme – « avec un Z » – Brewster, propriétaire et gérante des Palomar Appartments, m'accueille d'un « Salut ! » désinvolte. Elle doit avoir soixante-cinq ans, peut-être soixante-dix. Des lunettes de vue pendues à son cou au bout d'une chaîne en strass. Un boîtier de télécommande dans une main, une cigarette allumée dans l'autre. D'un geste, elle indique le téléviseur couleur installé dans un coin.

– Entrez, chéri, mais attendez une minute pour déclencher le tir. Je regarde mon émission...

Sur l'écran, Maury Povich annonce : « Nous allons le découvrir maintenant ! » La caméra se porte sur un jeune Noir dont la tête baissée révèle les rangées nettes d'une coiffure alambiquée puis passe à la photo d'un bambin souriant.

« Dans le cas du petit Devon, dit Maury, ouvrant une enveloppe, Donnel... vous êtes le père ! »

Une femme grassouillette se lève d'un bond, entame une sorte de danse de victoire, brandit le poing et injurie le jeune, qui fait maintenant une sale gueule. De petits nuages pixélisés couvrent la bouche de la femme qui débite ses insultes.

Ezme éteint le poste.

– Ça me bousille le cerveau mais bon, je ne vais pas résoudre le conflit du Moyen-Orient à mon âge, marmonne-t-elle en écrasant sa cigarette. Vous êtes là pour les sœurs Gabler ? En quoi je peux vous aider ?

– Je ne sais pas trop, à vrai dire.

Je lui explique qui je suis et pourquoi je m'intéresse aux meurtres de jumeaux.

– Mon Dieu, bien sûr. Je vous ai vu à la télé. Mon pauvre, vos petits garçons. C'est affreux. Et vous pensez qu'il y a un lien avec Clara et Carla ? Seigneur... Ces filles, c'étaient les meilleures locataires que j'aie jamais eues. Elles réglaient le loyer sans un jour de retard, elles tenaient l'appartement impeccable, elles ne recevaient pas d'hommes. J'étais à l'hôpital quand elles ont disparu. Déséquilibre des électrolytes ou je ne sais quoi. Si j'avais été ici, j'aurais prévenu la police tout de suite.

– Vous les voyiez régulièrement ?

– Tous les jours. Elles étaient casanières, c'est plutôt rare, dans cette ville.

Je lui pose les questions habituelles sur un homme de haute taille, un chien maigre, des fêtes médiévales. Elle secoue la tête : non, non et non. Pas à sa connaissance.

– Vous saviez qu'elles devaient passer une audition ?

– Oui, pour un spectacle de magie. Quel dommage ! Tous les efforts qu'elles faisaient pour s'améliorer, tout cet argent dépensé en leçons de ci et de ça. Et pour finir...

Elle pousse un soupir qui se transforme en quinte de toux prolongée.

– Vous avez des détails sur cette audition ?

– C'était pour un nouveau numéro. Il devait y avoir plusieurs semaines de répétition. Clara m'a dit le nom... (Elle regarde le plafond.) Je ne m'en souviens plus... Le Meressa Show... Maressa ? Malessa ? Quelque chose comme ça. L'audition devait avoir lieu au Luxor, je crois. Ou peut-être au Mandalay Bay.

Je lui demande si elle a une idée de ce qui est arrivé aux Gabler. Elle allume une cigarette avant de répondre :

– Un malade les a attirées à Red Rock et les a tuées pour le plaisir. Voilà ce que je pense.

– C'est l'hypothèse qu'on avance.

– Qu'est-ce que vous voulez que ce soit d'autre ? La police a fouillé dans leur passé et n'a rien trouvé. Ça n'a pas l'air non plus d'une histoire personnelle, vous voyez ce que je veux dire ? Non, c'est un dingue qui les aura tuées pour prendre son pied.

– Peut-être.

– Quand on regarde la télévision autant que moi, on a un bon aperçu de ce dont les gens sont capables. Entre la téléréalité et les informations, on est en train de rattraper les Romains. Sauf que quand on en sera à montrer des gladiateurs, une blonde atomique viendra interviewer le bonhomme avant qu'il entre dans l'arène. Et il remerciera tous ceux qui lui ont donné la chance de mourir devant les caméras. Son manager. Son coiffeur. Son entraîneur personnel.

– Je peux visiter l'appartement ?

– Trésor, il n'y a rien à voir. C'est un couple avec un bébé qui l'occupe maintenant.

– Et les affaires des Gabler ?

– J'ai laissé l'appartement comme il était pendant trois ou quatre mois. Les filles n'avaient pas grand-chose, et le peu qu'elles avaient ne valait rien, mais je n'arrivais pas à me décider à tout balancer. Finalement, la police a retrouvé une cousine dans le Dakota du Nord. Mais cette cousine, elle n'a rien voulu prendre. Pas une seule chose. C'est triste, non ? Elle ne connaissait pas vraiment les filles. Elle n'a pas voulu s'occuper non plus de l'enterrement. C'est l'Etat qui a dû payer. Finalement, j'ai donné ce qui pouvait encore servir au Purple Heart, ils sont venus avec un camion.

Je n'ai plus de questions. Je remercie Mme Brewster et je me dirige vers la porte mais elle m'arrête en posant une main sur mon bras.

– Mourir comme ça, dans leur petit costume, gémit-elle. Vous aussi, vous pensez que c'était une sorte d'audition, hein ?

– Comment ça ?

– Ce n'est pas votre avis ? Un fou s'est servi de leurs espoirs et de leurs rêves pour les attirer. Il leur a fait mettre ces costumes, répéter leurs rôles et puis...

Elle inspire une bouffée d'air, ce qui déclenche une autre quinte de toux. Elle ferme les yeux, remue les lèvres comme si elle récitait une prière silencieuse.

– C'est l'œuvre du mal.

Quand ma nuque n'est plus parcourue de frissons, je remercie à nouveau rapidement Mme Brewster du temps qu'elle m'a accordé.

Planté près de ma voiture, attendant que l'intérieur refroidisse, je me dis qu'Ezme Brewster a probablement raison : les jumelles ont passé une audition devant leur meurtrier. Et alors ? Je ne vois toujours pas le rapport que cela peut avoir avec Sean et Kevin.

En retournant au Tropicana, je trouve deux messages. Le premier est de Liz, voix haut perchée et désapprobatrice :

« Alex, qu'est-ce que tu fais à Las Vegas ? Rappelle-moi, s'il te plaît. »

Le second est de Barry Chisworth, le médecin légiste, qui déclare qu'il sera heureux de me rencontrer et laisse une série de numéros.

Ce n'est pas facile de parler à Liz, ces temps-ci. Elle sait que c'est injuste, elle essaie de travailler là-dessus avec son thérapeute, mais elle ne peut pas s'empêcher de rejeter sur moi tous ses sentiments négatifs. Elle en est à se sentir coupable d'avoir laissé les garçons venir chez moi... Ce qu'elle ne me reproche pas, elle se le reproche à elle-même, et le ravisseur des enfants n'entre même pas en ligne de compte. Elle a laissé Kevin et Sean venir. Si elle avait refusé... Si seulement elle m'avait autorisé à les emmener en vacances à la plage...

Je me force à décrocher le téléphone, compose son numéro.

– Allô ?

Sa voix est tremblante, incertaine.

– Salut.

– Alex, qu'est-ce que tu fabriques à Las Vegas ? Tu joues à la roulette ?

– Je suis une piste que Schoffler m'a suggérée.

– Vraiment ? Il n'est même plus sur l'affaire...

– Il n'a pas demandé à être muté. Il continue à s'y intéresser.

– Quelle piste ?

Je réfléchis à toute vitesse. Pas question de lui parler des Gabler. D'abord parce que je doute qu'il y ait un rapport avec les garçons ; ensuite, parce que ce qui est arrivé à ces filles est trop horrible et que je ne veux pas affoler Liz.

– Une fausse piste. Elle n'a mené nulle part.

– Alors, tu n'as rien à faire à Vegas. Mon père pense que tu devrais interroger les gens qui vivent près de Shade Valley Road. C'est probablement la...

– Liz, la police l'a fait. Plusieurs fois.

– Mon père est sûr qu'il faut recommencer ! glapit-elle, incapable de se contrôler. Je te rappelle que je compte sur ma pension, ajoute-t-elle d'une voix aiguë. Que tu travailles ou non. Je ne ferai pas les frais de ton voyage à Vegas. Je parle sérieusement, Alex. Tu as intérêt à ce que le chèque arrive à la date prévue.

Je me dis que cette garce amère n'est pas Liz. Pour échapper au sentiment de perte et à la terreur, elle se rabat sur la colère.

– Liz...

– Je ne plaisante pas, Alex. Ne me demande pas de te laisser un peu de temps. N'y songe même pas !

J'aimerais pouvoir lui faire la réponse parfaite qui la rassurerait et lui redonnerait espoir. Mais la plongée de ma femme dans cette amertume mesquine m'attriste tellement que je crains de craquer totalement si j'ouvre la bouche. Je raccroche.

Elle rappelle quatre fois, mais je laisse ma messagerie se dépatouiller de cette vague incontrôlée de fureur et de vitriol.

24

Sur sa suggestion, je retrouve Barry Chisworth au Rumjungle, un bar-restaurant sophistiqué au niveau inférieur du Mandalay Bay. Comme la plupart des autres restaurants devant lesquels je suis passé en chemin (French Bistro, Red Square...), le décor est à thème. Lequel exactement ? Je ne sais pas trop. Des rideaux d'eau cascadent le long des murs, des flammes dansent dans des fosses. Un fantasme de safari, je suppose. Avec des éléments aquatiques.

Chisworth est un type trapu d'une cinquantaine d'années avec des épaules surdéveloppées d'haltérophile. Il se laisse pousser une petite touffe de poils entre la lèvre inférieure et le menton.

– Merci de m'avoir donné une excuse pour sortir, me dit-il en m'écrasant la main. Je vis seul mais quand même..

Il rit de sa plaisanterie et je l'imite.

– Goûtez le mojito, me conseille-t-il. Le cocktail préféré d'Ernest Hemingway. Ça décoiffe.

Je m'en tiens habituellement à la bière, mais j'ai l'impression que Chisworth sera déçu si je rejette sa proposition.

– Pourquoi pas ?

– Deux autres méchants trucs, commande-t-il au barman avant de se tourner de nouveau vers moi. Donc, vous voulez en savoir plus sur les Gabler... Je précise tout de suite que notre conversation n'aura rien d'officiel. Ce que je vous dirai doit rester entre nous.

– C'est entendu.

– Une sacrée affaire. J'en ai vu beaucoup, mais celle-là... c'était quelque chose.

Il tripote sa mouche comme pour se rassurer et ce geste me rappelle la façon dont Sean touchait son doudou.

Sean. Quand je pense à l'un des enfants de manière inopinée, comme maintenant – et cela m'arrive cent fois par jour –, je sens une trappe s'ouvrir dans mon esprit. Au début, je tombais, je sombrais dans une sorte de désespoir. Mais, ces deux dernières semaines, la pensée de mes fils, de leur disparition ne m'estourbit plus comme avant. Je dois presque me concentrer pour retrouver mon sentiment de perte et l'idée me vient que quelque part, au fond de moi, je commence à m'habituer.

Le barman nous sert les mojitos et Chisworth choque son verre contre le mien.

– Santé. Vous savez, j'ai toujours pensé que le type qui a tué ces deux filles n'était pas l'homme d'un seul meurtre, si on peut dire. Vous avez trouvé quelque chose ?

– Mon intérêt est plus spécifique, dis-je.

Quand je lui explique qui je suis, il a une réaction de surprise.

– Quel rapport il pourrait y avoir entre vos fils et les Gabler ?

– De vrais jumeaux dans les deux cas.

– Des jumeaux, oui, mais évoluant dans des mondes très différents. Les Gabler étaient des girls. De gentilles filles, sûrement, mais elles dansaient les seins nus, quand même. On imagine mal que le dingue qui les a enlevées ait pu s'intéresser aussi à des gamins de CP.

Je hausse les épaules et il poursuit :

– Enfin, pour ce que ça vaut, une ou deux choses m'ont étonné.

– Vraiment ?

Chisworth se penche vers moi.

– Vous avez cette fille coupée en deux. Des bêtes l'ont boulottée pendant deux semaines, vous n'avez aucune chance d'établir quelle sorte d'instrument on a utilisé pour sectionner le torse. Vous pouvez présumer qu'il s'agit d'un objet tranchant, probablement métallique, mais c'est tout. A la barre, et donc par écrit, vous ne pouvez présenter que des preuves et des conclusions. En l'occurrence, les tissus étaient totalement déchirés, même l'os portait des traces de dents.

Mon cœur fait une embardée. Chisworth poursuit, comme si de rien n'était :

– Normalement, sur des plaies de cette ampleur, on devrait trouver des fragments de métal. Et ces fragments vous aideraient à réduire le champ des possibilités concernant le type d'instrument utilisé. Dans le cas de Clara Gabler, les animaux les ont avalés. Et ils ont également fait disparaître les éclaboussures.

– Deux semaines, c'est long...

– Sous un autre climat, les restes se seraient transformés en pudding, pas ici. En ce sens, j'ai eu de la veine, ils m'ont dit pas mal de choses. N'oubliez pas que des plaies, j'en ai vu beaucoup. Et j'ai pratiqué moi-même de nombreuses incisions. Si je ne peux pas en témoigner au tribunal, j'ai l'intime conviction qu'on a coupé Clara Gabler en deux avec une scie circulaire électrique. De gauche à droite en travers du torse. Une lame d'une bonne taille. Comme ça, environ...

Chisworth pose son mojito, écarte les mains d'une trentaine de centimètres.

– Assez tranchante pour sectionner l'os sans trop l'abîmer. Je dis ça parce qu'il y avait peu de fissures.

– Et ce modèle de scie, on peut se le procurer comment ? Ça s'achète dans le commerce ?

– Bien sûr. C'est une simple scie sur table. Mais pour se servir d'une telle scie dans la nature, il faut un générateur. Ou alors une courroie à l'ancienne pour la relier à l'arbre de transmission d'un véhicule. Et une plate-forme sur laquelle travailler. Tout ce matériel, il faut le monter là-haut, bien au-dessus d'Icebox Canyon. Avec un véhicule tout-terrain, ou un bon hors-route comme la Land Rover, on doit pouvoir y arriver. Ils sont interdits dans le secteur où on a découvert les corps mais bon, ce n'est pas comme si le Mojave était entouré d'une palissade. Et la montée est relativement facile en venant de la Vallée de la Mort. On a trouvé des traces de pneus, mais c'est justement ça, le problème : on a trouvé beaucoup de traces...

« Bon, j'en viens à ce qui m'a le plus étonné : pourquoi monter une scie circulaire, un générateur et une table là-haut ? Pourquoi attirer l'attention en enfreignant la loi avec un véhicule tout-terrain si vous avez l'intention de commettre un meurtre ? C'est ce que je ne parviens pas à comprendre. Pour mutiler quelqu'un, une tronçonneuse suffit.

Je vois ce qu'il veut dire.

– Alors, pour quelle raison quelqu'un se serait donné tout ce mal ? A votre avis ?

– Je ne vois pas, avoue-t-il avant de boire une gorgée de son cocktail. Bien sûr, comme celui qui a assassiné les Gabler est manifestement un cinglé, il n'y a aucune raison pour que ses méthodes soient logiques.

Je fais signe au barman de remettre une tournée.

– C'est bon, hein ? dit Chisworth.

J'approuve en pensant qu'il ne plaisantait pas vraiment en parlant d'excuse pour sortir.

Il évoque Hemingway et Cuba, son voyage à La Havane, me fait part de son opinion sur l'embargo. Il me faut un moment pour le ramener sur le sujet.

– Vous avez d'autres idées sur l'affaire Gabler ?

Il tire sur les poils de sa mouche.

– Oh oui. Et ça aussi, ça m'a drôlement pris la tête. Vous avez lu le rapport d'autopsie, non ?

– Je l'ai parcouru.

– Vous savez donc que cette fille, Clara, était en vie quand... quand ça s'est passé ?

J'acquiesce.

– On a retrouvé de la sciure sur son corps. Derrière les mollets, sur la nuque, les plantes des pieds, les doigts. De la sciure de pin. Mais aucune trace de lutte, pas de blessures aux extrémités des doigts, aux orteils.

– Un cercueil ?

– Possible. Le type avait peut-être l'intention de les enterrer et il a changé d'avis. Mais ce que je trouve vraiment bizarre, c'est ceci : Clara Gabler était vivante quand on l'a coupée en deux, et cependant je n'ai relevé aucune marque de liens. Pas d'abrasions, pas d'écorchures aux poignets ou aux chevilles. Rien non plus indiquant qu'elle se serait débattue, ou aurait cherché à se libérer : pas de peau, pas de terre ni de bois sous les ongles. Rien.

– Ce qui signifie ? Qu'on l'a droguée ?

– C'est ce que j'ai pensé mais je n'ai rien trouvé dans ce sens. On ne l'a pas attachée et on ne l'a pas droguée. Expliquez-moi comment il a fait pour la couper en deux. « Allonge-toi là, chérie. Bon, ne bouge plus, ça va être vite fini… »

Une pensée obscure commence à ramper au fond de mon esprit, mais je n'arrive pas à la saisir.

– Elle ne savait peut-être pas ce qui allait arriver…

– Peut-être, répond Chisworth. Mais je vous l'ai dit, j'ai fait toutes sortes d'analyses. D'abord, j'ai cherché des sédatifs, des opiacés, des tranquillisants. Rien. Pas de relaxants musculaires non plus. J'ai même cherché des produits paralysants. Rien. Zéro.

– Et l'autre Gabler ? Celle qui a été tuée d'une balle ?

– Exécutée. Purement et simplement. Etendue par terre, sur le ventre. Une balle dans la tête, l'arme juste assez loin du crâne pour éviter des saletés. Ça aussi, ça me dépasse, je peux vous le dire.

– Pourquoi ?

– La différence. Pour Clara, l'assassin s'est décarcassé, il a monté du matériel dans un endroit difficilement accessible.

Pour sa sœur, c'est tout le contraire. Pas de complications, pas d'histoires. Boulot, boulot.

Le médecin légiste termine son mojito et lâche :

– Etonnant, non ?

A sept heures le lendemain matin, je suis dans la voiture avec mon équipement : deux bouteilles d'eau, un écran solaire, une casquette des Orioles et des lunettes de soleil.

Ce troisième mojito était une sacrée boulette. Je continue à le regretter alors que je prends la direction du Tropicana Boulevard. La lumière dure du matin rebondit sur les courbes polies d'autres voitures et me fait cligner des yeux. Cela va un peu mieux quand je tourne à gauche dans Charleston et dirige la voiture plein ouest, loin du soleil. Je suis en route pour Red Rock Canyon, l'endroit où Carla et Clara Gabler ont été assassinées.

Je parcours des kilomètres d'un terrain plat comme une hostie. Si Dieu n'y est pour rien, Asplundh ou Caterpillar pourraient difficilement en dire autant. Rapidement, les lotissements actuels font place aux lotissements futurs, dont certains se réduisent à une étendue de terre passée au bulldozer et à un portail entouré de quelques cactus de belle taille. « Plus que quatre lots à saisir ! » C'est Boomville. Je l'ai vue se métastaser vers les montagnes environnantes sur la photo par satellite du bureau de Holly Goldstein.

A l'ouest, la croissance urbaine s'arrête juste un peu avant Red Rock Canyon, l'une des nombreuses zones protégées en direction de la Vallée de la Mort et de la frontière californienne. J'en découvre la beauté en m'approchant : une cuvette désertique, avec pour toile de fond un escarpement crénelé de grès rouge. Cinq dollars lâchés à la cabine (qui ouvre dès six heures) me donnent accès à la route panoramique de vingt kilomètres. La garde me remet une brochure qui contient des informations sur la flore et la faune, les entrées des pistes, et un peu d'histoire de la région. Il y a même une carte sommaire.

– Icebox Canyon ? répond-elle à ma question. Garez-vous au parking de la borne 8. Et emportez beaucoup d'eau. Ce ne sera pas une glacière[1], aujourd'hui.

Il y a déjà une voiture au parking, un pick-up Dodge avec deux mégaphones fixés sur le capot. Sur le pare-chocs, un autocollant proclame : *MON GOSSE EST PLUS FORT QUE VOTRE PREMIER DE LA CLASSE.* J'engloutis la moitié d'une bouteille d'eau, j'en glisse une autre dans la poche de mon pantalon cargo et je suis la pancarte jusqu'à l'entrée de la piste.

Un quart d'heure me suffit pour renoncer à l'idée de monter là où on a découvert les Gabler, à Conjure Canyon. J'ai fait pas mal de varappe dans le temps, mais beaucoup moins depuis que j'ai quitté l'université et plus du tout un an après la naissance des garçons. Je ne suis pas en état de suivre les pas de Josh Gromelski. Je n'ai pas de chaussures adaptées, pour commencer. Et s'attaquer en escalade libre à la paroi presque verticale d'Icebox est tout sauf conseillé pour quelqu'un qui n'a pas fait de varappe depuis des années.

Je pensais trouver un moyen de contourner l'obstacle mais, maintenant que je suis sur place, je me rends compte que le terrain est si accidenté que cela prendrait des heures. Il me faudrait des chaussures de marche, un sac à dos, et beaucoup plus d'eau. Je décide de me contenter de m'approcher suffisamment du lieu du crime pour m'en faire une impression générale.

D'emblée, deux choses me déconcertent. D'abord, je vois ce que Chisworth voulait dire. Si son intuition est juste, le tueur a dû hisser une scie circulaire et un générateur dans un endroit très difficile d'accès. Proche en outre d'une zone de randonnée fréquentée. Certes, la plupart des touristes n'empruntent probablement que le parcours standard, celui que reproduisent tous les guides : jusqu'au pied d'Icebox et retour au parking. Mais la zone qui entoure le canyon est très

1. *Icebox* : glacière.

prisée des amateurs de varappe comme Josh Gromelski. Cette partie du Nevada ne manque pas de coins sauvages : pourquoi avoir choisi un lieu recelant autant de témoins potentiels ? Et avec tous les fans de grand air de cette partie de l'Ouest, le meurtrier devait aussi savoir que quelqu'un tomberait sur les restes des Gabler. Tôt ou tard. Pourquoi ne pas avoir choisi un lieu tout aussi inaccessible et nettement moins fréquenté ?

Les vingt premières minutes, je traverse un désert plat, je passe devant des cactus chollas, des buissons d'immortelles jaunes et des arbres de Judée. La marche est relativement facile, mais le sol est rocailleux et je dois faire attention aux endroits où je pose le pied. Le terrain devient ensuite plus rocailleux encore et je me demande si j'ai suivi la bonne direction. C'est peut-être un parcours assez fréquenté, et de difficulté moyenne selon la brochure, mais la piste est mal indiquée. Ce n'est pas un parc national, me dis-je. C'est une zone désertique. Hardi, mon gars !

Plusieurs fois, je suis forcé d'escalader de gros rochers. A un moment, je dois rebrousser chemin parce que j'ai pris le mauvais embranchement et que je me retrouve devant une paroi à pic.

Dix minutes plus tard, je me tords la cheville. Cela me fait mal mais ce n'est pas grave. Un peu plus loin, le terrain devient si accidenté que je ne sais plus si je suis encore sur la piste.

Je prends plaisir à l'effort de la marche mais je me rends compte que je n'ai pas la forme et que je ne suis pas préparé. J'aurais dû engager un guide, ou emporter au moins une carte détaillée.

Le soleil posera problème avant longtemps. Derrière la fraîcheur temporaire, je sens la chaleur prête à me tomber dessus dès que je serai directement exposé aux rayons. Déjà l'air est plus chaud, et la lumière reflétée par les rochers agresse mes yeux par les côtés de mes lunettes noires.

Parvenu au pied d'Icebox, je profite de l'ombre et décide de grimper un peu en direction d'un rebord où un pin pignon se tord au-dessus de la pierre. C'est plus difficile que je ne le pensais, et quand je touche au but je suis hors d'haleine et content de m'asseoir. Un emballage chiffonné de tablette de chewing-gum Juicy Fruit niche entre les racines de l'arbre et quelqu'un a enfoncé quatre mégots de cigarette dans une fissure. Je bois une gorgée d'eau tiède et mords dans une Clif Bar.

Me voilà donc un peu mal en point, perché sur le flanc du canyon que Josh Gromelski avait choisi d'escalader. Je lève les yeux vers l'endroit où il a découvert les restes de Clara Gabler, mais le lieu de crime ne me « parle » pas, pour reprendre l'expression de Goldstein. Je finis ma Clif Bar en pensant : Et alors ?

Bon, le tueur a opté pour un endroit inaccessible. Il a coupé Clara Gabler en deux alors qu'elle vivait encore. Il a utilisé une scie circulaire. Il s'est donné beaucoup de mal pour monter du matériel jusqu'à un lieu écarté. Les filles ont passé une audition pour un spectacle de magie. Et alors ? Quel rapport avec Sean et Kev ?

Je ramasse le papier d'aluminium de Juicy Fruit et les quatre mégots, les glisse dans l'emballage de la Clif Bar et fourre le tout dans ma poche avec la bouteille d'eau vide. En redescendant vers le pied du canyon, je n'arrive pas à croire que je suis là, dans le désert, à la sortie de Las Vegas, cherchant… je ne sais quoi. Qu'est-ce que je fais ? Liz a raison. Ce n'est qu'une autre version de la roue du hamster. Je perds mon temps. Et mon argent.

Furieux contre moi-même, je descends un éboulis avec une précipitation imprudente, je saute d'un rocher à l'autre en prenant des risques, en me faisant mal aux genoux.

Et tout à coup, l'idée me frappe. Avec une telle force que je perds un moment ma concentration. Je pose mal le pied et je tombe. Je heurte un rocher, je parviens à me jeter sur une roche plate. Un atterrissage maladroit sur trois pattes m'écorche la peau des genoux. Je me retrouve allongé sur une corniche au-dessus d'un à-pic de six mètres. Je vois mes lunettes de soleil tomber en tournoyant, je baisse la tête et je ferme les yeux.

Je demeure un moment sans bouger, la roche chaude contre ma joue, des picotements dans les avant-bras. Cette sensation due à un reste d'adrénaline vient de ma chute, mais ma chute elle-même vient de la révélation que j'ai eue pendant ma descente précipitée.

Où a-t-on découvert les Gabler ?

Dans Conjure[1] Canyon.

Pour quoi passaient-elles une audition ?

Pour un numéro de magie.

Les photos de lieu de crime des corps resurgissent dans mon esprit, les parties supérieure et inférieure de Clara. Clara Gabler, coupée en deux. Avec une scie circulaire, présume Chisworth. De gauche à droite en travers du torse.

En d'autres termes, pas coupée en deux. Sciée en deux.

Elles étaient sur scène. Voilà pourquoi elles portaient leur costume. C'était une représentation.

Pendant laquelle Clara a été sciée en deux. Le sang qui a coulé de la boîte était réel, les cris n'étaient pas feints, c'étaient de vrais hurlements de douleur et de terreur. Vous sciez une femme en deux et puis elle réapparaît, les deux moitiés réunies comme par magie. Bien sûr, il y a un truc.

Sauf qu'en l'occurrence, le truc, c'est qu'il n'y avait pas de truc. Il y avait un double. Une sœur jumelle.

Assis au bord de la corniche, je contemple le désert, le sol pierreux qui s'étend en direction du Strip. J'extirpe des gravillons de ma paume écorchée en faisant de mon mieux pour rester concentré sur les Gabler. Ezme Brewster avait raison. C'était un numéro. Un spectacle vivant.

Je me lève, la cheville douloureuse, les genoux ensanglantés. J'ai la bouche sèche, mal à la tête. Le monde se met à

---

1. *To conjure* : faire des tours de passe-passe.

trembloter devant moi. Je suis déshydraté. Je cligne des yeux dans la lumière, je cherche la meilleure façon de descendre, je commence à marcher.

Mais bouger n'empêche pas les idées de se télescoper sans arrêt dans ma tête. Je ne parviens pas vraiment à repousser le souvenir des enfants Sandling me racontant que leur ravisseur faisait des tours pour eux. Quel genre de tours ? Des tours avec des cartes et des pièces. Des tours de magie.

Faire des tours de cartes. Scier une femme en deux.

Avec des jumelles. Avec des jumeaux.

Titubant vers le parking, j'ai l'impression d'être un aveugle au bord d'un précipice. Je tente de m'accrocher à la confusion de mes pensées et d'ignorer le pressentiment qui me frappe tandis que je descends vers le pin pignon.

Mais lorsque j'arrive à la voiture, que je baisse les vitres, que je me tiens dehors dans la fournaise, je ne peux plus résister. Le lien est ténu en surface mais, au fond de moi, je sais que l'intuition de Schoffler était fondée : il y a un rapport entre les Gabler, les Sandling et mes fils, et ce rapport, c'est la magie.

Pour la première fois depuis que les garçons ont disparu, j'ai une idée de ce qui les attend peut-être et cela me plonge dans le désespoir. Si j'ai raison, si l'homme qui les a enlevés est celui qui a tué les sœurs Gabler, le Joueur de Flûte n'est pas seulement un assassin, c'est un sadique. Pas seulement un sadique mais un homme de spectacle doué pour égarer et faire souffrir.

Mes fils sont un matériau brut pour un artiste en meurtre.

25

Je téléphone à Schoffler pour lui annoncer qu'il a vu juste, qu'il y a bien un lien entre les Gabler et mes fils. Je veux en discuter avec lui, lui demander son avis, mais il s'avère qu'il est en France, pour une conférence sur la sécurité. Je laisse un message.

Je devine cependant une partie de ce qu'il m'aurait conseillé : pendant que je suis à Las Vegas, je dois essayer de savoir si le Joueur de Flûte y a travaillé comme magicien, et suivre toutes les autres pistes locales que je pourrais trouver.

Je découvre rapidement que si c'est de la magie qu'on cherche, c'est à Vegas qu'il faut aller. En trois jours, j'ai vu plus de tourterelles et de bougies allumées se matérialiser et disparaître que je ne peux en compter. Quasiment de la routine : un type en smoking claque des doigts, un pigeon, un canard – ou une oie ! – surgit de nulle part et se met à voleter. Ou bien il retourne un haut-de-forme, tape dessus pour montrer qu'il est vide, ou fait même venir un spectateur pour qu'il glisse une main à l'intérieur. Puis, il agite sa baguette et hop ! un lapin. Un vrai lapin, qui saute sur la scène, éberlué.

J'ai vu des écharpes, des cordes et des feuilles de papier déchirées étonnamment ramenées à leur état initial par le truchement de quelques paroles magiques. J'ai assisté à des orgies de télépathie, d'évasions miraculeuses, de lévitation, à des dizaines de transformations : un morceau de papier en oiseau, une balle en lapin, une poupée en femme, une corde en serpent.

J'ai vu des beautés tout en jambes disparaître puis resurgir, pomponnées et souriantes, d'endroits inattendus : le fond de la salle, par exemple. Les Girls de la Magie – topless en soirée – du San Remo, par exemple, sont exactement ce que leur nom laisse présager : des filles superbes aux longues jambes faisant des tours avec des cartes, des pièces de monnaie et des lapins.

Après le spectacle, on peut acheter dans une boutique un souvenir de l'illusionniste qui a donné la représentation, ainsi que des boîtes de tours de magie classiques, des affiches, des biographies d'Houdini, des livres sur la magie.

Dans ces boutiques, je montre mes portraits-robots du Joueur de Flûte aux vendeuses et aux caissières, qui font des tours de passe-passe en rendant la monnaie. J'explique que l'homme du portrait est un magicien, est-ce qu'elles l'ont déjà vu ? Deux d'entre elles pensent que oui, mais aucune ne peut fournir un nom ou situer son souvenir.

Je m'offre une bière avant le spectacle de Lance Burton quand un homme barbu s'approche de moi.

– Boyd Veranek, se présente-t-il. Avec un V. Ravi de vous rencontrer. Regardez ça...

J'ai compris : il va me faire un tour de magie. Je n'ai pas envie de lui servir de public mais la salle est bondée et, à moins de me montrer particulièrement grossier, je ne peux pas y échapper. De ses deux grosses mains, il forme une coupe puis les écarte lentement. Entre ses paumes, une rose en papier tremblante reste en suspension dans l'air. Brusquement, il ramène ses mains en arrière et la fleur descend vers le sol en flottant. Il la rattrape par la queue et me l'offre avec une légère inclination du buste.

Elle est faite avec une serviette en papier annonçant le spectacle de Lance Burton, pétales ingénieusement festonnés, queue en papier roulé serré. Veranek me regarde d'un air radieux.

– Vous venez de la faire ? Pas mal du tout.

– Ça marche mieux avec les dames, je crois, dit-il avec un sourire. Hé, je vous ai vu aux Girls de la Magie, je vous ai vu au Penn et Teller, vous devez être un confrère illusionniste, je me trompe ?

– Pas exactement. Vous, vous l'êtes, de toute évidence.

– On peut dire ça. Je suis ingénieur en retraite. Je pratiquais la magie en amateur, mais c'est devenu un second métier. Je fais les anniversaires d'enfants, les bar-mitsva, les croisières et salons professionnels. Ça aide, étant donné ce qui est arrivé à mon portefeuille boursier. Ça, c'était un vrai numéro de disparition !

Il rit et je me joins à lui.

– Si vous n'êtes pas magicien, qu'est-ce que vous êtes ? Un fan de magie ?

Je réponds que je suis détective privé, que j'enquête sur un meurtre. Je ne parle plus de mes enfants si je peux l'éviter, afin de prévenir la scène qui suit à chaque fois la révélation de mon cauchemar. L'expression obligatoire de sympathie fait place à la fascination puis à une répugnance à peine voilée. La fascination est facile à comprendre : elle ressortit à l'instinct qui nous pousse à contempler les accidents de voiture. La répugnance est similaire à celle que les malades du cancer ou les handicapés doivent rencontrer : même si ces coups du sort ne sont pas contagieux, les gens ont peur. Il m'est arrivé une chose horrible, personne ne veut attraper ma malchance.

– Un meurtre ? fait Boyd Veranek, qui plisse les yeux comme s'il se demandait si je plaisante ou non. Et c'est votre enquête qui vous amène dans tous ces spectacles de magie, si ce n'est pas indiscret ?

– Je crois que le meurtrier est magicien.

– Mince. La profession dégringole. C'est un pro ? Un amateur ?

– Je ne sais pas, mais j'ai des portraits-robots. Ça vous dérangerait d'y jeter un coup d'œil ?

– Pas du tout.

Veranek examine les portraits, secoue la tête.

– Le meurtre a été commis ici. A Vegas ?

– Pas loin. C'était il y a trois ans. Les danseuses retrouvées dans Red Rock Canyon. Vous en avez peut-être entendu parler.

Il plisse le front, mais le souvenir de ces meurtres a été balayé par des violences plus récentes.

– Moi, j'assiste à ces spectacles pour voir si je peux glaner un nouveau truc ou deux pour mon numéro ; vous, c'est pour traquer un tueur. Waouh.

Je confirme d'un signe de tête.

– Si vous voulez vous renseigner sur la magie, c'est Karl Kavanaugh que vous devez voir, poursuit-il. Il habite Vegas et il sait tout.

– Qui est-ce ?

– Un magicien, bien qu'il ne pratique plus beaucoup. Il travaille pour Copperfield, qui a un musée de la magie ici.

– Vraiment ?

– C'est un musée privé, mais pour en revenir à Karl, il connaît la magie de A à Z. C'est le magicien des magiciens. Il pourrait vous aider. Ou peut-être même reconnaître votre type.

– Vous avez son numéro ?

– Pas sur moi. Il est probablement dans l'annuaire. Karl, avec un K, Kavanaugh, avec un K aussi. Sinon, téléphonez-moi, je suis au Luxor. Veranek, avec un V.

– D'accord. Merci beaucoup.

Le spectacle doit commencer dans quelques minutes et la foule se dirige vers la salle. Je m'apprête à faire de même quand Veranek me colle son verre dans les mains.

– Voilà ma femme. Vous pouvez me tenir ça une seconde ?

Il triture son programme en remuant très rapidement les mains. Quelques instants plus tard, une femme aux traits doux fend le flot des spectateurs et apparaît près de lui.

– Il y avait la queue au pipi-room des petites filles, dit-elle.

– Tu arrives juste à temps, lui répond-il. Oh, mais qu'est-ce que tu nous rapportes de là-bas ? Ça doit venir de la tuyauterie...

Il cueille quelque chose sur l'épaule de sa femme et le prend au creux de sa paume. C'est une grenouille accroupie, ingénieusement façonnée, qu'il parvient à faire sauter je ne sais comment.

– Boyyyd ! s'exclame l'épouse avec des gloussements d'adolescente.

Je fixe l'animal, qui me rappelle fortement le lapin origami que j'ai trouvé dans la chambre des enfants.

Je me sens saisi d'un accès de paranoïa. Ce type m'a abordé, ce n'est pas moi qui suis allé lui parler. Il ne ressemble absolument pas au portrait-robot du Joueur de Flûte, mais il est grand. Il fait des animaux en papier plié. Il fait des tours de magie. Je m'entends dire :

– C'est étonnant, cette grenouille. Vous êtes vraiment fort.

– Non, je suis rouillé. Je travaille surtout avec des ballons de baudruche, maintenant. L'origami est passé de mode. C'est dommage, en un sens. Il y avait une longue tradition de pliage dans la magie. Cela va de soi, non ?

– Que voulez-vous dire ?

– Pour commencer, le pliage requiert de l'adresse et les magiciens sont au moins habiles de leurs mains. Par ailleurs, c'est une transformation. Quelques plis et vous faites d'une feuille de papier plate un oiseau. Cela plaît aux gens. Mais on ne voit plus beaucoup de pliages, de nos jours. C'est des ballons partout.

Avec un sourire, Veranek conclut :

– L'idée est la même, cependant.

Je sens une pression dans ma tête, comme si j'étais sous l'eau.

– Vous pouvez fabriquer un lapin ?

– Boyd, je ne veux pas rater le début du spectacle de Lance, plaide la femme.

– Ne t'inquiète pas, chérie. Je peux faire un lapin en trente secondes chrono, la rassure-t-il.

Avec une dextérité impressionnante, il déchire le dos de son programme et quelques secondes plus tard, il l'a transformé en un mignon petit lapin. L'animal ne ressemble pas du tout à celui de la chambre des garçons. Je me dis que cela ne prouve rien, pas vraiment, mais mes soupçons à l'égard de Boyd Veranek se dissipent.

Les lumières du foyer se mettent à clignoter.

– C'est stupéfiant, dis-je en admirant le lapin perché sur le dos de la main de Veranek.

– Boyd, viens, insiste sa femme.

Il s'incline et, sans que je voie comment, fait disparaître le lapin.

26

Karl Kavanaugh est effectivement dans l'annuaire et je m'arrange pour le rencontrer le lendemain matin. Il suggère le Peppermill qui, m'explique-t-il, se trouve dans la partie supérieure du Strip, en face de Circus Circus.

Le restaurant occupe un bâtiment à toit de bardeaux des années soixante-dix qui semble accroupi entre ses voisins plus massifs. A l'intérieur, de faux cerisiers ombragent des banquettes de velours bleu.

Kavanaugh m'attend près de l'entrée, grand homme gracieux en costume bleu. Au téléphone, il m'a donné son signalement : « J'ai plus de soixante ans, je porte des lunettes de soleil d'aviateur. » Nous nous serrons la main. La sienne est large et puissante, avec de longs doigts.

– Boyd aime en rajouter, mais je ne suis pas le magicien des magiciens, précise-t-il d'emblée. Je préfère revendiquer le titre d'étudiant en magie.

Une jeune femme nous conduit à une table. Elle est vêtue d'une jupe plissée courte et d'une blouse blanche, version érotisée de l'uniforme des écoles de filles catholiques.

– Vous donnez votre spectacle ici à Vegas ?

– Non, je suis à la retraite, plus ou moins. Je suis venu ici... parce que j'ai suivi la profession.

– Comment ça ?

– Certaines activités ne bougent pas, géographiquement parlant. Le cinéma, par exemple, ou peut-être la sidérurgie, la construction navale. Mais la magie ne cesse de changer de capitale. En ce moment, c'est Vegas.

– Et avant ?

Ses yeux s'illuminent.

– Au début du vingtième siècle, c'était New York, ce qui se comprend. Les théâtres étaient là-bas, les imprésarios, les critiques, les boutiques de magie, les music-halls. Sans parler d'un public très nombreux. Rappelez-vous, le cinéma n'existait pas encore, le spectacle vivant était le seul spectacle. Alors vous aviez des gens comme Houdini, qui attirait des foules immenses. Comme ses rivaux et imitateurs. Il n'y avait alors ni copyright ni marque déposée, et les Howdini, les Hondini et les Houdin pullulaient. Eux aussi attiraient les foules.

– Howdini ? Vous plaisantez ?

– Pas du tout. C'est la raison pour laquelle la publicité de l'époque jouait beaucoup sur des formules comme « le seul et unique » qui établissaient l'identité de l'artiste. Le véritable ! L'authentique ! Il y avait de la place pour tous ces rivaux parce que la magie florissait. Puis le cinéma s'est développé et le music-hall a commencé à dépérir. Beaucoup de numéros de magie ont été du naufrage.

– Pourquoi ?

– La magie n'a pas su s'adapter au film. Le grand écran ne lui convient pas. Et la télévision non plus, on l'a vu plus tard.

– Mmm.

– Alors, l'épicentre de la magie s'est déplacé à Chicago. Dans les années vingt, c'était là que toutes les voies ferrées se rencontraient, le foyer loin du foyer d'une multitude de représentants de commerce. Les magiciens ont trouvé un second souffle avec les salons professionnels… qui sont probablement encore aujourd'hui les plus gros employeurs d'illusionnistes.

– Les salons ?

— Absolument. Parce que ce sont essentiellement des spectacles vivants. Vous voulez attirer l'attention sur votre stand ? Rien de tel qu'un magicien. Les gens s'arrêtent et regardent.

— A part Vegas et les salons professionnels, quelles autres possibilités sont offertes aux magiciens ?

— Les croisières leur fournissent pas mal de travail. Les fêtes d'anniversaire, aussi, les bar-mitsva, les maisons de retraite...

Je commence à prendre des notes. Autant de pistes à suivre en montrant le portrait-robot du Joueur de Flûte.

— Et les fêtes Ren, ajoute Karl. Elles emploient beaucoup de magiciens.

— Les quoi ?

— Les fêtes Renaissance. Très populaires.

C'est l'un de ces moments où le passé s'abat sur moi. Ma tête s'emplit de scènes de la journée au parc d'attractions : Sean penché sur son décalquage, l'expression légèrement inquiète de Kevin fixant le faucon perché sur le poing ganté de cuir de son maître...

Je m'efforce de me concentrer sur mes notes.

Karl a dû remarquer un changement sur mon visage car il me demande si ça va. Je marmonne quelque chose sur le décalage horaire et il reprend son voyage dans la magie :

— Les magiciens se sont donc regroupés à Chicago pendant un bon moment, de 1930 à 1962, disons, puis le centre s'est déplacé à L.A.

— Pourquoi à L.A. ?

— Un prestidigitateur connu y a acheté un vieil hôtel particulier et en a fait un night-club. Il l'a appelé *Le Château Magique.* Le Château a attiré de plus en plus de magiciens sur la côte Ouest, et L.A. est devenue la nouvelle Mecque de la magie.

— Qui était ce magicien ?

— Mark Mitchell. Son nom ne vous dit probablement rien.

Je confirme.

— Cela illustre bien le déclin de notre art, commente Karl en secouant tristement la tête. Pour un étudiant en magie comme moi, cette perte de statut est tout à fait nette.

– Pourtant, la magie semble être très appréciée, ici.

– Peut-être, mais c'est une anomalie. Si l'on remonte dans l'histoire, cependant, la magie était le plus noble des arts, avec des praticiens célèbres dans le monde entier. Autrefois, les spectacles de magie inspiraient la crainte et l'émerveillement. Cette époque est révolue, hélas. Aujourd'hui, le mot « magie » ne garde son sens fort que lorsqu'on l'utilise pour décrire autre chose.

– Que voulez-vous dire ?

– Si une œuvre d'art est « magique », si un repas est tellement succulent qu'on qualifie le chef de « magicien », l'éloge est de taille, certes. Mais la magie elle-même n'est plus considérée comme un art, on n'y voit qu'une série de trucs à deux sous... ou d'illusions mises en scène avec plus de moyens.

– Vous avez raison.

– Les grands personnages de son histoire sont presque tous oubliés. Comme Mark Mitchell, du Château Magique. Avez-vous entendu parler de Dai Vernon ?

Non, fais-je de la tête.

– Un simple test : à part Houdini et les gars qui travaillent aujourd'hui à Vegas comme Copperfield, donnez-moi les noms de quelques magiciens célèbres du passé.

– Voyons... Mark Mitchell et... Karl Kavanaugh !

Il part d'un rire sonore qui me le rend sympathique.

– Tout ça ne doit pas vraiment vous passionner mais j'arrive à la fin. New York, Chicago, L.A., résume-t-il en comptant sur ses doigts élégants. Et puis vers 85, quand Vegas a vraiment démarré, la magie s'y est installée.

– Pourquoi Vegas ?

– Parce que la magie donne le meilleur d'elle-même dans les spectacles vivants et Vegas est curieusement le seul endroit du pays où les représentations sur scène sont florissantes. Pas seulement le théâtre mais la musique, la danse... et la magie. C'est pourquoi j'ai parlé d'anomalie.

Je réfléchis à ce que Kavanaugh vient de dire, je songe aux panneaux géants faisant la publicité de vedettes défraîchies dont je n'ai jamais entendu parler.

– Comment expliquez-vous ça ?

La serveuse s'approche de notre table. Kavanaugh commande un jus de citron, je prends un sandwich mixte et un café.

– Attention, me prévient-il. Ici, les sandwiches sont pareils à des porte-avions...

– Monsieur Kavanaugh, votre ami a peut-être un meilleur appétit que vous, le gronde la serveuse.

– Je vous aurai averti. Où en étions-nous ?

– Vous m'expliquiez pourquoi la magie est si populaire ici.

– Exact. Pas seulement la magie, tous les spectacles vivants. Les gens ne peuvent pas jouer tout le temps aux machines à sous, et de même que personne ne vient à Vegas pour acheter un billet de loterie, personne n'y vient pour aller dans un multiplexe. C'est un endroit unique. Regardez les grands hôtels. Ils n'ont pas besoin d'enseignes, ils *sont* des enseignes. Comme les décors hollywoodiens, ils offrent une toile de fond devant laquelle les touristes et les congressistes jouent leur rôle. Le vieux type de Scranton, le couple de Huntsville viennent à Vegas et deviennent soudain les vedettes de leurs propres films. Le clinquant est partout et eux aussi. Parce qu'ils ne sont pas seulement à Vegas, ils sont aussi au Caire, à Paris, à Venise et à New York New York... Mais avec des girls, des machines à sous et des boissons gratuites. Ils paient pour voir des spectacles vivants parce que c'est ce qu'on fait à Las Vegas.

Kavanaugh écarte les mains en un geste théâtral.

– Les dames aiment ça. Et la magie est populaire parce qu'elle marche formidablement bien sur scène.

Il se penche vers moi avec un sourire timide.

– En fait, j'ai une théorie là-dessus.

– Je vous écoute.

– Nous sommes tellement blasés par les effets spéciaux filmés que plus rien ne nous étonne. Nous regardons une scène époustouflante, une cascade ou un effet très difficile à réaliser, mais cela ne nous épate pas. Plus maintenant. Nous ne cherchons même pas à savoir comment on l'a fait.

– Avec des ordinateurs, des cascadeurs, etc.

– Exactement. Voilà pourquoi la magie passe mal à la télévision. Parce qu'on peut tout faire sur un écran. D'une certaine façon, qu'est-ce qu'un film, sinon un effet magique prolongé ? Nous voyons une réalité dont nous savons qu'elle n'est pas réelle. Quand nous regardons quelque chose sur l'écran, nous savons que c'est faux. Mais quand vous le voyez sur une scène, de vos propres yeux, vous pouvez encore vous fier à vos sens. Et alors, le tour le plus simple suscite votre étonnement. Je fais un tour de cartes et je vois les bouches béer. En d'autres termes, la magie reste magique quand on la voit de près. Elle provoque encore la réaction que tout illusionniste recherche : « Comment vous faites ? » Et, à propos, je ne le révèle jamais.

– Jamais ?

– Presque jamais. C'est trop décevant. Comprenez-moi bien, il y a des appareils et des mécanismes très complexes qui permettent de produire des illusions. Dans le temps, les magiciens étaient à la pointe de la technologie et de l'invention. Certains automates des XVIIIe et XXe siècles sont absolument extraordinaires. Je ne cherche pas à minimiser le rôle des dispositifs ingénieux. Mais, très souvent, le secret des effets les plus sidérants est quelque chose de simple, de rudimentaire, même. Un peu de cire, une ficelle, un aimant. Il ne faut pas écarter le rideau, ce n'est pas pour ça que les gens viennent aux spectacles de magie.

– Pourquoi viennent-ils, alors ?

– Pour être trompés, abusés, stupéfiés. Là est le plaisir, pas dans la découverte qu'un tour sensationnel s'explique par un loquet secret, un miroir ou un comparse dans le public. Le plaisir vient d'être trompé, sauf que vous ne parvenez pas à savoir comment ça marche.

– D'accord.

– Houdini, par exemple, un véritable homme de spectacle, insistait toujours pour qu'on l'examine – c'était généralement la police qui s'en chargeait – complètement déshabillé avant une de ses évasions pour prouver, littéralement, qu'il n'avait rien dans la manche. Les policiers inspectaient son short de gymnastique, ou ce qu'il portait pour sa représentation, avant de le conduire sur la scène. Par chance, c'était avant l'époque des fouilles au corps.

– Vous voulez dire...

– Ouais. Planqué dans le troufignon. Du moins, on le soupçonne, et ce n'est pas pour dénigrer Houdini. C'était un athlète exceptionnel, il s'entraînait autant que Lance Armstrong.

– Personne ne s'entraîne autant.

– J'exagère peut-être, mais il s'exerçait dur. Par exemple, il avait un spectacle où on le plongeait dans l'eau, menotté et entravé par des chaînes cadenassées. Une eau glacée, je précise. Bien sûr, il devait avoir quelque chose pour ouvrir ces cadenas, une lime, un crochet. Quand même, il était suspendu la tête en bas dans une eau à 2 °C, les mains et les pieds menottés, le corps enchaîné. Supposons qu'il avait un crochet, il devait quand même ouvrir tous ces cadenas. Des années plus tôt, il s'était entraîné à retenir sa respiration jusqu'à pouvoir tenir trois minutes et demie. Extraordinaire. Et pour se préparer à ces évasions en eau froide, il passait des nuits dans une baignoire pleine de glaçons pendant des semaines jusqu'à ce que son corps s'habitue au choc et puisse continuer à fonctionner dans l'eau glacée.

Kavanaugh remue les doigts et poursuit :

– Ce jeune, David Blaine, il a fait quelque chose du même genre, récemment. Il est resté plusieurs jours le corps dans la glace. En fait, c'est plus de l'endurance qu'autre chose, mais c'est aussi une longue tradition dans la magie. Se faire enterrer vivant. Toutes sortes d'exploits physiques faisaient autrefois partie des spectacles de magie. Souffler de l'eau. Manger des cailloux. Marcher sur des braises. Intéressant que Blaine fasse renaître cet aspect.

– Blaine, dites-vous ?

– Vous ne le connaissez pas ? Vous devriez le voir. Il fait plusieurs émissions de télévision. « Street Magic » a été la première, je crois. Très impressionnant.

– Mais… vous le disiez vous-même : la magie ne marche pas à l'écran.

– Blaine a vraiment innové, il s'est concentré sur le public. Il se montre en train de faire des tours pour de petits groupes, trois, quatre spectateurs, pas plus. Et observer leurs réactions est fascinant. Ils sont abasourdis, transportés. Ils n'en croient pas leurs yeux, littéralement. C'est formidable.

J'ajoute le nom à mes notes : *David Blaine.*

– Je pourrais continuer comme ça toute la journée, soupire Kavanaugh. Vous feriez mieux de me dire ce que vous voulez savoir, au juste.

– Je ne sais pas trop.

Je lui révèle que j'enquête sur les meurtres des sœurs Gabler et que je pense que l'assassin pourrait être un illusionniste. Il joint l'extrémité de ses doigts, y appuie le menton.

– Je me souviens de cette affaire. Horrible. Mais qu'est-ce qui vous fait croire qu'un magicien pourrait être le coupable ?

Quand je l'informe de ce que j'ai appris, il se renverse en arrière, l'air sérieux, grave, même.

– Seigneur, lâche-t-il. La femme coupée en deux. On dirait une plaisanterie pour initiés.

Je lui montre mon affichette avec les portraits-robots du Joueur de Flûte. Son visage se tord.

– Je ne sais pas. Peut-être. Je peux la garder ?

– Sans problème.

Il plie l'affichette soigneusement en deux, passe un ongle le long du nouveau bord, la plie de nouveau et la glisse dans sa poche.

– Je ne suis pas sûr d'être de votre avis : qu'un magicien a commis le crime. J'espère que non. Peut-être quelqu'un qui a un sens de l'humour répugnant. Si c'est un magicien... vous découvrirez qu'il y a certaines caractéristiques que beaucoup d'entre nous partagent. Ce genre de chose vous aiderait ?

– Certainement.

– Eh bien, la plupart des illusionnistes commencent à pratiquer leur art dès l'enfance. Cela pour deux raisons. Un, il faut du temps pour acquérir la dextérité requise. Deux, beaucoup de tours exigent un entraînement vraiment long. C'est comme, euh... (il fixe le plafond) comme le skateboard. Même les figures simples en skateboard – je le sais parce que mon petit-fils est un fan – demandent des heures et des heures d'exercice. Pareil pour la magie. Un adulte serait découragé par le temps qu'il faut pour maîtriser un tour comme... disons, le brassage du paquet.

– Qu'est-ce que c'est ?

– Vous coupez un paquet de cartes et vous le mélangez, huit fois de suite, en intercalant les cartes. A la fin, vous ramenez le paquet à son état initial.

– On peut faire ça ?

– Bien sûr. Je réussissais ce tour quand j'avais dix ans. Et je le réussis encore. Mais cela réclame beaucoup d'entraînement. Tellement qu'un adulte renoncerait. Mais les gamins, ils y passent le temps nécessaire.

– Mmm.

– Donc, si vous avez plusieurs suspects, essayez de savoir si l'un d'eux faisait des tours de magie lorsqu'il était petit.

– Une question : est-ce qu'il y a des tours pour lesquels on utilise des enfants comme... sujets ?

– Dans les fêtes d'anniversaire, naturellement. On demande des volontaires parmi les enfants. Mais si vous faites allusion à la personne qui assiste l'illusionniste... C'est presque invariablement une jeune femme, pour insuffler un peu de sex-appeal au spectacle. Et les femmes légèrement vêtues sont très utiles pour détourner l'attention, je parle par expérience. Le public les regarde. Autrefois, des enfants servaient très souvent d'assistants et remplissaient tous les rôles que des femmes jouent aujourd'hui : je veux dire qu'on les faisait léviter, qu'on les enfermait dans des caisses, qu'on les mettait dans des urnes ou des paniers, qu'on les expédiait dans des endroits éloignés, qu'on les transformait en animaux avant de leur rendre leur forme humaine...

Je me force à demander :

– On les sciait en deux ?

Kavanaugh fronce les sourcils.

– Peut-être. Je ne peux pas vous donner de date, mais je crois que ce numéro est relativement récent. Je ne l'ai vu faire qu'avec des assistantes.

– Mmm. Autre chose que je devrais savoir sur les magiciens ?

– J'ai réfléchi à votre type. Si c'est un magicien, il s'intéresse sans doute à l'histoire de notre art.

– Qu'est-ce qui vous pousse à dire ça ?

– Eh bien... ce qu'il a fait à ces filles. Le démembrement d'une personne et sa restauration ont fait partie du répertoire des magiciens pendant des siècles, mais de nos jours on ne voit plus que des numéros aseptisés. Le prestidigitateur déchire ou coupe en morceaux du papier, de l'argent, du tissu, de la corde. Ou bien il demande à une personne du public d'écrire quelque chose sur une feuille de papier qui est ensuite déchirée avant d'être restituée dans son intégrité. Un billet de vingt dollars, la cravate d'un spectateur : cela suffit au public d'aujourd'hui. Même le numéro classique de la femme sciée en deux se fait sans une goutte de sang. L'assistante sourit tout le temps. Personne ne pense qu'elle est blessée, ni même en danger de l'être. Quelqu'un a écrit – je ne sais plus qui – que ce tour est en fait une manifestation de sadisme sexuel finement voilée. Je ne sais pas, commente Kavanaugh avec un haussement d'épaules. Ce numéro est resté très populaire. Mais sans une goutte de sang. Ce que je veux dire, c'est que les goûts changent. Auparavant, le public aimait le sang.

— Alors que maintenant ?

— Il aime encore la violence, je ne le nie pas. Le danger – le spectacle d'une personne en danger – nous rend plus conscients d'être en vie, mais en ce qui concerne la magie, le public ne raffole plus du sanguinolent comme avant. Nous sommes tous devenus trop sensibles. Beaucoup de gens qui se régalent de steaks et de hamburgers trouvent la chasse barbare, par exemple. On se demande ce qu'ils penseraient d'un abattoir.

— Ils deviendraient végétariens.

— Sûrement. Mais cette sensiblerie est un phénomène nouveau. Il fut un temps – pas si éloigné – où les gens prenaient plaisir à voir des bêtes, ou des êtres humains, s'étriper. Au Far West ou dans la bonne vieille Angleterre, les exécutions publiques étaient très courues. On venait de bonne heure pour avoir les meilleures places. C'était probablement l'équivalent d'un pique-nique. Même chose pour les tours de magie. Du temps d'Houdini, il y avait par exemple un numéro populaire appelé la « Palingénésie ». Des affiches montraient le magicien avec une énorme épée et les prospectus du jour annonçaient : *Un homme coupé en morceaux aujourd'hui ! Venez tous !* Pendant le spectacle, un homme était chloroformé puis démembré – apparemment – et les parties sanglantes de son corps jonchaient la scène. Puis le magicien rassemblait les restes du malheureux, les couvrait d'un tapis ou d'une étoffe, prononçait les paroles magiques ou agitait sa baguette et hop ! l'homme se relevait d'un bond, indemne.

Une vague de nausée roule dans mon estomac.

— Ce genre de spectacle n'était pas rare, poursuit Kavanaugh. Les numéros de démembrement sont très anciens. En Inde, les magiciens coupaient les langues des enfants, c'était un grand classique. Eventrer des oiseaux, couper des serpents en morceaux : les magiciens de rue font sans doute encore ce genre de choses en Inde, de nos jours. Ils montraient le sang, ils y trempaient même des cailloux. Une fois l'oiseau rendu à la vie – c'étaient généralement des oiseaux parce qu'ils sont bon marché et spectaculaires –, on vendait les cailloux comme amulettes imprégnées de force vitale.

– Attendez, vous voulez dire que c'était du vrai sang ?

– Bien sûr. Enfin, pas dans le cas des langues d'enfants. Mais pour les oiseaux, absolument. Je pense que... vous avez encore du temps ?

J'acquiesce de la tête.

– Je pense que ces tours remontent loin dans le passé. Démembrement, restauration de l'intégrité physique : c'est un pouvoir de vie et de mort, n'est-ce pas ? Les magiciens n'étaient pas au départ de simples artistes, ils jouaient un rôle beaucoup plus élevé dans les sociétés anciennes. En tout cas, une théorie fort répandue soutient que le magicien d'aujourd'hui est le prêtre ou le chaman d'hier.

– Vraiment ?

– La religion et la magie ont toujours été liées. Parce que la magie explore la région entre le naturel et le surnaturel, entre la vie et la mort, entre réalité et illusion. Et les grandes figures religieuses ont toujours eu recours, je le soupçonne, à des procédés magiques pour attirer l'attention des adeptes et renforcer leur pouvoir apparent. Cela ne fait aucun doute. On a même retrouvé des dessins sur papyrus montrant que les Egyptiens utilisaient des dispositifs hydrauliques pour que les portes des temples s'ouvrent mystérieusement.

– « Sésame, ouvre-toi » ?

– Exactement, dit Kavanaugh avec un rire. Nous avons aussi la preuve que les prêtres de la Grèce antique se servaient de tuyaux acoustiques pour faire parler les statues de Delphes. Cela conduit à s'interroger sur nos statues qui pleurent et qui saignent. Même les « paroles magiques » ont des origines religieuses.

– Comment ça ?

– Eh bien, abracadabra vient tout droit de la kabbale juive. La kabbale est un texte mystique qui traite... dans une certaine mesure... du pouvoir des mots.

— Vraiment ? Abracadabra signifie quelque chose ?

— Tout à fait. Et *hocus-pocus*[1], c'est encore plus surprenant. Certains chercheurs pensent qu'il s'agit d'une déformation de *Hoc est meum corpus*.

Mon expression déconcertée lui révèle que je n'ai pas compris.

— Vous n'avez pas fait de latin ?

Je secoue la tête.

— Je ne sais pas si vous êtes croyant et je ne veux pas vous choquer, mais la formule magique *hocus-pocus*, que nous croyons dépourvue de sens, viendrait directement des paroles de l'eucharistie chrétienne : *Hoc est meum corpus*, « Ceci est mon corps ».

— Sans blague ?

— A ce propos, on parlait souvent de Jésus de Nazareth comme d'un magicien dans l'Antiquité. Et ses miracles — les pains et les poissons, l'eau changée en vin, et même Lazare ressuscité des morts — ont la forme de tours de magie classiques de l'époque. Des fresques romaines du IIe siècle montrent Jésus avec une baguette magique.

— Là, vous me la baillez belle.

— La magie a des racines profondes et étonnantes. Réfléchissez : si vous ne saviez pas que vous êtes abusé par un magicien faisant son spectacle, vous croiriez assister à un miracle.

— Je suppose, oui.

— Vous vous souvenez des spirites des années vingt ?

— J'ai lu quelque chose là-dessus. Mme Blavatsky et consorts.

— Vous y êtes. Le oui-ja, les séances, tout ce fatras. A l'époque, on cherchait beaucoup à communiquer avec « l'autre monde ». Après une tentative ratée d'entrer en contact avec sa mère — pendant laquelle, au lieu de lui parler

1. Autre forme pour « abracadabra » en anglais.

en yiddish, elle s'adressa à lui en anglais, une langue qu'elle ne parlait pas –, Harry Houdini lança une campagne pour démystifier les spirites. Il les accusa d'exploiter les personnes affligées et désespérées et d'être beaucoup trop bien payés pour des tours de magie de second ordre. Il entreprit de démontrer que la plupart des manifestations surnaturelles étaient en fait des tours ordinaires, d'autant plus faciles à réaliser que tout l'auditoire était plongé dans le noir.

– Il y est parvenu ?

– Pas vraiment. Ce dont Houdini n'avait pas tenu compte, c'est que les gens voulaient y croire, et qu'ils y croyaient.

– J'ignorais que la magie avait un rapport avec la religion...

– Oh que si ! Vous avez devant vous le descendant défroqué d'un grand prêtre, déclare Kavanaugh avec un sourire.

– Et vous pensez que l'homme que je cherche – s'il est magicien – connaît cet aspect de la magie...

– Le sort infligé à cette fille me le fait penser, oui. Il y a un tour... je crois que j'en parlais avant cette digression sur magie et religion. Le numéro avec l'oiseau ?

– Oui. L'oiseau déchiré en morceaux.

– Exactement. Comme je vous l'ai dit, je suis sûr qu'il est encore couramment exécuté en Inde. Voilà comment ça marche. Il existe un accessoire traditionnel de magie qu'on appelle la « casserole à tourterelle » et qui possède un compartiment caché. Au début du tour, le magicien fait apparaître un oiseau. L'oiseau bat des ailes, le magicien le déchire en morceaux...

– Il le déchire vraiment ?

– Ou il le coupe en morceaux, répond Kavanaugh en haussant les épaules. En tout cas, un oiseau est sacrifié. Généralement une tourterelle blanche si le magicien peut se le permettre parce que le sang se détache bien sur les plumes blanches. C'est très spectaculaire. Le public est encouragé à manipuler l'oiseau mort. A enfoncer ses doigts dans les plaies.

J'ai la tête qui tourne. Je me sens glacé et moite, comme si je venais d'attraper un mal mortel. Je bredouille :

– Et ensuite ?

– Le magicien met le couvercle sur la casserole, fait passer son chapeau dans le public, invite celui-ci à l'assister dans ses efforts mentaux : faire appel à la force vitale exige beaucoup de lui. Il exhorte les spectateurs à concentrer leur énergie sur le retour à la vie de l'oiseau. Une ou deux tentatives manquées pour faire monter la pression, un comparse dans la foule qui met en doute les capacités de l'illusionniste, puis une grande démonstration de concentration, quelques paroles magiques et… hop !

– Hop ?

– Le magicien soulève le couvercle, en ouvrant cette fois le compartiment secret, et l'oiseau s'envole, frémissant de vie.

Kavanaugh se méprend sur l'expression horrifiée de mon visage. Il pense que je suis dérouté, que je n'ai pas compris.

– Comme ces filles assassinées à Red Rock, vous voyez ? L'une est sacrifiée, l'autre apparaît, vivante et indemne. C'est le second avantage des tourterelles : elles se ressemblent toutes. Pour le public, deux pigeons blancs sont identiques. Ils sont tous jumeaux, pourrait-on dire.

La pression dans ma tête devient insoutenable. Je suis allongé en travers d'une voie ferrée sur laquelle roule un train de marchandises mais je ne peux pas bouger. Tous jumeaux. Tous jumeaux.

Kavanaugh se penche vers moi et me demande :

– Ça va ?

27

Je passe deux jours à assister à des spectacles de magie dans des endroits de plus en plus minables, à montrer mes portraits-robots du Joueur de Flûte. J'interroge les filles qui participent à ces représentations : connaissaient-elles les Gabler ? Reconnaissent-elles le Joueur de Flûte ? Ont-elles passé une audition pour un spectacle de magie, trois ans plus tôt ? L'association du meurtre à la magie n'entame pas leur indifférence ennuyée. Elles regardent machinalement mes portraits-robots mais pensent à autre chose : une cigarette, un petit ami, un ongle ébréché...

Dans la journée, je téléphone, je harcèle tous les vendeurs ou loueurs de véhicules tout-terrain et de générateurs de la région de Vegas, je leur demande de consulter leurs fichiers pour la période de la date présumée des meurtres.

– Il y a trois ans ? me rétorque l'un d'eux. C'est une vie entière, ici. La moitié des commerces d'aujourd'hui n'existaient même pas.

Même quand j'explique qui je suis, démarche à laquelle me contraint l'indifférence que je rencontre, la plupart de ceux à qui je parle restent méfiants et sur la défensive, ou simplement trop occupés. Si j'étais flic, ils m'aideraient peut-être, mais là... non. Ils invoquent la « confidentialité », le manque de personnel, des archives mal tenues.

Je consulte mes e-mails et mes messages à la bibliothèque de Las Vegas. Schoffler étant toujours en France, j'appelle

Muriel Petrich. Elle m'écoute parler de ma découverte, elle prend des notes, me demande de répéter certaines choses. Elle promet de s'en occuper, elle promet que la police inondera toutes les associations de magiciens et toutes les agences de salons professionnels de portraits-robots du Joueur de Flûte, etc. Mais à son ton, je sens qu'elle n'est pas convaincue, et que mon affaire a sérieusement reculé dans sa liste de priorités.

— Pourquoi ai-je l'impression que vous allez juste faire semblant ?

— Alex, vous êtes injuste, repartit-elle. Je prendrai les mesures nécessaires mais...

Elle soupire, poursuit :

— Je ne vois pas ce que je peux faire d'autre ici. Qu'est-ce que vous attendez de moi ?

— Un peu d'enthousiasme.

Nouveau soupir.

— Ecoutez, j'ai un quadruple meurtre dans une famille de Severna Park. Ça n'a peut-être pas fait la une à Vegas, mais ici on ne parle que de ça. Les victimes dormaient, dans leurs lits. Cette histoire me prend quasiment tout mon temps, en ce moment.

A mon tour de soupirer.

— C'est... horrible. Je suis vraiment désolé.

— Je m'en occupe, de la piste magie. Sans faute. Je vous promets de faire tout ce que je peux.

J'appelle les gens que j'ai interrogés : Tammy Yagoda, Ezme, Riggins au Blue Parrot. Est-ce qu'un nouveau détail leur est revenu ? Non.

Je téléphone à Pablo Moreno et lui explique mon intérêt pour l'affaire Gabler, mon hypothèse d'un assassin magicien. Il m'écoute. Il répond poliment qu'il vérifiera : il aura peut-être un peu de temps libre la semaine prochaine.

Et puis... c'est tout. J'ai ce que j'estime être une piste très sérieuse, je pense avoir découvert quelque chose d'important sur le Joueur de Flûte, mais je ne sais pas quoi en faire.

Je me retrouve au casino, submergé par la cacophonie des machines à sous, des bavardages, des rires. Une succession de jolies femmes souriantes peu vêtues me ravitaillent en bière. Pendant une heure environ, je traîne autour de la table de passe anglaise à observer une grande rousse nommée Marie, qui semble en veine. Elle joue avec une telle joie, une telle ferveur insouciante, que cela m'est pénible quand elle commence à perdre. Je me dirige vers les machines à sous.

Après quelques faux départs, je m'installe devant le Lutin Chanceux et je prends rapidement le rythme. Insérer la pièce, abaisser le levier, attendre que les symboles s'arrêtent. Je suis tout émoustillé quand le petit bonhomme vert de dessin animé claque des talons, me fait un clin d'œil et renverse son pot d'or, expédiant de bruyantes cascades de pièces dans la corbeille de ma machine.

Je gave l'appareil, je presse sur son bras, je regarde les roues tourner. Encore. Encore. Et encore.

Une autre bière ? Pourquoi pas ?

Je passe au guichet bancaire automatique après avoir demandé à un autre joueur de surveiller ma machine.

Glisser une pièce, tirer. Encore. Encore. Encore.

Une autre bière.

Me sentant ballonné, je choisis un breuvage plus compact. Le scotch.

Retour au guichet. Je retire le maximum sur ma carte pour la journée. Le solde de mon compte ? Neuf cent vingt dollars.

Neuf cent vingt dollars… Je me dis que ce n'est pas beaucoup, que je suis presque fauché, que je devrais arrêter de jouer. Je ne m'écoute pas.

Je sais que je suis sûrement saoul, mais je ne le sens pas. Avec une extrême lucidité, me semble-t-il, je me concentre sur le lutin, j'attends sa petite danse désinvolte, son clin d'œil appuyé, le sourire qu'il tourne vers le pot d'or.

Je finis par avoir trois barquettes en plastique pleines de pièces, mais je m'applique à les recycler, luttant contre ma fatigue, la douleur dans mon dos, les plaintes de ma conscience. Comme un automate, je réintroduis les pièces dans l'appareil jusqu'à ce qu'il n'en reste qu'une.

Je n'ai plus envie de gagner. Il me paraît important, impératif même, de perdre. A un moment donné au cours des dernières heures, mon cerveau a conclu un marché avec le sort. Du dicton « Heureux au jeu, malheureux en amour », je tire une autre formule. Malheureux au jeu, heureux dans la vie.

Je dois perdre jusqu'à mon dernier *quarter* pour sauver mes fils.

La pièce est chaude, presque vivante sous mes doigts quand je la pousse dans la fente métallique fraîche. J'abaisse le levier, j'attends que les roues cessent de tourner. Un, deux, trois trèfles s'alignent le long de la barre. Le lutin danse et cligne de l'œil, renverse son pot d'or. L'écran clignote : *Gagné Gagné Gagné.* La machine bêle une version métallique de *When Irish Eyes Are Smiling.* Une petite foule se rassemble pour voir mes gains tinter sans fin dans la corbeille.

Je suis résolu à perdre tout mon argent. Ce n'est pas si facile et je n'ai aucune idée du temps que cela me prend. Les casinos ne sont pas portés sur les horloges et aucune trace de lumière du jour ne vient informer les rythmes circadiens du joueur. Je perds finalement mon dernier dollar avec un cochon à l'air mauvais qui se vautre dans sa bauge tandis que l'écran annonce *Game Over.*

Ma gueule de bois est si forte que je me sens faible et déboussolé. Je me heurte à un mur de chaleur en sortant du Tropicana. L'éclat du soleil couchant m'achève presque tandis que je roule vers l'aéroport McCarran. La musique guillerette des rangées de bandits manchots du terminal est si agaçante que je le traverse quasiment au petit trot. Mauvaise idée. Quelque chose clapote dans mon crâne. J'entends un cliquetis menaçant, suivi d'une douleur qui me transperce derrière les yeux. Je me réfugie dans un coin tranquille et me force à avaler une bouteille d'eau.

J'ai heureusement pris un vol de nuit qui me fait arriver à l'aube. Le trajet de retour à la maison m'apaise : les monuments familiers, la route mille fois empruntée. Les fleurs éclatantes, les arbres et l'herbe verte me font l'impression d'une jungle luxuriante après ma balade dans le désert. Des yoles glissent sur l'eau placide du fleuve.

La maison a cette odeur rance de lieu inhabité. Liz avait l'habitude d'allumer des bougies quand nous rentrions de vacances. Je songe à l'appeler, mais que lui dirais-je ? Maintenant que je suis rentré, les connexions entre les Sandling, les Gabler et nos garçons ne me semblent plus aussi évidentes.

Jumeaux assassinés. Je passe quelques heures sur Internet à essayer divers moteurs de recherche pour voir ce que cela donne, mais je ne fais que survoler un terrain déjà connu. Rien de nouveau.

Le seul autre meurtre de jumeaux – exception faite pour les Gabler – est celui qui a eu lieu en Californie du Sud et que j'ai découvert au cours de mes premières explorations en ligne : les enfants Ramirez, Wilson et Julio. Bien que les victimes aient été du même âge à peu près que mes garçons, je n'ai pas tellement prêté attention à cette affaire parce que le coupable est mort.

Mais j'entends Schoffler me conseiller de ne pas avoir d'a priori, j'entends Holly Goldstein m'expliquer que certains faits ou certaines intuitions n'apparaissent jamais dans les rapports de police, encore moins dans les médias. Par exemple, l'idée de Barry Chisworth selon laquelle on se serait servi d'une scie circulaire pour couper Clara Gabler en deux.

Il y a peut-être eu un complice dans l'affaire Ramirez, un suspect dont le nom n'a jamais été révélé parce que la police ne disposait pas d'éléments suffisants pour l'inculper.

A première vue, l'hypothèse ne semble pas très prometteuse. Le meurtrier, un nommé Charley Vermillion, avait été libéré du centre de pathologie légale de Port Sulfur deux semaines environ avant la disparition des enfants Ramirez. Les termes « pathologie légale » ne signifient rien pour moi, mais « libéré » suggère une détention sous une forme ou une autre.

Je vérifie. Un centre de pathologie judiciaire est en l'occurrence un asile pour fous criminels et Port Sulfur se trouve en Louisiane.

Un article du *Times-Picayune* auquel j'ai accès par Google m'apprend que la police a arrêté Vermillion sur un coup de téléphone anonyme. Selon ce même papier, il se terrait dans une cabane délabrée près de Big Sur avec les cadavres des enfants. On a retrouvé l'un des corps dans le réfrigérateur, transpercé des dizaines de fois puis dépecé et soigneusement emballé dans des sacs en plastique. Vermillion avait apparemment fait cuire des parties du corps de l'enfant et les avait mangées. L'autre garçon, mort lui aussi, était suspendu par les pieds dans un puits profond de quinze mètres.

Emmené au poste, Vermillion s'était suicidé dans la voiture de police en avalant une capsule de cyanure dissimulée sous le col de sa chemise. L'affaire semble aussi bouclée qu'elle peut l'être.

Dix minutes plus tard, j'interroge Harvey Morris, un inspecteur de Big Sur qui a travaillé sur l'enquête.

– Ça nous a pas trop demandé de boulot, m'avoue-t-il. On a eu un tuyau, on est allés là où l'informateur nous disait d'aller. Et ce vieux Charley était là, avec un frigo plein de morceaux de corps. Il s'est rendu sans faire d'histoires. Il avait l'air perdu et parlait de rentrer à la maison. On le fait monter dans la voiture, on se prépare à l'emmener au poste. Tout d'un coup, ce saligaud commence à faire des gargouillis comme s'il s'étranglait. J'ai cru qu'il avait une crise cardiaque, ou quelque chose comme ça. Il est devenu tout rouge, avec des convulsions. On appelle une ambulance, on lui fait de la réanimation cardio-respiratoire… il claque quand même.

– Quand avez-vous découvert qu'il s'était empoisonné ?

– Pas avant le lendemain. On l'avait pas vu avaler la pilule, vous comprenez. Je croyais qu'il avait eu une attaque. Mais le médecin a tout de suite pensé à du cyanure et l'autopsie a confirmé. Ça plus une forte dose de Valium. Le labo a retrouvé des traces de ruban adhésif sous le col de sa chemise. Il était prêt à se barrer de ce monde, vous voyez.

– Mmm.

– Pour la forme, on essaie de se dire que c'est terrible, un mec qui se supprime comme ça. D'ailleurs, ça a bel et bien été terrible pour moi, parce que c'est arrivé pendant qu'il était sous ma responsabilité. Il y a eu enquête, j'ai été mis en congé administratif. J'ai en vu de dures, mais vous savez ce que je pense, finalement ? Je pense que se suicider, c'est la meilleure chose qu'il ait jamais faite, Charley.

– Qu'est-ce qui...

Morris n'a pas terminé sur ce point et développe :

– Ce type était dingue. Les autorités n'auraient jamais dû le faire sortir de cet asile, mais une bonne âme leur a certainement forcé la main. S'il était passé en jugement, qu'est-ce qui serait arrivé ?

– Son avocat aurait plaidé la démence.

– Exactement. On l'aurait renvoyé aussi sec à l'asile, le nôtre, cette fois. Est-ce que M. et Mme Ramirez auraient été satisfaits ? Je crois pas. Ce type avait tué leurs gosses, boulotté l'un des deux. Et avant de le découper, il l'avait transpercé je sais pas combien de fois. L'équipe du légiste a... recollé, disons, ce qui restait du corps, elle a remis les morceaux ensemble. Apparemment, ce pauvre gamin, on lui a enfoncé une longue lame aiguisée dans le corps. Par-devant, par-derrière, sur les côtés, partout. Il était comme une pelote d'épingles... Si Vermillion avait été jugé, le père et la mère auraient dû écouter ces horreurs...

Morris se tait et je l'entends prendre une profonde inspiration.

– Ça me travaille encore parce qu'on a dit que j'aurais pu l'empêcher de se tuer, reprend-il. Mais bon Dieu, il était menotté, il a attrapé la pilule... avec sa bouche. Quand vous fouillez quelqu'un, vous cherchez pas une pilule collée sous son col, vous comprenez ?

– Au poste, vous l'auriez peut-être trouvée.

– Vous avez raison. Parce que là-bas, on l'aurait inculpé, on lui aurait fait mettre la combinaison de détenu...

Il marque une pause et me demande :

– Vous avez des questions ?

– Oui, sur la cause de la mort.

– Arrêt cardiaque.

– La mort des enfants Ramirez, je veux dire.

– Là, pas de surprise. Pour celui qu'on a découvert dans le frigo, perte de tout son sang. Avec les blessures qu'il avait. Y a un terme technique pour ça...

– Exsanguination.

– Voilà. Saigné à mort.

– Et l'autre ? Celui qu'on a trouvé dans le puits ?

– Tout ce qu'on a pu supposer, c'est que Vermillion l'avait mis là pour le conserver. Comme on suspend un quartier de bœuf. Il faisait frais dans ce puits et il n'avait pas tant de place dans son frigo.

– Il était dans quel état ?

– Oh, tout ce qu'il y a de plus mort. Et depuis deux jours. Mais je pense pas qu'il ait souffert. On lui a tiré une balle dans la tête. Une seule. Calibre 38.

Exactement comme les Gabler.

L'une dépecée, l'autre tuée d'une balle dans la tête.

– Ce tuyau qui vous a conduit à la cabane de Vermillion... Vous ne vous êtes pas posé de questions à ce sujet ?

– Si, bien sûr. On a essayé d'en retrouver l'origine, mais vous savez, Vermillion n'était sorti de chez les dingues que depuis deux semaines et il était comme en territoire étranger. Il avait pas beaucoup de copains ou de connaissances qu'on pouvait interroger. On a pensé à un zonard. Quelqu'un qui l'aurait pris en stop...

– Vous avez probablement raison, dis-je avant de le remercier et de raccrocher.

Mais il n'a pas raison. Il se trompe complètement.

L'homme qui a tué les enfants Ramirez a aussi tué les Gabler et ce n'est pas Charley Vermillion. Parce que Vermillion était mort quand les jumelles ont été assassinées.

L'homme qui a tué les jumeaux Ramirez est le monstre qui a kidnappé les enfants Sandling. Et mes fils.

Tuyau anonyme, mon cul !

28

Je sais au moins une chose : je ne peux pas me présenter comme ça au centre de pathologie légale. Si je débarque en posant des questions sur Charley Vermillion le Cannibale, je ne franchirai pas le seuil.

Même si le centre a tout fait dans les règles, quand une institution s'occupant de malades mentaux criminels libère un patient et que celui-ci, à peine sorti, assassine deux enfants, dans des conditions particulièrement horribles qui plus est, il ne peut manquer d'y avoir des conséquences. Effectivement, comme me l'apprend un autre article du *Times-Picayune,* des têtes sont tombées. Mais le directeur, Peyton Anderton, a réussi à s'accrocher à son poste. Des poursuites civiles intentées par les parents des jumeaux Ramirez et réclamant dix millions de dollars d'indemnités au centre suivent encore leur cours sinueux devant les tribunaux, ce qui garantit le silence de tout le monde.

Après un long jogging dans Rock Creek Park, je décide de téléphoner à Anderton. Je lui dirai que je fais partie de l'équipe de *Countdown,* je lui servirai un boniment concernant une émission en préparation sur... la difficulté et les dangers de sa profession. Le besoin de crédits accrus pour les CPL, pas seulement en Louisiane mais dans tout le pays. De meilleures installations. Plus de personnel.

Cela devrait m'ouvrir les portes. A moins qu'Anderton ne reconnaisse mon nom.

Je l'appelle et il est flatté de mon intérêt. Un peu méfiant, peut-être, mais…

– Pas de caméras ? s'enquiert-il.

– Non. Je pense que nous pourrions commencer par nous rencontrer, voir si nous pouvons établir un niveau de confiance satisfaisant. Notre conversation reste confidentielle et si, en chemin, nous trouvons un terrain d'entente, bingo ! Sinon, nous n'aurons rien perdu.

– Je dois vous prévenir tout de suite que si cela doit finir devant une caméra, j'ai besoin de réfléchir.

Je me montre rassurant. Et flagorneur :

– En tout cas, vous auriez la voix pour, bon, mais nous n'en sommes pas là.

– Parce qu'il faudrait que j'obtienne le feu vert des instances supérieures, vous comprenez.

Je ne réponds pas. J'entends les rouages tourner à l'autre bout du fil et, après quelques instants, il annonce :

– J'ai un trou jeudi après-midi. Vous pourriez être ici à trois heures ?

– Je peux.

– Le gardien de la grille sera prévenu.

Aéroport Louis-Armstrong, La Nouvelle-Orléans. Comme toutes les autres localités américaines, La Nouvelle-Orléans s'est marchandisée, avec le jazz, le vaudou et le Mardi gras dominant le marché du tee-shirt et du bibelot. L'angle vaudou – les pièces – me paraît être une preuve de plus maintenant que je suis sur la bonne piste. Si j'arrive à faire parler Peyton Anderton sur Vermillion…

L'employée de l'agence de location de voitures Alamo est amicale, elle me demande où je vais, si j'ai besoin qu'on m'explique la route.

– Port Sulfur.

– Où ça ?

– Plaquemines Parish.

Je prononce *Plaquemaïnes.* Elle me corrige :

– Pla-queu-min'. Et on prononce pas le S, non.

Elle me rend mon permis et ma carte de crédit, y ajoute un plan sur lequel elle trace l'itinéraire avec un stylo vert.

– Vous suivez l'I-10 jusqu'à la 23, de l'autre côté du fleuve. A Belle Chasse, vous prenez la direction du sud. La route longe le fleuve.

Elle replie la carte, me la tend avec un sourire.

– Qu'est-ce que vous comptez faire, là-bas ? Vous avez la ville, tout le pays cajun, et vous choisissez Plaquemines ? C'est sûrement pour les affaires, pas pour le plaisir.

– On ne s'amuse pas à Plaquemines ?

– Non, à moins d'aimer la pêche. Du pétrole, du gaz et du poisson, c'est tout ce qu'il y a là-bas. Des oranges. Et le coin fait peur, aussi.

– Comment ça ?

– Plaquemines a donné une mauvaise réputation à la Louisiane, dans le temps, et ça, fallait le faire, si vous voyez ce que je veux dire. Je sais pas si le coin a vraiment changé depuis. Moi, par exemple, je suis à moitié noire. Eh ben, je mettrai jamais les pieds là-bas. Non, merci.

– Pourquoi ?

– Vous avez entendu parler de Leander Perez ?

Je secoue la tête.

– A l'époque, il dirigeait Plaquemines comme… je sais pas, c'était une sorte de dictateur et les gens comme moi, ils étaient esclaves. Voter ? Pas question. Les Noirs pouvaient pas voter. Ils avaient à peine le droit de conduire. C'était tout… bouis-bouis et lynchages.

Elle hoche la tête, fait claquer les clés sur le comptoir.

– Rangée 7, emplacement 12.

Je saisis le trousseau et je suis sur le point de partir quand elle ajoute :

– Vous êtes pas une personne de couleur mais vous êtes yankee. Alors, faites attention à vous.

– Promis.

– Et mettez votre ceinture. Ils vous fourrent au bloc, à Plaquemines, pour conduite sans ceinture.

Une heure plus tard, j'ai tourné à Belle Chasse et je ne remarque rien de particulièrement effrayant, si ce n'est un nombre excessif de voitures de police. Le coin paraît plutôt... ennuyeux.

Les agglomérations font place aux orangeraies puis retour aux agglomérations. Terres découpées en parcelles de cinq hectares, pancartes *À VENDRE* partout, vastes faux manoirs McMansion en construction.

Une fois sorti de la banlieue, je roule sur une route neuve à quatre voies dans une campagne sous-développée. Je passe de temps en temps devant une ferme, je traverse quelques bourgs.

Les noms sont un voyage en eux-mêmes : Live Oak, Jesuit Bend, Myrtle Grove[1]...

Il n'y a pas grand-chose à voir. Côté fleuve, la digue bloque la vue et, autant que je puisse en juger, le côté golfe n'est qu'une étendue plate. Je sais qu'il y a par là des plates-formes pétrolières et un port en eau profonde, mais je n'avise que des arbres bas, des roseaux et, de temps en temps, une bâtisse solitaire. J'ai lu dans l'un des guides que la région a été durement frappée quelques années plus tôt par un ouragan qui a détruit de nombreuses vieilles maisons.

Pointe A La Hache, Diamond, Happy Jack, Magnolia...

Et j'y suis enfin : Port Sulfur. La ville tire son nom d'une mine de soufre perdue dans les marais salants.

Le centre de la ville est occupé par une station-service-supérette. En face se trouvent le lycée de Port Sulfur (qui abrite l'équipe des Mighty Broncos), la bibliothèque, le bureau du shérif et les services sociaux. La moitié de ces établissements sont installés dans des mobile homes.

Je passe devant la station-service et suis les instructions d'Anderton en tournant à droite quinze cents mètres après la

1. Chêne vert, virage du jésuite, bois de myrtes.

ville pour prendre la route 561. Après les quatre kilomètres trois cents annoncés, je vois le petit panneau indiquant le centre de pathologie légale et je m'engage dans une longue allée. L'asile est un hideux rectangle de brique jaune, mais devant se dresse une magnifique maison de planteur, avec des colonnes blanches, une véranda et de somptueux chênes verts. Une clôture renforcée de barbelés entoure les deux bâtiments.

Les fenêtres du pavillon de garde sont voilées de condensation. L'homme qui officie à l'intérieur fait glisser un panneau de verre avec mauvaise grâce, me demande ce que je veux. Je lui épelle mon nom et il referme le panneau, examine sa liste en y promenant un doigt, trouve ce qu'il cherche, remplit laborieusement deux laissez-passer orange, rouvre le panneau pour me les tendre.

– Vous en attachez un à votre chemise et vous mettez l'autre derrière votre pare-brise. Vous me les rendrez en sortant.

Il actionne la barrière et se retire dans le confort de son cube climatisé.

Je sais par son CV que le docteur Peyton Anderton a quarante-trois ans, mais avec son visage rond de bébé et sa peau rose, il ressemble à un jeune garçon qui jouerait à être un homme. Même sa moustache a l'air d'un postiche collé au-dessus de sa bouche pour la pièce de théâtre de fin d'année et je suis certain qu'il l'a laissée pousser pour se vieillir. Il arbore un costume en seersucker et un sourire épanoui.

– Monsieur Callahan ! s'exclame-t-il en serrant ma main avec une vigueur enthousiaste. Heureux que vous ayez réussi à nous trouver.

La pièce est grande et a gardé les proportions gracieuses d'un autre âge et d'un autre usage. Plafond haut, fenêtres généreuses, lourdes moulures. Un ventilateur tourne au-dessus de nos têtes. Plusieurs cartes anciennes de la Louisiane ornent les murs entre de superbes vitrines de bois et de verre.

– Un échantillon de l'artisanat de nos patients, commente Anderton, qui a suivi la direction de mon regard. Nous avons quelques personnes de talent, ici.

Assis dans une paire de fauteuils assortis, nous buvons du thé glacé, nous parlons des défis que le personnel doit relever dans ce qu'il appelle « l'établissement ».

– Mon sort n'est pas tellement mauvais, déclare-t-il après que nous avons bavardé une quinzaine de minutes. Le bâtiment administratif, où je passe une grande partie de mon temps, est très agréable, comme vous le voyez.

– Magnifique.

Il rayonne de fierté.

– Les gens sont surpris, en général. Le bâtiment principal, c'est une autre histoire. C'est ce qu'on attend d'un établissement qui est un hybride d'hôpital et de prison. La sécurité des patients et du personnel est une priorité, naturellement, et cela ne crée pas précisément une ambiance confortable...

– Le travail lui-même, vous le trouvez gratifiant ?

Anderton tend le menton en avant, hoche tristement la tête et me regarde avec une expression qui se veut franche mais qui sent la répétition.

– Pas vraiment, soupire-t-il. La plupart de nos patients se répartissent en deux catégories. Beaucoup d'entre eux sont ici pour une évaluation avant procès : pour voir s'ils sont capables de passer en justice. Les autres sont des acquittés.

Je dois paraître perplexe car il m'explique :

– Déclarés non coupables pour cause de maladie mentale. Non coupables, vous comprenez ? Ils sont ici pour être traités, pas punis. Et nous les traitons. Mais nous n'en guérissons pas beaucoup, je le crains.

– Parce que... ?

– Parce que leur maladie est souvent chronique, comme le diabète. On soigne le diabète avec de l'insuline et un régime, mais on ne le guérit pas. C'est la même chose pour la schizophrénie ou les troubles bipolaires. Ce qui peut rendre ce métier très frustrant.

– Ah.

– Tant que les patients sont surveillés et prennent leurs médicaments, ils ne sont une menace ni pour eux-mêmes ni pour quiconque. Mais une fois qu'ils sont libérés – et nous devons en libérer un grand nombre au bout d'un moment –, nous n'avons aucun moyen de les suivre.

– Il n'existe pas une sorte de... conditionnelle ?

– On peut effectivement assortir la libération de conditions. D'une période pendant laquelle ils sont tenus de suivre une thérapie en tant que patients extérieurs. Mais là, nous sommes dans le flou. Il ne s'agit pas de liberté conditionnelle au sens pénal du terme. S'ils ne viennent pas pour les séances, s'ils cessent de prendre leur traitement... nous avons des moyens limités pour les y contraindre.

– Quand vous dites que vous « devez » les libérer...

– Là encore, nos moyens sont limités. La surpopulation pose un problème énorme. Lorsque nos patients atteignent un certain nombre, nous les faisons passer par divers niveaux de privilèges parce que nous n'avons tout simplement pas le personnel pour un système de confinement plus restrictif.

– Des niveaux de privilèges ?

– C'est la façon dont fonctionnent la plupart des établissements comme le nôtre. Un patient peut-il faire de l'exercice sans surveillance ? Sans autorisation de sortir ? Peut-il se joindre aux autres pour les repas ou doit-il rester dans sa chambre ? Peut-il prendre une douche sans surveillance ? Sans ce système de récompenses, nous ne pourrions pas encourager les bonnes conduites.

– La récompense ultime, c'est la libération...

– Exactement. Et nous devons les libérer. Les tribunaux ont estimé qu'à moins d'avoir la preuve claire et convaincante qu'une personne est mentalement malade, dangereuse pour elle-même ou pour autrui, nous ne pouvons pas la garder ici. Il peut s'agir d'un individu asocial, capable des pires choses, mais s'il n'est pas fou, il reçoit son ticket de bus. Parce qu'il a droit à la liberté, même si c'est un vilain saligaud.

Après une pause, Anderton précise :

– Foucha contre l'Etat de Louisiane, 504 US 71.

J'ai un sourire encourageant et je prends note en me demandant comment amener Charley le Cannibale sur le tapis sans risquer de voir la conversation partir en fumée. Anderton est lancé.

– Vous voyez le problème, continue-t-il en se penchant comme pour me faire une confidence. Ici comme en prison, les pensionnaires ont tout le temps de rédiger des plaintes. Ils persuadent de jeunes avocats naïfs de les aider à réclamer leur libération au motif que leurs droits constitutionnels sont violés. La commission de libération se réunit. Elle n'a aucune envie de laisser le type sortir : tout le monde sait que ce crétin aura des ennuis. Mais ça ne suffit pas. Nous ne voulons pas le libérer, notre intime conviction s'y oppose, mais les tribunaux ne s'intéressent pas à notre intime conviction. Très souvent, nous devons libérer. Nous n'avons pas le choix.

Je décide de faire une tentative :

– Comme pour cet homme, il y a quelques années. Comment s'appelait-il... ?

Anderton a un petit rire.

– Lequel ? Ça nous arrive tous les mois, je vous dis.

– Celui qui a tué ces jeunes garçons, dans l'Ouest.

Il s'affale dans son fauteuil, laisse sa tête pendre et répond d'une voix accablée :

– Charley Vermillion... Vous voyez ? Nous aurons beau transformer tous nos patients en prix Nobel, on nous lancera toujours Charley Vermillion à la figure. Il est l'exemple parfait de ce dont je vous parle.

– Que voulez-vous dire ?

– Charley Vermillion avait un trouble de la personnalité chronique et probablement incurable. C'était un pédophile violent. Ce qui en faisait un danger pour la communauté. Aucun doute. Mais ici, dans le cadre de cet établissement, avec le bon traitement... il est devenu un patient modèle.

– Vous estimiez qu'on pouvait lui faire confiance ?

– Dans le cadre de l'établissement ? Absolument. Il bénéficiait de tous les privilèges. Bien entendu, nous n'avons pas d'enfants qui courent dans nos couloirs, ajoute-t-il avec un petit rire.

Je ris, moi aussi.

– Pourquoi était-il au centre ?

Anderton plisse le front, fouille sa mémoire.

– Agression sur un mineur. Dans les toilettes, je crois. Si je me souviens bien, le père est intervenu et Charley l'a salement charcuté.

– Charcuté ?

– Avec un couteau à huîtres. C'était son boulot. Ecailler des huîtres dans le Quartier français, à La Nouvelle-Orléans.

– Et on l'a acquitté ?

– Psychose provoquée par des drogues.

– Donc, il s'en est tiré.

– Eh bien... il a quand même passé dix-neuf ans ici, je ne dirais donc pas qu'il s'en est « tiré ». Mais nous n'avons pas eu le choix. Charley Vermillion était perturbé, il pouvait devenir violent s'il ne prenait pas ses médicaments. Mais il distinguait parfaitement le bien du mal quand il est sorti par cette porte.

– Il a fallu... dix-neuf ans pour en décider ?

Anderton hausse les épaules.

– Il a réclamé sa libération.

– Il a attendu dix-neuf ans pour le faire ?

– Quelqu'un le lui a suggéré. Probablement un autre patient.

– Qui ? Vous le savez ?

Il fronce les sourcils, paraît instantanément sur ses gardes. J'ai pincé la mauvaise corde, la question était trop précise.

– Je ne suis pas autorisé à parler de cas individuels, répond-il avec raideur.

– Bien sûr, je suis désolé. Je comprends. C'est simplement un bon exemple de ce qui peut arriver...

– Les patients sont protégés par une clause de confidentialité.

Je ne peux m'empêcher d'insister :

– Oui, mais en l'occurrence Vermillion est mort.

Erreur. Je tente de changer de sujet, j'interroge Anderton sur sa formation, sa thèse de doctorat, ses expériences antérieures. Je lui lèche les bottes, je fais tout pour rétablir notre copinage, mais il est maintenant sur ses gardes.

Je l'invite instamment à réfléchir à un éventuel passage devant la caméra, ce qui égaie un peu son humeur, mais il me rappelle qu'il sera obligé d'en référer à ses « patrons ».

– En outre, je devrai limiter mes propos à une discussion générale ou à des cas hypothétiques.

Je réponds que cela ne pose pas de problèmes, que je resterai deux jours dans le coin et que je pourrais peut-être l'inviter à déjeuner pour poursuivre notre conversation.

Autre erreur. Je le vois dans son langage corporel. Il entoure sa poitrine de ses bras, ses lèvres s'aplatissent en une mince ligne.

– Deux jours *ici* ? Le motel le plus proche est à Empire, et je ne crois pas qu'il vous plaira.

– Je voulais dire à La Nouvelle-Orléans. La route n'est pas désagréable.

– Bon, fait Anderton.

Il se lève, jette un coup d'œil à sa montre. L'entretien est terminé.

Je me lève à mon tour en pensant que ma visite a été un échec et en me demandant ce que je peux faire maintenant. Peut-être joindre les Ramirez. Les poursuites qu'ils ont engagées contre le centre leur ont peut-être fait découvrir quelque chose. Et il y a aussi l'avocat qui a aidé Vermillion à réclamer sa libération. Cette requête doit figurer dans les documents accessibles au public. Je pourrais obtenir le nom de l'avocat, le retrouver, l'interroger…

Je réfléchis à tout cela en me dirigeant vers la porte à la suite d'Anderton. Au passage, j'aperçois dans l'une des vitrines quelque chose qui fait se hérisser les poils de ma nuque.

Elle contient des objets artisanaux fabriqués par les patients dans le cadre de leur thérapie. De petites sculptures, du tissage, de la poterie, des dessins, des colliers de perles, chaque ouvrage assorti d'une date, dont les plus anciennes remontent aux années trente. Et parmi ces objets, une série de pliages origami, toute une ménagerie de petites figurines étonnantes. Un rhinocéros, un éléphant, un lion… et la réplique du lapin que j'ai trouvé sur la commode de Sean.

L'instant d'après, je suis en face de la vitrine, les doigts pressés contre le verre. Devant les pliages, une sorte de petite tente en papier épais, comme ces cartons indiquant la place des invités sur une table, avec cette date : *1995*.

Je suis incapable de parler, un marteau me cogne la poitrine. Finalement, je m'entends demander :

– Qui a fait ces pliages ? Vermillion ?

– Oh non. Il ne s'intéressait pas à l'art. Pas du tout. Ces objets excèdent de loin ses capacités.

Il hésite, poursuit, d'une voix à présent méfiante :

– Pourquoi cette question ?

Je ne peux détacher mon regard du lapin. Et je ne sais pas quoi faire. Anderton semble avoir revêtu son armure bureaucratique. Est-ce que je la percerai en lui révélant la vérité ? Me donnera-t-il le nom du patient qui a fabriqué ce lapin ?

– Docteur Anderton, j'ai un aveu à vous faire…

Je sais au bout de dix secondes que j'ai encore commis une erreur. Anderton est moins intéressé par mes révélations que fâché par la supercherie du faux reportage. Je bredouille, je le supplie de me communiquer l'identité du patient qui a créé la ménagerie de papier. J'explique que j'ai trouvé le même lapin dans la chambre de mes enfants, j'expose ma théorie selon laquelle Charley Vermillion n'est pas le meurtrier des jumeaux Ramirez, que l'homme qui a fait ce lapin en papier est le vrai coupable.

– Votre hypothèse me paraît délirante, dit-il en secouant la tête. Des danseuses… Je ne vois pas comment vous pouvez établir toutes ces connexions.

Je le préviens que si mes garçons meurent, il aura leur sang sur les mains, mais il ne cède pas, invoque la confidentialité des dossiers médicaux, le « pacte sacré » entre patient et médecin.

Mon ton se fait suppliant :

– Dites-moi au moins une chose. Cet homme, il n'est plus en détention, n'est-ce pas ? Combien de temps est-il resté ici ? Quand a-t-il été libéré ?

– Cela fait trois choses.

Je garde le silence.

Anderton presse un doigt contre son menton et fixe le vide, comme s'il y cherchait une raison de rejeter ma requête. Finalement, ou il n'en trouve aucune, ou il subit un bref accès de compassion.

– Non, répond-il. Le pensionnaire en question n'est plus ici. Il est arrivé en 1983, il a été libéré en 1996.

– Qu'est-ce qu'il avait fait ? Pourquoi était-il ici ? Comment s'appelle-t-il ? La vie de mes fils est en jeu. Je vous en prie.

Le docteur Peyton Anderton secoue tristement la tête.

– Désolé, monsieur Callahan.

J'ai envie de le projeter contre les vitrines, de l'estourbir, de mettre son bureau à sac. Je n'en fais rien. Je me ressaisis.

– Merci de votre aide, lui dis-je en franchissant la porte.

Deux garçons de salle musclés m'attendent dans le hall et je comprends qu'Anderton a dû les appeler discrètement à la rescousse. Au cas où.

– Comprenez bien que j'aimerais faire plus, assure-t-il.

Il est toujours derrière moi et continue à me seriner le couplet des « mains liées » tandis que je descends les marches et pousse la lourde porte d'entrée.

29

J'attends depuis un bon moment à la petite bibliothèque de Port Sulfur pour avoir accès à l'un de ses trois ordinateurs, occupés pour l'heure par des adolescents qui consultent leurs courriels. Je tente d'entamer la conversation avec l'employée de la réception mais elle se révèle peu bavarde. Je lui demande si elle se rappelle l'affaire dans laquelle Charley Vermillion était impliqué.

– Non.

Je développe, je précise qu'il a été enfermé à l'asile situé à la sortie de la ville.

– Non, répète-t-elle avant de se replonger dans son magazine.

Quand l'un des jeunes se décide à abandonner le terrain, je commence par réserver une chambre à prix réduit au Crescent City Omni, puis j'envoie un e-mail à Muriel Petrich pour demander que les photos du lapin origami me soient envoyées à l'hôtel, ou scannées et expédiées par le Net. Dans les quelques minutes qui me restent avant la fermeture de la bibliothèque, je photocopie la liste des avocats de Plaquemines Parish dans l'annuaire et je découvre que le centre administratif de la localité est établi à Pointe A La Hache.

De l'autre côté du fleuve. C'est là que se trouve le tribunal et c'est probablement là que la requête de libération de Vermillion a été archivée. Quand je l'interroge, l'un des ados s'apprêtant à sortir me répond qu'un ferry gratuit traverse le fleuve toutes les demi-heures. Je peux le prendre à quelques kilomètres au nord, je n'ai qu'à suivre les panneaux.

Assis dans ma voiture, portable en main, je parcours la liste des avocats. Ce n'est peut-être pas une bonne idée de choisir un avocat dans les pages jaunes, mais je n'ai pas d'autre solution. J'en appelle trois avant d'obtenir le cabinet Hawes, Halliday et Flood. Lester Flood peut me recevoir demain après-midi, à quatre heures moins le quart, à son bureau de Belle Chasse. J'ai l'intention de déposer une requête auprès du tribunal afin de contraindre Peyton Anderton à me révéler l'identité de l'homme qui a fait le lapin origami de sa vitrine.

Je remonte en direction du ferry mais, une fois à l'embarcadère, je me rends compte qu'il ne servirait à rien de traverser aujourd'hui. Il est trop tard, le tribunal est fermé. Je retourne à La Nouvelle-Orléans et descends à l'Omni.

Ma chambre donne sur un conduit d'air, mais le prix est correct et le parking gratuit. Après m'être installé, j'appelle Petrich. Je ne m'attends pas vraiment à réussir à la joindre mais je veux lui laisser un message pour la relancer au sujet de ma demande par mail de copies de photos du lapin. Il s'avère qu'elle est encore au bureau.

– Où êtes-vous, Alex ? Qu'est-ce qui se passe ?

– Je suis à La Nouvelle-Orléans.

– La Nouvelle-Orléans ? Vous avez trouvé quelque chose ?

Je ne sais pas pourquoi, mais je rechigne à lui parler de Vermillion ou du lapin dans la vitrine. Cela me rappelle Liz, qui ne voulait dévoiler à personne qu'elle était enceinte avant d'en être à trois mois. Comme si en annonçant la nouvelle elle aurait tenté le sort et mis sa grossesse en danger.

– Peut-être. Je vous tiendrai au courant.

– Entendu.

Elle promet de m'envoyer une photo au format JPEG avant de quitter le bureau.

Je sors m'offrir un *gumbo* dans une sandwicherie du coin de la rue, puis je me balade dans le Quartier français et finis par aboutir à Bourbon Street. La rue est bondée. L'air lourd garde les relents de dizaines d'années de whisky et de vomi répandu. Je passe devant une boîte et la musique qui s'en échappe est si prenante que j'entre. Après tout... Juste une bière.

Le blues. Le type sur l'estrade est penché en avant, la tête quasiment dans le micro, le corps tordu comme s'il venait d'être frappé par la foudre.

Ce devrait être une musique parfaite pour moi, un exutoire à ma souffrance, mais ça ne l'est pas. Je m'installe, je bois... et il ne se passe rien. Je ne ressens pas la musique. Je ne sens même pas ma bière. Je tiens le coup une dizaine de minutes et je ressors.

De retour à l'hôtel, je mets longtemps à trouver le sommeil, et quand je m'endors, je rêve que tout ce que je touche disparaît.

Au matin, j'avale un café gratuit dans le hall, je branche mon ordinateur portable en utilisant l'abonnement AOL de Liz. Elle a pour mot de passe la date de naissance des jumeaux, 040197, et cela me glace un instant. Je dois patienter une vingtaine de minutes avant que le serveur établisse la connexion.

Je vais sur mon abonnement Yahoo ! et je vois que Petrich a tenu parole. J'appuie sur une touche pour charger le fichier JPEG qu'elle a joint au message et j'attends qu'il apparaisse. La barre bleue progresse en bas de mon écran et le voilà. Même en deux dimensions, le lapin est impressionnant. Je ne me suis pas trompé : il est identique à celui de la vitrine d'Anderton. Sur l'étiquette qui lui est attachée, j'arrive à lire *Scellés des services de police du comté d'Anne Arundel* et, dessous, une signature, *Sergent David Erbinger*, et une date, *01/06/2003*.

A neuf heures, quand les clients peuvent utiliser le « secrétariat » de l'hôtel – moyennant finances –, je fais quelques copies de la photo du lapin.

J'ai l'intention d'en remettre une à l'avocat, Lester Flood, dans l'espoir qu'il pourra s'en servir comme preuve pour contraindre le centre de Port Sulfur à me communiquer l'information que je cherche.

Juste avant de partir, je décide d'envoyer un courriel à Judy Jones, au FBI. Le Bureau pourra peut-être m'aider. Je passe vingt minutes à rédiger un message sur ce que j'ai appris, à expliquer comment j'ai découvert dans une vitrine d'un asile de La Nouvelle-Orléans un lapin identique à celui retrouvé sur la commode de mon fils Sean.

Quand j'ai terminé, je relis ce que j'ai tapé et n'en suis pas content. Je sais que les liens entre le meurtre des Ramirez et l'enlèvement de mes fils (en passant par les Gabler et les Sandling) sont solides. Je sais que le « tuyau anonyme » donné à la police était bidon, que Vermillion n'est pas l'assassin des enfants Ramirez. Je sais que l'homme qui a plié le lapin de la vitrine de Port Sulfur a enlevé mes garçons. Mais lorsque je le mets noir sur blanc, j'ai beau m'efforcer d'être le plus précis et le plus clair possible, cela semble... inconsistant.

J'envoie ma version définitive, en ayant conscience qu'elle ne fait pas le poids. Des girls ? De la magie ? Remettre en question un double meurtre résolu à la satisfaction générale ? Le petit lapin en papier plié ne me paraît plus de taille à décrocher la timbale.

Dans la voiture, je consulte la carte. Plaquemines Parish est une péninsule divisée par le Mississippi. Le tribunal de Pointe A La Hache se trouve sur la rive ouest. Je projette de commencer par m'y rendre pour retrouver trace de la demande de libération de Charley Vermillion. J'ai l'expérience de la recherche de documents juridiques. C'est long et fastidieux. Cela peut prendre des jours. Mais je devrais arriver là-bas quelques heures avant mon rendez-vous avec l'avocat.

Mon guide confirme ce que le jeune de la bibliothèque de Port Sulfur m'a appris : des ferries font la navette entre les deux rives. Je descends jusqu'à celui qui relie Belle Chasse à Dalcour.

Mon guide indique également que le tribunal de Pointe A La Hache est plus que centenaire et a survécu à un bon nombre de cyclones. J'espère que malgré son âge vénérable le bâtiment est climatisé.

Il me faut moins d'une heure pour arriver à Belle Chasse et, par chance, j'embarque quelques minutes avant le départ du ferry. Tous les autres véhicules qui se trouvent à bord sont des pick-up. Le fleuve est large, l'eau troublée par des remous. Les puissants moteurs du ferry le propulsent à contre-courant vers la rive opposée.

De l'autre côté, les maisons semblent plus anciennes et plus raffinées, mais, ce détail mis à part, le trajet ressemble beaucoup à celui de la veille. De petites villes qui ont pour seul trait remarquable de faire descendre sur un kilomètre ou deux la vitesse autorisée. Une digue cachant le fleuve. Des plantations d'agrumes. Pas grand-chose d'autre.

En vingt-quatre minutes, je rejoins Pointe A La Hache. Je n'ai aucun problème à trouver le tribunal, qui est de loin la bâtisse la plus imposante que j'aie vue à Plaquemines. Mais c'est une coque brûlée, entourée d'un ruban de plastique jaune dont une bonne partie traîne par terre et se prend dans l'herbe. Des chênes verts réduits à l'état de squelettes se dressent tels des démons au-dessus du bâtiment ravagé, troncs et branches noueux noircis par le feu.

Une caravane de chantier installée sur le côté porte l'inscription *TRAVAUX PUBLICS – PLAQUEMINES PARISH*. Un coup à la porte fait apparaître un homme au visage rougeaud sous un casque jaune cabossé. Il m'inspecte des pieds à la tête, comme si je venais d'une autre planète.

– Ouaip ?

– Qu'est-ce qui est arrivé au tribunal ?

Il ne parvient pas à retenir un petit sourire satisfait.

– Il a cramé.

– Quand ?

– Le 12 janvier 2003.

– Quel dommage.

La vue de ce beau bâtiment en ruine me déprime. Où sont les archives, maintenant ? Ont-elles disparu dans le sinistre ?

– Vous pouvez le dire, fait Casque Jaune. Il avait tenu le coup plus de cent ans et résisté à j'sais pas combien de cyclones. Betsy a déboulé ici à deux cent vingt à l'heure et elle a emporté la moitié du fleuve avec elle quand elle est arrivée sur cette rive. Plein de gens ont échappé à l'ouragan en se réfugiant là-haut, dans le tribunal. C'était le point le plus élevé, vous comprenez. Cent ans et puis… (il claque des doigts) plus rien !

– Il y a un nouveau tribunal ?

Mais il n'a pas terminé :

– Ce que la nature avait pas pu abattre, l'homme l'a détruit…

– Vous voulez dire que c'était un incendie criminel ?

– Exactement. Confirmé par le bureau pour l'alcool, le tabac et les armes à feu. On a trouvé des traces d'essence. Plein.

– Mais pourquoi ?

– Y a cent ans d'affaires dans ces archives. Enfin, y avait. Certains disent que c'est pour ça, pour un vieux dossier que quelqu'un voulait faire disparaître. Un acte ou quèque chose de ce genre.

– Mais il doit rester des fichiers informatisés…

Il part d'un petit rire.

– Pour les dernières années, oui. Mais pour les quatre-vingt-quinze ans avant, rien du tout. Les archives ont flambé intégralement !

Je peux peut-être encore trouver le nom de l'avocat de Vermillion. L'affaire est assez récente pour entrer dans le cadre des « dernières années ».

– Moi, reprend Casque Jaune, je pencherais plutôt pour une autre explication…

– Laquelle ?

– Ben, ça faisait des années qu'ils voulaient déménager le tribunal, le mettre dans un endroit plus approprié. Mais c'te fichue populace, elle votait toujours contre. Maintenant, il va bouger.

– Déménager le tribunal ? Pourquoi ?

– Les avocats, les juges, les journalistes et tout ça. Depuis longtemps, ils veulent le mettre sur la rive est, à Belle Chasse. C'est plus facile, quand on vient de La Nouvelle-Orléans. Pas besoin de s'embêter à prendre le ferry. D'après ce qu'on raconte, les avocats en avaient marre de traîner leurs fesses ici pour faire leur boulot. Combien y faut payer pour que quelqu'un verse de l'essence dans les couloirs et craque une allumette ? C'est la Louisiane.

– Il sera reconstruit ?

– J'pense pas.

– Où se déroulent les procès, maintenant ?

– Y a un tribunal provisoire, répond-il. Installé dans des mobile homes.

– Où ça ? dis-je en regardant autour de moi.

– Oh ! C'est ce qui me fait penser qu'ils vont arriver à ce qu'ils veulent. Ils se sont même pas embêtés à installer le tribunal provisoire ici. Ces mobile homes, ils sont à Belle Chasse, fait-il avec un ricanement. C'est plus commode, pour l'intérim.

30

Je trouve le tribunal provisoire à Belle Chasse : une demi-douzaine de mobile homes sur le parking d'un centre commercial abandonné. Chacun d'eux porte un panneau identificateur : *Infractions au code de la route, Tribunal pour enfants,* etc. Lorsque je suis dans le bon mobile home, celui des archives, la greffière m'annonce que je n'ai pas de chance. Tous les dossiers relatifs au centre de pathologie légale de Port Sulfur ont été détruits dans l'incendie.

– On m'a dit que les archives avaient été informatisées pour les dernières années. Je cherche simplement le nom d'un avocat lié à une affaire.

La femme aux cheveux blancs et aux yeux marron vif m'adresse un sourire ironique.

– Ça n'a jamais marché. Nous avons un nouveau système, maintenant. Celui qui a installé l'ancien a été inculpé.

– Je vois...

– Nous avons quatre mois d'archives, et c'est tout. Mais vous trouverez peut-être quelque chose sur votre affaire dans le journal. La gazette de Belle Chasse reprend les publications judiciaires.

Je réfléchis aux dates en suivant les indications de la greffière pour me rendre au siège du journal. Les jumeaux Ramirez ont été enlevés le 4 mai 2001, deux semaines après que

Vermillion eut quitté le centre. Sa demande de libération est donc antérieure, et peut-être de beaucoup.

Je vais partir de fin avril et remonter. Ça ne m'emballe pas. Faire des recherches à la « morgue » d'un journal, il n'y a pas plus rasoir. Mais j'ai trois heures à tuer avant mon rendez-vous avec Lester Flood, autant essayer.

Je tombe mal, apparemment. Au moment où je me dirige vers le siège du journal, une adolescente aux cheveux bruns hérissés de gel est en train de fermer la porte à clé. Elle arbore un débardeur, un jean coupé et des tongs. Le débardeur révèle la majeure partie d'une grosse araignée tatouée sur son épaule.

– Vous rouvrez cet après-midi ?

Elle penche la tête sur le côté et m'examine.

– Pourquoi ? demande-t-elle, avec une telle lenteur que le mot semble avoir au moins quatre syllabes. Vous voulez passer une annonce ?

Je lui explique que je veux visiter la morgue.

– Pardon ?

– L'endroit où vous conservez vos archives.

– Oooooh. Ouais, je connais l'expression, dit-elle en se tapotant la tête. J'ai entendu mon père l'utiliser un jour. Il n'est pas là, il est à la pêche. Qu'est-ce que vous cherchez ?

– Un avis de requête. Les archives du tribunal ont été détruites par l'incendie, c'est mon seul espoir.

– Votre seul espoir. La *Peninsula Gazette* est votre seul espoir ? Dommage que papa soit pas là pour entendre ça !

Elle m'adresse un sourire, un sourire étonnamment doux et timide, avant de se présenter :

– Jezebel. Jezebel Henton.

– Alex Callahan.

Elle fait tinter ses clés.

– Monsieur Callahan, je pourrais vous faire entrer mais il faudrait que je reste avec vous, bien sûr. Ça prendrait combien de temps ?

Je hausse les épaules.

– Un bon moment, peut-être.

– Hmm.

– J'ai un rendez-vous à quatre heures et demie.

Elle fait tourner la bague qui orne son petit doigt.

– Bon, puisque je dois rester, c'est normal que vous me payiez pour mon temps, non ?

– Je suppose.

– Dix dollars de l'heure, propose-t-elle. D'accord ?

– D'accord.

– En plus, je vous aiderai à chercher. J'ai de l'expérience, j'ai fait des recherches pour Pinky Streiber.

– Qui est-ce ?

– Un détective privé. Vous n'avez jamais entendu parler de lui ?

– Non.

– Il est très connu. Vraiment.

Elle tend une main aux ongles recouverts d'un vernis noir à demi écaillé.

– Marché conclu ?

Nous topons là, elle me conduit au premier étage et je lui explique ce que je cherche.

– Ce dont j'ai vraiment besoin, c'est le nom de l'avocat de Charley Vermillion. Je veux lui parler.

– On devrait trouver ça dans l'avis publié, même si quelquefois on ne donne que le nom de la personne du cabinet qui l'a déposé. Et là, tout de suite, je peux vous faire gagner du temps, dit-elle en choisissant une clé pour ouvrir une porte en chêne. Le journal ne publie les arrêtés et les requêtes qu'une fois par semaine. Le mercredi.

Jezebel met la main dessus à trois heures quarante-huit.

– Biiiiinnnn-go ! s'exclame-t-elle. Alors, je suis bonne ou pas ? Ecoutez ça : « Le 9 janvier 2000. Affaire numéro 49687, division A : Charles Jimmie Vermillion contre le centre de pathologie légale de Port Sulfur *et alia*, requête déposée par Francis... » Meeerde ! Oh, pardon.

– Quoi ?

– Déposée par Francis Bergeron. Frankie. J'espère que vous n'avez pas absolument besoin de lui parler…

– Pourquoi ?

– Parce qu'il est mort. Un accident. Il s'est crashé, sa voiture est partie en vol plané dans le bayou. Frankie aimait la conduite sportive. Alors, de deux choses l'une : soit il a perdu les pédales sous le coup de la colère à cause d'un autre conducteur, soit il roulait trop vite et il a mal estimé le virage. Aucun témoin ne s'est présenté… Hé, qu'est-ce qu'il y a ?

Je secoue la tête.

– Chaque fois que je crois tenir un indice, je finis dans un cul-de-sac…

– Pinky affirme qu'il y a toujours un autre moyen de trouver quelque chose.

– Le tribunal, en l'occurrence.

– Ah oui. C'était votre dernier espoir. Je suis désolée, monsieur Callahan.

– Le cabinet de Bergeron a peut-être un dossier, dis-je, plus pour moi-même que pour Jezebel. Vous savez pour qui il travaillait ?

– Lacey et Bergeron. Ici même, à Belle Chasse. Vous pouvez téléphoner à M. Lacey, je vais vous donner son numéro. Ne l'appelez pas après, disons…

Elle fait tourner un Rolodex en se tapotant la lèvre inférieure, note le numéro sur un Post-it.

– Pas après quinze heures. Peut-être même quatorze heures. Il boit un peu.

Elle me tend le rectangle jaune où s'étale une écriture belle et nette. Nous passons quelques minutes à remettre en place les journaux que nous avons consultés, Jezebel referme le bureau et je lui donne trente-cinq dollars.

– Ça me gêne de les prendre, dit-elle. Frankie Bergeron…

– Un marché est un marché.

Elle plie les billets en deux puis en quatre, les serre entre le pouce et l'index.

– Mais bon, je ne pense pas que ces trente-cinq dollars vous consoleraient vraiment, je me trompe ?

Je secoue de nouveau la tête.

– Merci de votre aide.

Elle glisse l'argent dans la poche arrière de son jean, me tend la main.

– Bonne chance, monsieur Callahan. Vous finirez peut-être par trouver du nouveau. Pinky dit qu'on finit toujours par découvrir quelque chose dans une enquête, si on s'acharne.

– J'espère qu'il a raison.

– Où avez-vous rendez-vous ?

– Tupelo Street.

– Je peux vous demander avec qui ?

– Un avocat, Lester Flood.

Elle considère un instant ma réponse. Puis :

– Les vient juste de sortir de la fac mais il est plutôt bon. (Un coup d'œil à ses ongles.) Donnez-lui le bonjour de Jez Henton. Vous savez comment aller là-bas ?

Les indications de Jezebel m'amènent en quatre minutes au cabinet Hawes, Halliday et Flood, situé dans un charmant vieux bâtiment de briques d'une rue qui, à en juger par la prolifération des plaques, est le lieu de prédilection de l'establishment juridique de Belle Chasse.

J'attends une dizaine de minutes avant d'être introduit dans le bureau de Lester Flood. La pièce a elle aussi le charme du Sud : meubles anciens soigneusement astiqués, tapis magnifiques mais élimés, plafond haut. Une console supporte une collection de boules en verre à flocons de neige.

Flood ne semble pas beaucoup plus âgé que Jezebel. Nous nous serrons la main et il m'indique un fauteuil.

– Bien. Que puis-je faire pour vous ?

Il me faut un quart d'heure pour le lui expliquer. Il prend des notes en m'écoutant, me demande de temps à autre d'épeler un nom ou de clarifier un point. Quand j'ai terminé, je lui remets une photocopie de la photo du lapin. Il la regarde un moment, la pousse sur le côté, tapote le bloc-notes de son stylo.

– Je ne sais pas, dit-il. Je peux me charger de cette affaire. Je m'en chargerai si vous décidez de donner suite, mais...

Il secoue la tête et répète :

– Je ne sais pas. Il faut au tribunal une preuve convaincante et une nécessité urgente pour contraindre un hôpital à révéler des informations sur un patient, ce qu'était votre individu. Je dois dire que nos chances me semblent minces.

– Pourquoi ? J'ai une preuve convaincante. Et il y a une nécessité urgente : mes fils.

Il tambourine des doigts sur son bureau.

– Je comprends votre situation, mais il y a beaucoup de suppositions dans votre histoire.

– Quoi, par exemple ?

– Eh bien, pour commencer, vous ne savez pas avec certitude si le ravisseur de vos enfants a laissé le lapin origami sur cette commode. Vous ne l'aviez jamais remarqué avant leur disparition, mais il aurait pu s'y trouver depuis longtemps.

– Je ne crois pas.

– Vous en êtes absolument sûr ?

– Je le suis, maintenant.

– Oui. Evidemment. Mais on vous opposera que quelqu'un d'autre a pu donner ce lapin à votre fils. Un camarade, un voisin, qui sait ?

– Ce n'est pas le cas.

– Comprenez que je me fais ici l'avocat du diable. Je reconnais que ce lapin est un objet inhabituel et qu'en découvrir une réplique au centre de Port Sulfur est intrigant. En particulier étant donné les liens entre ce centre et le meurtre des enfants Ramirez, les similarités entre cette affaire et la vôtre. Mais il faut relier un trop grand nombre de points pour obtenir une connexion. Et il n'y a de lapin dans aucun des autres cas. Il peut donc s'agir d'une simple coïncidence : c'est ce que soutiendra la partie adverse. On n'a pas relevé d'empreintes sur le lapin retrouvé chez vous, n'est-ce pas ?

Je confirme d'un signe de tête. Flood pince les lèvres.

– Vous savez sans doute que d'autres poursuites ont été engagées contre le centre...

– La famille Ramirez.

– Oui. Et le centre a une position assez bonne dans l'affaire puisqu'il avait fait appel de la décision du tribunal de libérer cet homme. Il a perdu, il a dû le libérer. A son corps défendant.

Flood soupire et poursuit :

– Cela ne nous plaît peut-être pas, mais la loi oblige à remettre en liberté des hommes comme Vermillion. Vous pouvez faire valoir – comme les avocats de la famille Ramirez – que cet individu n'aurait pas dû être libéré. Mais c'est un argument rétrospectif. *Post hoc, ergo propter hoc.* Après cette chose, donc à cause de cette chose. Il a tué deux gosses, donc vous n'auriez pas dû le laisser sortir. Et de toute façon, pourquoi accuser le centre, qui ne voulait pas le libérer ? Pour tout compliquer, les dossiers de la défense sont partis en fumée. Je crois savoir que les avocats de la famille Ramirez ont accepté de partager leurs dossiers avec la défense pour que l'affaire puisse suivre son cours.

– Vraiment ?

– Oui. L'Etat de Louisiane et le centre accepteront probablement de traiter. En attendant, je ne crois pas que le tribunal serait ravi de replonger dans les complications en contraignant le centre à révéler quoi que ce soit. Pour commencer, si votre hypothèse est juste, le procès intenté par la famille Ramirez serait remis en cause, n'est-ce pas ? Parce que, d'après vous, Vermillion n'a pas tué les enfants.

– C'est exact.

Lester Flood écarte les bras, les paumes tournées vers le plafond.

– Ce serait un sacré rebondissement. Comme je vous l'ai dit, je suis prêt à essayer...

– Il faudrait faire vite.

– Je suis même prêt à faire vite, répond Flood. Mais je le répète, nos chances me paraissent minces et je préfère vous en avertir.

– Je comprends, mais je dois tenter le coup.

– Très bien. Allons-y.

Nous parlons argent. Mon compte en banque a été temporairement regarni par une avance de cinq mille dollars de Visa. Je fais un chèque à Flood pour la provision requise : mille dollars.

Je retourne à La Nouvelle-Orléans avec le moral dans les baskets. J'ai finalement déniché une piste et où me conduit-elle ?

Sur une terre brûlée.

Charley Vermillion avait une capsule de cyanure dissimulée sous son col et s'est suicidé après son arrestation. Un incendiaire a mis le feu au bâtiment centenaire du tribunal de Pointe A La Hache, où se trouvait le dossier de la demande de libération de Vermillion, après dix-neuf années d'internement. Francis Bergeron, l'avocat qui a déposé la requête, a précipité sa voiture du haut d'un pont et s'est noyé dans le bayou. Le système informatique destiné à archiver les documents du tribunal ayant implosé, il n'y a plus trace de la procédure concernant Vermillion.

Est-ce que tout cela peut n'être qu'une coïncidence ?

31

Le lendemain matin, je téléphone à William Lacey, l'ancien associé de Francis Bergeron. Il ne voit aucun inconvénient à me dire que Bergeron avait accepté de représenter Charley Vermillion à titre gratuit.

– Cela lui arrivait souvent ?

– Certainement pas, et je ne sais pas ce qui lui a pris, avec ce Vermillion. Frankie n'était pas du genre à défendre les causes perdues, il projetait de se présenter aux élections, vous voyez ce que je veux dire.

– Vous ne savez pas comment il a été amené à s'occuper de cette affaire ?

– Aucune idée. A dire vrai, ça ne lui ressemblait pas. Elle présentait un risque, et elle a effectivement fini par se retourner contre lui. Bien sûr, il a plaidé en appel, comme on pouvait s'y attendre. Alors, c'était peut-être ça, le but. Faire parler de lui dans les médias.

Je lui demande si je peux jeter un coup d'œil au dossier, les archives du tribunal ayant été détruites.

– Hmmm, je ne peux vraiment pas faire ça. Les rapports entre un avocat et son client sont confidentiels.

– En l'occurrence, l'avocat et le client sont morts.

– J'admets l'argument, mais je ne peux vous donner satisfaction, je le crains. J'ai remis les dossiers de Frank au district attorney. Vous savez que la libération de Vermillion fait l'objet d'un procès ?

– Oui, intenté par les parents des enfants Ramirez.

– Exactement. Qui ne ferait un procès quand l'Etat, dans sa sagesse, libère un cinglé qui met à profit ses droits constitutionnels pour enlever et assassiner deux gosses ? C'est le scénario catastrophe dans toute sa splendeur.

– Où je peux trouver le district attorney ? A Belle Chasse ?

– A Belle Chasse, oui. Mais c'est justement le problème. Je crois savoir que les dossiers de Frankie ont brûlé dans l'incendie. Le feu a ravagé le bâtiment peu après qu'ils ont été confiés au tribunal.

On en revient au lapin.

Je contemple son image sur l'écran de mon ordinateur. Schoffler a cherché dans cette direction et moi aussi, mais à ce moment-là le petit animal en papier ne représentait qu'une piste parmi d'autres. Il est maintenant la seule qui subsiste.

Je consulte mes notes.

Technique de pliage pratiquée par Léonard de Vinci. Repose sur une base mathématique. Liens avec les spectacles de magie au XIXe siècle.

En marge, cette précision, ajoutée ultérieurement :

Le pliage de papier est une sorte de transformation. Le travail avec des ballons de baudruche est plus en vogue maintenant.

Forme traditionnelle : ni collage ni découpage ne sont autorisés, uniquement un carré de papier.

Cela fait de l'origami le passe-temps idéal, je présume, pour des individus enfermés dans une prison ou un établissement psychiatrique.

Requiert un esprit doué pour la géométrie et l'abstraction. Apprécié des physiciens et des mathématiciens.

Jargon origami : plis par voie de terre, crêpe fourrée, bombe à eau, base d'oiseau étendue...

Schémas en accès libre sur le Web. Complexes.

Judy Jones : lapin fait avec un papier spécial pour origami, peau d'éléphant. Plié mouillé.

Petrich : un expert a identifié le lapin comme étant un « Lang modifié ».

En ligne, je tape *lapin origami Lang* dans la barre Google. J'obtiens plus de mille sites. Le docteur Joseph Lang a créé de nombreux pliages, mais, après avoir surfé deux heures, j'ai vu des dizaines de lapins Lang et de versions modifiées du même et pas un seul ne ressemble vraiment à celui que j'ai découvert dans la chambre des enfants. L'expert de Petrich a peut-être trouvé un lapin Lang différent de ceux que j'ai vus jusqu'ici.

Ou il s'est trompé.

Lorsque je tape *lapin origami,* Google me donne des milliers d'autres références, bien qu'un bon nombre d'entre elles se révèlent être des doublons. Je patauge une heure et demie de plus dans cette profusion sans parvenir à dénicher quoi que ce soit qui rappelle mon lapin.

Je découvre cependant que le monde de l'origami est très présent sur le Web et qu'on y copine beaucoup. Il abonde en concours, expositions, critiques de bouquins spécialisés, commentaires sur les sources de matériaux, les nouvelles créations et les échanges de schémas de pliage. La communauté cybernétique des origamistes pourrait peut-être m'en apprendre plus sur mon lapin. Si j'en juge par la ménagerie exposée dans la vitrine d'Anderton, le Joueur de Flûte n'était pas un novice.

Peut-être avait-il accès à un ordinateur au centre. Peut-être est-il entré en contact par le Net avec d'autres amateurs. Il est possible que quelqu'un reconnaisse sa patte, ou même qu'il l'identifie.

Je tape *origami* dans Google et dresse une liste de deux douzaines de sites. Je rédige un mail invitant à m'aider à trouver l'auteur du lapin du fichier JPEG joint en annexe et j'envoie le tout.

Si ça ne marche pas... Anderton sait qui a fait ce lapin. Au besoin, je lui poserai la question... avec un peu plus de vigueur que la première fois.

Je suis resté si longtemps penché sur mon ordinateur que j'ai le dos douloureux quand je me redresse. Je fais quelques étirements, je roule des épaules.

Il faudrait que j'appelle mes parents. Que j'appelle Liz. Je ne leur ai pas donné signe de vie depuis plus d'une semaine, déterminé à me tenir à l'écart de l'inquiétude des premiers et de l'agressivité de la seconde.

Je devrais au moins consulter mes messages.

Le lot habituel.

Le Grand Dave, à la Fox : *Alex ! On est sur quelque chose qui devrait te plaire. Si tu es prêt à revenir, nous sommes prêts à te reprendre... C'est une véritable occasion...*

Les parents, *simplement pour avoir des nouvelles.*

Mon ami Scott, qui essaie encore de me remonter le moral : *Salut, Alex. Bon, je t'explique : j'organise ce... euh, tournoi de badminton. C'est pour une œuvre charitable, bien entendu, même si je ne m'attends pas à drainer des foules. Bref, il y a Brad et Jennifer, Tim et Susan, Bill et Hillary, moi et Demi – elle a un lob de défense d'enfer, au cas où tu ne serais pas au courant. Charlize Theron cherche un partenaire... Alors, si ça t'intéresse, mon pote, tu m'appelles, d'accord ?*

Liz : *Où es-tu encore passé, Alex ? Il faut qu'on se parle.*

Je n'ai envie de parler à aucun d'entre eux. Je me promets quand même de les contacter très bientôt et je sors faire un peu de jogging. En quittant le hall climatisé de l'hôtel, je m'enfonce dans l'air humide et je suis surpris qu'il n'y ait pas d'orage sur le pas de la porte. Il fait si lourd que j'ai l'impression de courir dans l'eau. Je longe les quais jusqu'à ce qu'une clôture de sécurité m'arrête. Sur le chemin du retour, mon attention est attirée alors que je fais au petit trot le tour du Lafayette Park. Une foule se balance et claque des mains au son de la musique provenant d'un kiosque : un concert gratuit, une sorte de blues salsa funky. Le temps que je rentre à l'Omni, je ruisselle et j'embue le miroir de l'ascenseur.

Après une douche, je décapsule une bière et retourne m'asseoir devant l'ordinateur. Il s'est écoulé une heure seulement, mais j'ai déjà huit réponses à mon courriel. La plupart me suggèrent des liens que je pourrais explorer, mais l'une d'elles *(plieur@netzero.com)* reconnaît dans le lapin le gagnant d'un concours à l'annexe de Prospect Hill de la bibliothèque municipale de Philadelphie.

La société d'origami de Prospect Hill parraine un concours annuel proposant chaque année une figure différente. Cette année, c'est le requin. 1996 était l'année du lapin. Ce n'est pas l'un des très grands concours de pliage, mais le droit d'inscription est modique, ce qui attire un grand nombre d'étudiants. Le lapin de votre photo a été le grand vainqueur en 1996 et nous avons tous été très contrariés quand son créateur ne s'est identifié que par son prénom. Sans adresse. De toute évidence, ce concurrent avait du talent et plusieurs d'entre nous auraient souhaité lui parler, mais nous ne disposions d'aucune information pour le faire. Prenez contact avec George Esterhazy, le président d'honneur de l'association. Il est à présent à la retraite mais pratique encore beaucoup le pliage.

Salut, j'espère que ces renseignements vous seront utiles.

Plieur a joint à son message le numéro de téléphone d'Esterhazy et son adresse électronique. Je le remercie chaleureusement puis j'envoie mon e-mail d'origine à Esterhazy, avec une copie de la réponse de Plieur.

Quelques minutes plus tard, j'appelle Esterhazy : il fait peut-être partie de ces types qui ne consultent leurs e-mails qu'une fois par semaine.

– Esterhazy, fait une voix flûtée.

– Monsieur Esterhazy, je m'appelle Alex Callahan, je ne sais pas si vous avez…

– Ouuui. J'ai eu votre courriel. Et naturellement, je me souviens de ce remarquable petit lapin. Byron B. Très frustrant.

– Byron B. ?

– C'était son nom : nous n'en avons jamais su davantage. Très frustrant, je le répète. Certains membres du comité demandaient qu'on le prive de son prix, mais j'étais contre. Cela n'aurait pas été juste. Ce lapin dépassait les autres pliages de la tête et des épaules.

– Excusez-moi, mais comment ce lapin vous a-t-il été soumis si vous ne connaissez pas l'identité de celui qui l'a fait ?

– Il se trouve que la personne qui nous l'a envoyé était ergothérapeute au… Attendez, ça va me revenir…

– Au centre de pathologie de Port Sulfur, en Louisiane ?

– Voilà ! Une maison de fous ! Pas un inconnu, bien sûr. Julius Kravik, un origamiste célèbre, un homme profondément perturbé qui a passé la majeure partie de sa vie dans des établissements psychiatriques…

– Mmm.

– Quant à ce Byron B., nous aurions peut-être réussi à entrer en contact avec lui, mais au moment où les prix étaient attribués, où nous étions prêts à informer les gagnants et à annoncer les résultats, il venait d'être libéré. Et nos efforts pour convaincre la direction du centre de lui transmettre la nouvelle de cette victoire et la petite somme qui l'accompagnait se sont heurtés à une fin de non-recevoir.

Après un soupir, il reprend :

– Voilà. J'ai été un peu surpris de ne pas le voir réapparaître dans le monde de l'origami. Un type doué, de toute évidence. Une utilisation très innovatrice de la base oiseau étendue. Mais voilà.

Je suis si excité que je prends tout juste le temps de le remercier avant de raccrocher.

Byron B., ce n'est peut-être pas grand-chose, mais ça a le mérite d'exister ! L'établissement de Port Sulfur n'est pas un centre de désintoxication, où les malades entrent et sortent à leur gré. C'est un établissement pour malades mentaux criminels. Ce qui signifie que quelle que soit son identité Byron B. a déconné dans les grandes largeurs et de manière publique, sinon il n'aurait pas passé autant d'années dans cet asile. Il ne s'est pas non plus fait interner volontairement. Ce qui signifie que quelque part en Louisiane un tribunal a envoyé un certain B., prénom Byron, au centre de Port Sulfur. La presse en a peut-être parlé, tout dépend du crime qu'il a commis. Grâce à Anderton, je connais l'année : 1983.

En temps ordinaire, je ne choisirais pas un détective privé sur les recommandations d'une jeune punkette, mais ma vie n'a plus rien d'ordinaire. Jezebel Henton se fait un plaisir de me donner le numéro de téléphone de Pinky Streiber, qu'elle connaît apparemment par cœur.

– Merci, Jez.

– Une chose qu'il vaut mieux que vous sachiez... commence-t-elle d'un ton hésitant.

– Oui ?

– Parce que ça fiche un coup, quand on le voit pour la première fois. Pinky, on l'appelle comme ça parce qu'il est albinos[1].

J'ai rendez-vous avec Pinky Streiber dans son bureau du Quartier français. Une blonde à l'expression dure en fourreau de lin rouge trône à la réception et m'invite à m'asseoir dans la pièce la plus hype que j'aie jamais vue. Jazz dans la sono,

1. *Pink* : rose.

tableaux et meubles anciens, plantes éparpillées çà et là. Plafond haut, ventilateurs. Larges fenêtres à volets blancs. Pinky Streiber se débrouille plutôt bien.

Cinq minutes plus tard, il me serre la main et me conduit dans son saint des saints faiblement éclairé, meublé avec parcimonie. Il s'installe derrière une plaque de bois poli sur laquelle il n'y a qu'un téléphone rouge. Je me laisse tomber dans un fauteuil de cuir rouge. Streiber porte des lunettes de soleil et sa peau a la blancheur de la mort. Il flotte dans l'air une odeur familière, que je ne parviens toutefois pas à identifier.

– Ecran solaire, me dit-il comme s'il lisait dans mon esprit. Copperstone Sport 48. C'est ce que vous sentez. Et je m'excuse pour les lunettes mais je ne les enlève que la nuit.

Après avoir compris ce que j'attends de lui, il me répond :

– Ça demande du travail mais rien de sorcier, surtout de la marche. Si on fait sauter assez longtemps un million de hamsters sur des claviers, on finira par avoir un exemplaire de *Gunga Din*. La question est de savoir de quel budget vous disposez.

– Ce qu'il faudra, dis-je avec un haussement d'épaules. Ne lésinez pas.

Pour le moment, je continue à me servir des chèques que les compagnies de cartes de crédit m'envoient puis je taperai mon père. Ensuite...

– Je vais vous faire une fleur, puisqu'il ne s'agit pas d'une banale affaire de divorce, mais il me faut quand même une provision, disons cinq cents dollars. Et pour votre information, je ne fais pas moi-même les recherches dans les tribunaux. Je me suis monté une équipe d'étudiants, de retraités et de chômeurs chroniques qui tâtent un peu du droit. Vous me donnez le feu vert, je les lâche sur cette affaire et ils se tapent tous les tribunaux de Louisiane jusqu'à ce qu'ils aient trouvé l'ordre d'internement.

– Super.

– Je les paie vingt dollars de l'heure. Des heures, ça pourrait en faire pas mal, on ne sait jamais à l'avance.

– Je comprends.

– D'aaaaaacord… Donc, Byron B., interné par décision judiciaire au centre de pathologie légale de Port Sulfur, résume Pinky en relisant ses notes. Entré dans le système en 1983… C'est tout ce que vous avez, hein ? Vous savez quand il est sorti ?

– Vers 96.

– Bon, c'est tout ce qu'il me faut.

– Je pourrais donner un coup de main. S'il y a un coin où vous manquez de main-d'œuvre, je sais moi aussi chercher dans les archives…

– Génial. Vous venez de décrocher un boulot à Saint John the Baptist Parish, un bled rattaché à LaPlace. Ma titulaire là-bas vient d'avoir un bébé et sa remplaçante s'est fait embaucher au nouveau Target. C'est pas loin d'ici, suffit de prendre la 10.

Je tire de mon portefeuille un chèque aux coins cornés.

– Voyez ça avec Becky, dit Pinky. On prend les cartes Visa et MasterCard. Y a des clients qui tiennent à leurs points de fidélité.

32

La journée au tribunal de LaPlace, la nuit au Comfort Inn local. En parcourant les dossiers, j'engloutis des litres de café et je m'efforce de garder en tête le nom de Byron. Il pourrait m'arriver de l'effleurer du regard sans le remarquer, de la même façon que j'ai oublié de tourner dans Ordway Street, un soir en rentrant du travail.

Le troisième jour, je suis en train de regagner le motel quand mon portable sonne. Pinky.

– Vous êtes dans votre voiture ?

– Oui.

– Garez-vous.

– Quoi ?

– Je suis à la fois content, chagriné et un peu déçu, mon brave homme, m'annonce-t-il dans un petit braiment de rire. Cette enquête aurait vraiment pu faire tomber le taux de chômage ici en Louisiane.

– Pinky...

– Ouais, bon, soupire-t-il. Voilà, j'ai embauché une femme pour s'occuper de Saint Mary's Parish. Jusqu'à aujourd'hui, elle était en visite chez sa sœur à Houston, mais ça valait le coup de patienter parce qu'elle est vraiment forte. Une institutrice. Bref, mon ordre de mission l'attendait sur son fax à son retour et bingo, elle m'appelle tout de suite. Elle le connaît, ce fils de garce. « Byron B., elle me fait, Pinky, ça ne peut être que Byron Boudreaux. »

– Vous plaisantez.

– « Oh ? » je réponds. « Je crois bien, elle me dit. J'ai grandi à Morgan City et de l'autre côté du fleuve, il y avait ce jeune Boudreaux qui avait commis un crime horrible. Je me souviens du jour où on l'a bouclé parce que tout le monde a dormi un peu mieux. Ce devait être vers 1983, j'étais au lycée à l'époque et j'ai eu mon diplôme en 85. Je pense que c'est lui, Pink. » Alors, qu'est-ce que vous en dites ?

Je ne dis rien. Byron Boudreaux. Avoir un nom pour l'homme qui a kidnappé mes fils donne d'une certaine façon un point focal à mes tourments et pour le moment, je suis tellement submergé d'émotion que je ne vois plus rien. Byron Boudreaux. Je vais lui faire cracher sa vie.

– Alex ? Vous êtes toujours là ?

Je réussis à répondre :

– Je suis là. Beau travail.

– Un coup de bol, oui, voilà ce que c'est. A propos, notre institutrice, Mlle Vicky, elle a pris l'initiative de demander cet ordre d'internement et elle a bien fait parce qu'il pourrait nous fournir d'autres informations utiles. Mais ça prendra un ou deux jours pour qu'on l'ait. Vous rappliquez ici ?

33

— Je vais vous dire, fait Pinky une fois que je suis installé dans le fauteuil de cuir rouge de son bureau.

Il m'a remis le dossier de l'affaire avec, agrafées dessus, une carte de la Louisiane sur laquelle est indiqué le chemin pour aller à Morgan City et une fiche portant les divers numéros de Mlle Victoria Sims.

— Si je vous accompagnais ? suggère-t-il.

— Eh bien, je...

— Les Cajuns sont amicaux, mais les têtes nouvelles les rendent parfois un peu nerveux. Et pour dire la vérité, les plates-formes pétrolières n'emploient pas une main-d'œuvre particulièrement tranquille. Ça chauffe, quelquefois, le soir à Morgan City. Quand ces gars finissent leur service, ils sont comme des matelots en bordée.

— C'est-à-dire que...

— Si c'est à l'argent que vous pensez, eh bien n'y pensez plus. C'est aux frais de la maison, pour ainsi dire.

— Je...

— Pas la peine d'applaudir. Je le fais pour vos gamins. Il est temps que le Pinky se décide à bosser pour une bonne cause. Y a rien qui presse, ici, ajoute-t-il en désignant son bureau d'un geste circulaire.

La pièce et les vêtements qu'il porte donnent une idée de la valeur de son temps.

– J'apprécie…

– Oh, c'est rien, répond-il. Il faut quand même que je sorte de temps en temps de ce bureau, même s'il est agréable. Et je connais quelques gars dans le coin qui pourraient nous être utiles.

Nous partons au coucher du soleil dans le 4 × 4 BMW X5 de Pinky, si récent qu'il sent encore le neuf.

– Les albinos ont généralement une mauvaise vue, dit-il. Je suis l'exception. Je vois parfaitement bien, surtout la nuit.

Cent cinquante kilomètres environ séparent La Nouvelle-Orléans de Morgan City, où la secrétaire de Pinky nous a réservé des chambres au Holiday Inn. Malgré l'obscurité, la façon dont les lumières ponctuent la berge, regroupées par endroits, absentes sur de longues étendues sombres, fait deviner la présence constante de l'eau. En traversant Houma, nous remarquons les vestiges défraîchis du soutien patriotique à l'invasion de l'Irak : rubans jaunes déchirés et vaste déploiement de bannières étoilées. Dans un virage, les phares du BMW éclairent un panneau surplombant une station-service défunte :

SADDAM, TU LA DANS LE CU

Vicky Sims se joint à nous pour le petit déjeuner au buffet de l'hôtel. Elle a une trentaine d'années, une vilaine peau et une voix douce.

– J'ai trouvé le dossier au tribunal de Franklin, nous explique-t-elle. Après vous avoir parlé, Pinky. Il est dans les archives accessibles au public, pas de problème pour l'obtenir, même si une partie des expertises médicales ayant conduit à l'internement est probablement confidentielle. J'ai fait de mon mieux pour accélérer les choses, mais il faudra attendre deux jours pour en avoir une copie. Réduction de personnel. Les finances de la ville sont à sec.

– Comme partout, commente Pinky. Mais on pourrait commencer par vos propres souvenirs de M. Byron Boudreaux. Ensuite, Alex et moi, nous irons interroger des gens qui l'ont peut-être connu.

Elle se tamponne les lèvres avec sa serviette.

– Excusez-moi, je ne conçois pas le gruau de maïs sans une bonne dose de beurre et de sel. Ça tache.

– Manifestement, vous ne vous permettez pas trop souvent ces excès, dit Pinky.

Vicky Sims sourit.

– Je ne sais pas si je peux vous aider beaucoup, pour Byron. Il vivait à Berwick, sur l'autre rive, alors je ne le connaissais pas vraiment. J'avais simplement entendu parler de lui, nous avions tous entendu parler de lui, en fait.

Elle fronce les sourcils et continue :

– Un joli garçon, très intelligent, presque un génie, peut-être même un vrai génie. Il avait pas mal d'adeptes, du temps où il prêchait. C'était le genre de jeune qui pouvait devenir un grand homme, ou finir complètement cinglé.

– Il était prédicateur ? dis-je.

– Un tout jeune prédicateur, oui. Un petit Billy Graham. On venait de partout pour le voir, là-bas à l'église baptiste de Berwick. Si je me souviens bien, il avait commencé à prêcher après que son petit frère s'était noyé. Je ne vivais pas ici quand c'est arrivé, ma famille habitait encore Baton Rouge. Mais il y avait eu des rumeurs, apparemment.

– Comme quoi ? demande Pinky.

– Comme quoi ce n'était pas un accident. Comme quoi Byron aurait noyé le bébé. (Vicky secoue la tête.) Mais je ne sais pas, Byron lui-même était encore un gosse, à l'époque. Et je ne me rappelle pas si les gens ont eu des soupçons tout de suite ou si c'est venu plus tard, après qu'il a tué son père.

– C'est ça, son crime ? dis-je. Il a tué son père ?

– Je m'en souviens parfaitement. C'est pour cette raison qu'on l'a interné. Il a assassiné son père infirme.

– Vous ne parlez pas sérieusement, dis-je, bien que rien de la part de ce monstre ne puisse m'étonner.

– Si. Byron avait dix-sept ans et il devait être jugé non comme mineur mais comme adulte. Mais on l'a déclaré irresponsable. Ce que tout le monde a estimé juste, parce que le jeune gars était tordu comme un tire-bouchon.

Pinky boit son café avant de demander :

– Son père était infirme ?

Vicky Sims s'essuie de nouveau les lèvres.

– Claude, le père de Byron, travaillait sur les plates-formes pour Anadarko. Il a eu un accident, on a dû l'opérer. Il s'en remettait mais il était encore dans un fauteuil à roulettes au moment du meurtre, ce qui rend la chose plus horrible encore.

– Qu'est-ce qu'il a fait ? Il lui a tiré dessus ? questionne Pinky. On a tendance à être lourdement armé, dans le coin, ajoute-t-il à mon intention.

– Oh, non, rien d'aussi normal, répond Vicky. Il l'a empoisonné sournoisement. Par la peau, je crois. C'est possible ?

– Procédé transdermique, lâche Pinky. Oui, c'est possible mais quand même ! Comment il s'est fait prendre ?

Elle plisse le front.

– Je ne suis pas sûre de l'avoir su. Il n'y a pas eu de procès, rappelez-vous. Mais comme il s'agissait d'un empoisonnement, la préméditation ne faisait aucun doute. C'est pour ça qu'il devait être jugé comme majeur.

J'interviens :

– Mais il a plaidé la démence.

– Exactement. Ses avocats ont dit qu'il était fou, qu'il entendait des voix, que son père avait abusé de lui quand il était petit.

Elle sale de nouveau son gruau de maïs et reprend :

– Les arguments classiques. Vous aurez plus de détails avec le dossier. Ou par les journaux : le *New Iberian* en a sûrement parlé. Je connais son rédacteur en chef, Max Maldonado. Vous voulez son numéro de téléphone ?

J'appelle de ma chambre d'hôtel et Pinky écoute sur l'autre poste. J'explique qui je suis, ce que je cherche. Maldonado me répond qu'il a une édition à boucler mais qu'il était reporter à l'époque et qu'il se souvient de l'affaire Boudreaux, bien sûr. Il propose de me rappeler dans l'après-midi et je suis en train d'accepter quand Pinky intervient :

– Honte à toi, Max. Déballe ton histoire tout de suite. Tu peux bien sacrifier cinq minutes de ton précieux temps pour deux *bambinos* disparus, non ? Allez.

– C'est le privé le plus blanc de Louisiane que j'entends ? Merde, Pink, pourquoi tu n'as pas dit tout de suite que t'étais sur le coup ?

– Pour tester ta boussole morale, Max.

Pinky lâche un grondement de rire devant les protestations du journaliste.

– Max, tout ce qu'on veut, c'est des tuyaux sur ce type. Où il vivait, où il travaillait, quelque chose sur quoi bosser. On ne veut pas rester à se tourner les pouces en attendant qu'ils retrouvent ce foutu dossier.

– Ma boussole morale, hein ? Bon, je vais essayer de diriger son aiguille vers toi, Pink. Byron Boudreaux… Pourquoi je ne suis pas étonné d'entendre encore parler de lui ? Je te donne cinq minutes maintenant, tout le temps que tu voudras plus tard.

– Formidable.

– C'est parti. La famille de Byron vivait dans un camping appelé « Meadowlands ». Un coin plutôt minable, même si c'était d'une propreté impeccable, chez les Boudreaux. Je le sais parce qu'au moment du meurtre de Claude je remplaçais le photographe, et j'ai pris des tas de photos là-bas. Marie, la mère de Byron, était une femme remarquable, à tous points de vue. Claude, c'était quelqu'un de bien aussi, dur à l'ouvrage, à ce qu'on disait. Il bossait sur les plates-formes pour Anadarko. T'imagines, empoisonné par ton propre fils ! Ce garçon était pourri jusqu'à la moelle. La plupart des gens n'ont pas cru à ces histoires comme quoi Claude aurait abusé de Byron, c'étaient des conneries.

– Comme pour les frères Menendez.

– Exactement. Non, tout le monde disait que Claude était un mec bien. Si j'étais vous, j'irais faire un tour à Meadowlands, y a des chances pour qu'il reste encore là-bas des gens qui connaissaient la famille. En attendant, je charge quelqu'un d'ici de retrouver les articles consacrés à l'affaire.

– Comment on fait pour aller à Meadowlands ? demande Pinky.

– Vous êtes où ?

– A l'Holiday Inn de Morgan City.

– Vous traversez le pont pour rejoindre Berwick, vous roulez encore... mmm, huit cents mètres, environ. Meadowlands, c'est juste derrière... mmm... Tupelo, peut-être. Ou Live Oak. Une de ces deux rues. Vous n'aurez pas de mal à trouver.

Des cris résonnent à l'arrière-plan. Maldonado couvre le téléphone de sa paume mais nous l'entendons répondre. Il revient en ligne :

– Pardon.

– Boudreaux a encore de la famille là-bas ? dis-je, la voix tremblante.

L'émotion qu'elle dégage est si évidente que Pinky ôte ses lunettes noires et me lance un regard de l'autre bout de la pièce.

– Je ne crois pas, répond le journaliste. Pas à ma connaissance. Le père a été empoisonné, la mère est morte quelques années avant. Et... une minute, sollicite-t-il, de nouveau dérangé.

– On dirait qu'on te réclame, fait observer Pinky.

– Je vous retrouve plus tard, si vous voulez, propose Maldonado. Après avoir couché ce bébé.

– Je t'invite à dîner.

– D'accord.

Nous franchissons l'Atchafalaya par le pont Huey P. Long et trouvons Meadowlands en dix minutes. Malgré ce nom bucolique, il n'y a rien alentour qui ressemble à un pré[1]. Le camping comprend deux douzaines de mobile homes dont la plupart sont visiblement là depuis des dizaines d'années. Quelques-uns sont entourés de chaînes, d'autres raccordés entre eux par des planches de contreplaqué. Un petit nombre, installés à l'écart, sont agrémentés de volets et de parements récents, de clôtures de piquets et de massifs de fleurs.

Un panneau montre des enfants se tenant par la main et fixe la vitesse limite à trente kilomètres à l'heure. Il est criblé d'impacts de balles, la majorité se concentrant sur les petites silhouettes. Des poubelles de plastique marron, trop pleines pour permettre de refermer le couvercle, sont plantées devant la plupart des mobile homes. Des jardinets miteux accueillent des chaises en plastique, d'autres des sièges sous forme de baquets blancs retournés, des vélos d'enfants, des pataugeoires en plastique, des remorques pour bateau, de vieux pneus. Un ou deux véhicules sont garés devant chaque mobile home, le plus souvent des camionnettes.

Pinky descend la route, arrête la voiture devant le numéro 14, un mobile home avec une fenêtre en saillie curieusement ménagée sur le devant. Le BMW étincelle comme un vaisseau spatial d'extraterrestres sur la terre battue creusée d'ornières.

1. *Meadow* en anglais.

34

Je frappe à la porte. Une femme aux cheveux gris pris dans des rouleaux de plastique rose – je n'ai jamais vu ça, si ce n'est dans de vieilles séries télévisées – me lance de la véranda du mobile home voisin :

– Ils sont pas là. Je peux vous aider ?

– Nous cherchons...

– Comment allez-vous, madame ? m'interrompt Pinky.

– Vous vendez quelque chose ? Parce que j'ai pas un rond, j'aime autant vous prévenir. Mais j'ai tout le temps de vous écouter, alors, vous pouvez vous faire la main sur moi, si vous voulez.

– Nous ne vendons rien, déclare-t-il. Nous sommes...

– Pardon, vous seriez pas albinos ?

Indigné, j'ouvre la bouche pour protester, mais Pinky se contente de rire.

– Absolument, répond-il d'une voix sonore. Vous avez devant vous une curiosité génétique, madame. Je sais que ça peut faire perdre aux gens leur correction habituelle, comme avec quelqu'un affligé d'une regrettable difformité. Je pense que c'est une forme de racisme, en un sens. Incroyable, non, qu'ici, en Louisiane, on puisse être trop blanc ? conclut-il avec un sourire.

– Je peux vous poser une question ? Vous avez facilement des coups de soleil ?

— C'est mon gros problème, reconnaît Pinky.

— Moi-même, je suis très claire de peau. En plus, j'ai cette rosacée, alors je grille tout de suite. Seigneur, je me mets de la crème solaire à la louche. Venez donc par ici à l'ombre, avec votre ami, et expliquez-moi ce qui vous amène à Meadowlands.

« Par ici » est une terrasse branlante faite de contreplaqué posé sur des colonnes de parpaings. Des chaises pliantes métalliques et une vieille table basse en rotin composent le mobilier de jardin. Sur la table, un cendrier voisine avec une trousse à manucure en plastique. La femme s'est verni les ongles des pieds, et ses orteils d'un rouge éclatant sont encore écartés par les boules en plastique de sandales prévues à cet effet.

— Je m'appelle Pinky Streiber et voici Alex Callahan, dit-il en tendant la main.

— Désolée, s'excuse-t-elle en agitant les doigts pour nous montrer le vernis frais qui les couvre. Je suis pas encore sèche. Moi, c'est Dora Garrity. (Elle se tourne vers moi.) Vous, je vous ai vu à la télé, je crois bien... (La lumière se fait pour de bon.) Oh, mon Dieu, vous êtes le papa des deux mômes ! Oh. Seigneur. Jésus.

— Nous pensons que Byron Boudreaux pourrait être celui qui les a kidnappés, déclare Pinky.

Elle porte une main à sa bouche et les ongles d'un rouge parfait font comme du sang sur de la neige.

— Mon Dieu.

Je connais bien l'émotion qui fait se pincer ses lèvres et donne l'impression que son visage rétrécit. C'est la peur. Après avoir allumé une cigarette et expulsé un long jet de fumée, elle grommelle :

— Ce garçon, il est né mauvais. Mauvais jusqu'à la moelle.

— Vous savez où il est ? Où est sa famille ?

Elle secoue la tête.

— Là, je peux pas vous aider. Je l'ai pas revu depuis qu'ils l'ont emmené. Ses parents sont morts, bien sûr. Je savais même pas qu'il était sorti de l'asile. Ça s'est passé quand ?

– En 96.

– Ben, je suis drôlement contente qu'il soit pas revenu dans son mobile home.

– Les gens qui l'occupent maintenant, ils sont de la famille ?

– Non. Claude et Marie, ils étaient pas propriétaires. La caravane est en location, vous comprenez. Alors, y a eu toute une série de gens qui ont défilé...

– Je viens d'avoir une idée, me fait Pinky. Claude a dû laisser quelque chose, à sa mort. On pourrait vérifier.

– A ce que j'ai entendu, tout est revenu à Byron, intervient Dora. Ce qui a drôlement mis les boules à Lonnie, le frère de Claude. Non pas qu'il restait grand-chose après que Claude a été enterré et tout. Lonnie était en rogne que Byron hérite de quoi que ce soit, mais il y pouvait rien. De la façon dont les choses ont tourné, avec les avocats qu'ont plaidé la folie, légalement, Byron avait commis aucun crime.

– Il vit dans le coin, Lonnie ?

– Il est plus de ce monde.

– Et des amis ? dis-je. Byron avait des amis ici ?

– Ce garçon avait d'amis nulle part. Quand il a tué Claude, il passait le plus clair de son temps à Négroville, avec un sorcier.

– Un sorcier ?

– C'est ce que j'ai entendu, rétorque Dora, vexée par mon scepticisme. Ils ont des sorciers, vous savez. Trois cents ans ici, et ils ont pas encore quitté la jungle...

Je sais que je ferais mieux de me taire mais je ne peux m'empêcher de réagir :

– Je vous trouve...

– Vous le connaissez, ce sorcier ? me coupe Pinky. Vous connaissez son nom ?

– Sûrement pas, repartit-elle d'un ton offensé.

– Mais Byron, vous le connaissiez ?

– Il vivait à côté. Quand on habite dans un mobile home, on passe beaucoup de temps dehors. Ça fait plus de trente ans que je suis ici. Et croyez-le ou pas, je détiens même pas le record. (Elle part d'un rire de fumeuse, moitié quinte de toux.) Le vieux Ralph Guidry a vécu ici encore plus longtemps.

– Vous pouvez nous parler de Byron ?

– Qu'est-ce que vous voulez savoir ?

– Tout, répond Pinky. Ce qui vous passe par la tête. Nous ne savons pas ce qui pourrait nous aider à le retrouver.

Elle allume une autre cigarette, une Misty menthol.

– Ben... Byron avait un frère. Du moins, pendant quelques années. Quand Byron avait dix ans, et son frère Joe quatre ans, il a vu – certains ont dit : « il a regardé » – le petit se noyer à la piscine municipale. Y en a plus, de piscine, maintenant, mais elle était à moins d'un kilomètre d'ici. Ils en raffolaient, les gamins.

Pinky se tourne vers moi.

– Cela confirme ce que disait Vicky. Son frère s'est noyé devant lui. C'est terrible. Il a essayé de le sauver ?

– Ben, justement, c'est pour ça que je vous en parle. Tout le monde était d'accord, une vraie tragédie, mais y en a qui se sont demandé si c'était pas encore pire. Parce que c'est arrivé un soir que les deux gosses étaient sortis en douce de la maison. L'idée pouvait pas venir du petit Joe, hein ? Bref, ils traînaient dans le coin et Byron a aidé son frère à passer par-dessus le grillage qui entourait la piscine, qui était fermée, bien sûr. D'après, ce que Byron a raconté, ils chahutaient quand le petit Joe a glissé et est tombé là où c'est profond. Comme aucun des garçons savait nager, il a coulé et Byron a pas pu le sauver.

– Ils ne savaient pas nager ? s'étonne Pinky. Alors, pourquoi ils sont allés dans cette piscine ?

– C'est ça qui est bizarre. Marie, la maman de Byron, elle les y emmenait souvent. Je les voyais partir avec leurs serviettes, leurs bouées et tout. Mais quand Byron a dit qu'il ne savait pas nager, Marie a pas moufté.

– Alors, les gens ont pensé que Byron avait noyé son frère ?

– Ils ont eu des soupçons. Y avait cette perche d'aluminium avec un filet au bout, vous voyez ? Ce truc pour ramasser les saletés au fond du bassin ?

Je hoche la tête pour l'encourager à poursuivre.

– Ben, quand la police est arrivée, elle était sur le bord. Sèche comme de l'amadou. On n'y avait pas touché. Byron était sec lui aussi, et y avait pas d'eau autour du bassin. Marie avait couché les gamins et leur avait lu une histoire une heure avant que Byron revienne en criant et qu'on appelle le 911. Mais quand les secours sont intervenus à la piscine, tout était sec.

– Mmm, fais-je, sans trop voir où elle veut en venir.

– Ça a intrigué un des ambulanciers. Ici, l'eau met longtemps à s'évaporer. Tout moisit, c'est un vrai problème. Apparemment, Byron s'était même pas donné la peine d'approcher du bord et de plonger ses mains dans l'eau. Il avait même pas essayé de repêcher son frère. Pourquoi il s'est pas servi de la perche ? Elle était là, tout près. Ça paraissait bizarre.

Je ne suis pas convaincu :

– De là à conclure que cet enfant a tué son frère... Il a peut-être été paralysé par la peur, cela arrive.

– C'est ce que j'ai pensé aussi. Après tout, ce môme n'avait que dix ans. Et c'est ce que Byron a dit à la police : il a pas vu de perche. Il a pas pensé à plonger une main dans l'eau. Et puis il a pleuré, pleuré jusqu'à ce qu'on le laisse tranquille.

– On pourrait penser qu'à dix ans il aurait eu le bénéfice du doute...

– Oh, même tout jeune, il faisait peur aux gens. Et y avait pas que ça. Un témoin, une serveuse qui rentrait de la baraque à crevettes, est passée devant la piscine ce soir-là et elle a vu Byron assis au bout du plongeoir – en tailleur, vous savez – à regarder l'eau. Y avait personne d'autre, et sûrement pas de « chahut ». L'endroit était calme comme tout. Alors, où était le petit Joe ?

– Mmm.

– Aux toilettes. C'est ce qu'a prétendu Byron. Mais il mentait parce que les portes des toilettes étaient fermées à clé. On a tous pensé que le petit était dans l'eau et que Byron le regardait du plongeoir. De quoi vous faire froid dans le dos, hein ? Après ça, Marie n'a plus laissé personne approcher Byron. Elle disait que les gens peuvent être cruels, qu'il souffrait bien assez comme ça, qu'il pleurait toutes les larmes de son corps. Finalement, personne l'a jamais franchement accusé de quoi que ce soit et on a conclu à un accident.

Dora touche délicatement du doigt l'un de ses ongles brillants et se lève avec un grognement.

– Vous savez quoi ? J'ai encore plein de trucs à vous raconter sur Byron, mais je suis sèche, maintenant. On pourrait aller chez Ralph, il connaissait vraiment bien la famille. Il travaillait avec Claude, le père de Byron. Ils bossaient tous les deux sur les plates-formes. Et ils allaient aussi à la pêche ensemble.

Dora nous demande d'attendre et revient cinq minutes plus tard, la tête encore couverte de rouleaux, mais les sandales de pédicure ont été remplacées par des chaussures de sport New Balance.

– On y va à pied ? demande Pinky en regardant les tennis.

– Sûrement pas ! J'ai envie de faire un tour dans cette bagnole.

Ralph insiste pour nous faire du thé glacé. Il distribue les verres avec soin puis s'excuse et va chercher « quelque chose ». Nous attendons dans un séjour miniature bourré de meubles ; Ralph revient avec deux albums de photos poussiéreux.

– J'avais la manie de la photo, à l'époque, explique-t-il.

Il feuillette l'un des albums jusqu'à ce qu'il trouve la page qu'il cherche. Nous nous penchons pour regarder un instantané sept sur douze.

– C'est Claude, dit-il en montrant un homme au visage encadré de longues pattes assis sur un banc. Et là, c'est Marie.

Il désigne une femme à l'air réservé assise à côté de Claude. Elle a la tête tournée et regarde avec un sourire tendre un beau petit garçon bien propre, à la raie droite comme une règle.

– Et là, c'est Byron, enchaîne Dora. C'était un peu avant la naissance de Joe. Oh, elle l'adorait, son Byron, hein, Ralph ?

– Mon Dieu, oui. A ses yeux, il ne faisait jamais rien de mal.

– Tout ce qu'il voulait, Marie le lui donnait. Des jouets, des jeux, un vélo, une Nintendo... Une guitare, un trampoline, un kart. Des lunettes de soleil à deux cents dollars, vous vous rendez compte ? Des vêtements... Rien n'était trop beau.

– Claude aussi, il aimait ce garçon, précise Ralph, mais il voulait lui apprendre la discipline, les gosses en ont besoin. Marie, elle ne laissait pas Claude le toucher. Ni même lui parler durement. Et regardez ce qui est arrivé...

– Je suis pas pour accuser les parents, déclare Dora. Marie était gentille comme tout. Et Claude était quelqu'un de bien, aussi. Je crois que ce gosse, il est né cinglé, voilà tout.

– Peut-être, convient Ralph.

Il trouve une autre photo, prise deux ans plus tard. Byron a maintenant sept ans environ. Vêtu d'un costume et de ce qui ressemble à une cape, coiffé d'un haut-de-forme, il a une moustache en croc dessinée au crayon sur sa lèvre supérieure. Derrière lui, une banderole écrite à la main annonce *BYRON LE GRAND*.

Je me souviens de ce que Karl Kavanaugh m'a raconté sur les magiciens qui apprennent leur art dès l'enfance. Cette photo me glace.

– Ah, les spectacles de magie ! s'exclame Dora. J'avais complètement oublié. Byron vendait les billets un *quarter* et tout le monde en achetait parce que Marie préparait de la limonade, des sandwiches et de la salade de pommes de terre, alors, finalement, c'était une affaire.

– Elle était drôlement bonne, sa salade de pommes de terre, dit Ralph. Mais pas autant que celle de Dora, ajoute-t-il avec diplomatie.

– Tu te souviens ? On regardait le spectacle sur des chaises pliantes que Byron installait devant le mobile home…

– Il était bon, pour un gosse de cet âge. Il avait un tour, il mettait des plumes et des brins d'herbe dans une casserole, il disait une formule magique et, quand il rouvrait la casserole, un oiseau s'envolait. Je l'ai bien regardée, cette casserole. Y avait pas la place pour un oiseau vivant.

Une casserole à tourterelle, pensé-je en me rappelant la description de Kavanaugh.

– Parlez-nous du père, demande Pinky.

– Il travaillait sur les plates-formes offshore, comme moi. Dur au boulot, Claude. Marie travaillait aussi, elle prenait du repassage.

Mais le plus souvent, d'après ses deux voisins, Claude était un père absent. Travailler pour Anadarko signifiait passer six semaines dans le golfe puis trois semaines à la maison.

– Pendant ses périodes de repos, il n'était pas vraiment à la maison non plus. Il allait à la pêche, dit Ralph en riant. Le plus souvent avec moi.

– Byron vous accompagnait ?

– Non. Ça l'ennuyait. Il aimait mieux rester à la maison avec sa maman.

– Ils allaient à l'église ? J'ai entendu dire que Byron prêchait, quand il était tout jeune.

– Pour ça, oui, ils étaient très croyants, confirme Dora. Mais c'est après la mort du petit Joe que Byron s'est vraiment mis à la religion.

– Une expérience transformatrice, commente Ralph.

– Une quoi ? fait Dora. Où est-ce que t'as été pêcher ça ?

– Dans les études bibliques, répond Ralph en rougissant. Comme Paul sur le chemin de Damas. Quand Joe s'est noyé, Byron a dû commencer à penser au salut de son âme.

– Je connais rien à ces histoires de transformation mais je sais que ce gosse a attrapé le virus de la prédication. Byron, il prêchait à qui voulait l'entendre, là-bas sur le pont, ou même sur les quais, une bible à la main, quand les crevettiers rentraient. Marie, elle était morte de peur, avec le genre de bonshommes qu'y avait là-bas, bourrés et tout, mais Byron, rien ne l'arrêtait. Il commençait même à avoir une réputation de guérisseur, hein, Ralph ?

– Absolument. Les gens disaient qu'il avait la vocation.

Ralph marque une pause et reprend :

– Des conneries, bien sûr, passez-moi l'expression. Mais il avait un auditoire, aucun doute. Et le sens du spectacle.

– Le sens du spectacle ? Qu'entendez-vous par là ?

– Oh, par exemple, il fait un jour un sermon sur les gens qui se dérobent à leurs responsabilités. Il parle de Ponce Pilate et, sur l'autel, il a posé un grand saladier en verre rempli d'eau, et il incendie Pilate, qui s'est lavé les mains de l'affaire Jésus-Christ, comme quoi c'étaient pas ses oignons... Le petit Byron se frotte les mains avec du savon en prêchant, il les plonge dans le saladier et l'eau devient rouge sang. Ooooh ! fait le public. Parce que c'était vraiment spectaculaire. Byron lève ses mains qui dégoulinent de « sang » et il braille que Pilate ne peut pas laver ce sang de ses mains...

– Un tour.

– Une sorte de savon gadget, c'est ce que Claude m'a expliqué, mais ça attire l'attention, vous voyez ce que je veux dire ? Il avait toutes sortes de trucs comme ça. Et puis quand il y a eu cette histoire, avec le petit chien... (Ralph se tourne vers Dora.) Ils l'ont viré de l'église, non ?

– Quelle histoire ? demande Pinky.

– C'était plus tard, dit Dora, quand il avait quinze, seize ans.

Mais je n'écoute plus, je pense au jeune prédicateur aux mains dégouttant de « sang », au jeune prédicateur faisant des tours de magie.

A sept ans, Byron le Grand travaillait déjà sa dextérité. Des images des sœurs Gabler dans leur costume de scène s'insinuent dans mon esprit. La photo de lieu de crime de la moitié inférieure de Clara. Je pense aux garçons Ramirez, dont l'un a été démembré. Aux enfants Sandling grimpant à la corde et « s'entraînant ». Dans quel but ?

Il avait vraiment le sens du spectacle.

Quand je songe à ce que ce malade a en tête pour mes fils…

– Ça va ? me demande Pinky.

– Encore un peu de thé glacé ? me propose Ralph.

Je secoue la tête.

– Ça va.

– Alors, cette histoire de chien ? insiste Pinky.

Dora fronce les sourcils.

– Ça t'embête si je fume, Ralph ?

– C'est pour toi que c'est mauvais. Mais vas-y.

– Ce petit chien, Seigneur ! Là, on a compris qu'il était vraiment fou.

– Ça a aussi été la fin de sa carrière de prédicateur, ajoute Ralph.

– Qu'est-ce qu'il a fait ? interroge Pinky. Il l'a torturée, cette pauvre bête ?

– Pire que ça, répond Ralph.

– Qu'est-ce qui pourrait être pire ?

Le vieil homme soupire, se balance en arrière dans son fauteuil.

– On était à Noël, et c'est peut-être facile avec le recul, mais les gens disent maintenant que Byron commençait à leur faire peur. Il les mettait mal à l'aise, sans qu'ils sachent pourquoi. Ils évitaient sa compagnie. A l'époque, il prêchait encore beaucoup, et quand il ne prêchait pas il disparaissait pendant des heures. Il avait quoi ? Quatorze ans ?

Dora confirme d'un hochement de tête.

– Marie, elle s'inquiétait, continue Ralph, elle disait qu'il avait un endroit secret, elle ne savait pas où et elle ne savait pas non plus ce qu'il y fabriquait.

– Et puis le petit voisin a reçu un chiot en cadeau pour Noël, enchaîne Dora avec un frisson.

– Vous vous rappelez ce qu'a dit Dora ? Sa mère lui passait ses quatre volontés.

Pinky et moi acquiesçons.

– Sauf pour une chose. Marie avait de l'asthme, elle ne supportait pas la présence d'animaux. Elle éternuait, elle suffoquait, elle devait aller souvent à l'hôpital. Alors, pas de chien ni de chat pour Byron, même pas de hamster.

– Bon, un jour, reprend Dora, le voisin, Emory Boberg, ses parents lui ont offert un petit labrador doré, tout mignon. Il le promène devant le mobile home des Boudreaux, et Byron lui demande s'il peut jouer avec le chien...

« Emory n'a pas envie de prêter son chien mais il a peur de Byron, alors il lui tend la laisse. Byron lui donne de l'argent pour qu'il aille acheter des Slurpees pour eux deux au Seven-Eleven. Dès qu'Emory a tourné le coin de la rue, Byron creuse un trou dans le jardin et enterre le chien jusqu'au cou. Si j'avais été là, j'aurais peut-être pu l'en empêcher, mais j'étais à Lafayette, chez ma sœur...

– Byron a essayé de s'expliquer plus tard, intervient Ralph. Une histoire tordue : le chien n'arrêtait pas de se libérer de son collier, et l'enterrer était la seule façon que Byron avait trouvée pour l'empêcher de se sauver. Pendant qu'il tondait la pelouse. Comme s'il ne pouvait pas attendre dix minutes qu'Emory revienne. Comme si Marie lui avait vraiment demandé de tondre la pelouse. En décembre... Bref, il sort la tondeuse de la cabane...

Dora se prend la tête à deux mains comme si le simple rappel de la scène était impossible à supporter.

– Mon Dieu !

– Le petit Emory revient juste à temps pour voir Byron passer la tondeuse sur la tête du chien. J'étais là quand le gosse a poussé cet horrible cri. On s'est tous précipités dehors. Un vrai geyser de sang, vous imaginez.

– Il a décapité le chien avec la tondeuse ?

– La mère d'Emory a appelé la police. Les flics ont débarqué et personne n'a cru Byron quand il a prétendu que c'était juste un accident.

– Il a été inculpé de violence délibérée sur animal.

– Et qu'est-ce qui lui est arrivé ?

– Rien. Il s'en est tiré avec des séances de thérapie. Les Boberg ont déménagé dès qu'ils ont pu.

– Après ça, le bruit courait que le garçon Boudreaux n'était pas normal, dit Ralph. Qu'il lui manquait une case. Peut-être même plusieurs. Les parents ont interdit à leurs gosses de le fréquenter. A l'église, on ne le laissait plus prêcher.

– Peu de temps après, il a laissé tomber l'école, continue Dora. Et c'est là qu'il s'est mis à traîner à Morgan City. (Elle écrase sa cigarette.) A voir ce sorcier négro.

Ces propos racistes me révoltent tellement que je me lève d'un bond mais Pinky, mine de rien, s'enquiert :

– Vous connaissez le nom de ce type ?

– Comment voulez-vous que je sache une chose pareille ?

– Je crois savoir qui c'est, déclare Ralph. Mais je ne connais pas son nom. Allez à Morgan City et demandez, quelqu'un vous dira forcément où le trouver. Les gens viennent de La Nouvelle-Orléans pour le voir, il leur donne un numéro gagnant à la loterie ou le vainqueur de la prochaine finale de foot. Il est connu dans le monde entier, cet homme-là.

– On demande… euh… le sorcier ? fait Pinky. Ça suffira ?

– Ils ne s'appellent pas eux-mêmes sorciers, répond Ralph. Ils ont un nom vaudou dont je me souviens pas. *Higgan* ? *Huggin* ?

– *Hougan,* corrige Pinky.

– C'est ça. Et y en a plus d'un, dans cette ville. Celui que Byron s'est mis à fréquenter après l'histoire du chien, il n'a plus de lèvre supérieure.

– Vous me faites marcher.

– Je le jure devant Dieu. Je l'ai vu. Je sais pas ce qui lui est arrivé. Lui, il raconte qu'un zombie fâché lui a arraché la lèvre avec les dents.

Dora se signe discrètement.

– Comme ça, continue Ralph, qui allonge la tête vers elle telle une tortue et agite les mâchoires.

Dora pousse un cri.

– D'un seul coup, dit Ralph. La lèvre arrachée.

35

Pinky et moi mangeons chez Katy, une baraque du bayou Bœuf qui loue des barques et vend des appâts pour la pêche en plus de sandwiches et de boissons.

– Ça, c'est un *po'boy*[1], déclare Pinky en faisant descendre la dernière bouchée avec une lampée de Coca. Même si on mange bien à La Nouvelle-Orléans, ça devient de plus en plus dur d'y trouver un bon *po'boy*. Personnellement, je pense qu'il faut aller à la campagne parce que, en ville, on change la graisse trop souvent. Qu'est-ce que t'en penses, Arthur ?

Arthur, l'homme qui se tient derrière le comptoir, est apparemment une vieille connaissance du détective. (« Personne ne m'oublie jamais, ça, c'est certain », a expliqué Pinky.) Le visage sombre d'Arthur se fend d'un sourire édenté.

– C'est un compliment ou tu veux dire que ma graisse a des moustaches ?

– Non, je suis sincère, assure Pinky. L'huile jeune n'a pas de bouquet. Elle est neutre, elle n'ajoute rien.

Il tend le doigt vers moi.

– *Mon ami*[2], là, il est tout triste. Un homme lui a volé ses *éfants*.

1. *Poor boy* : gros sandwich au poisson, à la viande et aux œufs.
2. En français dans le texte.

– Non ! s'exclame Arthur, qui me regarde, l'air stupéfait, puis se tourne de nouveau vers Pinky. Vraiment ?

Ils échangent quelques mots en un patois que je ne comprends pas et Pinky revient à l'anglais :

– Des petits. Même pas sept ans. Mon ami se brise la tête et le cœur à essayer de les retrouver. Chercher l'homme qui les a pris l'a conduit par ici.

– Chez Katy ? fait Arthur en me détaillant.

– Non, pas chez Katy. A Berwick, où vivait cet homme. Il a grandi là-bas.

– Vous chassez ce type ?

– Oui.

– Il est noir ?

– Non, il est blanc, mais pas autant que moi, répond Pinky avec un rire. C'est un fou, un certain Byron Boudreaux. Tu le connais ?

– Non, je le connais pas.

– Je t'explique. On nous a raconté que ce Byron voyait souvent un *hougan* de Morgan City, il y a quelques années de ça.

Les yeux d'Arthur s'écarquillent.

– Tu rigoles ?

– C'est ce qu'on raconte. Alors, nous cherchons ce *hougan*, pour voir s'il sait où se cache Byron maintenant. Parce que nous pensons qu'en trouvant Byron, on trouvera aussi les petits garçons. Tout ce qu'on sait de ce *hougan*, c'est qu'il lui manque la lèvre supérieure.

– Hein ? fait Arthur, qui s'attrape la lèvre supérieure entre le pouce et l'index. Pas de lèvre du haut ?

– C'est ce qu'on nous a dit.

– J'ai entendu parler de ce bonhomme. Paraît qu'un zombie l'a embrassé. Il est connu.

J'interviens :

– Comment il s'appelle ?

– Diment. C'est le *hougan* sans lèvre. Le docteur Aristide Diment. Grand *bizango*.

— Qu'est-ce que c'est, un *bizango* ?

— Un *hougan*, c'est un prêtre vaudou. Et le *bizango*, c'est ses fidèles, sauf qu'ils sont vraiment proches, comme une famille.

— Plutôt comme une société secrète, rectifie Pinky.

— Si t'es malade ou si t'as un problème dans la vie, ou si t'as besoin d'un conseil, tu vas voir le *hougan*, poursuit Arthur. Il sait comment plaire aux *loa*, il sait comment faire les amulettes : pour que ton mariage reste solide, ou pour que tu trouves une bonne amie, ou pour que tes affaires marchent bien. Y en a aussi qui connaissent le côté sombre, qui servent des deux mains…

Arthur baisse les yeux et je le vois faire un signe de croix.

— Ce Diment, il en fait partie, ajoute-t-il.

Je ne comprends pas :

— Il sert des deux mains ?

— Il est à la fois prêtre et sorcier, traduit Pinky. Il a des pouvoirs surnaturels. La religion d'une main, la magie noire de l'autre.

— Donc, ce Diment est magicien. Je comprends maintenant l'intérêt de Boudreaux.

— Ce n'est pas si simple, me dit Pinky. Le vaudou est très complexe. On peut lui consacrer des heures sans rien y comprendre. J'ai quelques connaissances sur le sujet parce que je me suis occupé de l'affaire d'une femme qui serait morte à cause d'un sort qu'on lui aurait jeté. Les parents n'y croyaient pas, ils sont venus me trouver. Finalement, elle avait été assassinée.

— Empoisonnée ? fait Arthur.

Pinky confirme de la tête et explique à mon intention :

— Il y a des herbes qui soignent et des potions qui rendent malades. Les *hougans* et les *mambos* — les prêtresses — étudient les remèdes et les poisons en milieu naturel. Cela fait partie de leur formation. Mais ils ne vous guérissent que des maladies d'origine surnaturelle. (Il se tourne vers Arthur.) Ce Boudreaux, il a empoisonné son papa et on l'a enfermé pour ça.

Arthur grimace.

– Le poison et le vaudou, c'est une vieille histoire, poursuit Pinky en tapotant de son verre le plateau de la table. Aux Antilles, dans les plantations, des esclaves utilisaient des poisons lents contre leurs maîtres. C'est pour ça que les maîtres ont commencé à s'inquiéter de la religion des esclaves. En plus, il y avait des rumeurs de pouvoirs surnaturels. Pour des chrétiens, c'était forcément l'œuvre du diable. De la sorcellerie. Entre le poison et les pouvoirs magiques, les planteurs ont bientôt pris peur. Ils ne savaient jamais d'où pouvait venir le mal, qui pouvait vous jeter un sort ou empoisonner votre nourriture. Alors, les autorités ont sévèrement réprimé la religion.

– Réprimé ?

– Oh, elles ont fait tout ce qu'elles ont pu. Le gouvernement et l'Eglise pensaient qu'à eux deux ils viendraient à bout du vaudou. Mais la répression a simplement amené le vaudou à se cacher. Le plus souvent, en restant parfaitement visible. Le seul moyen pour les esclaves de continuer à pratiquer leur religion, c'était de se convertir au christianisme, et les maîtres les y encourageaient. Finalement, le vaudou s'est retrouvé imprégné de pratiques chrétiennes. Tous les *loa*, les êtres qui règnent sur le monde des esprits, ont des équivalents chrétiens. Le *loa* Legba, par exemple, c'est saint Pierre.

Je me souviens de Scott me parlant de la figure sur la *dime* : Mercure, saint Pierre, et aussi Legba.

– Oui, j'en ai entendu parler.

– Vous voyez l'intérêt ? Les esclaves pouvaient faire semblant d'être de bons chrétiens, d'adorer saint Pierre, alors qu'en fait c'était Legba. Au bout d'un moment, c'étaient les deux. Tu connais d'autres exemples, Arthur ?

– La Vierge Marie, c'est Ezili. Saint Jean-Baptiste, c'est Chango. Saint Patrick, Dambala Wedo...

Je me tourne vers le Noir.

– Et Diment ? Vous le connaissez ?

– Jamais de la vie. J'ai entendu parler de lui, ça oui. Il vit près du cimetière de Morgan City. Vous reprenez la 182, vous entrez dans la ville. Par Myrtle Street, je crois, vous descendez jusqu'au fleuve. Vous traversez la voie de chemin de fer, vous roulez encore un peu. Y a une petite boutique au coin de la rue, *Lasseigne,* elle s'appelle. Vous demandez le patron, Felix. Vous lui dites que vous venez de ma part. Il sait où trouver maître Diment.

– Merci, Arthur.

– Pas de quoi, bonne chance. J'espère que vous trouverez vos *éfants.*

Felix est un petit homme couleur café. Lui et Pinky s'entretiennent dans un patois créole impénétrable puis Felix dessine un plan grossier. Et nous repartons dans le BMW, nous passons devant un thermomètre qui indique 100 °[1]. Un moment, je me demande si c'est la température *et* l'humidité.

– Cette histoire de lèvre, dit Pinky. Si vous ne croyez pas aux zombies, il y a une autre explication. J'ai déjà vu ce genre de mutilation, on l'inflige parfois à un homme qui tourne autour de la fille ou de la femme d'un autre. Le père, ou le mari, le défigure pour que les femmes le repoussent.

– Au moins, c'est direct.

Au lycée de Morgan City, un homme tond le gazon du stade de football. Une bannière fixée à la clôture annonce : *Match d'ouverture le 28 août.* L'homme qui pousse la tondeuse a le torse nu et luisant de sueur. Un bandana noué en foulard lui couvre la tête et un petit parapluie fixé à la tondeuse l'ombrage tandis qu'il avance. On a peine à croire que quelqu'un puisse avoir envie de jouer au football par cette chaleur, mais le match d'ouverture aura lieu dans moins d'un mois. Juste après le lycée, un groupe de jeunes en maillot d'entraînement se tient devant la baraque d'un marchand de glaces.

1. 100 °Fahrenheit, soit 38 °Celsius.

– Felix nous a bien recommandé de faire un cadeau à Diment, rappelle Pinky, qui tourne le coin de la rue et s'arrête devant un magasin de spiritueux. D'après lui, le docteur a un faible pour le rhum.

Nous repartons et nous faisons de nouveau halte à un carrefour, où le détective consulte le plan. Sur la droite, une petite cabane en bois disparaît presque dans la végétation environnante. Elle paraît sur le point de s'écrouler, mais un pick-up d'un rouge éclatant est garé devant et une parabole neuve dépasse du toit.

– Voyons… dit Pinky. Je crois que c'est ici qu'il faut tourner à droite.

Après quelques autres tournants, nous nous retrouvons sur une route de terre battue. Au bout de quinze cents mètres environ, nous nous arrêtons devant une sorte de cube en béton, avec une cour semée de quelques plaques d'herbe et creusée d'ornières remplies d'eau stagnante. La petite fenêtre de devant semble avoir été ajoutée après la construction, percée grossièrement dans la façade. Le bâtiment ressemblerait tout à fait à une remise s'il n'y avait la « porte », un rideau de perles en plastique. J'en ai vu de pareilles en Afrique. Les perles laissent passer l'air mais maintiennent les mouches dehors. Plus ou moins.

– On y est, annonce Pinky en exécutant un roulement de tambour sur le tableau de bord avec ses doigts. Chez Diment.

Nous descendons de la voiture, aussitôt estourbis par le coup de masse de la chaleur. Pinky presse le bouton de sa clé et les feux du BMW clignotent. Comme on ne peut pas frapper à une porte en perles, Pinky écarte le rideau, passe la tête à l'intérieur, appelle :

– Il y a quelqu'un ?

– Entrez, répond une voix lointaine.

Il fait sombre dedans, plus chaud encore que dehors. Etouffant. Derrière l'odeur de poussière et d'huile d'eucalyptus, flottent des relents de sueur, d'urine et d'excréments. Pendant que ma vue s'ajuste à la pénombre, je prends conscience de bruits dans la pièce : respiration pénible, reniflements et toux. Quelqu'un gémit. Puis la douzaine de formes allongées par terre se transforment en corps, des corps d'enfant, pour la plupart, à en juger par leur taille.

– J'en ai entendu parler, murmure Pinky. C'est une clinique. Une sorte d'hôpital vaudou.

Ma première réaction – j'en ai honte – est de retenir ma respiration.

– Par ici, fait une voix ferme venant du fond.

Par la porte ouverte, nous passons dans une autre pièce. Elle est deux fois plus petite que ma chambre à l'Omni et éclairée uniquement par une guirlande d'ampoules et trois ou quatre cierges. Devant moi, un autel aux espaliers encombrés d'objets divers : un hochet, un peigne noir, des statuettes drapées de perles, des bouteilles, des cordes aux nœuds compliqués, des croix, un crâne peint, des ballots de vêtements entourés de ficelle, des fleurs, des jarres aux couleurs vives, des icônes de la Vierge à l'Enfant nimbée d'or, des glaçons en plastique, des voitures Matchbox, un petit ballon de football, des poupées en plastique, une photo de JFK, la sculpture en bois d'un homme en smoking tirant sur un cigare…

Il y a dans la pièce cinq chaises pliantes et sur l'une d'elles est assis le docteur Diment en personne. Ses yeux et ses dents semblent luire dans la pénombre. L'absence de lèvre supérieure est troublante parce qu'elle découvre les dents du dessus, comme celles d'une tête de mort.

– Bienvenue, dit-il d'une voix profonde. L'homme blanc et l'homme pas-si-blanc, ajoute-t-il avec un petit rire.

– Pinky Streiber, dit le détective. Et voici Alex Callahan.

Nous nous serrons la main.

– Monsieur Streiber, tu es si blanc que tu éclaires presque. Asseyez-vous. Dites-moi ce que le docteur Diment peut faire pour vous.

Je lui tends la bouteille de rhum Appleton, il la regarde et incline la tête cérémonieusement.

– Merci. J'apprécie. C'est de la bonne qualité. Après ça, je pourrai plus boire mon clairin.

– C'est aussi du rhum, traduit Pinky à mon intention. Une sorte de gnôle.

– Tu connais les usages locaux, explique-les à ton ami. Mais lequel des deux a besoin de l'aide du docteur ?

Je m'essuie le front. La sueur commence à couler dans mon dos.

– Moi, dis-je. Je m'intéresse à Byron Boudreaux. Il était votre ami, paraît-il.

– By-ron, soupire Diment. By-ron, il a pas d'amis.

– Nous avons entendu dire que vous le connaissiez, précise Pinky.

– Buvons, décide le docteur.

Il dévisse le bouchon de la bouteille de rhum, boit une longue gorgée et me la passe. Même dans la pénombre, je vois luire un filet de salive sur son menton. La salive, la lèvre manquante, les toux et les plaintes dans la pièce voisine : je n'ai pas vraiment envie de boire au goulot, mais je sais que je dois le faire. J'avale une lampée. Le rhum me brûle agréablement la poitrine. Pinky décline et rend la bouteille à Diment.

Maintenant que mes yeux se sont accoutumés à la pénombre, je découvre un homme décharné – sida ? –, vêtu d'un maillot de corps blanc crasseux et d'un short kaki déchiré. Aux pieds, il porte une paire de tongs en plastique.

– Pourquoi tu t'intéresses à Byron ? me demande-t-il.

Mais, aussitôt, il lève une main.

– Non, dis rien maintenant. On va lire les cartes.

Il prend un paquet de cartes et les distribue sur la petite table qui se trouve devant lui. Toutes les cinq ou six cartes, il en sépare une du paquet. Puis il ramasse la main qu'il s'est servie et la déploie. Les cartes sont si vieilles qu'elles retombent sur ses jointures. Je me demande si je ne suis pas la proie d'une hallucination. Elles me font penser aux montres molles de Salvador Dali. De sa main gauche, Diment redresse les cartes et les examine en plissant les yeux.

– OK, marmonne-t-il avant de les reposer sur la table sans les montrer. Maintenant, dis-moi pourquoi vous vous intéressez à Byron.

– Je crois qu'il a enlevé mes fils, mes deux garçons.

– Oui ?

– Je pense qu'il projette de les tuer.

– Mmmm, fait-il en touchant sa lèvre mutilée.

– J'ai besoin de votre aide...

– Ecoutez, le Byron, il est venu me voir après avoir tué ce petit chien. Vous savez ça ?

– Oui.

– Personne veut plus lui parler, après ça. Les parents, ils disent à leurs enfants de l'éviter. L'église, elle tourne le dos au garçon. Il me trouve une nuit dans le cimetière en train de faire un *veve*. Ça l'intéresse, je lui dis des choses. Le lendemain, il vient après l'école pour m'aider ici. Il fait les courses pour moi, il nettoie, il essuie même la merde de ces pauvres gars...

Diment désigne de la tête la pièce voisine et continue :

– En échange, il veut apprendre mon savoir. Les voies du monde.

Il s'octroie une autre rasade de rhum et me tend la bouteille. Je bois de nouveau.

– Cette histoire avec le chien... reprend-il. On en a parlé, Byron et moi. Je lui dis : « Tuer ce chien, c'était pas si mauvais. Un chien, c'est juste un poulet avec une queue. »

– Comment ça ?

– Ce qui est mauvais, c'est le tuer juste pour le regarder saigner. Je lui dis : « Byron, personne a rien profité de ça, toi encore moins. » La mort du chien, c'était du gâchis. Un gâchis d'amulette.

– Et puis ?

– Et puis rien.

– Je ne comprends pas...

Diment indique l'autel.

– La réponse que tu cherches, elle est là. Là, devant toi.

Je regarde mais je ne vois qu'un ramassis d'objets étranges et sans valeur.

– Je peux pas te dire plus, déclare-t-il.

– Mais vous ne m'avez rien dit ! Vous savez où se trouve Byron ?

Diment secoue la tête d'un air désolé.

– Quelque chose que tu ne comprends pas, mon ami. Byron, il fait partie du *bizango*. C'est un groupe fermé. Si je te dis plus sur lui, je brise la foi.

Pinky énumère les raisons pour lesquelles il devrait nous aider, y compris l'argent. Je supplie Diment mais il reste inébranlable. Il n'en dira pas plus.

– Mes lèvres sont scellées, plaisante-t-il.

– Il doit bien y avoir un moyen, argue Pinky. Il y a toujours un moyen.

– Un moyen peut-être, répond Diment. Si ton ami veut en savoir plus, il doit entrer dans le *bizango*. Alors, nous n'aurons plus de secrets l'un pour l'autre.

Cela me va parfaitement :

– D'accord. Où est-ce que je signe ?

Diment lâche un rire.

– C'est pas si facile. Il y a cérémonie. Initiation.

– Je ferai ce qu'il faudra.

– Pas tout le monde y arrive, me prévient-il. Tu dois avoir foi. Foi en moi, foi dans le *bizango*. Alors, tu renais dans le vaudou. Et tu fais partie de nous.

– Je dois avoir foi ?

– C'est pas obligé que tu croies à quelque chose de particulier. C'est comme monter en avion. Tu te mets dans les mains du pilote et de ceux qui ont construit l'avion. Tu t'en remets à eux. Tu attaches ta ceinture. Tu roules sur la piste. Tu ne comprends pas ce qui fait tenir l'avion dans le ciel, tu ne connais pas les gens qui conduisent la machine, mais tu montes à bord, tu boucles ta ceinture et tu as confiance que tu arriveras où tu veux arriver. C'est pareil. Tu mets ta foi dans le *bizango*. Tu passes l'initiation. Tu nous fais confiance.

— Je ne sais pas, intervient Pinky. J'ai entendu dire que ces trucs peuvent être dangereux…

— Dangereux ? fait Diment. Bien sûr. Traverser la rue, c'est dangereux. Les *loa*, nous les appelons, nous les connaissons mais nous les maîtrisons pas, non.

— C'est le seul moyen pour que vous m'en disiez plus sur Byron ?

— Cela est vrai, me répond-il.

— Alors, allons-y. Je suis d'accord.

— Tu es sûr ?

— Absolument.

— Reviens à minuit.

— Ce soir ?

Il hoche la tête, se lève et se dirige vers la porte. Tandis que nous nous faufilons parmi les malheureux gisant dans la chaleur et l'obscurité, Diment me pose une question incongrue :

— Quelle taille tu fais ?

— Quelle taille ?

— Oui, quelle taille ? répète-t-il, agacé.

— Du 4.

— Aaah. Parfait.

Il écarte le rideau, Pinky et moi sortons dans la cour et les perles retombent derrière nous avec un bruissement liquide.

C'est comme sortir du théâtre après une matinée. Le soleil m'aveugle. Une image de l'autel de Diment flotte devant moi dans la brume de chaleur : une icône peinte représentant deux garçons. Chacun d'eux a la tête entourée d'un orbe doré, chacun d'eux tient à la main une plume. Des jumeaux. Je me demande ce que cela veut dire, il faudra que je pose la question à Diment. La voiture de Pinky émet un bip, j'entends le bruit sourd des portières qui se déverrouillent.

— Waouh, s'exclame Pinky une fois que nous sommes à l'intérieur. Je ne suis pas sûr de reprendre rendez-vous avec ce bon docteur D.

— Pourquoi il voulait connaître ma taille ?

– Je doute qu'il ait l'intention de vous tuer pour vous piquer votre treillis Gap, mais sait-on jamais ?

Pinky met le contact, baisse les vitres. Le BMW démarre avec une embardée.

– Ce type a une tête de mort, continue-t-il. Ça ne vous tracasse pas un peu ? Et qu'est-ce qu'il a voulu dire avec « un chien, c'est juste un poulet avec une queue » ? Moi, j'ai compris que tout être n'est qu'une force de vie qu'on peut sacrifier. S'il pense ça aussi de vous…

– Ouais, dis-je.

A la vérité, je ne parviens pas vraiment à avoir peur du docteur Diment. Ni à m'inquiéter de ce qui pourrait m'arriver. Je suis totalement à sec, côté peur.

– Vous n'avez pas l'intention d'y aller, quand même ?

Avec un haussement d'épaules, je réponds :

– J'y réfléchis.

Sur tout le chemin du retour à l'Holiday Inn, Pinky s'efforce de me dissuader.

– C'est de la folie ! Vous ne connaissez pas ce type, vous ne savez pas de quelles dingueries il est capable. Et cette lèvre, bon Dieu. J'arrive pas à croire que vous avez bu ce rhum ! Vous avez vu comme il est maigre ! Vous savez quelle maladie il a ? Le sida, l'hépatite C ? Allez savoir. Et le vaudou, vaut mieux pas y toucher. Du sang, des drogues et un tas de conneries, voilà ce que c'est… Je propose de demander l'avis de Maldonado. Ensuite, on verra.

– D'accord, dis-je, faisons ça.

Pinky est abonné à un service appelé « OnStar » qu'il surnomme sa « concierge ambulante ». Il se branche, obtient le numéro de Maldonado puis demande à l'appareil de le composer.

– Salut ! tonne la voix du journaliste dans l'enceinte du tableau de bord. Bonne nouvelle, Pink. J'ai eu le médecin qui a admis Claude à l'hôpital quand l'ambulance l'a amené. Sam Harami. Sans lui, Byron s'en serait tiré, la mort aurait été attribuée à une cause naturelle.

— Qu'est-ce que tu racontes, Max ?

— Je dis que Sam est celui qui a compris que le vieux Claude avait été empoisonné. C'est un pote, il est prêt à dîner avec nous si c'est toi qui paies.

— Avec plaisir.

Pendant qu'ils choisissent un restaurant, je me demande comment je retournerai chez Diment ce soir. Même si Pinky pense que c'est une mauvaise idée, il acceptera peut-être de me conduire là-bas ou de me prêter sa voiture. Sinon, je prendrai un taxi.

En tout cas, j'y vais, c'est sûr. Je songe aux *dimes*, aux saladiers remplis d'eau, aux messages que m'a laissés Boudreaux. Etrangement, je sais que si je dois le trouver, ce sera l'homme à la tête de mort qui m'indiquera le chemin.

36

Nous devons retrouver Max Maldonado au Prideaux's Eat Place, un restaurant huppé à la sortie de New Iberia, jolie petite ville située à quelques kilomètres de Morgan City. La serveuse nous conduit à une table proche de la fenêtre et un petit homme aux cheveux gris se lève à notre approche. C'est Maldonado, « soixante-quinze printemps », comme il le formulera un peu plus tard. La compression qu'exerce l'âge – et que le rapetissement de mon père m'a rendue familière – semble avoir seulement concentré l'énergie de cet homme.

– Pinky ! s'écrie-t-il en serrant la main de son ami avec effusion. Ça fait une paye, vieux.

Le détective nous présente l'un à l'autre.

– Enchanté de vous connaître, assure Maldonado, ravi. Et ce type tranquille, là (il indique l'Asiatique assis à sa gauche), c'est Sam.

Harami lève son verre en guise de salut.

– Vous voulez boire quelque chose ? s'enquiert la serveuse.

– Absolument, lui répond Pinky.

Il prend un Jack avec glaçons, j'opte pour une bière pression.

– Byron Boudreaux... attaque aussitôt Maldonado. Tu te souviens du jour où ce fils de pute est sorti, Sam ?

Harami acquiesce.

– On a tous retenu notre respiration, je peux vous le dire, poursuit le journaliste.

– Il me faisait peur, avoue Harami, dont la voix est un curieux mélange de Sud profond et d'Extrême-Orient, l'accent traînant de la Louisiane avec des inflexions japonaises. Et je ne suis pas du genre à m'effrayer facilement.

– Il est bel et bien revenu à Morgan City dès sa libération, reprend Maldonado. Ça nous a inquiétés, mais il est pas resté longtemps. Il a passé une semaine avec ce sorcier, c'est tout. Depuis, plus de nouvelles.

Nous commandons le repas, ce qui prend au moins un quart d'heure parce que Maldonado demande toutes sortes de choses sur les ingrédients et la préparation des plats.

– Il me rend fou, soupire Harami. Pire qu'une femme qui choisit sa robe de mariée.

Finalement, j'arrive à poser la question qui m'occupe l'esprit :

– Que pouvez-vous me dire sur Boudreaux qui soit susceptible de m'aider à le retrouver ?

Le médecin hausse les épaules.

– Je ne sais pas. Vous pensez à quoi ?

– Parlez-nous de lui, suggère Pinky après avoir avalé son bourbon. Qu'est-ce que vous savez à son sujet ? Pas seulement le meurtre de son père. Tout. N'importe quoi. On ne sait jamais ce qui peut aider.

– Je n'avais jamais entendu parler de lui avant cette histoire de petit chien, vous êtes au courant ?

– Oui, dis-je. Des gens du camping nous l'ont racontée.

– Moi, la plupart des choses que j'ai apprises sur lui, c'est après la mort de Claude, alors, faut pas trop s'y fier, nous avertit Maldonado. Vous montrez à quelqu'un une photo d'Adolf Hitler enfant et il hoche la tête en disant : « Ouais, il avait déjà un drôle d'air à l'époque… » Mais cette histoire de petit chien, elle a quasiment fait de Byron un paria.

– Je veux bien le croire, marmonne Pinky.

– En tout cas, c'est comme ça que je l'ai connu. Du coup, les gens se rappelaient la façon dont son frère s'était noyé et ils se posaient des questions. Tu te souviens, Sam ?

Harami hausse des sourcils qui sont de parfaits croissants.

– Je n'étais pas encore ici, Max. Je suis arrivé seulement en 86, juste après la fac.

– Ah, c'est vrai ! Après l'histoire du chien, Marie est morte. Cancer des ovaires, ça ne pardonne pas.

Je hoche la tête.

– Oui, on m'en a parlé.

– Byron avait quinze ans. Une brave femme, Marie. Certains pensent que c'est peut-être ça qui a fait basculer Byron – la mort de Marie – parce qu'elle l'adorait, il paraît. Bref, quelques mois après, Claude a un accident sur une plate-forme, il a le dos très abîmé, il devra rester des mois dans un fauteuil à roulettes. A sa sortie de l'hôpital, c'est Byron qui doit « s'occuper » de lui...

Le journaliste dessine des guillemets dans le vide et Harami précise :

– Humour.

– Ouais, parce qu'il s'est *vraiment* occupé de lui.

La serveuse apporte du *gumbo* et des huîtres, et la nourriture nous réduit un moment au silence, puis Maldonado reprend le fil de son récit :

– Où j'en étais ?

– Claude dans un fauteuil roulant, Byron qui s'occupe de lui.

– C'est ça. Le vieux Claude se remet lentement après son opération. Fusion spinale, je crois, dit-il en interrogeant Harami du regard.

– Exact.

– Et puis, un après-midi, sans raison apparente, il se sent vraiment mal. Il est devant la télé, dans son fauteuil, il regarde *Nascar* avec son copain Boot...

– A ce moment-là, je suis interne aux urgences de New Iberia, explique Harami. Mon anglais est pas terrible maintenant mais à l'époque... (Il secoue la tête, fait la grimace.) Epouvantable. Et Claude, il peut à peine parler quand il arrive à l'hôpital.

— Il peut à peine parler et toi, c'est pareil, plaisante Maldonado.

— Mais il a cet ami avec lui, continue Harami. Boot. Boot, il me raconte ce qui s'est passé. Ils regardent la course ensemble, ils boivent de la bière. Beaucoup de bière. Tout d'un coup, Claude dit à son ami que la pièce...

Il a un geste circulaire au-dessus de sa tête, fronce les sourcils.

— Bouge ?

Maldonado lui vient en aide :

— Tourne, Sam.

— Oui. Tourne. Claude explique qu'il se sent tout léger dans la tête et son ami rigole : normal, il a jamais été un poids lourd, côté cerveau. Mais Claude se met à crier, il dit qu'il a la bouche comme morte, qu'il a mal à l'estomac. Boot attrape le téléphone...

— L'ambulance se pointe en un temps record, enchaîne Maldonado. Il n'y a presque pas de circulation et elle met très peu de temps aussi pour aller à l'hôpital.

— Exact, confirme Harami. Sinon, Claude serait mort en route et j'aurais peut-être jamais compris ce qui se passait. En tout cas, ils arrivent à temps, et j'entends Claude très mal, parce qu'il murmure, maintenant. Mais bon, grâce à Boot et aux ambulanciers, j'ai une idée de ce qu'il dit. D'abord, la tête qui tourne, puis les lèvres et la langue engourdies. D'après Boot, un moment, Claude est tout content, et après, tout triste. « Une vraie déprime, doc », il me dit. Boudreaux a vomi dans l'ambulance. Aux urgences, il se sent devenir raide, comme s'il avait de l'arthrite, tout d'un coup.

La serveuse revient avec nos entrées posées sur son bras gauche et les distribue comme des cartes.

— Bon sang, ils savent faire les écrevisses à l'étouffée, ici ! s'extasie Maldonado avant d'attaquer son plat.

Harami laisse de côté son poisson-chat à la laotienne pour nous expliquer :

– Je viens du Japon et je suis... (il se tapote le front) stupéfié dans ma tête par ce Claude Boudreaux.

Je ne vois pas où il veut en venir ni en quoi ses origines japonaises peuvent concerner le père de Byron. Pinky, tout aussi perplexe, me coule un regard.

– J'ai devant moi un patient, poursuit Harami, et je me dis : Ce n'est pas possible. Je revois la liste des symptômes. Douleurs à l'estomac. Paresthésie. Aphonie. Euphorie. Dépression. Paralysie... énumère-t-il en comptant sur ses doigts.

Je l'interromps :

– Pardon, qu'est-ce que c'est, la paresthésie ?

– Et l'aphonie ? ajoute Pinky.

– La paresthésie, on a des picotements sur la peau. L'aphonie, on ne peut pas parler.

Je hoche la tête.

– Il a donc ces symptômes ?

– Oui, et il commence à avoir beaucoup de mal à bouger, à respirer. Je décide de le faire intuber pour un lavage d'estomac, je l'hydrate par intraveineuse. J'administre du charbon actif.

– Sam a compris qu'on l'avait empoisonné, conclut Maldonado.

– Ça ne marche pas, continue Harami, lancé, maintenant. Deux heures plus tard, il est mort.

– Et sur le certificat de décès, enchaîne le journaliste, Sam écrit : « Arrêt respiratoire. Empoisonnement au fugu. »

– Empoisonnement au fugu ? répète Pinky. Ce n'est pas ce qui arrive quand on mange ce poisson bizarre ?

– Au Japon, dis-je.

Harami opine de la tête, goûte son plat.

– Drôlement bien vu, hein ? fait Maldonado. J'ai écrit un article là-dessus, plus tard. Normalement, c'est le genre de chose qui arrive à des « gourmets » japonais, des types dingues qui jouent à une sorte de roulette russe culinaire.

— Cela est vrai, confirme Harami.

— Pour eux, le risque rehausse la saveur du plat. Tous les ans, une cinquantaine de Japonais piquent du nez dans leur assiette en dégustant un délicieux sashimi de fugu. C'est un poisson-globe, un mets délicat très apprécié. Le seul inconvénient, c'est que sa peau, son foie et ses gonades sont très toxiques.

— On fait confiance à l'habileté du chef, dit le médecin. Mais quelquefois...

— Suffit que le couteau du chef fasse une minuscule entaille dans les parties interdites pour libérer un poison mortel.

— Tétrodotoxine, énonce Harami.

— Comme Claude a été envoyé aux urgences d'un hôpital de Louisiane, normalement aucun médecin n'aurait dû reconnaître les symptômes. Mais, Sam, il est sûr de lui.

— Boudreaux ? Symptômes classiques. Je sais que j'ai raison. Même quand l'autopsie montre pas de poisson-globe dans l'estomac du défunt. Pas d'autre poisson, ni coquillages non plus.

— Claude n'avait avalé que des chips, explique Maldonado. Et de la bière. On n'a rien retrouvé d'autre dans son estomac. Conclusion : Sam s'est trompé.

— Je sais que je me suis pas trompé. Ils veulent que je change le certificat de décès, mais ils ne peuvent pas me dire pourquoi le malade a arrêté de respirer.

— On fait donc des analyses, juste pour que Sam la ferme. On passe Claude au chromatographe à gaz. Et naturellement, son sang est saturé de tétrodotoxine.

— Mais aucune trace dans son estomac, dis-je.

— Les flics étaient sidérés, se souvient Maldonado. Comment faire un empoisonnement au fugu sans manger de poisson ? Quelles sont les autres sources de cette toxine ?

— Comme je ne connais pas la réponse, reprend Harami, le médecin légiste transmet la question au centre de lutte contre la maladie, à Atlanta. La réponse revient : le triton de

Californie et la salamandre de l'Est produisent de la tétrodotoxine.

– Mais on n'est pas plus avancés, constate Maldonado. Claude n'a mangé ni triton ni salamandre, il a mangé des chips. Comment le poison est passé dans son sang ? Le médecin légiste est maintenant aussi intrigué que Sam. Ils continuent à chercher ensemble. Est-ce une chose qu'il aurait inhalée ? Peut-être. Parce qu'on a maintenant une piste pour le produit. Il s'avère que la poudre de tétrodotoxine est un poison utilisé dans les rites vaudous. De la poussière de zombie.

– Nous pensons que nous tenons quelque chose, dit Harami. Le médecin légiste fait déterrer le défunt et procède à d'autres analyses. Mais non : les conduits nasaux et le système respiratoire de Boudreaux ne montrent aucune trace de toxine. Aucune. Un vrai mystère. Finalement, nous faisons une autre chromato. En nous concentrant sur le sang de la victime. Cette fois...

Il hoche vigoureusement la tête.

– Cette fois, nous avons la réponse. En plus de tétrodotoxine, le sang de Boudreaux contient des traces de latex et de sulfoxyde de diméthyle. « Ahhh », nous disons.

Pinky et moi échangeons un regard.

– Le SODM est un solvant, explique Maldonado. Byron l'a mélangé à de la tétrodotoxine et a étalé le tout sur les pneus du fauteuil de son papa. Pendant que le vieux Claude roule d'une pièce à l'autre, le cocktail de poison mortel et de SODM passe directement dans son sang.

– Administration transdermique, précise Harami.

– Comme un timbre antitabac. Ensuite, il n'a pas fallu longtemps pour conclure que Byron était le coupable. Tout le monde savait qu'il fréquentait le sorcier vaudou vivant près du cimetière. C'est par lui qu'il s'est procuré le poison. Il a ensuite commandé le SODM par correspondance sur un catalogue de culturisme. Il n'a même pas cherché à couvrir ses traces. Pourquoi il l'aurait fait ? Jamais il ne se serait fait pincer sans la malchance. Si l'ambulance n'était pas arrivée dans un temps record... S'il y avait eu n'importe quel autre interne de Louisiane de service ce jour-là aux urgences...

– Ses carottes sont cuites ! s'esclaffe Harami. Et c'est moi le cuisinier. C'est pour cela que je suis inquiet quand on le relâche. Pourquoi libérer quelqu'un comme lui ? Assassin de son père, si intelligent, si sournois ? Un homme comme lui, il ne devient jamais meilleur. On le voit, maintenant.

Il me regarde avec commisération.

– Je suis désolé. J'espère que vous trouverez vos fils. Depuis combien de temps ils sont disparus ?

– Depuis le 31 mai.

– J'espère que vous les trouverez, répète-t-il.

Puis il détourne les yeux, parce que – et il le sait sans doute – ils ne contiennent pas beaucoup d'espoir.

37

Pendant le retour à Morgan City, le téléphone OnStar de Pinky sonne. C'est un système mains libres, relié aux enceintes du BMW.

– Monsieur Streiber ?

– C'est toi, Jez ? La belle dame de Plaquemines ?

– *C'est moi*[1].

– J'ai Alex Callahan dans la voiture avec moi, alors ne dis pas de gros mots.

– Salut, monsieur Callahan. En fait, j'appelle pour vous.

– Salut, Jezebel. De quoi s'agit-il ?

– M. Streiber m'a demandé si je pouvais retrouver la décision du tribunal concernant Byron Boudreaux. Naturellement, j'ai pas pu. Elle a brûlé en même temps que le tribunal. Mais j'ai trouvé presque aussi bien.

– C'est quoi ?

– C'est qui. Une infirmière en psychiatrie qui a travaillé à l'asile. Pendant huit des dix-neuf années que Boudreaux y a passées. Elle le connaissait comme sa poche.

– Jezebel, tu es la meilleure, la complimente Pinky.

– Oh, c'était pas dur. J'ai juste demandé à mon père, il a demandé à sa copine et elle a demandé à sa coiffeuse. Voilà. Finalement, je suis arrivée à cette personne.

---

1. En français dans le texte.

– Qui est-ce ? Tu as son numéro ?

– Ben, le problème, c'est que Byron la fait un peu flipper, alors, je suis censée pas révéler son nom. J'ai promis.

– Jez…

– Pas la peine, je ne vous le dirai pas. Un bon journaliste ne dévoile jamais ses sources.

– Tu n'es pas journaliste, Jez.

– Je le serai un jour. Je me forme, en ce moment. Bon, ça vous intéresse, ce que j'ai trouvé, ou pas ? Parce que je veux pas rater *Sex and the City*. C'est dans dix minutes.

– Ça nous intéresse, dis-je.

– Faudra me payer, même si la source reste anonyme, prévient-elle. J'ai passé trois bonnes heures, là-dessus.

– Pas de problème.

– Alors, voilà… Attendez, la ligne est sûre ?

– De toute façon, vous ne révélerez pas vos sources, avez-vous dit.

– Ouais, c'est juste. Bon, Byron avait beaucoup d'activités quand il était à Port Sulfur…

Son changement de ton indique qu'elle est en train de lire des notes.

– D'abord, il a obtenu son GED[1] à dix-huit ans. Parce qu'il avait laissé tomber le lycée, avant d'être interné. Six ans plus tard, il a décroché une licence de psychologie et, deux ans après, une maîtrise sur « La prière et l'effet placebo ». Il dirigeait aussi un cours d'étude de la Bible au centre et il avait des tas de hobbies. Notamment l'origami. Ça consiste à faire des petites bestioles en pliant du papier, au cas où vous sauriez pas ce que c'est. Il a aussi appris la magie, même si d'après Miz Ma… – euh, d'après ma source – il savait déjà faire plein de tours de cartes à son arrivée au centre. Il passait des heures et des heures à s'entraîner. Et il apprenait des tours aux autres malades. On le laissait aussi donner des spectacles

1. Equivalent obtenu par correspondance du diplôme de fin d'études secondaires.

auxquels le personnel assistait, et même des gens de l'extérieur. Pour vous dire s'il était doué. Niveau professionnel. Tout le monde pensait que Byron était aussi bon avec un jeu de cartes que… attendez, j'ai perdu le fil… oui, aussi bon que Ricky Jay. (Une pause.) Qui c'est ? Jamais entendu parler.

– Un magicien, dis-je. Très connu.

– Ça fait pas partie de ma culture, répond-elle. Bref, Byron avait beaucoup d'activités et il lisait aussi comme un dingue. Parce qu'il suivait des cours par correspondance, il pouvait se faire envoyer des bouquins de la bibliothèque universitaire de La Nouvelle-Orléans. Ma source, elle se souvient pas de tout ce qu'il lisait parce qu'il y en avait trop, mais c'était surtout des livres sur la magie, l'histoire et la religion. Et la psycho, bien sûr, puisque c'était ce qu'il étudiait.

– D'accord.

– Il a commencé à demander sa libération dès sa première année au centre mais rien n'a bougé avant 94. C'était la première fois que la commission examinait vraiment son cas, même si c'était un interné modèle, avec ces diplômes et tout. Toujours d'après ma source, il avait constitué un dossier sur les violences sexuelles que son père lui aurait fait subir quand il était gosse. Les membres de la commission n'y croyaient pas vraiment mais…

– Comme le vieux était mort, ils ne pouvaient pas écarter totalement cette hypothèse, suggère Pinky.

– Ouais, c'est ça. Son cas a été de nouveau examiné en 95 mais quelqu'un du comité s'est opposé à ce qu'on le libère. Cette personne a été mutée, ou elle a pris sa retraite – ma source ne se rappelle pas –, et quand Byron est repassé devant la commission, en 96, ils ont estimé qu'il était sain d'esprit, ou suffisamment sain en tout cas pour le laisser sortir.

– Qu'est-ce qui les avait fait changer d'avis ?

– Le temps plus qu'autre chose, répond Jezebel. Il était là depuis si longtemps. Et puis il y avait les violences que son père lui aurait infligées : à l'époque, on pensait encore que ça expliquait toutes sortes de choses. En plus, il était mineur à son arrivée au centre, et il avait fait des études et tout. Ils ont estimé que l'acte commis sur son père avait été causé par... attendez que je retrouve... « des conditions transitoires » et qu'une récidive était exclue.

J'ai une question :

– Byron avait des amis au centre ? Des amis proches ?

– Hé, je savais que vous me demanderiez ça !

– Et alors ?

– Charley Vermillion, hein ? Vous voulez savoir s'il était particulièrement ami avec Byron ? La réponse est qu'il passait pas mal de temps avec lui. Charley faisait partie de son groupe d'étude de la Bible, pour commencer. Et c'était un groupe très soudé, d'après ma source. Byron servait aussi d'avocat aux malades, surtout à ceux de son groupe. Il les aidait à présenter leur demande de libération, à prendre contact avec de vrais avocats. J'ai pas pensé à demander qui était dans ce groupe. Vous voulez le savoir ?

– Si c'est possible.

– Je vous entends mal, là. Vous êtes où ?

– Près de Houma, répond Pinky.

– Je vous entends plus. Bon, je vais voir la télé chez ma copine Felicia. Rappelez-moi demain, suggère Jezebel avant de raccrocher.

– Elle est géniale, cette gamine, dit Pinky en tournant à droite.

Le BMW ne fait aucun bruit sur la route et je trouve cela étrange, comme si nous glissions dans l'espace.

– Entre Max, son ami Sam et Jez, on a appris pas mal de choses, fait observer le détective.

– Ouais.

– La liste des membres du groupe d'étude de la Bible nous donnera peut-être une piste.

– Peut-être.

– Pourquoi vous avez l'air aussi songeur ? Vous n'envisagez pas sérieusement d'aller chez le sorcier ce soir, j'espère ? Vous n'allez pas faire l'idiot ?

Nous passons devant une station-service qui vend des peintures sur verre hyperréalistes qui ressemblent à des photos, à ceci près que chaque détail est d'une netteté excessive et que les couleurs ont un éclat anormal. Des bois, des oiseaux, des ruisseaux bleu vif. Le drapeau américain aussi, avec l'aigle chauve. Chaque tableau a sa propre source de lumière et attire une nuée d'insectes. Deux femmes contemplent une de ces « œuvres d'art » tandis qu'un homme en short et maillot de corps fume une cigarette, assis sur une chaise pliante.

Nous roulons un moment dans un silence tranquille. Pinky met la radio, l'arrête après une minute de Beausoleil, un groupe cajun.

– C'est une chose d'oublier la prudence et de se lancer à corps perdu dans la recherche de ses fils, dit-il, c'en est une autre de passer la nuit dans une cabane des marais avec un enfoiré sans lèvre. Tout ce que vous savez de lui, c'est qu'il était le seul ami de Byron et, j'ajoute, probablement le fournisseur du poison qui a tué Claude Boudreaux.

Je ne réponds pas.

– J'irai avec vous, décide Pinky.

– Je crois qu'il vaut mieux pas. Comme ça, si je ne reviens pas, vous pourrez...

– Appeler la police ? Bon Dieu, Alex...

– J'ai le sentiment que Diment pourrait avoir une idée de l'endroit où se trouve Byron.

– Et il vous le dira ?

– Peut-être. Je ne sais pas. Mais j'ai le sentiment qu'il pourrait m'aider.

– Moi pas. Ces types allongés par terre qui toussaient dans l'autre pièce, ce bric-à-brac bizarre sur l'autel... Et vous voulez aller là-bas à minuit ? Vous en remettre à lui ? Expliquez-moi pourquoi vous lui feriez confiance ? Vous trouvez qu'il a une tête qui inspire confiance ? Hein ?

– Je comprends ce que vous voulez dire.

Pinky expulse un long jet d'air.

— Vous comptez y aller comment, de toute façon ? Vous vous souvenez de la route ?

— Je prendrai un taxi. Et vous pourriez me faire un plan.

— Je vous ferai un plan. Mais laissez tomber le taxi, je vous prêterai ma voiture.

— Et vous ?

— Je dormirai, je n'en aurai pas besoin. Je prendrai le petit déjeuner à l'Holiday Inn. Si vous n'êtes pas rentré à midi ou si vous n'avez pas téléphoné, je donne l'alerte. Appelons ça un filet de sécurité.

— Comment ça ?

— D'abord, c'est facile de retrouver le BMW, il est équipé d'un système GPS. Ensuite, la police locale ne se mettra peut-être pas en quatre pour un type de Washington qui s'est perdu dans le marais. Certains de nos policiers n'ont pas le plus grand respect pour la vie humaine. Mais un 4 × 4 à soixante mille dollars ? Quand un engin pareil disparaît, ils se bougent un peu le cul, vous pouvez me croire !

38

Les phares au xénon de la voiture creusent un tunnel dans le noir et illuminent des routes sans marquage qui me paraissent toutes pareilles. Je me perds deux fois malgré le plan soigneusement tracé par Pinky. Je suis cependant parti avec pas mal d'avance et, malgré ces détours, j'arrive chez Diment à minuit moins le quart.

Je sors dans la nuit chaude. Un bourdonnement d'insectes s'élève près de moi, suivi par un hurlement animal, un cri de détresse qui fait se dresser les poils de ma nuque. Les phares du BMW restent un moment allumés, comme pour éclairer le chemin de mon allée à la porte de ma vaste maison de banlieue. En réalité, ils projettent une lumière crue sur le bâtiment en béton qui se trouve devant moi.

L'endroit idéal pour se faire trucider. Une faible lumière tremblotante passe par l'unique fenêtre. Une bougie ? Je me demande un instant si Diment a l'électricité, puis je me souviens de la guirlande d'ampoules de l'autel. Je songe à l'étrange collection d'objets qu'on y a déposés. Impossible de leur trouver un sens. Que peut signifier le peigne ? Et le biberon ?

Sur le sol balafré, devant la porte, une chaussure de tennis repose sur le côté. Elle me rappelle la Nike de Kevin que j'ai repérée derrière l'arène des tournois. Ce souvenir effrayant suscite en moi une vague de paranoïa et je dois faire un gros effort pour ne pas détaler.

La voiture émet un clic, les phares s'éteignent lentement. Je fais quelques pas, je frappe à l'encadrement de la porte. Aussitôt, les perles s'écartent en cliquetant, comme si les deux hommes que je découvre m'avaient attendu, postés dans l'entrée. Ils me sourient.

– Bienvenue, bienvenue, dit l'un d'eux.

C'est un homme étique au crâne surmonté d'un frisottis de cheveux grisonnants. D'une voix couinante, il m'invite à entrer.

– Je suis venu voir…

– Le *hougan* est pas là, me coupe le second.

Grand et fort, il a la peau si sombre que la lumière se reflète sur les larges aplats de son visage. Il fait au moins deux mètres pour cent vingt kilos, mais alors que le squelette ambulant m'a effrayé, je trouve ce colosse rassurant.

– Mais faut d'abord vous habiller, m'enjoint-il de sa voix de baryton.

– Je suis habillé.

Ils m'expliquent qu'ils ont une tenue spéciale pour moi et je les suis en passant devant les malades étendus contre le mur. L'un d'eux gémit ; un autre, à gauche, est saisi d'une quinte de toux terrible qui s'achève par une sorte de sifflement.

– Entrez là, me dit le costaud en ouvrant une porte.

Il allume la lumière et je vois que c'est aux toilettes qu'il m'a conduit.

– Changez-vous, on attend dehors.

Ma « tenue spéciale » – un smoking blanc avec un œillet rouge à la boutonnière – est accrochée au dos de la porte. Je comprends maintenant pourquoi Diment s'est enquis de ma taille. Je ne suis pas rassuré pour autant. Un smoking blanc ?

Je suis inondé d'une sueur qui me vient par vagues et soudain, toutes sortes de questions surgissent dans ma tête.

Pourquoi dois-je me changer ?

Pourquoi un smoking blanc ? Je me souviens d'une remarque de Karl Kavanaugh sur les tourterelles blanches et le sang.

Qu'est-ce au juste qu'une cérémonie d'initiation ?

Peut-on vraiment entrer dans un *bizango,* ou Diment m'a-t-il raconté des salades ?

Et comment puis-je en devenir membre si j'ignore ce que c'est exactement ? Il n'y a pas un... catéchisme à apprendre ?

Diment m'a recommandé de venir en toute confiance, mais comment puis-je lui faire confiance ? Je ne le connais même pas.

Et pourquoi minuit ?

Une partie pas très serviable de mon cerveau me souffle que c'est l'heure des sorciers.

Aucune de ces questions ne franchit cependant mes lèvres. Hésitant sur le seuil des toilettes, je marmonne :

– Euh, je sais pas trop si...

– Vous vous changez là-dedans, dit le maigrichon en me poussant doucement.

– Je veux juste...

– On attend dehors, répète le balaise.

Il me tapote le bras d'une main paternelle, me pousse un peu plus à l'intérieur et referme la porte.

La pièce est exiguë, strictement utilitaire : une cuvette, un lavabo, un distributeur de serviettes en papier, un flacon de savon liquide. Quand la porte tremble et grince, je comprends que les deux types s'y sont adossés.

Réprimant un accès de claustrophobie, je m'efforce de me raisonner. Ils s'y adossent peut-être seulement... parce que c'est un endroit où s'adosser.

J'ai du mal à me calmer. Je respire trop vite et une voix hurle dans ma tête : Qu'est-ce que tu fais ?

De l'autre côté de la porte, les deux hommes bavardent. Le costaud part d'un rire chaleureux qui semble dépourvu de toute malveillance. Je prends plusieurs longues inspirations et je me dis : C'est toi qui es venu trouver Diment, pas l'inverse. Tu lui as demandé son aide.

J'enfile le smoking, j'attache les bretelles et la large ceinture cramoisie. Il me va parfaitement. J'accroche mes vêtements au cintre et je remets mes chaussures puis je fais un pas en arrière, je m'examine dans la plaque de métal fixée au mur au-dessus du lavabo. Ce smoking est insensé, d'un dandysme tellement incongru que, l'espace d'un instant, je suis pris de vertige.

Je frappe à la porte.

Elle s'ouvre. Le maigrelet penche la tête sur le côté et me considère.

– Au poil, glousse-t-il. Z'êtes superbe ! Hein, qu'il est superbe ?

– Mmm, fait le costaud, qui tire de sa poche un flacon de Deep Woods Off. Fermez les yeux.

Ayant que je puisse protester, il m'asperge de la tête aux pieds d'une brume parfumée qui empeste.

Le squelette éteint la lumière et nous traversons de nouveau la « clinique », en file indienne, le balaise devant.

Le BMW, mon moyen d'évasion, resplendit au clair de lune. Je tripote les clés dans ma poche mais je ne suis pas réellement tenté d'ouvrir les portières et de m'enfuir. J'ai franchi une barrière invisible. Quoi que cette nuit me réserve, je suis à fond dedans.

Le costaud a une lampe électrique, mais ses piles doivent être presque à plat parce qu'elle ne projette qu'un disque d'un jaune aqueux qui n'éclaire pas beaucoup notre chemin. Le clair de lune pénètre à peine l'épais feuillage. Nous avançons péniblement sur un étroit sentier à travers un bois envahi de plantes grimpantes. Les arbres, festonnés de mousse espagnole, sont effrayants. Des racines se tordent au-dessus du sol. Le bourdonnement des insectes monte autour de nous en un vibrant tumulte.

– Ça grouille dans les collines, commente l'homme maigre, qui glousse de nouveau.

Son compagnon a un petit rire.

– Où on va ? dis-je.

Je les distingue à peine mais moi, je luis quasirnent dans le noir.

– Là-bas, répond le costaud. Vous en faites pas, on y sera bientôt.

Je ne vois pas grand-chose mais je peux dire que nous approchons de l'eau. Le disque de la lampe rebondit sur des enchevêtrements de mangliers et j'entends de temps à autre l'éclaboussement d'un saut de grenouille. L'air a aussi une odeur différente, humide et nauséabonde.

Quelques minutes plus tard, je sens la fumée d'un feu de bois, je perçois un murmure de voix. Finalement, nous parvenons à une clairière où Diment et une dizaine d'autres, hommes et femmes, sont assis autour d'un feu. Deux bouteilles de ce qui semble être du rhum circulent. Lorsqu'une flamme s'élève du feu, je vois l'eau briller dans l'obscurité.

En me découvrant, Diment se met debout et le reste du *bizango* l'imite. Il me serre contre lui puis me tient à bout de bras.

– Tu es tout beau !

Il sourit en montrant ses dents. Les autres me donnent aussi l'accolade et se présentent, me souhaitent cérémonieusement la bienvenue. Je me sens détaché de moi-même, comme si je contemplais la scène d'en haut : une réunion de gens heureux buvant autour d'un feu, sous la houlette d'un homme à qui un zombie a volé sa lèvre supérieure. Un homme vêtu de blanc sort du bois et se joint à eux. Un tableau extravagant, de ceux qu'on peut admirer au Corcoran ou à la National Gallery, une toile du XIXe siècle représentant une scène de foule exotique : *Initiation.*

Mon cœur s'affole dans ma poitrine et j'entends la petite voix qui me répète inlassablement : Qu'est-ce que tu fais ?

Après toutes ces embrassades et ces courbettes, j'ai les jambes qui flageolent. Je suis plus que content de m'asseoir à côté de Diment, comme on m'y convie. Le maigrichon et le balaise se joignent au cercle. Les bouteilles de rhum tournent dans les deux sens. Cette fois, je bois autant que je peux quand vient mon tour et ma soif suscite une approbation enthousiaste. Je me rends compte au bout de quelques minutes que la plupart des membres du *bizango* sont ivres.

Finalement, Diment lève un bras et tout le monde se tait. Il se tourne vers moi, pose une main sur mon épaule.

– Alex, tu es prêt ?

J'acquiesce en pensant : Qu'on en finisse.

Le costaud distribue des torches faites d'un bambou épais entouré d'une bande de chiffon enroulée plusieurs fois à une extrémité. Les membres du *bizango* les allument au feu et nous repartons, nous enfonçant plus profondément encore dans le marais. Nous devons nous baisser pour passer sous les branches des arbres et enjamber les racines avec précaution. Les insectes vrombissent et je suis reconnaissant au répulsif qui les tient plus ou moins à l'écart.

– Ho ! crie une voix au début de la file.

Une minute plus tard, je fais le tour d'un gros arbre dans le sillage de Diment et débouche dans une clairière. Une croix grossière plantée dans le sol s'incline vers nous. Quelques mètres plus loin, près d'une fosse fraîchement creusée, un cercueil en pin repose sur le sol.

Il me faut une seconde pour saisir ce que je vois puis je fais instinctivement un pas en arrière. Tout le monde rit.

Diment me dévisage. Son sourire bizarre n'a rien de réconfortant.

– Aie la foi, mon ami.

– Aie la foi ! clame en chœur le *bizango*.

– Aie confiance en tes frères et sœurs.

– Aie confiance !

– Sans la foi, pas de résurrection !

– Sans la foi, nous sommes condamnés !

– Sans la foi, nous n'avons rien !

– Aie la foi !

La série d'appels et de réponses se poursuit un moment puis le silence s'installe. Diment me tapote le dos.

– T'en fais pas ! Nous te déterrerons vite.

– Vite ? Vous voulez dire tout de suite ou…

Il renverse la tête en arrière et part d'un rire qui découvre toutes ses dents.

– Non, parvient-il à articuler dans son hilarité. Tu vas passer la nuit à te reposer sous terre. Nous, on sera ici, en haut, à faire de la musique. A bouger avec les *loa*. Quand le soleil se lèvera, tes frères et tes sœurs te déterreront.

– Amen !

– Oh oui !

– Dors bien !

– Seigneur !

Je respire à fond. Bon Dieu. Depuis l'enlèvement des garçons, je ne cesse de m'éloigner de plus en plus de ce qui semble normal. Me voilà maintenant en smoking blanc au milieu d'un marais... Je fixe le cercueil et je repense au médecin légiste de Vegas qui émettait l'hypothèse que Clara Gabler avait été mise dans une boîte en pin, un cercueil, peut-être, mais qu'elle y avait apparemment attendu son sort de son plein gré, sans se débattre.

– Je ne crois pas pouvoir faire ça, dis-je.

L'expression de Diment s'assombrit tout à coup.

– Alors, je ne pourrai pas t'aider, répond-il, l'air déçu.

– Bon sang, fait la voix aiguë du maigrelet, le dernier s'est laissé enterrer juste pour un numéro à la loterie ! Merde.

– C'est vrai, ajoute un autre. Celui-là, nerveux comme il est...

Diment lève une main pour réclamer le silence. Debout près de lui, dans mon improbable smoking qui semble absorber le clair de lune, je cherche mes mots :

– Ce qu'on me demande de faire...

J'ai la bouche si sèche que j'ai du mal à parler.

– Ce qu'on me demande de faire, ça en vaudra la peine ?

– Ça dépend de toi, me répond Diment, impassible.

Ses yeux luisent à la lueur des torches. Il a l'air las et furieux. Autour de nous, les autres grommellent.

– Non, répliqué-je. Ça ne dépend pas de moi, ça dépend de vous. Vous pouvez me dire comment trouver Boudreaux ?

Il secoue la tête.

– Tu veux aller trop vite, fils. C'est une question pour après. D'abord, tu dois prouver que t'as confiance.

Si le vieil homme a éludé ma question, ses yeux chassieux ne se dérobent pas et restent posés sur moi. Ils me fixent, sans malveillance. Si tu me fais confiance, je t'aiderai, me disent-ils.

Je ne sais pas pourquoi, mais je le crois.

J'entends un battement de tambour, un rythme lent et régulier quelque part sur ma gauche. Des murmures, le gargouillis de la bouteille de rhum. Le gloussement de l'homme maigre. Une femme fredonne une berceuse.

Je garde les yeux baissés en m'approchant du cercueil et, avant de changer d'avis, je m'allonge dans la boîte. Tout le *bizango* se penche au-dessus de moi. Je vois le costaud soulever le couvercle. Je ferme les yeux. Je suis fou.

– Alex ! m'appelle Diment.

Je rouvre les yeux.

Il me regarde. Derrière lui, le colosse et deux autres tiennent le couvercle du cercueil. Avec ses doigts, Diment asperge mon visage d'un liquide qui me paraît d'abord froid puis me brûle la peau. De la tétrodotoxine ? Est-ce que mes lèvres s'engourdissent ?

– Attendez !

C'est moi qui ai hurlé, je tente de me redresser. Trois hommes me repoussent avec douceur.

Une voix de soprano entonne *Amazing Grace*, déclenchant en moi une vague de panique. N'est-ce pas ce qu'on chante aux enterrements ? C'est un enterrement. Ils sont en train de m'enterrer ! Je ferme de nouveau les yeux.

– Fais-moi confiance, m'enjoint Diment.

Le couvercle se met en place avec un claquement.

Soudain je sens ma respiration contre le bois et mon cœur saute dans ma gorge. Ils vont peut-être me laisser ressortir, maintenant, me dis-je dans un moment de fol espoir. Il suffisait peut-être que je prouve que j'étais prêt à le faire…

Mais non. Mon espoir s'envole et je dois faire appel à toute ma volonté pour ne pas céder à l'affolement, ne pas me jeter contre le couvercle quand ils commencent à le clouer. Pourquoi faut-il le clouer ? Si c'est un faux enterrement, pourquoi de vrais clous ? Et longs, en plus. Je les vois. Et le cercueil a l'air neuf. Pourquoi ils n'utilisent pas à chaque fois le même cercueil, s'ils font ça fréquemment ? Parce que ce cercueil restera enterré. Ce marais est probablement truffé de cadavres.

Chaque coup de marteau est assourdissant. J'ai en plus l'impression – qui m'incite à me recroqueviller sur moi-même – que les clous vont transpercer le couvercle. Ils commencent par les enfoncer près de ma tête puis descendent vers mes pieds et remontent de l'autre côté. Entre les coups de marteau, j'entends le tambour et les chants.

Je voudrais couvrir mes oreilles de mes mains mais le cercueil est trop étroit. Onze clous, déjà. N'est-ce pas trop ?

Quand le bruit s'arrête, je m'aperçois avec stupeur que je récite une prière, que j'ânonne le Notre Père en une série de syllabes dépourvues de sens. Je ne suis pas très croyant, et les mots qui sortent de ma bouche me semblent composer un truc minable. Je ne devrais pas avoir le droit de prier si ce n'est pas quelque chose que je fais régulièrement.

NotrePèrequiêtesauxcieuxquevotrenomsoitsanctifié...

Pourtant, je ne peux pas m'arrêter.

Quevotrerègnearrivequevotrevolontésoitfaitesurlaterrecomme aucieldonnez-nousaujourd'huinotrepaindechaquejouretpardonnez-nousnosoffensescommenouspardonnonsàceuxquinousontoffensés...

J'ai l'impression que si je parviens à le dire assez vite, sans aucune erreur, sans aucun silence entre les mots, il ne m'arrivera rien de mal.

Etnenouslaissezpassuccomberàlatentationmaisdélivrez-nousdu malainsisoit-il...

Est-ce que je me suis trompé ? Il me semble que oui. Je recommence. *NotrePèrequiêtesauxcieux...*

Le couvercle tremble et je sens une odeur de plastique quand un tuyau, ou quelque chose de ce genre, pénètre dans le cercueil par un trou percé juste au-dessus de mon visage. Je n'avais pas remarqué ce trou, ce qui m'étonne. On pourrait penser que j'aurais été attentif à ce genre de détail. Tu vois, tes prières sont exaucées, fait la voix dans ma tête.

Je ne peux pas toucher le trou, je ne peux pas le voir non plus, mais je sais qu'il est là, à l'odeur de plastique et à l'air légèrement plus frais qu'il laisse passer. Au prix d'un effort, je parviens à lever la tête et à refermer mes lèvres autour du tuyau. J'aspire.

C'est comme si tout mon corps s'était fermé comme un poing pendant qu'on clouait le couvercle. Me rendant compte maintenant qu'un tuyau me permet de respirer, je me décrispe un peu. Je me suis tellement raidi, cependant, que relâcher mes muscles me fait trembler et je suis encore agité de spasmes quand je sens qu'on soulève le cercueil.

Il oscille d'avant en arrière. J'entends des voix, un cri, mais je ne saisis pas ce qu'on dit. Puis on descend le cercueil, qui se balance doucement dans la fosse. Soudain, on lâche tout et, lorsqu'il heurte le fond, je suis projeté contre le couvercle, mon nez s'écrase contre le tuyau, assez durement pour que je pousse un cri. Je crains d'avoir expédié le tuyau à l'extérieur. Je me tortille pour voir si mes lèvres peuvent encore le serrer. Oui.

Une pelletée de terre tombe sur le cercueil. Je grimace, comme si elle pouvait traverser le bois et m'atteindre.

Une deuxième pelletée, une troisième, une autre encore…

Puis… plus rien. Rien que l'obscurité.

Et le bruit de ma respiration.

39

J'ignore si je suis endormi ou plongé dans une sorte de transe – due au manque d'oxygène – lorsque j'entends le bruit. Il vient de loin, de très loin : de Chine, dirait-on. C'est un grattement étouffé qui n'a aucun sens pour moi, qui existe indépendamment de moi, dans un univers séparé. Je l'écoute avec le détachement d'une machine, un de ces appareils qui, dans les musées par exemple, enregistrent en silence l'humidité et la température, amassent des données qui seront consultées plus tard par un être doué de raison.

Le bruit continue et, peu à peu, je me convertis à l'idée qu'il fera partie de mon nouvel univers. Je ne sais qu'en penser car ce bruit ne me semble pas vraiment agréable, maintenant que je l'envisage comme permanent. Maintenant qu'il est omniprésent. Maintenant qu'il occupe la majeure partie de ma conscience. Je ne sens pas grand-chose : le bois sous mes doigts, la surface bosselée du tuyau. Je ne vois rien. Les odeurs se réduisent à celles de mon corps, du bois de pin, du plastique du tuyau.

L'unique chose qui change, c'est le bruit, et il finit par absorber toute mon attention. Au bout d'un moment, j'ai l'impression qu'il résonne en fait dans ma tête, que je l'ai imaginé.

C'est seulement quand la pelle heurte le couvercle que je suis projeté en position de véritable observateur, que le bruit représente un événement dans le temps. Le claquement d'un outil métallique frappant l'objet en bois qui m'entoure. Cette révélation me tire de mon état de transe.

Je suis enterré vivant et quelqu'un m'exhume.

Aussitôt, je suis submergé par une vague de terreur pure. Je suis enterré vivant !

Et terrifié à l'idée que celui qui me déterre pourrait s'arrêter. Au sortir de ma transe, je ne me rappelle pas comment j'en suis arrivé là ni même où je suis. Un tremblement de terre, une avalanche, un attentat terroriste ? Ce que je sais, c'est que je ne vois rien, que je suffoque, que je suis pris au piège et affolé.

Je tente de crier, de prévenir mon sauveteur, qui qu'il puisse être, que l'effort en vaut la peine, qu'il y a bien quelqu'un là-dessous. J'ai envie de crier : « Je suis vivant, je suis ici ! Ne m'abandonnez pas ! »

Ce qui sort de moi ne ressemble pas du tout à ce que j'espérais. Ce n'est pas un cri, pas même un vagissement. C'est plutôt un murmure, ou un grognement, si bas que je doute qu'on puisse l'entendre.

Le temps qu'on remonte le cercueil et qu'on décloue le couvercle – ce qui prend un moment –, j'ai recouvré la mémoire, je me souviens de la façon dont je me suis retrouvé enterré vivant. Je me demande combien de temps je suis resté sous terre. J'y ai perdu tout sens du temps et de l'espace, j'ai même perdu toute notion de moi-même, d'Alex Callahan. Le temps semblait s'étendre indéfiniment. D'abord, j'ai compté mes respirations par séries de cent, mais j'ai fini par m'embrouiller dans mes comptes et puis ça m'est apparu dépourvu de sens. Sombrant dans un accès de folie, je me suis mis à hurler et à me tordre, à griffer le cercueil pour en sortir, au point d'avoir les doigts à vif. Un moment, j'ai utilisé la douleur comme réconfort : Tant que j'ai mal, je suis vivant. Ma contribution à Descartes : *dolor ergo sum*. Ou quelque chose comme ça.

J'avais un regret, cependant : celui de disparaître. Ce serait dur pour mes parents et pour Liz. J'étais surtout inquiet pour les enfants car je me considérais comme leur dernière chance. Quelques personnes continuaient à les chercher, machinalement, mais tous les autres les tenaient pour morts. Penser à eux m'a soutenu un moment. En songeant à Sean et à Kevin, en me remémorant tous les souvenirs que j'avais d'eux, en évoquant leurs visages et leurs voix, j'ai réussi à ne pas perdre totalement la tête. Et puis j'ai eu une vision d'eux dont j'étais convaincu qu'elle était vraie, et je le suis encore.

Etrangement, mon esprit s'est libéré des chaînes spatio-temporelles et m'a transporté dans une pièce que je n'avais jamais vue. C'était comme si je les contemplais du haut du plafond. Les enfants dormaient sur des couchettes en bois mal équarri de style western, sous des couvertures polaires bordeaux, Sean en bas, Kevin au-dessus.

Sous mon regard, Kevin a remué, s'est retourné. Il avait la bouche ouverte et je pouvais voir que ses deux incisives, qui émergeaient à peine de sa gencive à leur arrivée du Maine, étaient maintenant presque totalement sorties. Elles semblaient trop grandes pour son visage, comme c'est toujours le cas pour ces dents-là. Puis la vision s'est évanouie et je suis retombé dans le noir, essayant de faire resurgir d'autres images, n'importe lesquelles : Noël chez mes beaux-parents, l'expression de Sean quand il a découvert le vélo sous le sapin…

Finalement, ma volonté s'est effondrée. Diment m'avait enterré vivant. Il était l'ami de Boudreaux. Avoir cru à la promesse de ses yeux, c'était prendre mon désir pour la réalité. Je me suis demandé si Pinky parviendrait à retrouver ma tombe.

Et puis, passant le stade des regrets, je suis entré dans un nouvel état où je n'avais plus aucun intérêt pour moi-même. C'est grâce à cela que j'ai survécu, je crois. J'ai renoncé. J'ai occulté toute pensée car mes pensées tournaient toutes en rond.

D'une certaine façon, renoncer était un soulagement. Arrêter de compter, arrêter de me concentrer sur ma douleur, arrêter de penser à Sean et Kev, arrêter d'espérer. Cesser de penser qu'Alex Callahan avait une quelconque importance dans l'univers. Cesser de penser tout court.

Le grincement des clous arrachés est la plus douce des musiques que j'aie jamais entendues. Lorsque le couvercle se soulève, je suis aveuglé par la lumière et un réflexe me fait fermer les yeux. Des mains me saisissent les bras et me font asseoir.

– Doucement. Essayez pas d'ouvrir vos yeux tout de suite. Laissez la lumière passer à travers vos paupières.

Quelqu'un tient un gobelet en papier près de mes lèvres et je bois quelques gorgées d'eau en en faisant couler sur mon menton. Je tente de lever une main pour m'essuyer, mais elle tremble tellement que je parviens seulement à me donner un coup.

– C'est rien, fait une voix que je reconnais pour être celle de Diment. Ça va aller. Je te l'avais dit. Suffit d'avoir confiance. Le corps aime pas être enfermé comme ça, c'est tout. Mais ça va aller, comme je t'ai promis. Vas-y doucement. Laisse le monde t'accueillir, mon frère.

De l'eau encore. Elle est délicieuse : un pur élixir. Comme l'air humide sur ma peau, qui provoque une exquise flambée de sensations. Et la lumière du jour à travers mes paupières, tremblante et modelée par quelque chose que je ne peux pas voir, est comme une révélation après les ténèbres.

– Tu es un nouvel homme, maintenant. Tu renais. Tu vas te lever, allez.

Des mains puissantes se glissent sous mes aisselles pour me mettre debout.

– Ouvre les yeux, Alex. Juste un peu, c'est ça. Encore un peu. Pose le pied par terre.

Le monde est encore décoloré, comme une photo surexposée, mais j'y vois assez pour enjamber le bord du cercueil.

– Oh oui ! s'écrie une femme.

– Il est des nôtres, maintenant !

Les voix sont douces, merveilleuses. En fait, libéré de ma boîte, je suis transporté d'émerveillement. L'air sur ma peau, le soleil, les arbres qui bruissent dans le vent, la terre... Je frissonne de plaisir. Je verse même des larmes de joie et de soulagement.

– Oh oui ! Il voit, maintenant !

Sur le sol à ma droite, une poudre blanche dessine une forme délicate.

Diment suit la direction de mon regard et m'explique :

– C'est un *veve*. Ça aide à faire venir les *loa*.

Un *veve*. C'est la deuxième fois que j'entends ce mot.

Il se baisse et, du bout des doigts, fait disparaître le dessin dans la poussière.

Les membres du *bizango* rassemblent les drapeaux et les tambours, jettent les bouteilles, les assiettes et les gobelets en plastique dans des sacs-poubelles. Plusieurs d'entre eux ont sur le visage des traces de poudre blanche. Ils ont l'air fourbus, comme si la nuit avait été difficile pour eux aussi.

Une fois de plus, Diment semble lire dans mon esprit :

– Ça te remue quand les *loa* descendent en toi. Tu trembles, tu tombes, tu te relèves et tu danses. On est tous fatigués, maintenant. Y a que toi qui t'es reposé.

Je suis de retour chez Diment, assis dans un fauteuil en rotin démantibulé, sur une petite terrasse cachée derrière le bâtiment. Ce n'est qu'une plaque de béton, avec un dévidoir de câble en guise de table et deux sièges défoncés. A droite, des cages ou des clapiers de tailles diverses, faits de bambous et de lianes tressées. L'un d'eux contient une poule tachetée, les autres sont vides. L'animal est assis, immobile ; seuls ses yeux brillants bougent.

J'ai remis mes vêtements et j'appelle Pinky avec le téléphone du 4 × 4 pour l'informer que tout va bien, puis j'attends que Diment sorte. D'habitude, j'ai horreur d'attendre mais je le fais cette fois sans impatience. Ma nuit sous terre m'a appris une nouvelle façon de voir les choses. Ce serait trop dire que j'ai l'impression de « renaître », mais je me sens revigoré et plein de vie. Débarrassé de mon impatience, de mon irritation habituelle face aux contraintes de tout programme dont je n'occupe pas le centre. Je puise un courage nouveau dans l'étrange vision des enfants sur leurs couchettes, qui m'a confirmé dans ma conviction qu'ils sont en vie.

– Tu sais pourquoi j'ai accepté de t'aider ? me demande Diment quand il me rejoint, une demi-heure plus tard.

Il a l'air épuisé, avec son teint gris et ses yeux cernés.

– Non.

– Les jumeaux. Tu cherches tes garçons et ils sont des jumeaux. C'est pour ça. Sinon, je suis un vieil homme qui n'aime pas être privé de sommeil. Les jumeaux ont une place à part dans le vaudou. Au-dessus de tous les autres *loa* – les esprits qui gouvernent le monde entier, les vivants et les morts –, il y a les Marassa.

– Les Marassa ?

– Oh oui, ce sont les jumeaux. Ils font tomber la pluie, ils font pousser les herbes qui guérissent les malades. Les deux en un : ils symbolisent l'harmonie du monde comme il devrait être, l'équilibre entre la terre et le ciel, le feu et l'eau, les vivants et les morts.

– Des jumeaux...

– C'est ainsi. Ils ne sont pas tout à fait, comment on dit ?... amicaux, oh non. Ils se mettent en colère, des fois. Ils sont jaloux. Mais pour le vaudou, des jumeaux dans une famille, c'est une chose très importante. Ils sont... (il cherche ses mots, les trouve :) un rappel du mystère. Il faut leur faire une cérémonie... Tu le feras, si tu retrouves tes fils, oui ? Promets-le-moi.

– Une cérémonie ?

– En leur honneur. Chaque année. Ecoute-moi. Une fois chaque année. A Noël, par exemple, mais il faut que la cérémonie soit en dehors des célébrations de Noël, alors, c'est peut-être pas le meilleur choix. Le 4 janvier, aussi, ça peut être un bon jour.

– C'est l'…

Il lève une main pour m'interrompre.

– Ou la veille de Pâques. Si tu ne fais pas une cérémonie pour les jumeaux, ça porte malheur.

– Pas de problème, dis-je. Nous les fêtons toujours. Leur anniversaire est le 4 janvier.

Cela l'étonne, l'effraie, presque.

– Tu m'as été envoyé. Pour que je puisse servir les Marassa.

Diment ferme les yeux, marmonne, se signe, laisse sa tête retomber sur sa poitrine. Lorsqu'il rouvre les yeux, il a l'air si exténué que je lui demande s'il veut se reposer un peu.

– Je dois ramener la voiture à Pinky. Je peux revenir plus tard…

– Non, non, non, non. Je vais te dire maintenant ce que je sais de Byron. Espérons…

Il se passe une main sur le visage puis la tient en l'air.

– Espérons que ça t'aidera.

Mon moral retombe : apparemment, il n'a pas d'informations précises sur l'endroit où se trouve Boudreaux.

Nous sommes interrompus par l'arrivée d'une femme, vêtue d'une longue robe délavée et les pieds nus. Nerveuse, elle montre beaucoup de déférence envers Diment. Elle tient dans ses bras un coq blanc qu'elle serre pour qu'il ne puisse pas se débattre. Diment se lève pour examiner l'animal, soulève ses ailes, écarte ses plumes. Le volatile émet des gloussements, remue la tête en de petits mouvements brusques qui font trembler sa crête rouge.

– C'est bien, fait Diment en indiquant à la femme une cage vide.

Elle y met le coq dans une explosion de cris et de plumes, referme la porte en glissant un bâton dans une double boucle de liane.

– Elle me l'apporte pour le sacrifice, m'explique Diment quand la femme s'éloigne. Elle reviendra plus tard, tu passes avant.

Je songe aussitôt au sang de poulet sur le tee-shirt de Kevin, celui que la police a trouvé dans mon placard.

– Le sacrifice ?

Jusqu'à ce que Diment prononce ce mot, je pensais que la poule était là pour pondre des œufs. Que le coq était... je ne sais pas, un animal de compagnie ?

Il confirme.

– Ça ne te plaît pas ?

Je secoue la tête pour démentir mais il a raison, bien sûr.

– Tu trouves que c'est primitif, hein ?

– Je crois, oui.

– Le sacrifice est au cœur de tous les cultes, depuis longtemps, depuis toujours, je pense. Le dieu ou les dieux créent le monde et te donnent vie dans ce monde. Pour honorer le dieu, tu accomplis le rite, tu lui rends une de ses créatures, tu lui rends une vie pour le nourrir.

« Quelquefois, les temps sont durs. On a la sécheresse, ou les animaux tombent malades. Mais quand même, l'animal donné en sacrifice doit pas avoir de maladie. Sacrifier l'animal sain quand les temps sont durs, c'est difficile. Mais c'est quand les temps sont durs qu'on a le plus besoin des *loa*, oui ?

– Je comprends l'idée, mais...

Diment a un geste vif pour prévenir mon objection, pose la main sur mon bras.

– Laisse-moi te demander : tu es chrétien ?

– Plus ou moins.

– La foi chrétienne est bâtie sur le sacrifice, tu le sais ? Dieu ordonne à Abraham de sacrifier son fils Isaac puis Dieu se radoucit. Il remplace le fils par un agneau. Il prend une vie. Mais ce qu'il n'a pas exigé d'Abraham, il l'exige de lui-même. Il sacrifie son fils unique, il le laisse mourir sur la croix, sous un soleil brûlant, il verse le sang de son propre fils, il prend la vie de son fils. Pas un poulet, pas un taureau, pas un agneau :

son fils unique. Et Jésus, il le sait avant. Est-ce qu'il dit pas, pendant la Cène : « Ceci est mon corps, ceci est mon sang » ? La communion, le rite, c'est une histoire de sacrifice, non ? Tu bois le sang de Jésus, tu manges son corps.

– Vous avez raison. Vous avez absolument raison, mais…

– Tu penses encore que tuer le poulet, c'est arriéré, oui ? Je te pose la question : comment tu respectes la vie si tu ne respectes pas la mort ? Tu crois que je suis un homme assoiffé de sang ? Que j'aime verser le sang ?

– Non. Mais…

– Tu vis dans ta tête, observe-t-il en secouant tristement la sienne. Tu dois aussi vivre dans ton corps, Alex. (Il se frappe la poitrine.) Tu dois apprendre à vivre là-dedans.

– Je vis dans mon corps.

– Non. Ça fait trois heures que t'es sorti de terre et tu es déjà retourné là.

Il se touche la tempe et pousse un soupir de lassitude.

– Désolé, dis-je. Je crois que Byron pratique encore le sacrifice. Il a laissé dans ma maison un tee-shirt taché de sang et la police a cru que j'avais tué mes fils.

– Byron, il aime les sacrifices, tu penses ?

Je ne sais quoi répondre. Diment tend la main vers moi en un geste de… bénédiction.

– Non. Byron, il est… comme la chouette ou la panthère. Il chasse, il verse le sang pour lui-même, pour assouvir sa soif. J'ai essayé de lui apprendre mais…

– Que voulez-vous dire ?

– Cette histoire de chien. Byron, il vient me voir, à l'époque. Je lui explique que le chien, c'est du gâchis. « Tu pisses ton pouvoir par terre, mon garçon, il te reste rien », je lui dis. « Quel pouvoir ? » il me demande. Je réponds : « Le pouvoir que tu as quand une créature meurt. Le pouvoir du sacrifice. »

– Qu'est-ce qu'il a répondu ?

Diment hausse les épaules.

– Il me demande de lui apprendre.

– De lui apprendre quoi ?
– La magie.
– Les tours de cartes ?
– Non, non. Ça, il sait déjà. Il sait détourner l'attention, toujours. Il veut que je lui apprenne les mystères. Le sacrifice. Ce que nous appelons la « vraie magie ».
– Et vous pouviez le lui apprendre ?
– Oh oui. Mais je peux pas en parler avec toi. Tu comprends pas. Tu comprends même pas ta propre foi dans le sacrifice.
– Mais avec Byron, vous pouviez en parler ?
Il hoche la tête.
– Je peux lui apprendre. Je lui apprends.
– Quoi, par exemple ?
– Je lui apprends les *loa,* les signes, le sacrifice, la danse, tout ce qui transporte le pouvoir de l'autre monde dans celui-ci. Comment aider l'esprit à partir quand quelqu'un meurt. Chaque esprit a une place dans ce monde et je lui apprends à faire venir les esprits sans qu'ils te fassent du mal. A fabriquer les amulettes, à dessiner le *veve.* A faire toutes sortes de choses que je sais faire. Même à mettre les esprits de ton côté pour faire souffrir quelqu'un. J'apprends à Byron tout ce que je sais. Je lui apprends les herbes et les feuilles. Il s'en sert pour tuer.
– Son père, dis-je.
– Oui. Je lui apprends les mystères mais il ne comprend pas vraiment.
– Comment ça ?
– Il se sert de tout seulement pour lui. Ce n'est pas la bonne façon. C'est la première chose que j'essaie de lui apprendre, avec ce petit chien. Il fait semblant de comprendre, mais il reste le même. Le même Byron.
Je vois des larmes dans les yeux de Diment, qui secoue violemment la tête comme pour les chasser.
– Il est venu ici à sa sortie.
– De Port Sulfur ?

– Oui. Après toutes ces années. Il passe quelques jours avec moi. J'espère... qu'il a changé. Il est devenu un homme, maintenant. Mais non. Toujours le même Byron, seulement plus fort. Je suis content quand il repart.

Diment se dirige tout à coup vers la maison.

– Tu viens ?

Je le suis à l'intérieur, dans la pièce où se trouve l'autel. Il s'approche, marmonne quelque chose et prend parmi les objets exposés ce qui ressemble à une carte postale. Il me la tend.

La lumière est mauvaise – quelques bougies et la guirlande lumineuse de Noël – et ce que je vois me rappelle les cartes que les opticiens utilisent pour mesurer la perception des couleurs.

– Qu'est-ce que c'est ?

– Regarde.

Je ne vois toujours qu'un amas de couleurs et je dois fixer longuement le carton avant qu'il me livre son secret. Cachés dans un fond de taches rouge sang, deux visages clownesques braquent sur l'observateur un regard implacable. Je répète ma question :

– Qu'est-ce que c'est ?

– Retourne-le.

Une ligne de petits caractères imprimés identifie le tableau :

Les Marassa, *par Petit Jean*
Port-au-Prince, Haïti, 1964

– Les jumeaux, traduit Diment. Tu les vois ?

– Oui.

– C'est adressé à moi. Et regarde ce que dit Byron.

Dans la partie réservée à la correspondance, à gauche de l'adresse, il y a ces mots écrits à la main :

Fini le Château.
Je fais de la vraie magie, maintenant.

– De la « vraie magie » ? Qu'est-ce que cela signifie ?

– Les jumeaux, ils gardent les portes des mystères, répond Diment. Sans eux, tu peux pas faire la vraie magie.

– Mais c'est quoi, la vraie magie ?

Ignorant ma question, le vieil homme tapote de l'index le cachet de la poste :

10-08-2000
Point Arena, CA

– Pour les gens du vaudou, c'est un jour très important. Consacré aux Marassa. C'est pour ça que Byron a envoyé la carte ce jour-là. Le 10 août. On peut dire que c'est la pâque vaudoue.

– Vous pensez que Byron vit là-bas ? A Point Arena ?

– Je sais pas. C'est la dernière carte que je reçois de lui.

Trois ans plus tôt... Je ne suis pas précisément sur ses talons.

J'examine la signature, un vrai gribouillis. Je plisse les yeux, mais pas moyen d'y voir quelque chose qui ressemble à Byron. Diment regarde par-dessus mon épaule.

– Le nom ? C'est « maître Carrefour ».

– Qui est-ce ?

– Byron s'appelait comme ça quand il faisait le magicien. Sur scène, précise-t-il.

– « Faisait » ? Plus maintenant ?

Il secoue la tête.

– Pourquoi ?

– Vous avez lu la carte. Il dit qu'il fait de la vraie magie, maintenant.

– Qu'est-ce que ça veut dire ?

– Ça veut dire que tu soumets le monde à tes ordres, avec l'aide des esprits. Tu t'unis aux esprits, ils travaillent pour toi, tu fais arriver des choses.

Les yeux clos, Diment balance lentement sa tête d'un côté à l'autre, comme un métronome.

– Voilà ce que ça veut dire pour moi, corrige-t-il. Pour Byron, je sais pas.

– Cette histoire de château…

– Ça non plus, je sais pas.

– Et Carrefour ?

– Ah oui. Là, je peux te répondre. Maître Carrefour est… comme qui dirait un saint patron.

– De quoi ?

Diment lève les yeux vers moi.

– Le saint patron de la sorcellerie.

40

Je retrouve Pinky dans la salle du petit déjeuner de l'Holiday Inn, où il boit un café devant la page météo d'*USA Today*. La carte est orange vif, une vague de chaleur submerge tout le pays.

— Bon Dieu, dit-il quand je me glisse sur la banquette en face de lui, vous avez pas l'air si mal en point pour quelqu'un qui s'est fait enterrer vivant. C'était comment ?

— Sombre.

Il lâche un chapelet d'éclats de rire qui font se tourner vers nous tous les autres clients.

— Je veux bien le croire, fait-il en reprenant haleine. Bon, j'espère que vous avez appris quelque chose d'utile.

Je réponds avec un haussement d'épaules :

— En gros, Diment ne sait pas où est Byron.

— Il le sait pas ou il veut pas le dire ?

— Je crois qu'il l'ignore. Il y a aussi un lien entre les jumeaux en général et le vaudou. Je n'ai pas tout à fait compris, mais les jumeaux occupent une place particulière. Il veut m'aider, je pense.

— Mais il ne peut pas ?

— Il m'a appris deux ou trois choses. Par exemple, qu'après sa sortie de l'asile Byron a travaillé comme magicien sous le nom de « maître Carrefour ». Il gagnait sa vie comme ça.

Pinky hoche la tête, tire une fiche de sa poche.

– Carrefour, hein ? On peut lancer l'équivalent d'un avis de recherche. Il doit y avoir des sociétés de magiciens, des associations professionnelles, des imprésarios… Quoi d'autre ?

– Byron a pris sa retraite, il ne donne plus de spectacles.

– Qu'est-ce qu'il fait, alors ?

– Diment n'en sait rien. Aux dernières nouvelles, il ferait de la « vraie magie », dis-je en dessinant des guillemets dans l'air.

– Et qu'est-ce que c'est ? Quelle différence entre la magie et la « vraie magie » ?

– Diment n'a pas réellement été capable de me l'expliquer, ou alors je n'ai pas compris. Byron a suivi le parcours pour devenir un *hougan*, un prêtre vaudou. Les fidèles – Diment inclus – croient que la frontière entre naturel et surnaturel, vivants et morts, est poreuse. Que quelqu'un comme Byron peut s'unir aux *loa* et accomplir des actes magiques.

– Hum. Un peu gros, quand même. Autre chose ?

– Byron envoyait de temps en temps des cartes postales à Diment. La dernière venait de Californie.

– Où ça ?

– Point Arena.

– Pas une grande ville, apparemment. Le sorcier, il pense que Boudreaux vit là-bas ?

Je hausse de nouveau les épaules.

– Byron a envoyé d'autres cartes, mais Diment les a jetées. Et il n'a pas fait attention au cachet de la poste. Celle-là, c'est la dernière, il l'a reçue il y a trois ans.

Pinky plisse le front, tapote la table de ses doigts roses. Les fins poils blancs de ses mains captent la lumière.

– C'est tout ? demande-t-il. Maître Carrefour. Vraie magie. Un cachet sur une carte postale vieille de trois ans. (Il secoue la tête, me regarde.) Pour quelqu'un qui a passé la nuit dans un cercueil, c'est maigre, mon vieux.

Sur le chemin du retour à La Nouvelle-Orléans, il s'efforce cependant d'adoucir sa vision des choses :

– On arrivera peut-être à tirer quelque chose de ce Carrefour. Le côté positif, c'est que vous savez maintenant pas mal de trucs sur Byron, y compris son identité, mais que lui ne sait même pas qu'il figure sur votre écran radar. Il vit peut-être dans cette Point Arena. On peut explorer ça tout de suite. Ce genre de type, je le vois bien suffisamment arrogant et sûr de lui pour utiliser son vrai nom. A moins de vérifier, impossible de savoir s'il n'a fait que passer ou s'il a vécu assez longtemps dans cette ville pour y laisser des traces.

Je suis si épuisé que je n'arrête pas de bâiller.

– Conclusion : je devrais peut-être aller à Point Arena.

– Peut-être, oui, approuve Pinky.

Me voyant bâiller de nouveau, il ajoute :

– Pas vraiment reposé, hein ? Dormir dans un cercueil... J'aurais pu vous le dire. Vous êtes probablement imbibé de cortisol.

– Cortisol ?

– L'hormone du stress. (Il tapote le journal.) Je viens de lire un article là-dessus. Mauvais pour la santé.

Nous roulons un moment en silence avant qu'il ne s'enquière :

– Qu'est-ce qu'il y avait sur la carte, à part cette histoire de vraie magie ?

– « Fini le Château »...

– C'est tout ? Quel château ?

– Je ne sais pas. Diment non plus.

– Hmm, fait Pinky. Un château. En Californie...

Je somnole quand cela me revient, comme une bulle montant à la surface : Karl Kavanaugh, assis en face de moi dans un box du Peppermill, à Vegas.

Il parle de l'histoire de la magie et m'explique qu'à un certain moment son épicentre s'est déplacé de Chicago à L.A. Il y avait alors à Los Angeles une boîte qui s'appelait *Le Château Magique*.

— Karl, c'est Alex Callahan.
— Comment ça va ? Vous êtes de retour en ville ?
— Non, je suis à La Nouvelle-Orléans. Sur... sur une piste.
— L'affaire Gabler ?
— Oui.
Un moment, je ne me souviens plus de ce que j'ai raconté au juste à Kavanaugh. Lui ai-je dit que mes garçons ont été enlevés ? Je ne crois pas.
— Et ça avance ?
— Un peu. Vous vous rappelez que vous m'avez parlé du Château Magique ? Elle existe encore, cette boîte ?
— Absolument. Elle offre plusieurs spectacles chaque week-end, en simultané sur différentes scènes. Dîner et magie, ce genre de choses. Si vous voulez y assister, je peux vous parrainer.
— C'est nécessaire ?
— En fait, le Château est un club. Il ne suffit pas d'acheter un billet. Il faut être membre ou invité par un membre. Ou faire partie de la Société des magiciens américains.
— Assister au spectacle, je ne sais pas, mais merci quand même. Le gars que je cherche, le meurtrier des Gabler, je pense qu'il a travaillé au Château.
— Vraiment ? Comment il s'appelle ?
— Maître Carrefour. Boudreaux, de son vrai nom.
— Hmmm, ça ne me dit rien mais L.A. est un peu à part, dans le métier, c'est comme une île. Et je n'y vais plus très souvent.
— Vous connaissez quelqu'un du Château à qui je pourrais m'adresser ?
— Bien sûr. Attendez... John DeLand, le directeur, c'est ce qui serait le mieux, pour vous. Il connaît tout et tout le monde.
— Vous avez son téléphone ?
Kavanaugh me communique le numéro puis propose d'appeler DeLand pour le prévenir.

– Les magiciens ont parfois… l'esprit de clan. Ils ont tendance à former le cercle avec les chariots dès qu'on pose des questions sur un des leurs. Si vous voulez, je pourrai préparer le terrain.

Sur un poste de travail des bureaux de Pinky dans le Quartier français, je consulte mes e-mails quand Kavanaugh me rappelle.

– John DeLand sera heureux de vous parler. Et, oui, il se souvient de Carrefour, qui a travaillé plus ou moins régulièrement au Château pendant deux ans.

– Formidable. Merci. DeLand, il sera au numéro que vous m'avez donné ?

– Oui. Mais… si je peux vous donner un conseil…

– Bien sûr.

– Je ne connais pas votre budget, mais si les fonds le permettent, il serait peut-être utile que vous alliez à L.A.

– Ah ?

En fait, j'en avais l'intention. Si Boudreaux a travaillé régulièrement au Château, il habitait quelque part. Il avait des amis, un propriétaire, une vie. Ce qui signifie des traces.

– John est une source sûre, poursuit Kavanaugh, mais d'autres magiciens du Château ont aussi connu Carrefour. Il vous les indiquera.

– D'accord.

– Et puis, il y a John lui-même.

– Que voulez-vous dire ?

– Eh bien… Il n'a jamais vraiment quitté le XIXe siècle. C'est un de ces vieux bonshommes qui crient dans le téléphone comme si c'était encore un appareil à cornet. Il vaut mieux lui parler de vive voix. Il est plus… loquace en tête à tête. Nous, les magiciens, nous sommes toujours meilleurs en chair et en os.

Après une pause, il reprend :

– L'expression est bizarre, vous ne trouvez pas ?

— Si, dis-je, machinalement car je tape déjà sur le clavier de l'ordinateur pour trouver un vol à destination de L.A.

— En chair et en os ! clame Kavanaugh d'une voix enthousiaste de présentateur. Comme si ça pouvait être autrement...

41

Le Château Magique est une grande bâtisse victorienne un peu délabrée, sise dans les collines qui dominent Hollywood, et John DeLand y paraît tout à fait à sa place. Il a, sous des cheveux blancs épars, des yeux bleus et vifs. Des lunettes à demi-verres perchées sur un long nez. Il porte un costume noir brillant de coupe démodée et un gilet à gousset. Seule note incongrue, la grosse montre bleue à affichage numérique attachée à son poignet gauche par une bande Velcro.

Il m'accueille en bas et me précède dans l'escalier tournant qui mène à son bureau.

– Je n'ai qu'une heure à vous consacrer, me prévient-il, mais nous pourrons discuter plus longuement demain. Enfin, si je suis en état de parler. J'ai rendez-vous chez le parodontologue. Il m'a promis d'amener mes gencives à une soumission totale par un bon récurage.

La porte s'ouvre automatiquement en grinçant quand il articule, devant une petite grille en cuivre :

– Harry Houdini.

Son bureau semble sorti d'un roman de Dickens : vaste espace encombré de meubles lourds et anciens, avec des tas de colonnes, des sculptures tarabiscotées, du velours élimé. Toutes les surfaces horizontales sont couvertes de livres, de globes, de boules de cristal, de cartes, de statues, de crânes, de plantes, d'automates, de caisses, de gadgets, de papiers, de brochures, d'objets de toutes sortes. De vieilles affiches annonçant des numéros de magie et des magiciens tapissent les murs ornés, dans les rares intervalles, de baguettes magiques et de sceptres incrustés de gemmes. Des chats se prélassent sur les appuis de fenêtre.

DeLand m'indique une chaise en bois sculpté.

– Pas très confortable mais les matous ne l'aiment pas, vous épargnerez à vos vêtements une pellicule décorative de poils de chat.

Il passe derrière son immense bureau noir, qui disparaît sous deux centimètres de paperasse, soulève du fauteuil un félin noir avant de s'asseoir, garde l'animal dans ses bras et le caresse.

– Donc, c'est Carrefour qui vous amène. Et vous vous intéressez à une affaire de meurtre, m'a dit Karl ?

– Une série de meurtres.

– Seigneur. Vous pensez que Carrefour est impliqué ?

– Probablement.

DeLand se renverse dans son fauteuil et me considère de ses yeux bleu pâle.

– Ça alors… Vous êtes… quoi exactement ? Inspecteur de police ? Je vous pose la question parce que nous, les magiciens, nous formons une sorte de… de confrérie, pourrait-on dire. Si je dois coopérer pour vous aider à trouver Carrefour, j'aimerais savoir dans quel but. J'aimerais aussi savoir comment votre enquête vous a conduit au Château Magique.

Avec un sourire détaché, il caresse le chat, qui se met à ronronner.

– Je n'appartiens pas à la police. Mon intérêt pour cette affaire est personnel.

A mesure que je lui raconte mon histoire, le sourire fait place à une expression inquiète.

– C'est épouvantable, dit-il d'une voix tremblante. Naturellement, je vous aiderai de mon mieux. (Il décroche un téléphone noir.) En commençant par un mot avec le comptable et la Société des magiciens. Carrefour en était forcément membre, ainsi que du Château. Il payait des cotisations et on lui envoyait de la littérature professionnelle. Nous devrions avoir une adresse et un numéro de téléphone…

Quand il a fini de brailler dans l'appareil, il raccroche et flatte de nouveau l'échine du chat.

– Qu'est-ce que je pourrais vous dire de plus ?

– Parlez-moi simplement de Carrefour. Ce dont vous vous souvenez.

– Je ne sais pas comment il a fini par faire son numéro ici. Quelqu'un d'autre s'en souviendra peut-être. Il se peut qu'il ait été engagé pour un soir ou deux, avec une réputation déjà établie. Ou qu'il soit simplement venu voir un spectacle et qu'il ait commencé comme ça…

– Que voulez-vous dire ?

– Les magiciens viennent de partout, soit exprès pour le Château, soit parce qu'ils sont de passage à L.A. Le Château est pour eux une sorte de pèlerinage. Nous avons quelque chose comme cinq mille membres.

– Vraiment ?

– Oh oui. Disons qu'un magicien se trouve en ville et qu'il vient au Château pour une soirée de magie. Voir ce que fait la concurrence, adapter un nouveau tour et l'inclure dans son numéro, ou simplement offrir un bon moment à sa femme ou à sa petite amie. Avant le spectacle, au bar, par exemple, ou après le dîner, ou dans la queue pour assister à l'un des numéros, des magiciens spectateurs en profitent pour faire le leur. Montrer ce dont ils sont capables. Vous verrez au bar des types faire des tours de passe-passe avec des cartes ou des pièces. Quelquefois, ils exécutent même des numéros plus élaborés.

– C'est comme une audition ?

– Ça peut en être une. Un moyen de glisser un pied dans l'entrebâillement de la porte. Au cas où un artiste prévu tombe malade ou entre en conflit avec la direction. L'illusionniste en visite a une chance de boucher le trou. Après, tout peut arriver.

– Carrefour est donc devenu un habitué.

– Oui. Et il le méritait. Il est très doué, il a beaucoup de présence sur scène. Tout ce qu'il faisait était étonnant. Et tout à fait dans l'esprit de la maison, au début.

– C'est-à-dire ?

– Nous n'avons pas les ressources nécessaires pour monter les très grands numéros, le genre de choses qu'on fait à Vegas. La plupart d'entre eux nécessitent une scène spécialement construite pour le magicien et son spectacle. Cela implique pas mal de technologie, des trappes et des passages sous la scène, des éclairages spéciaux, sans parler des fils et des passerelles pour les effets de lévitation. Nos scènes à nous sont... de simples scènes. Avec un recours minimal aux éclairages, aux miroirs et aux gadgets électroniques. Non seulement notre budget ne le permet pas, mais nous pensons que c'est un avantage : nous présentons de la magie classique. Carrefour ne faisait pas exception, du moins au début.

– Et ensuite ?

– Avec le temps, il a remanié son numéro. Il a repris des tours anciens, en particulier de la tradition indienne. Des effets stupéfiants... mais...

DeLand lève la main qui caressait le chat noir et la fait osciller dans l'air.

– Quoi ?

– Les goûts ont changé. Son nouveau numéro ne plaisait pas beaucoup.

– Pourquoi ?

– Aujourd'hui, les gens ne veulent plus être terrifiés. Etonnés, époustouflés, ravis, oui, mais pas horrifiés. Plus précisément, en ce qui concerne Carrefour, ils ont perdu le goût du sang. Son numéro, en évoluant, était devenu franchement gore. Tout à fait dans la tradition, mais...

– Vous ne pensez pas que les gens aiment le gore ? Hollywood n'est sûrement pas de votre avis.

– Je le reconnais. Des corps éventrés, des rivières de sang, des cadavres à la pelle... Le genre *Massacre à la tronçonneuse*. Et le tout d'un réalisme terrifiant. Quand même...

Le vieil homme incline la tête sur le côté.

– Un film reste un film. Aussi réaliste soit-il, il a été tourné des mois plus tôt puis monté, cela nous le savons tous. Il y a eu ensuite les avant-premières, les bandes-annonces, les tournées de promotion des vedettes. Finalement, nous avons droit au produit fini, projeté sur un écran en deux dimensions…

– D'accord. Mais même sur scène, vous savez que c'est… mis en scène.

– J'en conviens, mais ce n'est pas du tout la même chose de voir de la violence de près, en temps réel. Même au cinéma, on a tendance à styliser la violence. D'abord, c'est très difficile à réussir. Même une bonne bagarre à coups de poing, on a du mal à la faire paraître vraie. En fait, la plupart des gens ne veulent pas voir de la violence qui semble réelle. Seigneur, j'étais un jour à Amsterdam dans un théâtre d'avant-garde, et l'un des acteurs a massacré une plante, il l'a déchirée en morceaux sur la scène. Un philodendron en pot, rien d'autre, et quelques spectateurs ont été si choqués qu'ils ont quitté la salle.

– Hmm.

– Passez une soirée au Château, vous verrez que nos salles sont petites. La plus grande n'a qu'une centaine de places. Les magiciens sont là, tout près, au-dessus du public. Pour certains des numéros de Carrefour, on avait peur d'être éclaboussé. Comme lorsqu'on est assis au premier rang pour un match de boxe et qu'un des boxeurs saigne sur le ring. Ça n'est pas très apprécié des dames, aussi carnivores soient-elles.

– Carrefour a quand même eu le droit de continuer ?

– Avant de modifier son spectacle, il était très populaire. On se bousculait pour le voir, il a tout de suite eu droit à la grande salle. De sorte que, même après le remaniement, le public a continué un moment à venir. C'était une bête de scène. Et même si notre clientèle appréciait moins son nouveau spectacle, on l'admirait encore pour ce qu'il faisait au Château.

– Ah ?

– Les numéros qu'il exécutait étaient célèbres dans l'histoire de la magie et, je le répète, brillamment repris. Une des raisons d'être du Château est de préserver l'histoire de la magie comme forme d'art. Alors, il était agréable de voir quelques-uns de ces numéros revivre, même au titre de curiosités historiques. C'est seulement en les voyant qu'on s'est rendu compte que les goûts avaient beaucoup changé. Il y a un siècle, le public avait soif de sang et le numéro de Carrefour n'aurait pas suscité un battement de cils…

– Le changement est si important ?

– Absolument. Oubliez les gentils spectacles de magie où le sang fait simplement semblant de couler. Il y a cent ans, les combats de coqs, d'ours et de chiens étaient immensément populaires. Sans parler des exécutions publiques. Des lynchages. Les gens accouraient en masse. Du vrai sang ? Plus il y en avait, mieux c'était.

– Aujourd'hui, cela les rebute, dis-je en me rappelant les commentaires de Karl Kavanaugh à ce sujet.

– Oui, même quand ils savent que c'est une illusion. Lorsque le jeune David Blaine a extrait son cœur de sa poitrine à la télévision – il a plongé une main sous sa chemise et l'a ressortie avec ce morceau de viande dégouttant de sang –, la chaîne a demandé qu'on coupe la scène…

– Quel genre de numéros faisait Carrefour ?

– Voyons… Un de ses grands classiques était le panier, un tour vraiment ancien. Vous le connaissez ?

Je secoue la tête.

– Il était de tradition de mettre en danger l'assistant ou l'assistante de l'illusionniste. De nos jours, nous en avons une version théâtrale et aseptisée avec les couteaux plantés autour de la jolie assistante ou le tour de la femme sciée en deux. Mais aucune impression de vrai danger. Ce n'était pas le cas autrefois, où l'on faisait tout pour souligner la situation périlleuse de l'assistant.

– Je vois.

– Pour le genre de tours que pratiquait Carrefour, le magicien utilisait généralement un enfant pour l'assister. Souvent, c'était son fils. Les jolies filles sont venues un peu plus tard. Mais, jolie fille ou enfant, les assistants servent d'accessoires à l'illusionniste et renforcent son pouvoir. L'introduction de l'assistante a constitué un changement de dynamique dans le numéro puisque le magicien et la jolie fille forment une sorte de couple sexualisé. Avec le jeune garçon, vous aviez un simulacre de vie familiale.

– Une relation père-fils…

– Exactement. Le pouvoir du magicien était celui d'un patriarche ou s'apparentait, dans quelques cas, à une relation maître-esclave, voire dieu-être humain, selon certains. L'une des fonctions de l'assistant est bien entendu de détourner l'attention. Le magicien lance une balle à l'assistant, les yeux du public suivent la balle, c'est instinctif. Pour attirer les regards, une femme peu vêtue fait parfaitement l'affaire – là aussi, c'est instinctif –, mais elle ne suscitera pas autant d'empathie qu'un enfant. Elle ne met pas l'assistance de son côté comme le fait un enfant.

– Je comprends ce que vous voulez dire.

– Un enfant a d'autres qualités, comme assistant. Il est menu, il peut se glisser dans des espaces étroits, mais, surtout, il est bien plus vulnérable qu'une femme. En outre, il est revêtu d'un manteau d'innocence qui fait que le public ne pensera jamais qu'il est dans le coup, comme on dit, qu'il fait partie de la supercherie. Aujourd'hui, on ne peut plus employer d'enfants à cause des contraintes légales, et Carrefour s'est rabattu sur ce qui s'en rapproche le plus. Il a utilisé un homme jeune, frêle et d'apparence juvénile, mais en fait majeur.

– Intéressant. Comment se déroulait le numéro ?

– Le tour du panier n'était que le finale d'un spectacle d'une heure comportant de nombreux autres effets et illusions. Pour le panier, le jeune assistant faisait semblant de commettre une bourde, il manipulait maladroitement un accessoire ou se montrait indocile.

« En guise de punition, le maître le force à se mettre dans le panier, souvent placé sur un support à travers lequel on peut voir pour que le public puisse constater qu'il n'y a pas de trappe ou de chose de ce genre. Donc...

DeLand frappe dans ses mains.

– L'assistant est dans le panier et le magicien continue son spectacle mais le garçon proteste, il n'arrête pas de se plaindre. Finalement, le magicien perd son calme. Comme il se sert d'épées pendant son spectacle, il en saisit une et l'enfonce dans le panier. Le garçon s'écrie : « J'ai mal, tu m'as blessé ! » Cela ne fait que décupler la colère du magicien qui transperce le panier avec d'autres lames, les croise de manière que personne, apparemment, ne puisse survivre à l'intérieur. Il est furieux d'avoir été interrompu, vous comprenez. Il reprend son tour et répond aux plaintes du garçon en les tournant en dérision : « Vas-y, pleure, ça ne t'avancera à rien, tu ne m'impressionnes pas. Quel bébé ! » Les cris faiblissent, se transforment en gémissements... puis c'est le silence.

« Le public se sent mal à l'aise. Le magicien, lui, a reporté toute son attention sur son numéro : faire apparaître des lapins, unir ou séparer des anneaux. Les spectateurs deviennent carrément inquiets quand une flaque de sang se forme sous le panier. En entendant leurs cris – ou, au besoin, ceux d'un comparse dans le public –, le magicien s'interrompt de nouveau, se retourne et feint de découvrir le sang. Il soulève le couvercle du panier et paraît pris de remords. Il faut qu'il soit bon comédien, mais Carrefour l'était. Il entreprend d'enlever les épées, avec précaution, en grimaçant et en grinçant des dents. Puis il exhorte le public à l'aider à ramener l'assistant à la vie.

Je sens des picotements sur ma nuque. Je pense à l'inspecteur de Big Sur parlant des jumeaux Ramirez, du cadavre reconstitué d'un des enfants, qui semblait avoir été poignardé de multiples fois, transpercé.

Je me souviens des termes exacts du policier : « une pelote d'épingles ».

– Ça va ? me demande DeLand.

– Oui, continuez.

– Dans le tour du panier, les épées sont de vraies épées et le tour marche parce que l'assistant a appris à caser son corps successivement à tel ou tel endroit pour ne jamais être touché. Vous comprenez pourquoi on n'autorise plus aujourd'hui l'utilisation d'enfants. Comme beaucoup de tours anciens, le tour du panier peut mal finir.

– J'imagine, oui...

– Certains numéros sont très dangereux. Le tour du panier repose sur l'exécution parfaite d'une série de mouvements par deux personnes différentes. Il n'y a pas de marge d'erreur. Attraper une balle avec les dents est également risqué. C'était un tour classique de nombreux spectacles, mais un illusionniste célèbre est mort à Londres, dans les années trente, en l'exécutant.

J'écoute à demi les explications de DeLand. Boudreaux a fait le numéro de la femme coupée en deux avec les jumelles Gabler, celui du panier avec les jumeaux Ramirez. Mais ce que les enfants Sandling m'ont raconté ne cadre pas avec la préparation de l'un ou l'autre tour.

– Penn et Teller attrapent simultanément des balles avec les dents, poursuit DeLand, mais Houdini, qui s'est mis en danger de nombreuses manières, ne l'a jamais fait. Son modèle, Robert Houdin, le très célèbre magicien français du milieu du XIXe siècle, a exécuté ce tour pour contribuer à mater une révolte en Algérie.

– Comment ça ?

– Le gouvernement français l'avait envoyé là-bas parce que des marabouts fomentaient un soulèvement et utilisaient des tours simples pour agiter la population. Robert Houdin a fait en plein air une démonstration de ses pouvoirs et, par extension, de ceux des Français, pour montrer aux indigènes qui possédait la magie la plus puissante. Défié en duel par l'un des marabouts, Robert Houdin a attrapé avec ses dents la balle tirée sur lui puis a déchargé son propre pistolet sur le mur blanchi à la chaux d'un bâtiment devant lequel le duel se déroulait. Sous l'impact, le mur s'est couvert d'une grande éclaboussure de sang écarlate. C'est ce qui a emporté la décision dans l'esprit des Algériens : la magie du Français était plus forte que celle des marabouts. Les indigènes ont cessé de faire confiance aux semeurs de troubles et le mouvement de résistance a décliné.

– Le gouvernement français a vraiment embauché Robert Houdin ?

– Oh, il y a de nombreux exemples anciens et récents de ce genre de collaboration. Notre CIA, notamment, a fait appel à l'illusionniste John Mulholland pour apprendre aux espions à éviter de se faire repérer. Il a procédé à des démonstrations, il a organisé des ateliers, rédigé une série de manuels pour l'Agence...

– Des manuels ?

– Sur les manipulations, la surprise, la façon de détourner l'attention.

– Vraiment ?

– Réfléchissez. Que font les espions ? Tout est affaire d'illusion et de tromperie. Un agent donne l'impression d'être ce qu'il n'est pas. Il doit effectuer une tâche sans être découvert. Quelles meilleures qualités posséder pour cela que la dextérité dans la manipulation et le détournement d'attention ?

Aussi intéressante que soit cette digression, je veux ramener DeLand sur Carrefour :

– Donc, le tour du panier était dangereux.

– Oui. Si l'assistant ne se plaçait pas dans la position prévue au moment précis, ou si le magicien se trompait, l'assistant pouvait être tué...

Il s'interrompt, prend une inspiration.

– Mon Dieu, vous craignez que vos fils...

– Je pense que Boudreaux pourrait les utiliser dans une sorte de spectacle.

– Pardonnez le… l'enthousiasme avec lequel j'ai décrit le tour du panier. Je ne voudrais certainement pas que mon petit-fils y participe.

Je hoche la tête et DeLand reprend :

– Où en étais-je ?

– Le magicien atterré invite le public à ramener le garçon à la vie…

– Oui. Il entonne une incantation, concentre ses pouvoirs, soulève le couvercle du panier… Et voilà ! Le garçon en sort indemne !

– Mmm.

– C'est une résurrection, un être arraché à la mort. En fait, on retrouve ce thème à la base d'un très grand nombre de tours, d'une tradition qui remonte aux origines de la magie, à l'époque où les magiciens étaient des prêtres. Même les numéros d'Houdini, quand on le plongeait dans la mer entouré de chaînes, menottes aux poignets, peuvent être classés dans cette catégorie. Du moins, je soutiens cette position.

– Ah oui ?

– Une mort non réelle mais symbolique. Un personnage solitaire qui invite la mort à le prendre, la foule qui retient son souffle en même temps que l'illusionniste immergé, qui attend, sans le voir, pendant des minutes incroyablement longues. Est-il allé trop loin, cette fois ? La mort le prendra-t-elle pour de bon, cette fois ? Enfin la réapparition spectaculaire, perçue comme une sorte de miracle, une espèce de résurrection…

– Résurrection ou pas, les gens n'aimaient pas le tour de Carrefour ?

– Non. Je vous l'ai dit, c'était un acteur doué – trop, peut-être. Sa colère, les cris du garçon, le sang… Il faisait peur. Bien sûr, il avait quand même ses admirateurs parmi les gens du métier.

– Qui, par exemple ?

– Attendez que je réfléchisse, fait DeLand en plissant le front. Je me souviens de ce petit Thaï et d'une Russe… Olga quelque chose. Un cheikh, aussi. Des gens tout à fait inoffensifs... mais qui aimaient le sang.

Il soupire et reprend :

– Cela fait des années, je ne me rappelle plus leurs noms. Quelqu'un s'en souviendrait peut-être, je pourrais demander... Ah si, il y avait Mertz ! J'ai failli l'oublier, et pourtant c'était le plus grand fan de Carrefour. Il ne manquait jamais une soirée quand Carrefour était au programme. Et ils partaient généralement ensemble, après le spectacle. Je l'ai remarqué uniquement parce qu'ils formaient un couple étrange.

– Comment ça ?

– Carrefour est grand, impressionnant. Mertz, au contraire, est courtaud, solidement bâti, chauve comme un œuf et presque aussi large que haut. Riche à millions. Il roulait en Rolls. Comme ils venaient tous les deux d'Europe, cela les rapprochait, naturellement.

– Que voulez-vous dire ? Carrefour s'appelle en réalité Byron Boudreaux et il vient de Louisiane...

DeLand paraît stupéfait.

– Non, il est français... Son nom...

– Vous ne saviez pas que Carrefour était un nom de scène ?

– Alain Carrefour : je ne lui ai jamais connu d'autre nom. Ça alors ! J'ai pas mal voyagé, j'ai même passé deux ans en France. Jamais je ne me serais douté... Je vous le disais, qu'il était bon comédien. (Il secoue la tête.) Peut-être que Mertz est américain, lui aussi, ajoute-t-il avec un petit rire.

– Il était membre du Château ?

– Je ne crois pas. Je peux vérifier. Il ne faisait pas de numéro mais il était peut-être membre associé. Il venait souvent, en tout cas. Et il était passionné de magie. Finalement, je ne crois pas qu'il était américain, lui aussi. Plutôt français ou quelque chose comme ça. Belge...

– Passionné de magie, vous dites ?

– Il collectionnait les livres rares sur le sujet. En particulier sur le vieux tour indien de la corde. Nous en avons parlé une ou deux fois. Il avait des pièces exceptionnelles dans sa collection. Des ouvrages difficiles à trouver. Et extrêmement chers.

– Le tour de la corde ?

– Oui, un tour légendaire. Marco Polo le mentionne dans son livre, écrit au XIIIe siècle, mais on estime que le tour est plus ancien encore. Il serait né en Chine et aurait été apporté en Inde par la route de la soie.

La montre attachée à son poignet émet une série de bips aigus et DeLand l'examine à travers ses lunettes de lecture pour trouver le bouton d'arrêt.

– Il faut que j'y aille, soupire-t-il. Mon parodontologue m'appelle. Revenez donc ce soir, dit-il en se levant. Vous pourrez voir le spectacle, si vous voulez. Je serai de retour à temps pour rassembler les informations que nous pouvons avoir sur Carrefour dans nos archives. Sur Mertz aussi, peut-être. Ce sera prêt, vous pourrez les prendre à ce moment-là.

Le téléphone sonne à son tour. C'est le taxi de DeLand. Je descends l'escalier derrière lui.

– Ce soir, nous aurons sur scène quelqu'un qui a connu Carrefour : Kelly Mason. Vous pourriez lui parler. Il a probablement aussi connu Mertz, ils avaient un intérêt commun.

– Lequel ?

– Le tour de la corde. Mason a écrit plusieurs articles sur le sujet et je crois que Mertz lui avait donné accès à sa collection. Alors Mason sait peut-être où il est et si vous trouvez Mertz…

– D'accord. Monsieur DeLand…

– Appelez-moi John.

– John, je vous suis très reconnaissant de votre aide. Ces informations sur Carrefour et Mertz, et les adresses que vous pourriez avoir, c'est vraiment formidable. J'aimerais beaucoup aussi discuter avec Kelly Mason.

– Ne me remerciez pas, je le fais avec plaisir, assure DeLand, dans l'allée où l'attend son taxi. Je réserverai un billet pour vous, vous n'aurez qu'à le récupérer au guichet.

– A quelle heure ?

– Le premier spectacle est à sept heures, mais disons... huit heures ? Rendez-vous au bar.

– Parfait.

– Je dois vous avertir que nous avons des règles vestimentaires. Costume-cravate.

Je fais signe de la main tandis que le taxi s'éloigne, puis je regarde sa forme jaune, tantôt visible, tantôt cachée, descendre la colline.

Je pense à Mertz en montant dans ma voiture de location pour entamer la descente à mon tour. Je me rends à mon hôtel, à Santa Monica, près de Venice, et je songe à cette idée que Boudreaux aurait des fans.

Soudain, je me redresse sur mon siège. Bien sûr qu'il a des fans, et pas seulement pour ses spectacles au Château Magique !

Je me souviens du médecin légiste de Vegas m'expliquant que le corps de Clara Gabler a probablement été coupé en deux avec une scie sur table et que cela lui paraît bizarre parce qu'une tronçonneuse aurait fait l'affaire. Barry Chisworth, assis en face de moi, mojito en main, se demandant pourquoi on aurait pris la peine de monter cette scie et sa plate-forme, ainsi que le générateur nécessaire pour la faire tourner tout en haut de Conjure Canyon. Même quand j'ai trouvé la réponse – parce que les sœurs Gabler avaient été tuées au cours d'un numéro –, je n'ai à aucun moment réfléchi à un élément clé de toute représentation.

Le public.

Byron Boudreaux avait cessé de faire de la magie dans le circuit habituel, mais il n'avait pas cessé de donner des spectacles. Il y avait un public pour voir Clara Gabler sciée en deux. Des spectateurs pour assister au meurtre de Julio et Wilson Ramirez. Comme il y aurait un public quand Boudreaux assassinerait mes fils.

Byron faisait probablement allusion à ces atroces perversions de tours ordinaires quand il a écrit les mots « vraie magie » sur sa carte postale à Diment.

Les membres de son auditoire savent-ils que ces illusions n'en sont pas ? Que des vies sont réellement sacrifiées pendant le spectacle ? Je pense que oui. Forcément. C'est même probablement tout l'intérêt de la chose.

Mertz. Mertz. Qu'est-ce que DeLand m'a appris sur lui ? Il est français ou quelque chose comme ça, il est riche et il collectionne les livres sur le tour de la corde…

Le tour de la corde. Ce que j'en sais tiendrait au dos d'un timbre-poste : un tour pratiqué autrefois en Inde. Le magicien lançait une corde en l'air, elle y demeurait suspendue et son assistant y grimpait.

Les pensées s'enchaînent alors dans ma tête de manière terrifiante. Mertz est l'admirateur le plus fervent de Boudreaux. Mertz est obsédé par le tour de la corde. Et qu'est-ce que les enfants Sandling m'ont dit qu'ils faisaient dans cette « grande, grande maison » avant de s'échapper ? Ils s'entraînaient. Pendant des heures, tous les jours. Ils… grimpaient… à la corde.

42

Je déniche mon hôtel, m'inscris à la réception, m'installe dans la chambre et jette un coup d'œil aux pages jaunes de l'annuaire, à la rubrique « Magie ». Elles me donnent les coordonnées de deux librairies spécialisées dans les ouvrages sur la magie et les sciences occultes.

La plus proche, située sur Hollywood Boulevard, se révèle être le genre d'endroit où il faut presser une sonnette pour entrer. La boutique est exiguë, bourrée de livres du sol au plafond. L'odeur de vieux bouquins, amalgame de moisi et de papier en décomposition, imprègne l'air. L'homme qui m'a ouvert la porte de loin est assis au fond derrière un bureau et parle au téléphone. Il lève une main pour me faire savoir qu'il va s'occuper de moi.

Sur une table centrale, des paniers proposent des affiches ou des petits livres protégés par des pochettes en plastique. En attendant que le libraire finisse son coup de fil, je fouine parmi les brochures, dont la plupart expliquent comment réaliser tel ou tel tour.

Une minute plus tard, l'homme me rejoint. Il est jeune, avec de longs cheveux bruns, des lunettes à monture métallique et un anneau doré à une oreille.

– Je peux vous aider ?

– Je cherche un livre sur le tour de la corde.

– Vous êtes collectionneur ?

— Non, j'ai simplement besoin d'un ouvrage qui décrit le tour, parle un peu de son histoire…

— D'accord, je crois que j'ai ça.

Je le suis dans une allée étroite, le regarde gravir un escabeau de bibliothèque. Il redescend avec un livre de poche dépenaillé recouvert d'une protection en plastique.

— C'est une compilation des plus célèbres tours de l'histoire de la magie, annonce-t-il. Il n'est pas en très bon état, mais vous y trouverez un chapitre assez fourni sur le tour de la corde.

L'homme penche la tête sur le côté, sourit.

— C'est tout ce qu'il vous fallait ?

— Une chose, encore. Je cherche quelqu'un, un type qui a vécu à L.A. et qui travaillait au Château Magique…

— Oui ?

— Son nom d'artiste était maître Carrefour.

— Non, répond le libraire en secouant la tête. Je ne vois pas.

— Et un nommé Mertz ? Européen, peut-être français. Il collectionne les livres sur le tour de la corde…

— Non, désolé.

Est-ce un effet de mon imagination ? J'ai l'impression qu'il répond trop vite.

— Je ne suis qu'un remplaçant, ajoute-t-il. La librairie appartient à mon oncle.

Je sais que j'ai été trop direct. Normalement, je n'attaque pas bille en tête de cette façon. Je baratine, je fais du charme, j'éveille la sympathie. J'essaie, en tout cas. C'est de cette manière qu'on incite les gens à dire des choses qu'ils devraient garder pour eux. Mais je ne sais pas pourquoi, je n'arrive pas à faire du charme à ce type. Je suis peut-être à sec de ce côté-là, en ce moment.

— Je peux avoir le numéro de votre oncle ? C'est important. Comme ce Mertz était collectionneur et qu'il vivait à L.A., votre librairie est exactement le genre d'endroit où…

— Non, m'interrompt le jeune homme.

Il examine ses mains et, là encore, je perçois une légère hésitation quand il se justifie :

– Mon oncle Frank est en voyage... En Croatie. On ne peut pas le joindre.

– Hmm. Il revient quand ?

– Dans une quinzaine de jours.

– Bon, je me contenterai du livre, alors, dis-je, certain qu'il me ment.

Il a entendu parler de Mertz, son langage corporel le trahit : j'ai fait assez d'interviews pour reconnaître les signes.

Je le suis jusqu'à la caisse enregistreuse, il tape le prix du livre, le glisse dans un sac en papier.

– Je vous mets le ticket dans le paquet ?

– Oui, très bien. Si je peux me permettre, vous connaissez une autre librairie ou boutique spécialisée à laquelle je pourrais m'adresser ? J'ai vraiment besoin de rencontrer ce Carrefour.

Le jeune homme paraît se détendre devant cette occasion de refiler le bébé à quelqu'un d'autre.

– Oui, *Magie Magie,* sur Sunset. Essayez donc là-bas.

Mais *Magie Magie* est fermé. Un écriteau annonce les heures d'ouverture en semaine : de dix heures à quatorze heures. Je reviendrai demain.

Assis sur le lit de ma chambre, je lis le chapitre sur la corde. Il est long et l'auteur commence par souligner que ce tour est très ancien. On le mentionne au passage dans les *Upanishad.* Un peu plus tard, des textes sacrés bouddhistes le signalent comme l'un des numéros exécutés – en vain – pour faire sourire un jeune prince qui deviendra plus tard le Bouddha, un garçon qui n'avait jamais souri de sa vie. Le tour de la corde devint si célèbre au temps de l'Empire britannique que l'émerveillement qu'il provoquait servit de moyen de recrutement dans l'armée anglaise. On proposa même aux officiers indiens un an de solde s'ils trouvaient un magicien qui le pratiquait. En 1875, une société de magie de Londres offrit une grosse récompense à toute personne capable de faire ce tour en public.

Suit un long passage sur les parallèles entre le tour et la cosmogonie hindoue ainsi qu'avec le conte anglais *Jack et le haricot magique* et autres mythes d'un escalier menant jusqu'au ciel. Il y a même une vision freudienne du tour qui se concentre sur la rigidité inattendue de la corde.

Enfin, j'arrive à un extrait d'un numéro de 1898 de *La Gazette civile et militaire de Lahore* :

Le magicien prit une corde roulée en boule et après en avoir attaché une extrémité à son sac, posé par terre, il la jeta en l'air de toutes ses forces. (Dans de nombreuses versions, il doit s'y reprendre à plusieurs fois.) Au lieu de retomber, la corde continua à monter lentement, jusqu'à disparaître dans les nuages. Il n'y avait pas de maison (ni d'autre bâtiment) où elle aurait pu tomber... Elle demeurait en l'air, raidie sur une grande partie de sa longueur.

Le magicien intima [alors] à son fils, qui lui servait d'assistant, de grimper à la corde. L'empoignant à deux mains, le garçon monta... avec l'agilité d'un singe, devint de plus en plus petit et finit par disparaître dans les nuages, comme l'avait fait la corde. Le magicien cessa de s'occuper de la corde pour exécuter quelques tours mineurs. Au bout d'un moment, il dit au public qu'il avait besoin de l'aide de son fils et lui cria de descendre. La voix de l'enfant répondit qu'il n'en avait pas envie. Après avoir essayé la persuasion, le magicien se fâcha et ordonna à son fils de descendre, sous peine de mort. Ayant de nouveau essuyé un refus, l'homme, furieux, serra un poignard entre ses dents, grimpa à la corde et disparut... dans les nuages.

Soudain un cri se fit entendre et, devant les spectateurs horrifiés, des gouttes de sang tombèrent de l'endroit où le magicien avait disparu dans le ciel. Puis le petit garçon tomba à son tour, coupé en morceaux : d'abord les jambes, ensuite le torse et la tête. Dès que celle-ci toucha le sol, le magicien se laissa glisser en bas, le poignard à sa ceinture. (Dans de nombreuses versions, il est alors inconsolable : « Oh, qu'ai-je fait ? », etc.)

Sans hâte indue, [il] ramassa les morceaux du corps de l'enfant et les plaça sous un vêtement [dans un panier]... Il rassembla ses accessoires de magicien (souvent en marmonnant des incantations magiques), retira le vêtement et, mirabile dictu ! *le garçon sortit du panier... parfaitement indemne !*

Viennent ensuite des explications sur la façon probable dont le tour était accompli. On l'exécutait toujours en terrain accidenté, avec une corde en boyau de chat tressé ou un câble tendu entre deux promontoires. On suppose qu'on avait érigé de chaque côté des plates-formes sur lesquelles des assistants cachés tiraient sur un support transversal pour maintenir la rigidité de la corde. Un acrobate ou un funambule attendait en haut, invisible dans la brume. Lorsqu'on lançait la corde, son extrémité alourdie s'enroulait autour du câble. Un assistant s'avançait alors pour l'attacher. Avec l'aide de l'assistant de la plate-forme opposée, il raidissait la corde. Le numéro avait toujours lieu au crépuscule ou à l'aube, dans un endroit souvent brumeux pour que soit dissimulée au public la zone où la corde puis l'enfant et enfin le magicien disparaîtraient. Si la nature ne coopérait pas en fournissant la brume, on avait recours à des feux de bois ou à des braseros.

Quant au reste, les opinions variaient. Certains pensaient que le public était soumis à une hypnose collective ou qu'on brûlait du haschich et de l'opium dans les feux souvent allumés pour ces représentations, les vapeurs hallucinogènes étant poussées vers les spectateurs par les salutations énergiques du magicien. D'autres croyaient que le lieu de la représentation était choisi avec soin pour qu'à un moment donné le soleil aveugle le public. D'autres encore avançaient que les parties ensanglantées du corps de l'enfant étaient en fait les morceaux d'un singe rasé, dont sa face, couverte de sang et coiffée d'un turban. Pour d'autres, il s'agissait d'une effigie en cire démembrée ressemblant à l'enfant. Dans ces divers scénarios, le garçon redescendait caché dans l'ample tunique du magicien.

Un historien dissertait longuement sur les origines de la magie dans « les tabernacles de religions anciennes » où les sacrifices, y compris humains, faisaient couramment partie de la liturgie. « Et qu'est-ce qu'un sacrifice, sinon un rite dans lequel les forces de destruction, celles qui causent la mort, se transforment en forces de vie et de création ? »

Selon cet historien, la « magie » que nous voyons sur scène est une reconstitution de ces rites religieux anciens. Les défis aux lois naturelles que lancent les tours les plus fameux (lévitation, disparition, etc.) sont une remise en scène de miracles religieux d'antan et demeurent mystérieux et puissants même après être devenus sans danger.

Les dieux, poursuivait-il, ont des pouvoirs supranormaux : c'est l'un des traits qui les définissent. Le Bouddha, s'il n'est pas exactement un dieu, a souvent démontré sa perfection en flottant à quelques mètres au-dessus du sol. Le dieu d'Abraham commandait à la nature. Non seulement il était capable de faire entendre une voix dans un tourbillon ou de provoquer la combustion spontanée d'un buisson, mais il pouvait faire s'écarter les eaux d'une mer. Jésus de Nazareth apporta la preuve de son pouvoir en multipliant les pains, en marchant sur l'eau, en guérissant les malades et en ressuscitant les morts.

Quant au tour de la corde, pendant son exécution, un jeune garçon meurt et est ensuite ramené à la vie. Il représente donc la plus profonde de ces reconstitutions sacrées.

Enfin, l'expert affirmait sèchement que si personne ne relevait le défi de lord Northbrook (dix mille livres de récompense, une fortune en 1875, pour qui réussirait le tour de la corde), c'était pour une raison des plus évidentes : « L'élément clé du tour est une paire de vrais jumeaux et on n'en trouve pas facilement. Le secret est naturellement très simple : l'un des jumeaux est sacrifié pendant le tour. »

Je le savais... bien sûr que je le savais. J'avais compris depuis longtemps, là-bas à Red Rock Canyon. Clara Gabler, morte sur scène, avait été remplacée par Carla, vivante et indemne, souriant sans doute pour montrer ses dents récemment blanchies. Puis, une fois le public dispersé, on s'était débarrassé de Carla d'une balle dans la tête. Idem pour les jumeaux Ramirez.

Après la représentation, le jumeau survivant devenait superflu, il constituait une nuisance et un danger. Dans le cas des enfants Ramirez, Byron Boudreaux avait tout prévu. Il a aidé Charley Vermillion à demander sa libération de Port Sulfur et lui a ensuite fait porter le chapeau pour le meurtre des jumeaux. Je suis sûr que c'est Boudreaux qui a trouvé la cabane près de Big Sur et qu'il l'a approvisionnée pour Charley. Après le spectacle au cours duquel les enfants Ramirez ont été assassinés, il a donné la capsule de cyanure à Charley en lui racontant Dieu sait quoi sur ce que c'était. Puis il a informé la police.

Je le savais, oui, mais ce n'était qu'une supposition. Lire l'opinion d'un spécialiste, écrite dans le style détaché et légèrement daté de 1952 – avant ma naissance –, m'anéantit.

Je demeure un moment immobile, le cœur battant de terreur. Puis je me secoue : il faut que je les retrouve, et vite !

Je tape *Mertz* sur le site Anywho et obtiens une demi-douzaine de réponses dans la région de L.A. Mais, après vérification, il est clair qu'aucun de ces Mertz n'est l'homme que je cherche.

J'appelle Mary McCafferty et lui demande son avis : elle a trouvé Emma Sandling, elle peut peut-être localiser Mertz. Elle est désolée, elle est sur le point de partir pour un mariage, mais elle me donne les noms et numéros de téléphone de deux « fournisseurs d'informations » de Los Angeles.

– Qu'est-ce que je leur dis ?

– Vous n'avez que le nom de famille ? Mertz ?

– Oui. Et le fait qu'il soit étranger.

– Dites-leur d'essayer de découvrir s'il a un numéro de téléphone sur liste rouge. Ils peuvent aussi voir du côté des archives des tribunaux. Il était peut-être propriétaire d'une maison, ou quelque chose comme ça.

Je prends contact avec l'un des « fournisseurs », qui promet de me rappeler demain matin. Apparemment, il ne me reste plus qu'à chercher « Magiciens » dans les pages jaunes et à téléphoner. J'ai l'impression de remonter sur la roue du hamster mais, en attendant l'heure d'aller au Château Magique, je ne vois rien d'autre à faire.

Je passe trois heures au téléphone, j'obtiens surtout des répondeurs. Sur les quelques magiciens à qui je réussis à parler, trois se souviennent de Carrefour pour l'avoir vu faire son numéro au Château. Aucun d'eux ne le connaissait personnellement et n'est en mesure de me renseigner sur l'endroit où il vivait, ses amis, etc. Ils n'ont jamais entendu parler de Byron Boudreaux et ne le connaissaient que sous le nom de maître Carrefour, parfois docteur Carrefour, un homme parlant anglais avec un accent. Rien non plus sur Mertz.

Il est temps de partir. Je mets une chemise propre et une cravate et je prends la direction du Château, impatient de voir Kelly Mason, le magicien qui a connu Carrefour et Mertz.

Le ciel est nuageux et le Château, bâtisse digne d'un roman gothique, a un air menaçant tandis que ma voiture gravit la colline. Mais c'est une fausse menace. De près, je découvre que le Château a un jardin parfaitement entretenu, des clients bien habillés et un voiturier. Je prends mon billet au guichet et l'employée me remet un programme, me montre une porte richement ornée et m'indique ce que je dois faire. A savoir prononcer les mots « Sésame, ouvre-toi » devant la chouette aux yeux rouges perchée dans l'entrée. La porte s'ouvre.

Tout l'endroit est comme ça, tour à tour ringard et charmant, le lieu idéal pour un rendez-vous amoureux un peu décalé ou une soirée originale avec sa maman. L'impression quelque peu démodée que donne le Château tient aussi au fait que tout le monde est habillé, une anomalie dans cette ville décontractée. Je me faufile vers le bar, qui me rappelle un pub anglais avec ses panneaux de verre gravés, joue des coudes pour m'approcher du barman. La foule est dense et conviviale, parcourue de constants éclats de rire. Je trouve une toute petite table près du mur du fond. Comme me l'avait prédit DeLand, je vois une demi-douzaine de types qui, cartes en main, font un tour ou parfois l'expliquent. Dans les dix minutes qui précèdent l'arrivée du directeur du Château, il m'apparaît que la moitié au moins des gens qui m'entourent sont des magiciens.

DeLand doit s'arrêter pour saluer une dizaine d'entre eux avant de me rejoindre. Finalement, il s'assied et fait glisser vers moi une enveloppe marron.

– Je ne sais pas si cela vous aidera beaucoup. Il y a une adresse et un téléphone, un numéro de dossier fiscal, mais pas de numéro de sécurité sociale. Tout cela est probablement inutile, j'en ai conscience. J'ai aussi fait des recherches sur Mertz. Il était effectivement membre associé du Château, il habitait Beverly Hills. L'adresse est dans l'enveloppe.

Une femme en robe de satin rose lui apporte un verre.

– Merci, Sally, dit-il en lui glissant un billet. Comment tu savais que j'avais soif ?

Elle répond par un gazouillis qui semble n'étonner personne à part moi, puis se retire avec un sourire.

– A votre santé, me souhaite DeLand en levant son verre. Je ne peux pas rester, malheureusement. Je vais faire un tour pour voir s'il y a quelqu'un à qui vous devriez parler, et si c'est le cas, je vous l'amène. Ne manquez pas Kelly, à neuf heures. Il donne son spectacle dans le salon. Vous l'interrogerez après.

Il se lève et vide son verre.

– Si vous avez l'intention de dîner, le bœuf est excellent.

Il repose son verre et se dirige vers la porte.

Un quart d'heure plus tard, il n'a parcouru que la moitié du chemin. Je vais dans un coin tranquille pour communiquer à mon « fournisseur d'informations » les adresses et numéros de téléphone contenus dans l'enveloppe. Pourtant, je serais sacrément surpris que Carrefour ait laissé une adresse où faire suivre son courrier.

– Il me faisait peur.

Je m'entretiens avec Kelly Mason après le spectacle, dans sa loge minuscule.

– Carrefour ?

– Non. Son numéro était un peu macabre mais il avait l'air d'un brave type. Luc Mertz : c'est lui qui me faisait peur. Il vivait dans une immense baraque…

– Vous y êtes allé ?

– Ouais. Il m'avait invité. Une maison de style espagnol, à Beverly Hills. Nous avions un centre d'intérêt commun mais…

Mason porte encore son maquillage de scène, qui accentue ses expressions, et il offre l'image même de la perplexité.

– Je n'arrivais pas à communiquer avec lui. Question de langue, peut-être. Ou de niveau de revenus. Il avait chez lui des pièces incroyables. Pour un chercheur, c'était un privilège d'avoir accès à ses affiches anciennes, à ses documents, et il m'a généreusement autorisé à les photographier, à les publier même. Mais pendant tout le temps où je suis resté là-bas, je me sentais… mal à l'aise. Et quand il m'a de nouveau invité, je me suis défilé. Comme diraient mes parents hippies : mauvaises vibrations.

Je suis vanné quand je rentre à l'hôtel et, en franchissant la porte de ma chambre, je découvre que quelqu'un y est passé avant moi. La lampe et le téléphone ont disparu de la table de chevet, remplacés par des *dimes* « Mercure » disposées pour former une croix. Au-dessus de cette croix, un objet totalement inattendu : un petit animal en guimauve blanche, une friandise de Pâques. Comment appelle-t-on ça, déjà ?

Un poussin.

Un poussin blanc. Et une croix.

D'abord, je ne comprends pas. Puis le visage hideux de Diment m'apparaît. Il me montre le cachet de la poste de Point Arena : « Pour les gens du vaudou, c'est un jour très important. Consacré aux Marassa. C'est pour ça que Byron a envoyé la carte ce jour-là. Le 10 août. On peut dire que c'est la pâque vaudoue. »

Maintenant je sais : qui, quoi, quand, pourquoi et comment. Ce que Byron Boudreaux a l'intention de faire, c'est tuer les garçons, mes enfants, l'un avec un couteau, l'autre d'une balle. Cela aura lieu dans quatre jours, pendant une représentation de « vraie magie » qui est en fait une sorte de cérémonie religieuse. Je sais tout cela, à présent. Qui, quoi, quand, pourquoi et comment.

Il reste une chose que j'ignore : où.

43

Il y a des dizaines de façons dont Boudreaux aurait pu apprendre que je le traque, mais le fait qu'il sache dans quel hôtel je suis descendu réduit le champ des sources potentielles à Los Angeles. Parce que personne ailleurs n'est au courant que je suis ici.

C'est peut-être le jeune homme de la librairie, ou l'un des illusionnistes à qui j'ai parlé au Château. J'ai laissé le numéro de l'hôtel quand j'ai appelé tous ces noms de la rubrique « Magiciens » des pages jaunes pour qu'ils ne soient pas contraints de me rappeler sur mon portable.

Peu importe. Byron m'a trouvé et il me le fait savoir, en pleine face.

A certains égards, son intrusion est une bonne nouvelle. Elle signifie qu'il s'avance à découvert. Qu'il a envie de jouer. Il commettra peut-être une erreur qui me permettra de le localiser.

Mais je ne peux pas rester ici à attendre que Byron et Mertz me tombent dessus. Quatre jours.

Le lendemain matin, j'ai rendez-vous avec mon informateur. Je me gare près de son bureau, dans un quartier miteux proche du théâtre chinois de Mann. Du coup, je m'assure que j'ai bien verrouillé les portières. Des touristes accroupis sur les carrés de béton placent leurs mains dans les empreintes laissées par Arnold, Clint ou Julia. Quelque chose dans la façon dont ils posent, plaisantent et sourient pour l'objectif me déprime. Ce sont des touristes, ils s'amusent. Cela me rappelle sans doute la journée que j'ai passée au parc d'attractions avec les enfants.

– J'ai eu votre message, me dit l'homme à mon arrivée. Pour Carrefour, impasse totale. Il sous-louait tout, il roulait dans une voiture en leasing. Le numéro de dossier fiscal est faux, il m'a conduit à un retraité de l'Iowa. Votre type est un fantôme. Il avait tous les documents nécessaires pour survivre à l'âge de l'informatique, mais aucun n'était authentique. J'ai vérifié aussi pour son nom, Boudreaux. Ça n'a rien donné. Pour Mertz, j'ai fait un peu mieux.

– La maison de Beverly Hills ?

– Barrymore Drive. Bel endroit. Il la louait mais il est parti l'année dernière.

– Il a laissé une adresse où faire suivre le courrier ?

– Une boîte postale. Qu'il a fermée il y a six mois.

Je n'attendais pas vraiment de résultats, mais c'est encore un cul-de-sac et je ne peux plus me permettre un seul cul-de-sac, je ne peux plus perdre une minute. Une goutte de transpiration roule lentement sur mon échine. Je me lève, tire mon portefeuille de ma poche pour régler le « fournisseur ».

– Attendez, j'ai quand même trouvé quelque chose qui pourrait vous intéresser...

– Quoi ?

– Je suis tombé dessus en cherchant dans les archives des tribunaux. Elles sont informatisées, maintenant. Je voulais savoir si le gars avait payé des taxes foncières à Beverly Hills – la réponse est négative –, mais son nom est apparu dans une affaire judiciaire.

– Quel genre d'affaire ?

Il se penche vers moi.

– Les douanes ont saisi des cassettes vidéo qui lui appartenaient et il leur a fait un procès pour les récupérer.

– Quel genre de cassettes ?

— Je ne sais pas. Mais j'ai photocopié le dossier. Moi, je ne peux pas m'en occuper avant demain, mais si vous êtes vraiment pressé, vous pouvez vous en charger vous-même.

L'officier des douanes qui a témoigné dans l'affaire Mertz s'appelle Michael Aguilar. Il travaillait à l'époque à l'aéroport international de Los Angeles et il y travaille toujours.

Je suis à une rue de ma voiture quand il décroche enfin.

— Je termine mon service à midi, me dit-il quand je lui ai exposé ma requête. Si vous voulez, on pourra parler à ce moment-là. (Une pause.) Bon Dieu, ma fille m'a pris mon portable. Ecoutez, il y a un bar au point de rendez-vous du TBI, on peut s'y retrouver.

— Le TBI ?

— Le terminal international Tom Bradley.

— Entendu. Midi et quart ?

— Parfait.

Je veux consulter mes messages à l'hôtel, peut-être téléphoner à Schoffler. Voir s'il a un avis.

J'ouvre la portière, remarque un prospectus sur le siège du conducteur. Je le prends machinalement et le pose sur la plage avant, puis je me souviens d'avoir fermé la voiture à clé.

Sur le devant du dépliant, un grand symbole de l'infini semble flotter au-dessus des mots *HOLLYWOOD FOREVER*[1]. Il y a aussi la photo d'un obélisque près d'un lac et quatre photos ovales de vieilles gloires de l'écran. (Je reconnais Rudolph Valentino et Jayne Mansfield.)

Je déplie le prospectus et découvre que l'intérieur est un plan (noms d'allées, de rues, de routes, de lacs), le plan d'un cimetière. Non loin de l'entrée, sur la gauche, dans Memorial Lane, on a ajouté deux petits autocollants, des anges jumeaux côte à côte.

1. Soit « Hollywood pour l'éternité ».

Mes mains tremblent et ma tête résonne de questions sans réponses. Le plan d'un cimetière ? Est-ce que cela signifie que mes enfants sont morts ?

Je démarre et effectue un demi-tour qui me vaut de longs coups de klaxon mécontents. Je connais ce cimetière, je sais où il se trouve : au bout de Santa Monica, dans un quartier mal famé proche de Plummer Park, la partie de L.A. où se concentre l'immigration russe.

Nous avons fait un reportage sur la mafia russe aux Etats-Unis et tourné dans ce quartier. Effectivement, je passe bientôt devant des façades ornées de caractères cyrilliques. Arrêté à un feu rouge, je baisse ma vitre et hèle un piéton :

– Pardon, vous savez où est le cimetière ? Hollywood Forever ?

L'homme se tourne vers moi, me sourit.

– Ouais, mon pote, répond-il avec un fort accent. A cent pour cent. La dixième rue à droite.

Cent pour cent. Je me souviens d'avoir entendu cette expression quand nous faisions le reportage. C'est ce que disent les immigrés russes quand ils sont sûrs de quelque chose.

Pour l'instant, je ne suis sûr... de rien. J'étais pourtant certain que le 10 août...

Mais maintenant... Hollywood Forever.

Je suis terrifié.

Je me souviens de Diane – ou Barbara ? – interviewant le jeune entrepreneur qui avait acheté le cimetière et l'avait sauvé de la faillite. L'endroit, où reposent de nombreux grands de Hollywood – Cecil B. DeMille, Rudolph Valentino, Jayne Mansfield, Douglas Fairbanks (junior et senior) –, avait connu des temps difficiles. Cet homme lui avait donné un autre nom et l'avait refait à neuf, autant pour les touristes que pour les morts. Dans mon souvenir, le cimetière fonctionnait encore, l'une de ses spécialités étant les hommages filmés, archivés sur place et projetés sur demande, de sorte qu'après s'être inclinés devant une dépouille, famille et amis pouvaient aussi regarder des films ayant le défunt pour vedette.

Je franchis les grilles avec ma voiture. Les tombes russes et hispaniques reflètent clairement les changements démographiques du quartier. Quand je pense être dans le secteur indiqué par les anges, je me gare sur le côté de la route et je descends. Le long d'un mur en pierre s'alignent des sépultures d'enfants. Des jouets, de petites chaussures en bronze, des photographies, des statues d'anges, des témoignages poignants d'amour et de détresse recouvrent les stèles. Je les longe d'un pas hésitant jusqu'au bout de la rangée en cherchant je ne sais quoi, et là, sur un carré de terre nue, deux minuscules chevaliers en plastique montés sur deux chevaux du même matériau se font face, la lance baissée. Deux figurines blondes Fisher-Price identiques, le visage peint figé en un éternel sourire.

Un moment, je suis paralysé, puis je cours à ma voiture et démarre en trombe. Je mets un moment à convaincre une femme qui travaille dans le bâtiment administratif du cimetière de retourner avec moi aux tombes d'enfants. Nous prenons sa voiture, une sobre Mercedes noire. Mon agitation ne semble pas la troubler, habituée qu'elle est sans doute à parler à des familles affligées. Elle pose de temps à autre une main rassurante sur mon bras.

Devant l'endroit où les chevaliers en plastique s'affrontent, elle utilise son portable pour appeler les bureaux puis, me regardant d'un œil compatissant, elle récite le numéro de la parcelle et ses coordonnées.

– Tu me rappelles quand t'as l'information, d'accord ? Je veux l'identité de la personne enterrée, la date de l'enterrement, la personne responsable, tout ce que tu as.

Nous attendons.

– Il devrait y avoir une pierre, fait remarquer l'employée. Mais quelquefois, ça prend du temps.

Je suis incapable de dire un mot. Elle me presse de nouveau le bras et nous continuons à attendre. Elle semble étudier les formes des nuages. Moi, je ne peux détacher mes yeux des jouets en plastique, de la terre nue.

Son téléphone émet une sonnerie discrète. La femme me tourne le dos pour répondre.

– Non ? fait-elle à voix basse. Tu plaisantes ?... Les gens, hein...

Elle rengaine le portable dans l'étui accroché à sa hanche et me regarde, un léger plissement de front gâtant son expression sereine.

– Y a des gens qui ont un sens de l'humour vraiment particulier, soupire-t-elle en se penchant pour ramasser les jouets. Personne n'est enterré ici. C'est l'une des six parcelles que nous avons retirées du marché. Nous allons installer une fontaine dans le secteur des petits.

Elle incline la tête sur le côté.

– C'est grand ici, on se perd facilement, poursuit-elle. Ce n'est pas le seul endroit où des enfants sont enterrés. Si vous cherchez quelqu'un en particulier, vous devriez aller au bureau d'enregistrement des tombes. Il est dans le bâtiment où vous m'avez trouvée. D'accord ? Je vous y conduis.

Elle se dirige vers sa voiture et je lui emboîte le pas quand nous entendons tous les deux la même chose : les notes cristallines d'une flûte.

– C'est joli, dit-elle tandis que nous tournons la tête pour chercher la source de la musique. Je ne savais pas qu'il y avait une cérémonie ce matin...

Alors, je le vois, nonchalamment appuyé à une tombe, à moins de cent mètres de moi. Vêtu d'un pantalon kaki et d'une chemise blanche, il tient une flûte contre ses lèvres.

– Hé ! proteste la femme en me voyant filer ventre à terre.

Je zigzague entre les pierres tombales, bousculant des visiteurs éberlués. J'ai couru le quatre cents mètres au lycée, et bien que j'aie perdu la forme je suis encore rapide et je gagne du terrain sur le Joueur de Flûte. Il se dirige vers un petit lac entouré d'un terrain superbement paysagé où sont disséminés quelques caveaux de famille. L'endroit offre tant de cachettes que je le perds à deux ou trois reprises, mais à chaque fois il rejoue son air de flûte et réapparaît derrière un arbre ou une tombe.

J'ai les poumons qui brûlent et les quadriceps qui hurlent quand je le vois s'engager sur la petite digue qui mène à une île située au milieu du lac. J'accélère : il fonce droit dans un cul-de-sac. J'imagine déjà l'impact de mon corps contre le sien quand je me jetterai sur lui pour le plaquer au sol.

Parvenus devant le grand mausolée de l'île, nous sommes si près l'un de l'autre que je vois la marque de ses chaussures : des Nike. Il tourne le coin du bâtiment. Je n'ai que quelques dixièmes de seconde de retard et cependant, quand je tourne à mon tour… il a disparu.

44

Je n'en crois pas mes yeux et pourtant... il n'est plus là. Je passe trois quarts d'heure à le chercher, d'abord, puis à essayer de comprendre comment il a fait. Je commence par inspecter les environs en pensant qu'il va de nouveau se montrer, qu'il joue avec moi comme avant. Puis j'explore le mausolée et ce qui l'entoure : arbres, buissons, tombes. Je m'approche même de la berge du lac pour scruter l'eau. Je fouille dans tous les endroits où il pourrait se cacher. Rien.

J'interroge des visiteurs, plusieurs d'entre eux ont aperçu le Joueur de Flûte et entendu sa musique, ils m'ont même vu le poursuivre, mais aucun d'eux ne sait où il est passé. Personne ne l'a vu disparaître.

Je n'y crois pas, bien sûr. Je sais qu'il ne s'est pas volatilisé. C'était un truc, une illusion. Il a laissé le dépliant dans ma voiture, il savait que je viendrais au cimetière et il a eu tout le temps de se préparer. Il a posé les chevaliers en plastique sur la terre, il a attendu que je les remarque et il m'a entraîné dans une poursuite. Il savait où elle nous conduirait, puisqu'il était devant. Quand même : comment a-t-il fait ? Je ne trouve rien – rien – qui ait pu lui permettre de disparaître de cette façon. Mais c'est un magicien, après tout.

Si je disposais d'une journée, d'une semaine, je finirais peut-être par comprendre comment il a fait, mais le temps joue contre moi. Je secoue encore la tête de perplexité en quittant le cimetière pour me rendre à l'aéroport.

Mike Aguilar est un Chicano cool qui ne me tient pas rigueur de mon quart d'heure de retard.

– La circulation, ici, soupire-t-il. Si tu te prends trop la tête pour être à l'heure, tu deviens dingue.

Le barman nous sert deux Bohemia avec des chips et de la sauce piquante.

– Comme ça, vous vous intéressez à ce Mertz ? Ça m'étonne pas. Un drôle de lascar.

– Je crois savoir que vous lui avez confisqué des cassettes et qu'il a fait un procès pour les récupérer…

– Il a fait un procès, mais on lui a rien confisqué. Les cassettes, on les a prises à un de ses employés, un cameraman japonais qui venait de Croatie ou d'un bled comme ça. Elles étaient planquées dans des boîtiers bidon, vous voyez ? *Le Roi lion,* entre autres. C'est ça qui m'a fait regarder. J'ai tout de suite pensé que ça devait être du porno, parce que ce mec avait pas l'air d'être dans les films pour mômes.

– Qu'est-ce qui est arrivé ?

– On s'est passé quelques minutes de chaque cassette et on les a saisies.

– Donc, c'était bien du porno.

– Non. Pire. On aurait dû les brûler.

– Pourquoi ?

– Mertz avait payé ce type pour filmer dans des pays comme la Bosnie, l'Albanie, le Sierra Leone. On voyait des gens se faire tuer ou torturer, en vrai, devant la caméra. C'était comme un *snuff,* mais sans scènes de cul. Pas de politique non plus, pas de contexte. Juste une heure et demie de gens en train de crever en gros plan. Mon impression, c'est que le mec était allé de camp de détention en prison improvisée et qu'il avait distribué des pots-de-vin pour pouvoir filmer.

– Le juge a ordonné qu'on les lui rende ?

– Ouais. Œuvre artistique, il a dit.

– Sans blague. Et pas d'enquête ?

L'officier des douanes a un haussement d'épaules impuissant.

– On n'a rien pu faire. Les avocats de Mertz nous sont tombés dessus dès qu'on a saisi les cassettes. On a juste pu interroger le cameraman, au début.

– Qu'est-ce qu'il vous a dit ?

– Pas grand-chose. Le seul truc que j'aie réussi à tirer de lui, c'est que les cassettes étaient pas uniquement destinées à Mertz. Y avait un club, vous voyez le genre.

– Quel club ?

– Je sais pas. Le mec a pété un câble quand je lui ai piqué les cassettes, il s'est mis à citer des noms, à gueuler que les gens pour qui il bossait me feraient virer. Mertz faisait partie des noms qu'il a donnés, mais y en avait d'autres. Un cheikh. Un Russe qui fait dans le pétrole. Des gens friqués.

Je presse Aguilar de me donner au moins un de ces noms.

– Désolé, mon pote, je me souviens pas.

– Et l'interrogatoire ? Vous avez un enregistrement ?

– Naan, on a perdu le procès. Les bandes ont été effacées.

– Une dernière chose. De quelle nationalité il est, Mertz ? Français ?

– Belge.

Bloqué par un embouteillage dans Sepulveda, j'ai une idée : faire venir Mertz à moi.

Je coince John DeLand au moment où il quitte le Château pour aller déjeuner.

– Une question en vitesse…

– Bien sûr.

– Ce Mertz, il collectionne des ouvrages sur le tour de la corde. Est-ce qu'il y a un livre en particulier qu'il aimerait posséder ?

– Comme collectionneur ? Une seconde…

Il réfléchit un moment, secoue la tête.

– Vous feriez mieux de poser la question à Kelly. Attendez, je vais voir si je peux le joindre...

DeLand beugle ma question dans le téléphone puis note quelque chose.

– Tu peux m'épeler ? Oui... oui... Merci, Kelly.

Il se tourne vers moi.

– Il y aurait bien un bouquin, mais Kelly m'a demandé de vous prévenir : il n'en a jamais vu le moindre exemplaire.

– De quoi s'agit-il ?

DeLand consulte ses notes.

– Les Mémoires de l'empereur Jahangir.

– Vous pouvez répéter ?

Il préfère me donner le morceau de papier.

– Au cas où vous n'arriveriez pas à déchiffrer mes pattes de mouche, le livre a été écrit au XVIIe siècle, mais l'édition que recherche Mertz est une traduction anglaise de David Price publiée en 1829. D'après Kelly, elle contient l'une des descriptions les plus détaillées jamais faites du tour de la corde.

– Ça vaudrait combien ?

Il réfléchit de nouveau.

– Une estimation approximative ? Mmm. Le livre est rare mais le marché n'est pas si important. Copperfield pourrait faire une offre pour son musée, ça ferait monter un peu le prix. Je pense que Mertz serait prêt à payer cinq mille dollars pour un ouvrage aussi difficile à trouver.

– Je vous dois un verre.

– Je vois ce que vous voulez faire, Alex. Soyez prudent.

Il me faut quelques minutes seulement pour obtenir une adresse de courrier électronique sur Yahoo ! sous un nom que je pique dans l'annuaire, Daniel Helwig. Une recherche rapide sur Google me donne une liste de marchands spécialisés dans les livres rares sur la magie, auxquels j'envoie un e-mail.

Sous mon pseudonyme, je propose une première édition du Jahangir pour cinq mille dollars en précisant que le livre ne sera disponible que pendant deux jours. Après quoi, « Daniel Helwig » partira pour un long séjour à l'étranger, c'est d'ailleurs la raison pour laquelle il se sépare de l'ouvrage : pour rendre ce séjour encore plus long.

Une fois l'e-mail lancé, il ne me reste qu'à attendre... et, dans un accès d'optimisme, à me procurer une arme.

Liz déteste l'idée même des pistolets, elle n'a jamais laissé les enfants avoir ce genre de jouets, bien que son veto ne s'étende visiblement pas aux épées. Elle a grondé Sean un jour parce qu'il avait, par jeu, fait semblant de tirer sur elle avec une banane. Voilà pourquoi j'ai dû me débarrasser du vieux revolver anglais Bulldog que mon grand-père m'avait offert. J'en ai fait cadeau à un de mes cousins. Sa femme à lui est membre de la NRA[1].

Grand-père m'a appris à tirer et à entretenir une arme. Il ne chassait pas mais il vivait à la campagne, tout là-bas dans le nord du Wisconsin, et malgré l'opposition de ma grand-mère, il était d'avis que tout le monde devrait savoir se servir d'une « arme à feu », comme il disait.

Je me rends au distributeur de billets et prends la direction de Plummer Park. Je suis passé devant pour me rendre au cimetière, et je le retrouve sans problème : une tache de verdure au milieu d'une ville de béton. C'était un quartier un peu plus dur il y a deux ans, quand nous faisions un sujet sur la mafia russe, mais je pense quand même qu'il fera l'affaire. En arpentant ses allées, je constate qu'il est toujours très fréquenté par des immigrés russes, qui jouent aux échecs et discutent sous les arbres. Aux conversations à voix basse, aux vestes ouvertes subrepticement pour montrer quelque chose, je devine qu'il est resté une sorte de marché,

1. Association qui milite pour le droit de posséder une arme à feu.

l'endroit où acheter une Rolex d'occasion, une Mercedes « chaude »… ou un flingue.

Je longe les courts de tennis, où deux jeunes Latinos se renvoient la balle avec des coups d'une puissance inouïe.

Je m'assieds sur un banc où la moitié des graffitis gravés dans la peinture verte sont en caractères cyrilliques. Dix minutes plus tard, un adolescent en pantalon baggy se laisse tomber sur le banc à côté de moi. Il porte un blouson de cuir malgré la chaleur. Il allume une cigarette, se tourne vers moi.

– Tu cherches quelque chose, *man* ?

– Peut-être.

– Drepou ou crack ?

– Je cherche un flingue.

Il hausse les épaules et répond :

– Donne-moi une minute.

Ses mains sont couvertes de tatouages et les vrilles de plusieurs autres dépassent de son col. Les dessins sont grossiers, du genre qu'on se fait faire en prison. Il lève un doigt pour m'avertir :

– Trois cents. En liquide.

– S'il est bien, d'accord. Je voudrais un 45.

Il revient cinq minutes plus tard, l'air un peu tendu, avec un sac Burger King.

– Ne t'inquiète pas, lui dis-je, je ne suis pas flic.

– Ça, je m'en branle, s'esclaffe-t-il. Je reprends l'avion pour Moscou à la fin de la semaine, de toute façon. Si je me fais gauler, on m'expulsera et j'aurai peut-être droit à une place côté hublot.

Je regarde à l'intérieur du sac, qui contient un 38, pas un 45, et j'en fais la remarque. J'examine le chargeur.

– En plus, il n'y a que trois balles.

Il hausse de nouveau les épaules.

– T'es libre de t'adresser ailleurs. C'est tout ce que j'ai. A prendre ou à laisser.

Je prends.

Je passe les heures qui suivent à consulter mes e-mails et mes messages en attendant une réponse. La nuit est longue. Finalement, j'ai une touche à neuf heures vingt-deux.

Un marchand de San Francisco a un client qui est intéressé.

Le prix ne pose pas de problème si le livre est en bon état.

J'envoie un courriel en réponse pour tenter d'obtenir le nom et l'adresse du client. Je peux lui expédier le livre pour qu'il l'examine, il l'aura demain matin.

Non. Le vendeur rechigne à me fournir ces renseignements, sans nul doute de peur de perdre sa commission.

Si vous m'envoyez le livre, écrit-il, *je le montrerai à mon client dans l'après-midi. Naturellement, je vous rembourse les frais d'expédition et d'assurance.*

Impossible. Parce qu'il n'y a pas de livre. Ni de garantie que l'acheteur est bien Luc Mertz. Comme c'est pour le moment ma seule piste – et mon seul plan –, j'envisage un instant d'aller à San Francisco pour rencontrer le marchand mais... ça ne marchera pas. Si je n'ai pas un bouquin à lui mettre sous le nez, il n'écoutera rien de ce que je lui dirai.

Il me reste la solution de faire appel à mon « fournisseur d'infos ». Parce qu'une chose est sûre. Le marchand – *qjwynn@coastal.com* – a pris contact avec son client après avoir appris la présence du livre sur le marché. Ils se sont forcément parlé.

Je téléphone au « fournisseur », qui me confirme qu'il peut découvrir qui le marchand a appelé la veille... mais pas avant la fin du cycle de facturation de la compagnie.

Frustré, je contacte un ami qui s'y connaît en base de données. Copain des années de fac, Chaz conçoit des simulations (des jeux de guerre) pour le Pentagone. Mais il s'avère qu'il n'a aucune idée de la façon dont je pourrais obtenir la liste des coups de fil du marchand.

– De toute façon, comment tu sais qu'il a téléphoné à son client ? Il lui a peut-être envoyé un mail.

Bien vu.

– Alors, comment accéder à ses mails ?

Une pause puis :

– Tu connais son nom d'utilisateur ?

– Ouais.

– Tout ce qu'il te faut, c'est son mot de passe.

– Comment je fais pour l'avoir ?

– Ça dépend. S'il a un programme e-mail qui le laisse utiliser des mots de passe non cryptés, tu peux charger tous les mots d'un dictionnaire et les faire défiler. Mais ça peut prendre des jours et tu te ferais sûrement pincer.

– Pourquoi ?

– Parce que s'il a un détecteur d'intrusion – et c'est probablement le cas –, tu feras biper la console système toutes les trois secondes et imprimer ton adresse IP dans le journal de bord des incidents du serveur de fichiers, avec la date et l'heure.

– Ce qui n'est pas très bon, je suppose...

– Ben, tu te feras arrêter, dit Chaz.

Après une nouvelle pause, il reprend :

– Naturellement, tu peux toujours essayer de le deviner.

– Le deviner ?

– Oui. Neuf personnes sur dix utilisent les mêmes mots de passe.

– A savoir ?

– *Mot de passe,* par exemple. C'est le plus fréquent. Ou des noms d'animaux de compagnie. Il a un chien ?

– Je ne sais pas. Peut-être.

– Essaie *Brownie,* et *Blackie. Jack...*

– Tu crois ?

– Comme tu le sens. Qu'est-ce qu'il fait pour vivre ?

– Il vend des livres. Sur la magie.

– Alors, essaie *Houdini.*

J'essaie. J'en essaie des kilomètres. Comme aucun ne marche, j'essaie les noms d'illusionnistes mentionnés dans les livres que j'ai lus sur la magie.

blackstone
klang
thurston
kellar
copperfield
siegfriedandroy
siefried & roy
siegfriedundroy
blaine
maskelyne
sorcar
lanceburton
penn & teller
pennandteller
johndeland
karlkavanaugh

Le bide. J'essaie un autre angle d'attaque :

abracadabra
sesameouvretoi
sesame
hocuspocus
pocushocus

La page s'ouvre.

En pénétrant dans la boîte de réception du marchand, je vois une douzaine de courriels datés de la veille, notamment celui envoyé par *lxmertz@sequoia.net* :

Je suis intéressé, bien sûr, mais il faudrait que je voie le livre. Etes-vous sûr que l'offre est authentique ?

Je lis et relis le message, mais il n'y a rien de plus à en tirer. Passant de l'e-mail du marchand à *sequoia.net*, je tente pendant une heure de trouver le mot de passe de Mertz. Rien à faire. Le Belge est trop malin pour avoir choisi quelque chose que je pourrais deviner.

L'idée me vient alors que *sequoia.net* est peut-être une adresse commerciale. Dans le moteur de recherche Anywho, je tape d'abord *Sequoia Net* puis *Sequoia Networks, Sequoia Enterprises,* et ainsi de suite. Je suppose que la société se situe quelque part en Californie. (Sinon, le marchand n'aurait pas promis de montrer le livre à son client dans l'après-midi.)

Bingo !

Sequoia Solutions SARL
11222 Fish Rock Road
Suite 210
Anchor Bay, CA

Je passe sur Mapquest pour demander des indications sur le chemin à suivre et une carte. Je copie les renseignements sur le papier à lettres de l'hôtel, je remarque que, d'après la carte, Anchor Bay se trouve seulement à quelques kilomètres de Point Arena, où la carte postale de Byron à Diment a été postée. Eureka – où les enfants Sandling se sont échappés – n'est pas loin non plus. Il est possible que Byron et les jumeaux Sandling se rendaient chez Mertz quand ils se sont arrêtés au centre commercial.

Il est possible aussi que les connexions que j'établis soient ténues et trop optimistes. Mertz a peut-être des intérêts commerciaux dans le nord de la Californie mais n'y vit pas. Il a peut-être rompu tout contact avec Boudreaux et celui-ci est encore à L.A. Toute cette histoire n'est peut-être que du vent, comme dirait Schoffler. Mais je ne crois pas.

Il y a près de neuf cents kilomètres de Los Angeles à Anchor Bay. Une trotte, en voiture. Si je déniche un vol pour San Francisco avec départ dans les deux heures qui suivent, je prendrai l'avion.

Je cherche quelques minutes sur le Net mais, au moment de réserver mon billet, je m'aperçois que j'ai oublié un détail : le pistolet.

J'envisage de nouveau d'aller là-bas en voiture, mais cela me prendrait au moins huit heures. Alors, jeter le flingue à la poubelle ? Maintenant que je l'ai, je tiens à le garder.

Je réserve mon vol puis je vais dans un supermarché acheter une boîte de Wheat Thins, deux tire-bouchons, une paire de ciseaux, une bonde d'évier, des tampons à récurer en Inox et un rouleau de papier d'aluminium. Les bagages de soute sont examinés au détecteur de métal, certes, mais pour chercher des engins explosifs. Un reportage diffusé récemment par la Fox m'a appris que beaucoup de criminels transportent des armes dans une valise qui passe au contrôle. On dissimule facilement un pistolet en le plaçant dans une boîte avec d'autres objets métalliques, en bourrant les espaces vides avec du papier d'alu et en enveloppant la boîte de plusieurs feuilles de ce même papier. Le détecteur ne voit qu'une forme métallique de densité variée.

Je vide la boîte de ses crackers et, en quelques minutes, j'ai fait ma valise et je suis prêt à partir. Une heure et demie plus tard, j'occupe le siège 23A du vol United 1421 à destination de San Francisco.

45

Lorsque je traverse le Golden Gate, après les embouteillages sur la route de l'aéroport, il est presque dix-sept heures. L'adresse que j'ai trouvée sur le Net est très probablement celle d'un bureau et non l'endroit où vit Mertz. Il faudra peut-être que je me rende au tribunal du comté de Mendocino, à Ukiah, pour chercher des biens immobiliers appartenant à Luc Mertz ou à Sequoia Solutions, mais pour le moment je me dirige vers Anchor Bay. Ce n'est pas une grande ville. Si Mertz habite dans le coin, quelqu'un le saura peut-être.

J'approche de Cloversdale quand je donne un coup de fil à Schoffler. Il connaît peut-être dans la police locale quelqu'un qui pourrait m'aider. Dès qu'il décroche, je demande sans préambule :

– C'était comment, la France ?

– Une bouffe d'enfer. Incroyable. Qui est-ce ? C'est vous, Alex ? Vous appelez d'où ? On croirait que vous êtes sur la Lune...

– Je suis en Californie. J'ai besoin que vous me rendiez un service.

– Vous savez que je le ferai si je peux.

– Vous connaissez quelqu'un dans le nord de la Californie ? La côte au-dessus de San Francisco ?

– Pourquoi ? Vous avez quelque chose ?

– Je crois que mes enfants sont là.

– Où ?
– Près d'Anchor Bay.
– C'est-à-dire ?
– A une soixantaine de kilomètres au sud de Mendocino.
Schoffler émet un long soupir.
– Feriez mieux de m'expliquer. Qu'est-ce qui vous fait penser que vos gosses sont là-bas ?
J'hésite.
– C'est une longue histoire. En gros, je sais qui les a enlevés.
– Quoi ?
– Le type s'appelle Byron Boudreaux, et s'il m'arrive quelque chose, Ray, promettez-moi de vous occuper de lui. Il a un riche protecteur du nom de Mertz. Luc Mertz. Un Belge.
– Vous savez, pour que je vous file un coup de main, il faut que vous me donniez des détails, Alex.
– Vous connaissez quelqu'un là-bas ou pas ?
Nouveau soupir.
– Pas vraiment. Dans le temps, je connaissais un gars de Healdsburg, mais il s'est fait descendre en démantelant une bande qui braconnait les abalones.
Le téléphone bourdonne et grésille.
– S'il m'arrive quelque chose, prenez contact avec Pinky Streiber, un privé de La Nouvelle-Orléans. Il vous dira tout.
– J'aime pas trop ça, Alex. Vous sauverez pas vos mômes si vous vous faites tuer. Attendez un jour ou deux. Je connais deux, trois gars à San Francisco. Laissez-moi le temps de faire jouer mes contacts.
Au moment où je tourne pour prendre la direction de la côte, je me rends compte que je perds mon temps. La police ne m'aidera pas. Je n'ai au mieux que des preuves indirectes. Lapins en papier et enterrements vaudous, cachets de la poste et tour de la corde. Et le lien avec Mertz est encore plus tiré par les cheveux.
Aucun juge n'accordera de mandat de perquisition sur la base de ce que j'ai, et certainement pas pour des locaux

appartenant à un multimillionnaire chicanier comme Luc Mertz.

– Pinky Streiber, je répète. Decatur Street, La Nouvelle-Orléans. Vous avez noté ?

– Alex, attendez un peu, je vous dis. Je peux…

J'appuie sur le bouton pour couper la communication et je continue à rouler vers la côte.

Je trouve l'adresse de Sequoia Solutions sans problème. C'est dans un bâtiment en bois pseudo-western abritant des dizaines de petits bureaux. Il est près de dix heures et tout le monde est parti depuis longtemps, sauf un homme à l'air fatigué, dans une officine dénommée *Chiropractie de la Côte.*

Il ouvre la porte prudemment, abaisse ses lunettes de lecture pour me dévisager.

– Oui ?

– Vous connaissez le type du 210, au fond du couloir ? Sequoia Solutions ?

– Non. Je crois même que je n'ai jamais vu personne dans ce local.

– Un nommé Mertz ?

Il secoue la tête.

– Dans beaucoup de ces bureaux, les gens ne viennent pas tous les jours. Je suis l'exception. Désolé.

Je lui demande le numéro de téléphone de l'agence qui gère l'immeuble. Elle a sûrement un bail, des renseignements sur Mertz. Je l'appellerai demain.

En attendant, j'ai besoin d'un hôtel.

Trouver une chambre se révèle un problème. On est au mois d'août, c'est complet partout. Rien à Anchor Bay. Je monte vers le nord, jusqu'à Point Arena. Rien de libre non plus. Partout où je vais, je pose des questions sur Mertz et Sequoia Solutions. Partout, le bide : personne n'a entendu parler d'eux.

L'employé de la réception des Buena Vista Cottages de Point Arena me prend en pitié et donne quelques coups de fil.

– Et voilà ! dit-il. Le Breakers Inn, à Gualala. Ils ont eu une annulation.

– Où est-ce ?

– Prenez la 101 vers le sud. C'est la petite ville juste après Anchor Bay.

– Merci infiniment.

– Hé, moi aussi, j'aurai besoin d'un coup de main, un jour !

Il est presque vingt-trois heures quand je me gare au parking du Breakers Inn. Ma chambre est spacieuse, avec un balcon sur l'océan, m'annonce le jeune de la réception.

Le jardin paysager du motel accumule les massifs de fleurs et les arches ornées de rosiers grimpants. Au-delà d'un estuaire placide, les vagues déferlent et refluent. Tout dans cet endroit, y compris l'heureux couple qui attend derrière moi, suggère que l'établissement est fréquenté par des amateurs d'escapades amoureuses. Ce n'est pas précisément en ces termes que je décrirais mon objectif.

L'employé prend ma carte de crédit et l'introduit dans son appareil. Je décide d'y aller franco :

– Vous connaissez un gars du coin qui s'appelle Mertz ? Un petit chauve, bourré de fric ? Enfin, il n'est pas vraiment du coin. Il a un bureau dans le secteur, mais il vient de Belgique.

– Non, désolé. Moi, je suis juste ici pour le surf.

– Vous voyez quelqu'un qui pourrait le connaître ? je demande en prenant la clé.

Il réfléchit.

– La petite supérette d'à côté. Elle est ouverte jusqu'à minuit. Vous pouvez aussi risquer le coup avec les agences immobilières, il y en a une flopée. Et il y a un ou deux restaurants en ville qui ne servent pas seulement les touristes. Essayez le Cliff House.

Je le remercie et regarde ma clé, qui n'a pas de numéro.

– Où est ma chambre ?

– Vous êtes au Canada. Au bout de l'allée, la troisième à gauche.

– Au Canada ?

– On leur donne des noms de pays. Avec une décoration qui va avec. Ça fait plus original. Quelqu'un a jugé les numéros ringards. Trop bureaucratiques.

– C'est tellement californien ! s'extasie la femme derrière moi. Tu ne trouves pas ça formidable, chéri ?

A la supérette, je laisse une vieille dame passer devant moi à la caisse et elle me remercie d'une petite révérence. Elle paie son paquet de Salem Light, sa boîte de Pringles et son litre de lait écrémé.

La femme qui tient la caisse est jeune et énorme, au moins un mètre quatre-vingt-dix et cent kilos. Avec son visage rond de chérubin, elle a l'air d'un bébé géant.

Je pose ma bouteille d'eau Zephyrhills sur le tapis roulant en annonçant :

– Je cherche quelqu'un. Vous le connaissez peut-être.

D'un coup de poignet de professionnelle, elle fait passer la bouteille devant le lecteur de codes-barres.

– Un dollar douze.

– Un nommé Luc Mertz. C'est un...

– Un foutu bouffeur de grenouilles, v'là ce qu'il est, grogne la caissière. Enfin, d'après lui il est pas français, il est belge. Ça revient au même, non ? Ils peuvent pas nous sacquer non plus. C'est des alliés, ça ?

– Vous le connaissez, alors ?

La stupidité de ma remarque n'échappe pas à Gros-Bébé.

– A votre avis ?

Je suis abasourdi par mon coup de chance. J'étais prêt à laisser tomber.

– Il vit dans le coin ?

– Ouais. J'ai bossé pour une réception, là-bas, un soir. Je tenais le bar. Une grande baraque, près de Sea Ranch. Avec un nom de bouffeur de grenouilles...

Elle se concentre comme une gamine, le visage grimaçant sous l'effort.

– *Mystère*[1] ! s'exclama-t-elle, à la manière d'une candidate d'un jeu télévisé.

Elle glisse ma bouteille d'eau dans un sac en plastique, ajoute le ticket et me tend le tout.

– Où est-ce, Sea Ranch ?

– Vous savez pas où est Sea Ranch ? fait-elle en roulant des yeux. C'est sûrement le plus grand lotissement entre ici et... San Francisco, pas moins. Vous prenez la direction du sud par la 101, vous pouvez pas le rater, à moins d'être aveugle. Il s'étend sur cinq cent mille hectares. Vous verrez de grandes cornes de bélier, c'est comme qui dirait le... (elle cherche le mot au plafond) le logo de Sea Ranch. Ils ont un bureau de location et tout. Bâtiment central, restaurant. Bon, quatre ou cinq kilomètres après la limite de Sea Ranch, y a une petite route à droite appelée « Estate Road ». Vous la prenez, et tout au bout vous arrivez à Mystère. Des grilles en fer forgé avec un grand *M* au milieu. Un pavillon de garde et tout.

Avant de partir, je jette ma valise sur le lit et j'extrais le pistolet de son cocon d'aluminium. Puisque je l'ai, autant l'emporter. Je le glisse sous le fauteuil passager de la voiture.

Je franchis une frontière administrative et quitte le comté de Mendocino pour celui de Sonoma. Finalement, une visite au tribunal d'Ukiah ne m'aurait servi à rien.

Dix minutes plus tard, j'ai passé le Sea Ranch et je suis dans Estate Road. Il fait presque noir à présent et, en longeant la propriété de Mertz, je ne distingue que le cube brillamment éclairé du pavillon du garde et la configuration générale du terrain. Une suite de collines ondule vers l'océan, assez loin pour que je ne puisse pas vraiment entendre les vagues. Je ne perçois qu'une sorte de battement sourd et lointain. La lune glisse hors d'un nuage et éclaire un moment une bande de mer semée de rochers qui, sous sa lumière, ressemblent à une

1. En français dans le texte.

troupe de géants marchant à grands pas vers la côte. Les vagues s'y fracassent en projetant des gerbes d'écume blanche. Puis la lune disparaît de nouveau derrière le nuage et je ne vois plus que les contours de la terre.

La propriété – elle est là, en bas, quelque part – est immense, protégée par la mer et par une haute clôture métallique dont les montants se terminent en pointes. Tous les vingt mètres environ, des diodes rouges marquent l'emplacement de caméras de surveillance.

Quelque part en bas, il y a une maison.

Et quelque part dans cette maison se trouvent mes enfants.

J'ai l'impression que mon cœur bat en dehors de mon corps.

Que font-ils, Sean et Kevin ? L'un d'eux répète-t-il son texte pour la représentation ? L'autre s'entraîne-t-il à apparaître à la fin du tour avec un grand sourire pour le public ?

Je les imagine ensemble, Sean se moquant de Kevin quand il surgit du panier, les bras levés en signe de victoire. Je les vois rire, ravis de leur contribution à la supercherie : le coup des jumeaux. Que dira Boudreaux au garçon choisi pour réapparaître dans tout l'éclat de la vie ? Comment expliquera-t-il les membres et les morceaux de corps sanglants jetés dans le panier au-dessus de celui qui s'y cache, accroupi, attendant le signal de se redresser ? L'idée me vient que le panier est à double fond – comme la casserole à tourterelle décrite par Kavanaugh –, pour épargner à l'enfant dissimulé le contact avec le corps découpé et la tête tranchée de son frère.

Je roule au pas le long de la grille, tenté de passer pardessus tout de suite, dissuadé de le faire par les caméras. La route se termine par un cul-de-sac de gravier au bord d'une falaise. La clôture de métal tourne le coin et se prolonge sur une trentaine de mètres sur la zone plate du dessus de la falaise. Puis, là où le sol s'abaisse abruptement en une crevasse rocheuse, la limite de Mystère est matérialisée par des barbelés qui s'étirent aussi loin que porte mon regard, jusqu'à l'océan. Le fil supérieur, tendu à trois mètres de hauteur, luit au clair de lune : il est agrémenté de lames de rasoir. Même sur ce terrain qui poserait problème à un alpiniste, des caméras ont été installées en haut des poteaux soutenant les barbelés, tous les vingt mètres environ. C'est étrange de les voir pivoter en bourdonnant, yeux de robot qui scrutent inlassablement la nuit brumeuse. J'espère que je suis resté hors de leur portée.

Je fais demi-tour et reprends la direction de la grand-route.

Une demi-douzaine d'idées sur la façon de s'introduire dans la place se bousculent dans ma tête : neutraliser le garde, escalader la grille, louer une barque et approcher par l'océan, couper les barbelés, me présenter comme un livreur... Je rejette chacune d'elles après quelques secondes de réflexion car elles comportent toutes le même risque : et si je me fais prendre ? Si le périmètre de Mystère est aussi bien protégé, il doit aussi avoir des défenses intérieures. Et la maison même – où mes enfants sont enfermés – ressemble sans doute à une forteresse.

Si j'y vais maintenant et si je me fais prendre, Boudreaux n'hésitera pas à me tuer. Il cachera mon corps quelque part jusqu'à la fin de la représentation et puis s'en débarrassera en même temps que de ceux de mes fils. Loin d'ici, je suppose. Peut-être simplement en les jetant dans la mer.

J'ai dépassé les grilles et le pavillon du gardien et je prends un virage quand une voiture de police apparaît. Je présume qu'elle effectue une ronde, mais elle s'illumine soudain comme un arbre de Noël et se rabat pour me barrer la route.

J'attends sur mon siège comme tout bon citoyen. Je m'oblige à prendre une longue inspiration. Autrefois, j'avais tendance à jouer les grandes gueules avec les flics qui m'arrêtaient pour excès de vitesse. Après une dizaine d'années de reportage dans des zones de combat, j'ai appris à me maîtriser. Aux postes de contrôle, les tout jeunes soldats sont si nerveux, si défoncés ou si indifférents à la vie d'autrui qu'il suffit de presque rien pour déclencher une fusillade.

Je tire mon permis de ma poche revolver, j'ouvre la boîte à gants pour y prendre les papiers de la voiture de location. Au bout d'un moment, un policier tapote à ma vitre. Je l'ouvre. Il est jeune, la vingtaine. Avec une vilaine peau et un de ces chapeaux de *trooper*[1] à large bord.

– Oui ? fais-je.

– Permis et carte grise, réclame-t-il.

Je vois le genre. Avec un soupir, je lui tends mes papiers. Il les examine, retourne à sa voiture, y reste un temps anormalement long – dix minutes, peut-être – avant de revenir d'un pas nonchalant. Il me rend les documents en me demandant :

– Qu'est-ce que vous faites ici, monsieur ?

– Je me suis trompé de route.

– Vous vous êtes trompé de route. Hmm.

Je m'efforce de la fermer. Dans ce genre de situation, il vaut mieux en dire le moins possible. Mais le jeunot sait attendre et je ne peux m'empêcher d'ajouter :

– Je voulais juste voir l'océan. Même si ce n'est pas le meilleur moment pour faire du tourisme. La nuit, je veux dire. A propos, où est la route qui mène à la plage publique ? C'est quelque part par là, non ?

Il incline la tête sur le côté.

– Vous êtes à quel hôtel ?

– Au Breakers Inn, dis-je, heureux de répondre à cette question.

C'est un établissement haut de gamme, le genre d'endroit fréquenté par des citoyens respectables.

– Vous savez pourquoi je vous ai arrêté ?

Non, fais-je de la tête.

– Les gens de Mystère (il prononce *Mister*) ont appelé pour signaler une voiture passant très lentement devant la propriété. Moi, j'ai pensé que ça pouvait être un braconnier, ou un cambrioleur en train de repérer les lieux…

---

1. Membre de la police de l'Etat.

– Non, dis-je en souriant. Je ne suis qu'un touriste.

Je tends le bras vers ma ceinture et commence à la tirer en travers de ma poitrine.

– Descendez, monsieur.

– Quoi ?

– L'océan, vous pouvez le voir parfaitement, du Breakers Inn.

– Mais pas marcher sur la plage. C'est tout ce que je voulais faire. Vous n'allez quand même pas...

– Y a quelque chose de pas normal, déclare-t-il d'une voix au débit rapide. Descendez de voiture.

Je m'exécute. Il m'ordonne de poser les mains à plat sur le capot, me fouille, me laisse dans cette position le temps d'appeler des « renforts ».

Vingt minutes plus tard, une seconde voiture de ronde arrive, gyrophare allumé. Il s'ensuit une brève discussion au terme de laquelle les deux *troopers* sont d'avis qu'ils ont un motif suffisant pour inspecter ma voiture. Ils me passent des menottes en plastique, « par précaution ».

Pendant les quarante secondes qui s'écoulent entre le moment où ils commencent à fouiller et celui où ils trouvent le pistolet, je résiste à la tentation de bondir hors de la voiture de police et de me mettre à courir. Je me force à penser aux enfants. Je ne pourrai pas les aider si je reçois une balle dans le dos, ce qui arrivera probablement si je tente de m'enfuir. Comment me suis-je fourré dans cette situation ? J'ai envie de me coller des baffes : quelle idée, aussi, de me balader avec le flingue ! Qu'est-ce que je risque pour possession illégale d'une arme à feu ? Quelle est la législation sur ce point en Californie ?

Deux heures et demie plus tard, à deux heures quatre, je suis inculpé. On me fait enfiler une combinaison orange et on m'enferme au centre de détention provisoire de Santa Rosa, chef-lieu du comté de Sonoma. On me donne lecture de mes droits. Je serai accusé de possession illégale d'arme à feu. Les policiers sont par ailleurs en train d'enquêter sur le pistolet et je ne peux qu'espérer qu'il n'a pas servi à assassiner quelqu'un.

J'ai longuement hésité avant de donner le coup de téléphone auquel j'ai droit, et je choisis finalement d'appeler mon père. Bien que je le réveille en pleine nuit et qu'il soit terrifié, je sais qu'il me trouvera un bon avocat.

– Papa ?

– Quoi, Alex ?

– Je n'ai pas beaucoup de temps pour t'expliquer. Il faut faire vite.

– Qu'est-ce que tu veux dire ? demande-t-il, la voix empreinte de peur.

Mais il retire aussitôt sa question :

– Peu importe. De quoi as-tu besoin ?

La nuit me semble interminable. Au début, je suis incapable de penser à autre chose qu'au temps qui passe et à tout ce qui peut arriver. D'après ce que j'ai lu sur le tour de la corde, je pense que la représentation aura lieu tôt le matin du 10 août, avant que le brouillard ne se dissipe. Nous sommes le 9. Quand le tribunal commence-t-il à siéger ? A neuf heures, sans doute. Quand mon affaire passera-t-elle en jugement ?

Incapable de tenir en place, je fais les cent pas. Lorsque le public aura pris place et sera prêt à assister à l'exécution du légendaire tour de la corde, lorsqu'un de mes enfants rejoindra Boudreaux sur scène pour lui servir d'assistant – l'autre étant déjà caché et attendant de faire une apparition triomphale –, serai-je encore ici, enfermé dans la prison du comté de Sonoma ?

Et même si l'avocat se montre et parvient à me faire libérer, comment réussirai-je à pénétrer dans Mystère ?

46

L'avocat secoue la tête.

– Vous avez mal choisi votre comté, m'assène-t-il. Ici, c'est Yuppie-ville, avec quelques mauvais sujets que nous veillons à maintenir sous contrôle. Ce que je veux dire, c'est que les cadres dynamiques de la côte Nord n'aiment vraiment pas les armes à feu. Ça va coûter un paquet à votre père pour vous faire libérer.

– Mais vous pensez qu'ils fixeront une caution ?

– Oh oui. A moins que le juge Upshaw n'ait vraiment passé une très mauvaise nuit. C'est votre premier délit et vos amis se sont portés garants pour vous. J'ai dû les réveiller en pleine nuit mais j'ai réuni quelques témoignages. De plus, votre situation joue pour vous, il faut le reconnaître. Si quelqu'un avait enlevé mes enfants, moi aussi, je porterais une arme. Le problème, c'est que vous n'avez pas emprunté la voie légale.

A mon tour de secouer la tête.

– Ce pistolet peut nous péter à la figure, soupire-t-il. Acheté dans un parc, à un immigré clandestin... On peut tout craindre.

A dix heures et quart, je suis traduit en justice.

– Votre Honneur, je pense que la remise en liberté de M. Callahan sur engagement personnel ne présenterait aucun danger pour l'ordre public, plaide mon avocat.

– Nous n'avons pas la même opinion sur ce qui constitue un danger pour l'ordre public, maître Doncaster, réplique le juge. Comme M. Juarez (il indique l'adjoint au district attorney) l'a souligné, M. Callahan n'a aucun lien avec notre communauté. Pas d'emploi, pas de contacts locaux. Il y a donc risque implicite de fuite.

– Mais ce serait un premier délit, argue Doncaster. M. Callahan est par ailleurs un honorable citoyen. Et Votre Honneur doit tenir compte de l'épreuve qu'il a récemment traversée. Une thérapie pour l'aider à répondre de manière plus appropriée à une douleur et à une colère compréhensibles me semble correspondre davantage à…

– Avant que vous ne vous laissiez emporter par votre fougue, maître, je vous signale que le pistolet de votre client est peut-être mêlé à un meurtre commis dans le comté de San Diego.

– A quelle date ?

Le juge chausse ses lunettes de lecture.

– Mardi dernier, le 3 août.

Doncaster se tourne vers moi et m'interroge du regard.

– J'étais… à Las Vegas, je crois. Ou à La Nouvelle-Orléans, lui dis-je.

– Votre Honneur, mon client ne se trouvait pas dans le comté de San Diego au moment des faits.

– Nous verrons cela pendant le procès, maître. La caution est fixée à cent mille dollars.

– Mais, Votre Honneur…

– Affaire suivante.

Il faut une heure et demie pour régler cette histoire de caution et il est presque midi quand, après avoir récupéré mon portefeuille, mon téléphone portable et ma monnaie, je me retrouve devant le bâtiment du tribunal de Santa Rosa, plus ou moins en homme libre. Ma voiture de location a été emmenée à la fourrière de Guerneville, à cinquante kilomètres au sud de Gualala. Un moment, je demeure paralysé d'indécision. Dois-je prendre un taxi pour aller la récupérer ? Louer une autre voiture ici, à Santa Rosa ?

D'abord, bien que je n'en aie aucune envie, j'appelle mon père pour le remercier et lui annoncer que je vais bien. Je suis soulagé quand je tombe sur le répondeur.

Au lieu de prendre la direction de la côte, je me rends au bureau d'information du tribunal, où une femme cordiale m'indique où se trouve le cadastre. Dix minutes plus tard, assis devant un ordinateur, j'examine un plan couvrant la portion de côte à laquelle je m'intéresse. Le terrain appartenant à Sequoia Solutions s'étend sur deux cent soixante hectares, avec près d'un kilomètre et demi en front de mer. Un grand parallélogramme et quelques autres plus petits montrent l'emplacement de la maison et de ses dépendances. Je note qu'elles sont situées largement en retrait de l'océan.

La vaste parcelle du Sea Ranch est sise immédiatement au nord de la propriété de Mertz. Au sud, quelques bandes de terre reliant la route à la côte appartiennent à divers particuliers.

Je demande à l'employée du cadastre s'il y a dans le coin un magasin qui vend du matériel pour activités d'extérieur. Elle m'oriente vers un centre commercial à la sortie de la ville et, sur ma requête, m'appelle un taxi.

Je prie le chauffeur de m'attendre pendant que je fais mes courses. Huit minutes plus tard, je ressors du magasin avec des chaussures de marche, des chaussettes, un sac à dos, une veste polaire et une grosse torche électrique Maglite. Elle est très lourde mais je n'ai plus le pistolet, et comme un policier de Washington me l'a un jour fait remarquer, les flics préfèrent les Maglite pour une bonne raison : elles sont largement aussi bonnes qu'une matraque pour cogner.

Le chauffeur m'explique où je peux louer une voiture et, vingt minutes plus tard, je quitte l'agence Executive Rentals de Santa Rosa dans une BMW argent.

Il n'y a que cent vingt kilomètres entre Santa Rosa et Gualala, mais la route est une succession de tournants... et de zones à limitation de vitesse. Le trajet me prend plus de deux heures bien que je fonce d'un bout à l'autre. Au départ, j'avais l'intention de retourner prendre ma valise au Breakers et surtout mon ordinateur portable, mais je me dirige droit vers le bureau de location de Sea Ranch.

La blonde de la réception ne semble pas remarquer mon impatience. Alors que je suis prêt à prendre un bungalow en front de mer sur la limite sud de la résidence, elle tient absolument à me proposer d'autres solutions.

– Non, vraiment, le bungalow, c'est parfait.

– Trois cent vingt-neuf dollars la nuit, deux nuits minimum, m'annonce-t-elle. En fait... (elle tape sur le clavier de son ordinateur) il est loué lundi mais je pourrais...

– Deux nuits, ça suffit, je ne peux pas rester plus longtemps. C'est parfait.

Je règle avec ma Visa. L'employée me remet un plan de la résidence, des passes pour accéder à diverses installations, un badge pour ma voiture, un calendrier des diverses activités et, enfin, les clés.

Il est dix-sept heures trente-cinq quand je me gare derrière le bungalow. Je n'y reste que le temps de prendre les deux bouteilles d'eau offertes dans la corbeille d'accueil ainsi que les deux cookies sous Cellophane. Je fourre l'eau, les gâteaux, mon portefeuille, la Maglite, mon téléphone portable et ma veste polaire dans le sac à dos. Au dernier moment, je fouille dans les tiroirs de la cuisine, y trouve des sacs à congélation avec fermeture à glissière. Je mets mon portable dans l'un des sacs, mon portefeuille dans un autre et j'ajoute à mon équipement un couteau de cuisine.

Je ressors et me dirige vers la plage qui jouxte le terrain de Luc Mertz. En chemin, je croise un couple aux cheveux argentés qui semble en aussi bonne forme physique que deux adolescents. La femme a un beau sourire. Ils me saluent de la main et continuent leur promenade.

Le paysage est très découpé. Pendant des siècles, les vagues se sont brisées sur la roche, laissant un archipel de pitons aux formes dentelées. Des minarets en miniature, des coupoles d'églises russes. Çà et là, un monolithe se dresse au milieu de rochers ronds éparpillés qui font penser à des boules de bowling géantes. L'eau s'agite violemment au milieu de tout cela. Près de la côte, des nattes de varech roulent dans les vagues qui déferlent en grondant. Quand l'une d'elles frappe un rocher de plein fouet, l'impact, étonnant, expédie des geysers d'embruns à quinze mètres de hauteur.

La laisse de marée haute est nettement marquée par une ligne sombre d'algues, de bois flotté et de détritus abandonnés par l'eau dans son reflux. Si l'on regarde vers les terres, au-delà de la laisse, jusqu'aux falaises, il est clair que les rochers proches de la côte n'ont pas toujours été hors d'atteinte de l'eau. Les formations rocheuses spectaculaires se prolongent sur deux cents mètres ou plus dans les collines, où elles se terminent par une paroi abrupte crevassée, au-dessus de laquelle miroite le vert de prairies ondoyantes.

Je l'aperçois alors, courant droit à travers ces prairies : l'éclat des barbelés qui matérialisent la limite entre Sea Ranch et Mystère. La marée est basse et je prends garde en m'approchant de rester hors de portée des caméras de surveillance de Mertz. Comme je le soupçonnais, la clôture continue à descendre vers la zone rocheuse mais s'arrête à un ou deux mètres de la ligne de marée haute.

Comme dans les plupart des autres Etats, la Constitution reconnaît aux habitants de la Californie le droit de se promener sur les plages, la bande de terrain située entre les lignes de marée haute et de marée basse étant considérée comme publique. Nous avons fait un reportage sur la querelle public-privé récemment, quand des militants ont organisé une « manif de plage » à Malibu. Les partisans d'un meilleur accès public ont transporté des centaines de « baigneurs » sur les lieux par canots à moteur et la foule a occupé la plage devant les villas de gens riches et célèbres pendant quelques heures entre les marées.

Je dois reconnaître que lorsque j'ai vu le mot « plage » sur le plan cadastral de Sea Ranch, je pensais à du sable, pas à des rochers. Je porte un pantalon kaki et j'ai choisi une veste polaire beige pour être moins visible. Erreur. Il n'y a quasiment pas de sable ici, rien que des rochers, et, mouillés, ils sont presque noirs.

Deux possibilités s'offrent à moi. L'une consiste à attendre la nuit pour tenter de m'introduire dans Mystère. Mais il faudrait le faire ici, par les rochers, et le terrain est tellement accidenté que c'est quasiment impossible. La lune pourrait m'aider si le ciel s'éclaircit. Pour le moment, le couvert nuageux est épais et bas.

L'autre choix serait d'entrer dans l'eau et de passer d'un rocher à l'autre jusqu'à être hors de portée des caméras. Ces appareils fonctionnant en circuit fermé n'ont généralement pas beaucoup de profondeur de champ. J'avancerais ensuite jusqu'à ce que je puisse me rabattre vers la côte en toute sécurité. Il est naturellement possible que Mertz ait installé un système de surveillance sur le front de mer, mais j'en doute. Personne ne pourrait passer avec un canot ni même un kayak entre ces rochers sans être fracassé par les vagues. En revanche, Mertz dispose certainement d'un système de surveillance pour la maison.

Ma montre indique dix-huit heures trente-cinq. Quand la nuit tombe-t-elle ? A vingt heures trente ? Au mieux, il me reste deux heures de clarté.

Je ne peux pas escalader les rochers près de la côte à cause des caméras. Ce qui signifie que je dois passer au-delà de l'endroit où les vagues se brisent, ligne très irrégulière étant donné la profusion de rochers. Autre problème, les formations rocheuses ne sont pas contiguës.

J'en conclus que je ne pourrai probablement pas éviter d'être mouillé. L'eau est froide, très froide. J'y trempe une main pour estimer la température. Dix degrés ? Douze, peut-être. Suffisamment froide en tout cas pour que mes doigts soient gourds au bout de trente secondes. Suffisamment froide pour que j'aie besoin d'une tenue de plongée. Sans parler de chaussures d'escalade. De gants. De piquets et de cordes.

Je tente de tracer mentalement un chemin de rocher en rocher qui me mènera au-delà des vagues. Je rabats le capuchon de ma veste, je tire sur les lacets pour le serrer. Je fourre le bas de mes jambes de pantalon dans mes chaussettes, je baisse la tête... et j'y vais.

D'abord, la progression est délicate mais pas trop difficile. Les rochers sont tellement crevassés que je trouve aisément des emplacements où poser le pied. A un moment, je ne peux échapper aux embruns et je me fais asperger. Puis je parviens à un endroit où je ne peux éviter d'entrer dans l'eau sans retourner sur mes pas et perdre une demi-heure.

Rien à faire, je n'ai pas le choix. Je m'immerge jusqu'aux hanches en tenant le sac à dos contre ma poitrine. J'avance péniblement dans l'eau froide. Pour résister au contre-courant, je dois quasiment progresser en crabe vers le rocher suivant.

Quand je suis de nouveau sur les rochers, j'ai les jambes engourdies. La température de l'eau ne dépasse pas quinze degrés et il y a du vent : être sorti de l'eau ne m'apporte aucun soulagement. Je continue à avancer et les efforts que je fournis me réchauffent un peu.

A mesure que le soleil descend, le froid se fait plus vif. Il faut que je prenne garde à ne pas tomber.

J'ai pratiqué la varappe avant la naissance des garçons. J'appréciais l'énergie, la précision et la concentration requises. Mais surtout, j'aimais me tester, fragmenter le risque en doses maîtrisables.

D'une certaine façon, c'était le contraire de mon travail. Quand on effectue un reportage dans une zone de combat, on réduit les risques au minimum, mais le danger n'est pas

…que chose qu'on peut contrôler. Il surgit de l'extérieur et …s en doses fragmentées.

La varappe, c'est l'inverse : vous choisissez l'endroit où vous placez le pied ou la main. Vous seul savez si vous êtes assez fort ou assez souple pour faire tel mouvement. La malchance peut quand même jouer si vous cherchez une prise sur un rocher trompeur, mais, la plupart du temps, vous opérez dans les limites de vos capacités et de votre peur. Cela me plaisait.

Ici, c'est différent. Pour commencer, je n'ai jamais escaladé de rochers mouillés. Ensuite, je ne grimpe pas vraiment vers un sommet. Je monte et je redescends pour traverser un terrain accidenté. Enfin, à la différence de la varappe, je suis dans une situation d'urgence, sans possibilité de renoncer à cause de crampes ou de la fatigue. Et au lieu du caoutchouc velouteux de chaussures d'escalade qui adhère avec conviction à une minuscule bosse ou à une fissure, je porte des chaussures de marche qui réclament comme prises des corniches ou des crevasses de taille relativement importante. Je pourrais enlever mes chaussures, mais mes pieds seraient en lambeaux au bout de quelques minutes. En plus, ils sont glacés, je ne les sens plus.

Pourtant, je progresse. Avant de quitter la plage de Sea Ranch, j'ai repéré les deux formations rocheuses les plus hautes de Mystère. Il est difficile de se faire une certitude, mais il me semble – en regardant dans leur direction – que j'ai avancé suffisamment pour revenir vers la côte.

Je fais halte sur un rocher qui constitue un bon perchoir et m'efforce de choisir un chemin traversant la ligne des vagues. Elle est loin d'être claire et mince. Comme sur une plage. A cause des rochers et de la topographie du fond, elle est chaotique et large. Là où les vagues bouillonnent contre les piliers de pierre, je ne peux descendre dans l'eau. J'ai besoin d'avoir sous les pieds le support de rochers contigus.

J'avance lentement quand cela finit par arriver : un petit bond d'un rocher au suivant, un saut facile. Mais le rocher est mouillé et je me reçois mal, ma cheville tourne. L'instant d'après, je suis dans l'eau.

Dire que j'ai le souffle coupé est un euphémisme. Non seulement l'eau froide expulse l'air de ma poitrine mais mes poumons ne fonctionnent plus. Le hasard a voulu que je fasse ma chute juste avant que la vague déferle et se brise. C'était un coup de chance et je pense d'abord que tout ira bien, que je réussirai à sortir de l'eau.

Mais avant que j'aie pu trouver un bon endroit où m'accrocher, une autre vague me frappe. Comme au ralenti, elle m'arrache au rocher, me renverse. Le fracas est assourdissant.

Je tente de m'agripper, de trouver une prise avec mes ongles, de coincer mon pied contre la base du rocher. J'y parviens au moment où l'eau repart en arrière. Avec un bruit de succion, le reflux me fait perdre prise. Une seconde après, je suis projeté contre la roche.

La situation est en train de m'échapper. Je suis toujours incapable de respirer et j'ai l'impression que mon mollet gauche est entaillé. Je sens quelque chose, pas exactement une douleur, j'ai trop froid pour ça. Une sensation de brûlure sur ma jambe.

Je sais que si je ne sors pas de l'eau maintenant, tout de suite, avant qu'une autre vague vienne me frapper, je n'y arriverai jamais.

Quelque chose me revigore. La pensée de Sean et Kevin ? De ce qui les attend ? Certes. L'image de mon corps disloqué dans les vagues ? Egalement. Nous sommes programmés pour fournir un surcroît d'énergie afin d'échapper au danger et c'est sans doute une dose massive d'adrénaline qui me donne la force de sortir de l'eau. J'escalade la paroi rocheuse comme Spiderman, assez haut pour atteindre un affleurement que j'entoure de mes bras et de mes jambes. La vague s'abat sur moi, aspire mes membres, mais même une bombe ne pourrait me décrocher.

Je suis en piteux état quand je parviens à la côte. Le jour diminue, la température baisse, ma cheville et mon mollet me font mal et je frissonne sans pouvoir me contrôler. Le sac à dos me paraît lourd. Je songe à me débarrasser de la torche électrique – l'eau salée a dû abîmer les piles – mais je ne veux pas perdre de temps. J'avance lentement, de derrière un rocher à un autre, en cherchant du regard les yeux rouges des caméras de surveillance. Ou un signe de mouvement. Je ne vois rien et, enfin, je me retrouve en terrain sec.

Je trouve un endroit abrité où je bois un peu à l'une des bouteilles que j'ai emportées. J'ôte mes chaussures, je les vide de l'eau de mer qu'elles contiennent, je tords mes chaussettes. Ma cheville a la taille d'un petit pamplemousse. Je remets chaussettes et chaussures, serre les lacets le plus que je peux pour maintenir ma cheville. J'examine rapidement la blessure de mon mollet. Elle bée comme une bouche et la chair rosâtre picote au contact de l'air, mais ça ne semble pas trop grave. L'eau salée l'a probablement bien nettoyée.

J'enlève ma polaire, mon sweater et mon tee-shirt, je les essore avant de les enfiler à nouveau. Je ne peux m'arrêter de trembler.

Le couteau de cuisine a disparu, il a dû glisser hors du sac quand j'étais dans l'eau. La lampe ne marche pas mais je décide de la garder quand même, car c'est la seule arme qu'il me reste maintenant. Je jette un coup d'œil à mon portable : de l'eau s'est infiltrée dans le sac à congélation. Il est foutu, lui aussi.

J'ai l'impression qu'il me faudrait une grue pour me remettre debout, mais je parviens tant bien que mal à me lever. C'est le crépuscule, le soleil est déjà presque couché. Je dois trouver le lieu de la représentation.

Des rochers où je me trouve, je ne réussis pas à localiser dans le jour déclinant les deux flèches rocheuses que j'ai choisies pour repère. Je suis sûr qu'elles pourraient servir de cadre au spectacle à venir mais, tandis que je titube dans le labyrinthe de rochers – je ne suis pas déjà passé par ici ? –, le doute me gagne. Je devrais peut-être chercher plutôt la maison, finalement.

Tout à coup, j'ai trouvé.

Je ne sais à quoi je m'attendais, mais ma découverte me coupe le souffle.

Une scène de gravier, délimitée par de gros bacs de béton débordant de fleurs et séparés par de la verdure. Dans ce lieu spectaculaire, face à la scène et, au-delà, à l'océan, on a construit un petit amphithéâtre. Séparés de la scène par quelques mètres seulement, trois demi-cercles de granite poli s'étagent sur la pente naturelle du terrain.

Ce petit théâtre est si beau que l'usage auquel il est destiné semble d'autant plus glaçant. A droite de la scène, un treillis supportant des plantes grimpantes et des fleurs dissimule plusieurs coffres cadenassés et, sous une bâche, un grand panier.

J'aimerais explorer plus longuement les environs, j'aimerais reconnaître les lieux – notamment le chemin qui mène à l'amphithéâtre –, mais j'ai déjà abandonné l'idée de tendre une embuscade au groupe qui viendra préparer la représentation du matin. D'après ce que j'ai lu sur le tour de la corde, je sais que Boudreaux aura un assistant, voire deux. Je serais en infériorité numérique, avec pour seule « arme » la torche électrique.

Mon unique chance, c'est la surprise. A présent que la nuit est presque tombée, je n'ai pas le temps de faire autre chose que grimper en haut d'une des deux tours rocheuses avant qu'il ne fasse totalement noir. Elles sont hautes : plus de vingt mètres, je pense. Elles ne sont pas identiques – ce sont des formations rocheuses naturelles – mais très semblables. La distance qui les sépare est d'une centaine de mètres. Larges à leur base, elles s'effilent vers leur sommet caché dans la brume même à cette heure de la journée.

En temps ordinaire, elles ne présenteraient pas de problème pour un grimpeur moyen mais je suis déjà si épuisé que l'ascension se révèle très difficile. L'obscurité complique encore les choses. Au-dessus de moi, la lune file derrière d'épais nuages en prodiguant une faible lumière aqueuse qui ne m'aide guère.

Une demi-douzaine de fois, l'un de mes pieds glisse et mes muscles sont si fatigués que j'ai peine à me rétablir. A mi-hauteur, je frôle mes limites physiques et je renonce presque. Presque. Effrayé, je fais halte quelques minutes malgré la nuit qui gagne. Puis je repars lentement, m'arrêtant tous les trois ou quatre mètres. Finalement, je parviens à ce dont j'avais supposé la présence : une plate-forme en bois.

Je m'y hisse, m'effondre.

Bien qu'elle ne fasse guère plus d'un mètre carré et demi, elle me paraît aussi accueillante qu'un palais. C'est un tel soulagement de ne plus avoir à maintenir une prise et à soutenir mon poids. Après quelques minutes de repos, je tire du sac à dos ma seconde bouteille d'eau et j'en bois la moitié.

La lumière est très faible et mes yeux se sont habitués à l'obscurité. Je distingue deux câbles qui s'étirent vers l'autre tour, mais il n'y a pas de plate-forme de l'autre côté, du moins je n'en vois pas dans le noir. Je pleure quasiment de reconnaissance envers le hasard qui m'a fait choisir la bonne tour. Je n'aurais jamais eu la force de redescendre de celle-ci pour escalader l'autre.

L'un des câbles est tendu sous la plate-forme, l'autre à un mètre environ au-dessus de moi. Celui du dessous est attaché par une sorte de treuil à volant. Celui du dessus est relié à des leviers et à une source d'énergie vissée dans la roche

A un mètre sous le câble inférieur, plusieurs boucles noires pendent dans le vide séparant les tours. Au câble supérieur est suspendu un appareil avec une sorte de « bouche » métallique triangulaire hérissée de dents, version géante des mâchoires de perceuse dans lesquelles on insère un foret.

Il me faut quelques minutes pour comprendre comment tout cela fonctionne. L'illusionniste lance la corde en l'air – en s'arrangeant pour qu'elle retombe les premières fois, afin de ménager ses effets – jusqu'à ce qu'elle se prenne dans l'une des boucles, qui doivent être recouvertes de Velcro ou de quelque chose comme ça. A cet instant, l'assistant caché sur la plate-forme – à moins que le mécanisme ne soit déclenché d'en bas – met en marche l'appareil de l'autre câble, le positionne et l'abaisse jusqu'à ce qu'il « morde » l'extrémité de la corde. Puis l'appareil remonte et tend la corde.

Je pense d'abord – horrifié par le risque impliqué – que Sean ou Kevin, celui des deux à qui il revient de monter, devra marcher sur le câble pour rejoindre la plate-forme. Mais non. Une boucle de corde, comme une boucle de rappel, est fixée au câble par une attache en cuivre au-dessus de moi. Celui qui grimpera à la corde pourra glisser un pied dans la boucle et se hisser sur la plate-forme.

Je me redresse. Il est impossible de savoir si le mécanisme nécessite un assistant ou est simplement actionné par télécommande. Je ne peux qu'attendre.

Je suis toujours mouillé et, sous l'effet de l'évaporation, j'ai encore plus froid. Je me concentre pour garder ma chaleur. Je doute que je puisse sombrer dans le sommeil mais, à tout hasard, je règle le réveil de ma montre sur cinq heures. Je ramène les genoux contre ma poitrine, je serre le capuchon de ma veste, j'entoure mon torse de mes bras, glisse mes mains sous mes aisselles et je commence à attendre.

47

Une sortie en famille. Harper's Ferry. Le Potomac. Liz, les garçons et moi flottons dans de grosses chambres à air noires, entraînés par le courant vers le débarcadère. Le ciel au-dessus des branches feuillues est d'un bleu de stylo à bille. L'eau est chaude, juste assez profonde pour que nous ne raclions pas le fond rocheux. Les garçons pagaient pour aller plus vite mais engoncés dans leurs gilets de sauvetage, assis dans les énormes chambres à air, ils arrivent à peine à toucher l'eau.

– Et s'il y a des poissons ? s'inquiète Sean.

– Ouais, s'ils me mordent les fesses ? renchérit Kevin.

– Je ne crois pas qu'il y ait des poissons carnivores dans le Potomac, répond Liz.

– Ça veut dire quoi, « carnévores » ?

– Carnivores. Ça veut dire « qui mangent de la viande ».

– Je suis pas de la viande, proteste Sean.

– Je ne sais pas trop, pour les poissons, dis-je à Liz. Il paraît qu'un homme a disparu près du débarcadère...

– Papaaaa !

Nous ne sommes pas seuls. Un couple croise devant nous, une bande d'ados navigue derrière. Ils n'arrêtent pas de se pousser dans l'eau en criant. Cela ne me dérange pas, ils s'amusent, mais lorsque j'entends les bips péremptoires d'un téléphone portable, je dis à Liz avec irritation :

– Tu te rends compte ! Il n'y a vraiment pas moyen d'échapper à ces trucs.

– Bientôt, on fera des modèles étanches, soupire-t-elle en ajustant ses lunettes de soleil.

La sonnerie persiste et je suis sur le point de crier aux jeunes gens qu'ils pourraient au moins répondre quand..

C'est ma montre.

Je me réveille d'un coup et en sursaut. Il fait encore noir, la brume m'empêche de voir à plus d'un mètre. Je bois le reste de mon eau après avoir maladroitement dévissé le bouchon de mes doigts glacés. J'ai l'impression d'avoir cent ans ; toutes les parties de mon corps sont endolories. J'essaie quelques étirements.

Une demi-heure plus tard, le ciel commence à s'éclaircir. Derrière la plate-forme, je découvre un petit rebord, presque une niche. Elle fait une cinquantaine de centimètres de profondeur mais la paroi rocheuse la surplombe. Le seul moyen de me faufiler dans cet espace serait de m'accroupir. Je rejette cette idée.

Je reprends mon escalade de la tour en cherchant un endroit où me cacher et j'en trouve un plutôt facilement, à cinq mètres au-dessus de la plate-forme. Il est assez large pour que je puisse m'y glisser sans avoir à me tenir en équilibre ou à soutenir mon poids. D'où je suis, je vois la plate-forme et les câbles, le milieu de l'espace entre les tours. Et personne ne peut me repérer.

Je consulte ma montre toutes les deux ou trois minutes. Au bout d'une heure, je commence à m'inquiéter. Le froid me gagne. Je mords dans ma veste polaire pour empêcher mes dents de claquer.

Enfin, je les entends, mais à cause du grondement continu des vagues, pas avant qu'ils soient presque dans l'amphithéâtre. Je perçois des claquements de chaussures sur la roche, les voix de deux hommes – non, trois –, dont une, à la cadence curieuse, suggère une langue étrangère. Et puis, entre les voix basses des hommes, j'entends, les larmes aux yeux, les voix douces et aiguës d'enfants.

Sean part de son rire haut perché, si différent des éclats de rire rauques de son frère. Mon cœur se soulève et flotte dans ma poitrine. J'arrive à peine à respirer.

J'entends leurs voix mais je ne comprends pas ce qu'ils disent. Je capte les claquements des coffres qu'on ouvre, le raclement d'objets lourds qu'on traîne. A l'évidence, ils préparent le spectacle, placent le matériel et les accessoires. Quelqu'un se met à siffler.

Je m'efforce de demeurer en moi-même. D'ordinaire, je sais attendre. C'est une qualité qu'on acquiert en fréquentant beaucoup les aéroports.

Mais, pour l'heure, l'immobilité m'est presque insupportable. Je songe à descendre de mon perchoir, à me jeter sur eux. Non. Mes chances en bas, seul contre trois, seraient infimes. Le seul moyen que j'aie de l'emporter, c'est de rester en haut.

L'un des hommes commence à escalader la tour. Ce n'est pas un grimpeur furtif, il monte sans se préoccuper du bruit qu'il fait. J'en suis content car je suis sa progression d'autant plus facilement.

Il m'a fallu une demi-heure pour grimper, cette nuit ; lui ne met qu'une dizaine de minutes. Je le vois émerger de la brume bien avant qu'il ne se hisse sur la plate-forme avec aisance. Il est grand et puissant, avec un tatouage de style maori dépassant du col de son coupe-vent. Il ouvre le couvercle de la boîte métallique fixée sous le câble supérieur et abaisse un interrupteur puis tire un talkie-walkie de sa poche.

– OK, dit-il. Allons-y.

Je comprends de quoi il s'agit : une séance d'essai.

Quelqu'un lance une corde, qui se prend dans l'une des boucles. Le mécanisme suspendu au câble du haut se déplace, manifestement sur l'injonction d'un boîtier de télécommande manipulé en bas. L'espèce de bouche doit être munie d'un dispositif d'autoguidage car elle descend, repère la corde et se referme sur elle. Des treuils et des poulies se mettent en mouvement de chaque côté du vide, tendent le câble... et avec lui la corde. Le système est étonnamment silencieux, tout cela s'opérant sans plus de bruit qu'un faible bourdonnement.

– C'est bon, murmure le costaud dans son talkie-walkie. Je vous la renvoie.

Il appuie sur un bouton de la boîte grise et l'opération se fait en sens inverse : le câble se détend, les mâchoires tenant la corde s'ouvrent pour la relâcher. Elle tombe par terre.

A mon soulagement, l'homme redescend, lui aussi.

Vingt minutes plus tard, j'entends de la musique provenant d'en bas. Peu de temps après, les invités arrivent et pénètrent bruyamment dans la zone qui entoure la scène.

J'essaie de ne pas penser à eux tandis que montent vers moi des tintements de verres et le brouhaha des conversations.

A un moment donné, j'ai la gorge qui me démange et je dois faire de tels efforts pour ne pas tousser que j'en ai les larmes aux yeux. Je suis ankylosé et je me demande avec inquiétude si, au moment où il faudra se mettre en action, j'en serai encore capable.

Le spectacle commence. J'entends Boudreaux plaisanter en faisant ses tours et, de temps à autre, la voix de Kevin – ou est-ce celle de Sean ? – en contrepoint. Le public réagit par des rires crescendo, des salves d'applaudissements chaleureux, des exclamations de stupeur.

Le Joueur de Flûte à l'œuvre.

On en vient au clou du spectacle. Boudreaux lance la corde en l'air et ordonne :

– Reste là-haut !

La corde retombe.

– Qu'est-ce qui ne va pas ? grommelle-t-il. Le ciel me défie ?

Rires dans l'assistance.

– Il faut vraiment que je me concentre…

De nouveau, la corde retombe sur le gravier.

De nouveau, le Joueur de Flûte se plaint et invite les spectateurs à l'aider à forcer la corde à « se prendre dans le ciel ».

La voix d'enfant dit quelque chose que je n'arrive pas à saisir et que salue une rafale de rires.

Nouvel essai. L'extrémité de la corde traverse cette fois la brume et m'apparaît. A quelle hauteur doit-il la lancer ?

La fois suivante, il réussit : la corde s'accroche. Le public applaudit.

Le mécanisme entre en mouvement, prend la corde dans ses mâchoires. Instantanément, les treuils et les poulies font leur travail jusqu'à ce que la corde soit tendue.

– Voyons si elle est bien accrochée… dit le Joueur de Flûte.

La corde remue : il s'assure qu'elle ne tombera pas du ciel.

– Grimpe donc voir ce qu'il y a là-haut, enjoint-il à mon fils.

– Je sais pas, répond Kevin. C'est haut…

– Fais ce que je te dis, gronde le Joueur de Flûte.

– Bon, d'accord.

Des applaudissements crépitent quand le garçon commence à grimper. Boudreaux continue à parler mais je n'écoute pas. La corde oscille d'un côté à l'autre, je suis son mouvement des yeux et soudain… la tête blonde de Kevin émerge de la brume.

Il est vêtu d'un pagne, avec une ceinture en travers de la poitrine. Sa concentration est si intense qu'il ne lève les yeux vers la plate-forme que lorsqu'il est presque arrivé en haut. Quand il me découvre – j'ai des larmes dans les yeux, un doigt sur mes lèvres, je secoue frénétiquement la tête en signe d'avertissement –, son effarement est total. Je crains un moment que le choc ne lui fasse lâcher la corde et qu'il ne tombe.

Il se glisse dans la boucle avec l'aisance de l'habitude, me rejoint.

J'ai les bras grands ouverts pour l'étreindre, mais je repère le micro-cravate fixé à sa ceinture par une pince crocodile. Gardant le doigt sur les lèvres, je détache le micro, l'enveloppe dans le bas de ma veste polaire et le serre au creux de mon poing.

– Papa, murmure Kevin, partagé entre joie et perplexité. Qu'est-ce que tu fais là ?

Je ne sais pas quoi répondre.

– Il disait qu'on ne te verrait pas avant Noël, poursuit-il dans un chuchotement rapide. Il disait que la chaîne était venue te chercher au parc d'attractions pour t'envoyer tout de suite en reportage et qu'il nous garderait à la maison jusqu'à ce que maman arrive. Il nous a acheté des bretzels. Il nous a bien amenés à la maison, mais on est restés qu'un tout petit peu. On a essayé de t'appeler, il disait que t'étais en route pour l'aéroport. Quand je t'ai téléphoné, tu as dit « allô » mais ça a coupé. Et pis il nous a dit que t'avais eu un accident, que c'était très, très grave, que maman devait rester avec toi et qu'elle pouvait pas s'occuper de nous, que...

Sa voix meurt, son visage se décompose.

Il devait savoir que quelque chose n'allait pas dans cette histoire. Quelque part, il devait avoir compris qu'il était prisonnier. Mais il avait tenu le coup pendant toutes ces semaines en s'adaptant à ce qu'on lui racontait, en acceptant la vie étrange que son frère et lui menaient, en s'efforçant de la trouver normale, d'une certaine façon. Sous la surface, cependant, les aberrations de l'histoire de Boudreaux l'inquiétaient forcément. Il devait sûrement se demander pourquoi ses grands-parents n'intervenaient pas. Il se posait probablement des milliers de questions.

Maintenant, il est redevenu mon petit garçon et il se met à pleurer.

Il se jette enfin contre moi et je le serre dans mes bras.

Les mots sont impuissants à décrire ce que j'éprouve, la douceur ineffable de ces retrouvailles.

Mais cela ne dure pas. Je m'écarte de mon fils, je le tiens à bout de bras.

– Kevin, écoute-moi : il faut que tu suives le programme point par point. Qu'est-ce que tu es censé faire, maintenant ?

Il a l'air terrifié, à présent.

– Rien. Si, il faut que je renvoie la boucle.

D'un mouvement vif du poignet, il expédie la boucle au milieu du câble.

– Et ensuite ?

– Je dois attendre.

– Combien de temps ?

– Jusqu'à ce qu'il appelle.

– Kev, dis-je en posant une main sur son épaule, il faut que tu comprennes que...

– J'ai cru que t'avais eu un accident, fait-il d'une voix chargée de sanglots. Maman dit que c'est dangereux de téléphoner en conduisant.

– Je n'ai pas eu d'accident. M. Boudreaux t'a menti.

– Monsieur qui ?

– M. Carrefour

– Docteur Carrefour, corrige-t-il. Doc.

– D'accord. En tout cas, il vous a kidnappés. Je n'étais ni blessé ni malade. Ta mère et moi, nous vous avons cherchés comme des fous. Tu ne crois pas que ta mère serait venue s'occuper de vous, quoi qu'il arrive ?

– Mais il disait qu'on devait comprendre, que...

Il se remet à pleurer.

– Kevin...

Je m'interromps, je ferme les yeux, puis je me lance .

– Il a l'intention de te tuer, cela fait partie de son numéro. Ensuite, il tuera ton frère.

– Mais pourquoi ?

Je secoue la tête.

– Tu dois m'aider, maintenant.

– Papa ? Il va rien nous arriver ?

– Rien du tout. Mais il faut m'écouter. Tu dois faire exactement comme prévu. Et quand Carrefour montera à la corde, tu te cacheras.

Je lui prends la main, le fais se retourner, lui montre la niche derrière la plate-forme.

– Mais si je glisse ? Papa, je vais tomber...

– Tu ne tomberas pas, tu as beaucoup d'équilibre. Tu te rappelles l'échelle de Jacob, au parc ? Tu as été le seul enfant à réussir.

La voix amplifiée du Joueur de Flûte monte vers nous :

– Qu'est-ce que tu vois là-haut, mon garçon ?

– Papa, chuchote Kevin, l'échelle de Jacob, c'était Sean.

Idiot que je suis. Un moment, je ne sais pas quoi répondre. C'est un péché capital pour des parents de jumeaux de les confondre.

– Kev, tu peux le faire. Il y a la place. Tu dois le faire. Ecoute, je te confie mon sac à dos, il faut qu'il soit en lieu sûr.

Je lui tends le sac, plus pour lui donner une tâche à remplir que pour autre chose, mais j'y prends auparavant la Maglite et la passe sous ma ceinture.

La voix du Joueur de Flûte résonne de nouveau :

– Tu dors, mon garçon ?

Kevin semble paralysé.

– Je te le redemande, qu'est-ce que tu vois là-haut ?

J'ouvre le poing, j'extrais le micro de ma veste, je l'accroche de nouveau à la ceinture de Kevin et je murmure :

– Réponds-lui.

– Le ciel, dit-il d'une toute petite voix.

Un rire, en bas.

– Et quoi d'autre ?

– Des nuages, fait Kevin, au bord des larmes.

Nouveau rire.

– J'ai besoin de toi en bas, maintenant.

– Mais ça me plaît, ici. Je n'ai pas envie de descendre.

Le dialogue se poursuit, Boudreaux de plus en plus irrité, son « assistant » de plus en plus insolent.

Je dois laisser Kevin pour escalader la paroi.

– Si tu ne descends pas immédiatement, je monte te chercher, menace le Joueur de Flûte.

– Essaie donc, rétorque Kevin. Je parie que tu ne sais même pas grimper à la corde…

Je suis maintenant sur mon perchoir au-dessus de la plate-forme. Kevin lève les yeux vers moi, je lui fais signe : c'est le moment de se cacher.

La corde se met à osciller.

Le public acclame le Joueur de Flûte.

Je le vois, maintenant, ses cheveux bruns luisants sortent de la brume. Comme Kevin, il est déguisé en fakir ; comme Kevin auparavant, il se concentre sur son ascension ; tel un pirate, il serre entre ses dents un couteau à la lame recourbée.

Lentement, avec précaution, je commence à descendre.

Après avoir mis un bras dans la boucle, il se tourne vers la plate-forme, fronce les sourcils. Je lis dans ses pensées : « Où est-il ? »

Il se hisse sur la plate-forme, ôte le poignard de sa bouche et, collant à son texte, lance d'un ton agacé :

– Où es-tu passé ? Ça suffit, maintenant !

En bas, les rires fusent.

Le magicien se met debout et commence à pivoter.

Je ne suis pas un bagarreur. Non que je fuie l'affrontement, la confrontation physique. Simplement, je n'ai pas eu souvent l'occasion de me battre. Quand j'étais enfant, personne ne se bagarrait, nous étions tous trop occupés par un programme d'activités chargé. Ce n'était pas à la mode, ça ne se faisait pas. Un jour, j'ai envoyé au tapis un gars qui m'avait taclé pendant un match de foot, mais mon poing avait atterri sur sa mâchoire par un coup de chance. J'ai été exclu du match, suspendu pour les deux suivants et tancé dans les grandes largeurs.

Je n'ai jamais pris de cours de karaté ou de boxe.

Autrement dit, rien dans mon éducation ne m'a préparé à ce que je m'apprête à faire.

Pourtant, je descends de ce rocher comme un fauve.

Avant que Boudreaux détecte ma présence, avant qu'il puisse se retourner, je le frappe derrière la tête avec la torche électrique, si violemment que j'entends l'os craquer. Soudain, il y a du sang partout : sur moi, sur le rocher, dans l'air, sur lui.

Il titube mais, à ma grande stupéfaction, il ne s'effondre pas. Il émet un gémissement capté par le micro puis se retourne, les yeux brillants, le yatagan à la main. Je jurerais qu'il sourit. D'un geste circulaire, il me porte un coup, me rate une première fois mais ne me manque pas au retour. La lame entaille la manche de ma veste, et mon bras en dessous.

Un hoquet jaillit de ma bouche tandis que Boudreaux essaie maintenant de me frapper à la gorge. Curieusement, le monde autour de nous est devenu silencieux, ou presque silencieux. Dans le ralenti imprégné d'adrénaline de cette chorégraphie qui semble devoir se terminer par ma mort, j'entends les vagues gronder et le murmure lourd d'attente, ou d'étonnement, du public sous la brume.

J'abats de nouveau la Maglite et manque Boudreaux, bloque un autre coup de couteau. Le tranchant de la lame glisse sur le métal de la torche électrique et me coupe aux doigts, expédiant un jet de sang dans mes yeux.

Boudreaux fait un pas en arrière, rassemble ses forces. Un moment, il reste immobile, pantelant, le bras tenant le poignard le long du corps. Il paraît sur le point de s'écrouler. Encouragé, je m'approche de lui, mais je recule aussitôt car il se jette sur moi avec un rugissement. Tel un chef d'orchestre pris de délire, il frappe l'air furieusement en grondant, bestial et dément. La folie rayonne de lui comme la chaleur d'un haut-fourneau.

J'entends Kevin émettre un son derrière moi, moitié gémissement moitié cri. Sa réaction m'électrise. A la fois terrifié et sous l'emprise de la rage, je me jette sur le magicien et nous tombons sur la plate-forme, mêlant nos grognements et nos sangs.

Fait incroyable, je suis dessus. Mon avant-bras lui presse la gorge et ma main droite plaque son poignet contre le bois. Il tente faiblement de me frapper de son autre main mais n'en a plus la force. Au bout d'un moment, ses muscles se relâchent, son regard se trouble.

– Et maintenant ? geint-il.

Mon cœur bat follement dans ma poitrine et je mets un moment à reprendre mon souffle. Quand je suis enfin capable de me lever, je saisis Boudreaux par les cheveux et le mets debout.

– Tu comptes me faire descendre comment ? me demande-t-il avec un regard mauvais.

D'une voix basse, presque un grondement, je réponds :

– Facile, pauvre cinglé.

Je le saisis par la peau du cou, le fais tourner et d'une poussée l'expédie dans le vide. Il tombe en criant vers son club de fans qui l'attend, vingt mètres plus bas.

C'est le chaos dans l'amphithéâtre, tout le monde crie. Kevin se glisse hors de sa niche, terrorisé et sanglotant. Je suis blessé, je saigne sur la plate-forme. Je tremble de partout, mais j'arrive encore à tenir debout.

Je sais que nous devons faire vite. En ce moment, les spectateurs pensent peut-être que la chute de Boudreaux était un accident. Mais peut-être pas.

Je me dis, sans trop savoir pourquoi, que les garçons, qui devaient être le clou du spectacle, sont en ce moment oubliés. Et Sean, se demandant ce qui se passe, est peut-être sorti de sa cachette. En fait, c'est peu probable. Je crois plutôt qu'il est resté dans le panier et qu'il attend son tour d'intervenir.

Kevin, il faut aller chercher ton frère.

Il écarquille les yeux mais ne discute pas.

– Tu saignes, papa.

– Ça va aller.

Ensemble, nous commençons à descendre la paroi rocheuse.

A mi-hauteur, nous sortons de la brume et je lui dis d'arrêter un instant.

– Nous devons faire attention, maintenant. Rester sur le côté océan, pour qu'on ne nous voie pas.

– D'accord.

Il recommence à descendre, le pied sûr, agile comme un singe. Il doit faire halte de temps en temps pour m'attendre. C'est moi qui suis à la peine. Mon bras blessé a perdu sa force, ma main est en mauvais état. Le sang rend mes prises glissantes.

Malgré tout, nous arrivons en bas en moins de cinq minutes.

Adossé à la paroi, je reprends haleine. Des voix mécontentes, pas très nombreuses, se font entendre dans l'amphithéâtre. Manifestement, quelques invités ont décidé de partir.

– Quelle déception… fait une femme.

– Un dénouement différent, c'est tout, lui répond un homme à l'accent britannique. Mais spectaculaire aussi, à sa manière.

– Pas question d'appeler la police, déclare un troisième. Je ne veux pas de flics ici.

Kevin se penche vers moi, murmure :

– Il y a moyen de passer par-derrière. Je peux m'approcher, parler à Sean. Il m'entendra, à travers le panier.

Je suis mon fils en direction de l'arrière de la scène. Je me sens faible, je vacille plus d'une fois.

De l'endroit où nous sommes, je vois le petit groupe de spectateurs qui entoure le corps de Boudreaux. L'une de ses jambes dépasse, pliée au genou selon un angle anormal.

Le panier est au centre de la scène, bien en vue.

Avant que je puisse retenir Kevin, il s'élance. Il s'approche du panier, qui tremble légèrement. Impossible que Sean en sorte sans être vu.

Je me rappelle alors une des règles de la magie : détourner l'attention. Au moment où je vois le couvercle du panier commencer à se soulever, je tire la Maglite du sac à dos et la jette sur la droite, le plus loin possible. Elle tournoie dans l'air et percute un rocher avec un claquement retentissant.

Toutes les têtes se tournent vers la source du bruit tandis que Sean se glisse hors de sa cachette. Les invités se dirigent lentement vers le point d'impact et les garçons me rejoignent en courant.

Il y a sans doute moins d'un kilomètre entre l'amphithéâtre et la plage du Sea Ranch. Nous ne sommes pas obligés d'entrer dans l'eau, il suffit de marcher sur le sable durci, entre les rochers. Je sais que tôt ou tard quelqu'un se lancera à notre poursuite et je fais de mon mieux pour hâter le pas. J'ai l'impression qu'une éternité s'écoule avant que j'aperçoive enfin le fil barbelé marquant la limite entre Mystère et le Sea Ranch.

Un autre couple aux cheveux argentés – ou le même ? – se promène sur la plage de rochers. Je me tourne dans sa direction, un garçon sous chaque bras. Ce sont eux qui me traînent à présent, tant je marche lentement. Soudain, je suis incapable de faire un pas de plus.

– Ça va, dis-je en tentant d'avancer. Ça va aller.

Je trébuche et je tombe.

Kevin file comme une flèche et l'instant d'après je vois les deux silhouettes du couple élégant se pencher légèrement pour écouter mon fils, qui tend le bras vers moi.

Sean me presse la main de toutes ses forces.

Kevin et le couple courent, maintenant, et l'homme tient un téléphone portable contre son oreille.

Mes yeux se ferment.

– Papa ! crie Kevin.

– Au Sea Ranch, dit l'homme dans l'appareil. Sur la plage… Meg, je vais chercher la Jeep.

– Oh, mon Dieu ! fait la femme. (Elle enroule quelque chose autour de ma main ensanglantée.) Les garçons, appuyez sur le mouchoir. Comme ça, d'accord ?

– Oui.

– Stan ! Ton blouson !

Elle enveloppe mon bras blessé avec le vêtement et comprime la blessure.

– Continuez à appuyer, les garçons. C'est bien.

– Il va s'en sortir ? demande Kevin, la voix tremblante.

– Oui, répond la femme d'un ton confiant. Tout ira bien.

Et pour une raison ou pour une autre, même si je la soupçonne d'avoir cherché uniquement à rassurer les enfants, je sais qu'elle a raison.

Remerciements

Mille mercis à l'inspecteur Kevin Manning, de la police de Las Vegas, et à Leo Behnke, illusionniste, de l'aide précieuse qu'ils m'ont apportée en me guidant en terrain inconnu. Je suis également reconnaissant à Sam et Elisabeth Johnson, pour le soutien inébranlable qu'ils m'ont prodigué. Un coup de chapeau à Sara Murray pour ses commentaires utiles après lecture du manuscrit. Bravo, comme toujours, à Elaine Markson, à Joe Blades et à toute l'équipe de Ballantine, grâce à qui ce livre a vu le jour.

Puisqu'il est question d'aide, il serait injuste de ne pas mentionner des ouvrages qui m'ont fourni des informations de grande valeur sur le sujet de ce livre : *Voodoo : Search for the Spirit,* de Laennec Hurbon, *Panorama of Magic,* de Milbourne Christopher, *The Art of Deception,* de Chuck Romano, *Mysterious Stranger : A Book of Magic,* de David Blaine, et le fascinant *Net of Magic,* de Lee Siegel.

Achevé d'imprimer sur les presses de

BUSSIÈRE

GROUPE CPI

à Saint-Amand-Montrond (Cher)
en avril 2006

Composé par Nord Compo
à Villeneuve-d'Ascq

N° d'édition : 7357. — N° d'impression : 061360/1.
Dépôt légal : avril 2006.

Imprimé en France